Michael Sohmen

AF206857

Winfried von Franken

Ein Investmentbanker wird zum Kreuzritter

Ein Winfried-von-Franken – Roman

Impressum

© 2017 Michael Sohmen

Buchcover und Layout: Michael Sohmen
Herstellung und Verlag: BoD - Books on Demand, Norderstedt

Druckversion 2
Erste Veröffentlichung November 2015
2. Überarbeitete Auflage November 2017

Kontakt: michael@pilgern-online.de
Internet: http://www.pilgern-online.de

ISBN: 9783746035369

MIX
Papier aus verantwortungsvollen Quellen
Paper from responsible sources
FSC® C105338

FSC
www.fsc.org

Winfried

Hat man die 40 überschritten, liegen vor einem noch zwei nennenswerte Ereignisse: das Erreichen des Rentenalters und der Tod. Es war ein Tag nach Winfrieds vierzigstem Geburtstag, ein Büroalltag wie jeder andere, an dem er in Gedanken zum Berserker wurde, eine Streitaxt schwang und seinen Bildschirm zertrümmerte, danach die gesamte Büroeinrichtung in Stücke schlug und sich daran ergötzte, wie seine Kollegen die Flucht ergriffen und schreiend davonrannten. Doch er behielt seine Contenance. Wie jeden Tag. Seit mittlerweile 20 Jahren.

Wenigstens hat er dieses Alter erreicht – anders als sein früherer Chef, den zwei Jahre zuvor ein Herzinfarkt niedergestreckt hatte. Mitten in einer hitzigen Abteilungsbesprechung. *Danach wurde mir diese Pappnase von Chef vorgesetzt, dieser Nichtskönner, diese aufgeblasene Luftnummer, diese komplette Fehlbesetzung ...* grübelte Winfried. *Egal, ich muss mich konzentrieren.*

Die Zahlen und Statistiken flogen über seinen Bildschirm. Als Profi musste er schnell analysieren, sofort reagieren. War dies ein Schnäppchen oder kämpfte der Bulle noch mit dem Bären? Ließen sich daraus Finanzprodukte zaubern oder war das Risiko zu hoch?

Er ließ die im Stakkato wechselnden Zahlen nicht aus den Augen. Den entscheidenden Moment durfte er nicht verpassen. Zu oft gezwinkert, einen Augenblick zu lange gezögert – er hätte die größte Chance seines Lebens unwiderruflich verpassen können.

Konzentriert beobachtete er die Zahlen auf seinem Bildschirm. Mit seinen analytischen Fähigkeiten besaß er einen siebten Sinn für das Geschäft und erkannte sofort, wenn sich etwas Vielversprechendes anbahnte. *Hier sollten wir schnell zuschlagen. Diese bankrotte Firma könnten wir für'n Appel und n' Ei erwerben und - Simsalabim - Derivate entwickeln, schon sieht diese Luftnummer wie eine attraktive Alterssicherung aus. Das wird das Geschäft des Jahrhunderts!*

Eine Sirene heulte auf.

Entnervtes Stöhnen aus allen Ecken folgte. »Bald drehe ich durch!«, rief ein Kollege gereizt, »schon das dritte Mal in dieser Woche, dass hier irgendein Witzbold den Feueralarm auslöst. So kann doch kein Mensch arbeiten!«

Der Abteilungsleiter erschien im Büro und verkündete mit einem Ausdruck tiefster Frustration: »Ich weiß, es stört euch genauso, aber ihr müsst jetzt alles stehen und liegen lassen.«

3

Das Büro leerte sich. Kurz vor dem Ausgang rief der Pförtner ihnen vorwurfsvoll zu:»Das war wieder jemand von eurer Abteilung!«

Ein Kollege platzte sofort vor Wut:»Bestimmt weißt du auch genau, WER! Und dieser WER wird dir gleich ein schönes blaues Veilchen verpassen!« Aus Reflex hielt Winfried seinen Kollegen fest und versuchte ihn zu beruhigen.»Lass das, Waldemar! Reg dich nicht immer so auf!«

Alle sammelten sich vor dem Gebäude. Es war mit zehn Stockwerken eines der kleineren Hochhäuser des Bankenviertels, dessen verspiegelte Glasfassade so undurchsichtig war wie die Geschäfte, die dahinter abgewickelt wurden.

Die Feuerwehr erschien mit allen Einsatzwagen, ein Team in Schutzanzügen begutachtete das Gebäude. Es wurde die übliche Diagnose gestellt: Fehlalarm. Nach der offiziellen Entwarnung wurden alle zurück in ihre Büros geschickt.

Winfried saß mit einem frisch gebrühten Kaffee vor seinem Bildschirm und zerbrach sich den Kopf. *Wo war ich vorhin stehengeblieben? Ich hatte irgendwelche Zahlen analysieren wollen. Das Geschäft des Jahrhunderts! Was war es? Ich hab's vergessen. Mist!*

Sein treuester Begleiter, im unbeobachteten Moment entnahm er ihn seiner Aktentasche und goss etwas Schnaps in den Kaffee. Medizin, die ihm half, den Büroalltag zu überstehen. *In Maßen kann es nicht schaden,* dachte er. Jetzt war er einfach zu nervös, die Zahlen schienen ihn aufzufressen. *Ein Schluck wirkt beruhigend. Besser, als durch den Stress einen Herzinfarkt zu bekommen.*

Vom Korridor war wildes Gekreische zu hören. Frau Schmitt rannte durch den Gang, verfolgt von Dr. Weingarten, der hysterisch lachte.»Gleich habe ich dich!«, brüllte er laut,»du entkommst mir nicht, du kleine Hexe!«

Die täglichen Fangspiele mit der Teamassistentin waren seine einzige Beschäftigung, denn den promovierten Mathematiker hatte man aufgrund seiner hervorragenden Studienergebnisse eingestellt, jedoch konnte für ihn bisher keine sinnvolle Verwendung im Unternehmen gefunden werden.

»Was erzählst du eigentlich deinen Verwandten, was für eine Arbeit wir hier machen?«, fragte sein Kollege, der gerade eine Giraffe aus Papier faltete. Er stellte sie auf seinen Schreibtisch und betrachtete sie nachdenklich.»Die Wahrheit? Dass es Betrug ist, was wir hier machen?«

»Nicht so laut, Waldemar!«, entgegnete Winfried mit gedämpfter Stimme. »Wir entwickeln Derivate und bringen sie in den Handel. Das erzähle ich.«

»Derivate, die auf bankrotten Unternehmen basieren. Wir denken uns tolle Namen aus, verkaufen jedoch wertlose Schrottpapiere!«

»Kann ja sein. Damit verdienen wir eben unser Geld. Niemand beißt den Hund, der ihn füttert.«

4

Sein Kollege faltete erneut an seiner Papiergiraffe. Nun ähnelte sie einem Hund. Er betrachtete sein Werk und nickte.

Nachmittags wurde Winfried ins Büro seines Chefs bestellt. Herr Silowski eröffnete ihm: »Vom Vorstand wurde ich beauftragt, Mitarbeitergespräche zu führen. Ich habe mich in meinem Studium der Betriebswirtschaftslehre auf Mitarbeiterführung spezialisiert. Kommen wir gleich zur Sache, Herr Kunze!« Er klappte sein Laptop auf und öffnete eine Text-Datei. »Dies ist ein vorgefertigter Text. Darin befinden sich freie Stellen, die wir gemeinsam ausfüllen müssen. Ich werde Sätze beginnen, Sie werden sie beenden. Ganz einfach! Legen wir los«, begann er die Sitzung. »Mit meiner Arbeit bin ich … Ihre Antwort?«

»Naja, ich bin durchaus zufrieden«, antwortete Winfried, »und meine Arbeit füllt mich vollkommen aus, aber …«

»Ok«, schnitt der Chef ihm das Wort ab, »habe ich notiert. Nächster Punkt: Verbessern könnte man …«

An irgendwas erinnert er mich doch. Mit seinen vorstehenden Augen und seinem spitzen Mund, dachte Winfried, *nur an was?* Und antwortete:

»An der Planung könnte man etwas verbessern. Zum Beispiel …«

»Sehr gut!«, unterbrach sein Chef, tippte sofort und klickte auf die nächste Textmarke. »Der nächste Punkt, den wir gemeinsam erarbeiten und ausfüllen müssen: Folgendes habe ich an Kritik oder Verbesserungsmöglichkeiten vorzubringen …« Er nahm seine Brille ab, um sie zu reinigen und blickte Winfried an, der dachte: *Sein Gesicht hat Ähnlichkeit mit einem Insekt!*

»Ich hätte ein paar Ideen«, setzte er zu einer Antwort an, »man könnte …«

»Sehr gut«, fiel ihm sein Chef erneut ins Wort, »ein paar Ideen. Super, das bringt uns sicherlich weiter«. Schnell setzte er seine Brille auf, tippte die Antwort ein und fuhr fort: »Die vorletzte Frage. Wenn sie einen Wunsch frei hätten: bei meiner weiteren Mitarbeit im Unternehmen würde ich gerne …«

»Nun, man könnte so weitermachen wie bisher, aber man könnte auch …«

»Also: ›weiter so‹. Super, ihre Antworten! Es folgt die letzte Frage, danach sind wir durch.« Herr Silowski las ab: »Das Verhältnis zum Chef würde ich beschreiben als … Hahaha! Das ist eine Fangfrage, nicht?«

Vor Winfrieds geistigem Auge begann ein Film zu laufen: wie er den Kopf seines Chefs packte, mit Wucht auf die Tischkante schlug, dies wiederholte, immer und immer wieder, bis der letzte Zahn aus dessen Oberkiefer herausgeschlagen war. Geistig abwesend und in brutalste Visionen vertieft starrte er an die Wand.

»Keine Antwort? Ich trage einfach mal ein: ›ausbaufähig‹. So drückt man es politisch korrekt aus. Erledigt. Perfekt! Alles ist ausgefüllt und wir sind fertig. Wir sehen uns beim nächsten Mitarbeitergespräch. Sie finden den Ausgang durch die Bürotür sicher ohne meine Hilfe.«

Winfrieds Füße führten ihn in den Aufenthaltsraum. Eine Pause und einen Schluck Kaffee hatte er sich jetzt redlich verdient. Dort verweilte auch sein Chef und dessen korpulente Zimmernachbarin, Frau Maier, die wie üblich einen ihrer Monologe hielt: »Der gesamte Vorstand war letztes Wochenende beim Führungskräfte-Coaching. Eine ausgezeichnete Erfahrung, wir haben viel über uns gelernt. Man denkt erst: das ist doch ziemlich albern, alle in Badeanzügen und malen sich gegenseitig mit Fingerfarben an. Aber was man an Menschenkenntnis gewinnen kann, ist wirklich beeindruckend!«

»Das ist sicherlich …«, setzte Winfried zu einem Kommentar an und dachte: *das hat meinem Chef sicherlich gefallen.* Frau Maier führte den angefangenen Satz zu Ende: »eine wunderbare Stärkung der Sozialkompetenz!« Sein Chef warf ihm einen Blick zu, als wollte er ihn töten.

Um sich der Situation zu entziehen, schlich sich Winfried zum Automaten und drückte die Tasten für Kaffee mit Milch und Zucker. Die automatische Pumpe spülte heißen Kaffee in das Ausgabefach. Danach - Plopp - erschien der Becher.

✕

Am nächsten Tag saß Winfried konzentriert vor seinem Bildschirm. In komplizierte Berechnungen vertieft, richtete sich sein starrer Blick auf die im Stakkato wechselnden Zahlen. Unsanft wurde er aus den Gedanken gerissen. »Herr Kunze!«, bellte jemand.

Er zuckte zusammen und wandte seinen Drehstuhl zur störenden Lärmquelle. Dort stand sein Chef mit zwei schlaksigen jungen Männern. Einem Südländer, gekleidet in einen frisch gebügelten Nadelstreifenanzug, mit einer schmalen Bartlinie um seine Lippen – so, als würde dort Schokolade vom letzten Osterfest kleben. Der Andere war betont lässig gekleidet. Sein Haupt krönte eine umgekehrt aufgesetzte Baseballkappe und sein beschränkt wirkender Gesichtsausdruck wurde untermalt durch starken Überbiss und reichlich Akne.

»Ja, Herr Silowski?«

»Herr Kunze! Ich habe Sie ja gestern darauf vorbereitet, dass wir Besuch bekommen werden. Von diesen vielversprechenden jungen Männern, die sich als Werkstudenten bei uns beworben haben. Bitte führen Sie die beiden Herren wie besprochen durch unseren Betrieb und erklären ihnen, wie das Ganze hier läuft, was wir für einen Job machen.«

Winfried fiel aus allen Wolken. *Nichts war abgesprochen, Chef! Du hast mal wieder deinem Vorgesetzten versprochen: Klar, mach ich. Und weil anstelle junger, hübscher Studentinnen diese Typen aufgetaucht sind, drehst du den Job mir an.* Er zögerte einen Moment und überlegte, wie er angemessen reagieren sollte und sagte schließlich: »Ich kann mich nicht an eine Absprache erinnern …«

»Kein Wort mehr!«, schnitt der Chef ihm das Wort ab. An die zwei Studenten gewandt, sagte er: »Herr Kunze erklärt Ihnen alles ganz ausführlich. Er nimmt Sie später zum Mittagessen in die Kantine mit. Ich habe einen wichtigen Termin und muss fort. Adieu, viel Spaß!«, verabschiedete er sich und eilte davon.

Eine Weile blickten sich die zwei Besucher und Winfried ratlos an, bis er sich einen Ruck gab. »Gut, fangen wir an. Dies ist mein Bildschirm und damit analysiere ich Zahlen und Charts.«

Die Gäste warfen einen kurzen Blick darauf und murmelten gelangweilt: »Schön!« »Das ist ja interessant!«

»Mir gegenüber, auf diesem Stuhl, würde Waldemar sitzen. Er ist unser Statistiker«, sagte Winfried mit einem Blick zum benachbarten Arbeitsplatz. »Wenn sich irgendwo eine Wirtschaftskrise anbahnt, weiß er es zuerst.«

Ein Schild über dessen Schreibtisch verkündete einen Spruch aus der Bibel: *Wenn ihr alles getan habt, was euch befohlen wurde, so sprecht: »Wir sind unnütze Sklaven, wir haben nur unsere Schuldigkeit getan.« Lukas Kapitel 17, Vers 10.* Es lagen unzählige Zettel herum, wild verstreut.

»Der ist wohl sehr fleißig!«, kommentierte der südländische Besucher mit einem Blick auf das Chaos. Winfried stimmte kurz zu und verkniff sich, zu erläutern, dass dessen Fleiß primär künstlerischer Natur war und das Papier ausschließlich für Origami-Basteleien verwendet wurde.

Sie wanderten ein paar Schritte weiter. Am nächsten Arbeitsplatz saß ein vollschlanker Herr mit Brille und dicken Gläsern, den Winfried begrüßte: »Hallo Burkhart!«, und den Besuchern erklärte: »Dies ist Herr König. Er vermarktet unsere Wertpapiere.«

Einen Moment später blieben sie bei einem Herrn mit hoher Stirn und noch größerem Körperumfang stehen. »Mahlzeit, Rainer!«, sprach er ihn an und sagte zu den Studenten: »Das ist Herr Dietrich. Er verfolgt Nachrichten und bewertet sie. Jederzeit ist er über das gesamte Weltgeschehen informiert und immer auf dem aktuellsten Stand.«

Beim Weitergehen konnte Winfried einen Kommentar nicht verkneifen: »Jetzt habt ihr gesehen, wie ihr vielleicht aussehen werdet, wenn ihr mehr als zwanzig Jahre diesen Job macht.«

Erneut stoppten sie. »Hallo Richard!«, sprach er den nächsten Kollegen an und stellte dessen Tätigkeit vor: »Das ist Herr Mühlstein. Er gestaltet das Design für unsere Zertifikate.«

Der schlaksige Junge mit der Baseballkappe schaute forsch zu Winfried: »Dürfte ich eine Frage stellen, Herr Kunze?«

»Nur zu!«

»Wieviel verdienen Sie?«

»Zwanzigtausend im Jahr Festgehalt. Dazu kommt ein Erfolgshonorar. Der Hauptanteil unseres Gehaltes sind Prämien.«

»Könnten Sie mir eine Aufstellung Ihres Vermögens zusenden?«

»Wieso das denn?«

»Ich mache eine Ausbildung zum Vermögensberater, Herr Kunze. Detailliert kann ich analysieren, ob Ihr Vermögen gut angelegt ist. Ich würde Sie gerne bei Ihrer Zukunftssicherung beraten und kann Ihnen helfen, eine Menge Steuern zu sparen!«

»Bei Vermögensanlagen kenne ich mich selbst bestens aus«, entgegnete Winfried alarmiert, »außerdem gebe ich private Informationen ungern in fremde Hände. Speziell, was meine Finanzen angeht.«

Der junge Mann reichte ihm eine Visitenkarte: »Wir beide arbeiten für ›Boppermann Financial Consulting‹, einem führenden Finanzdienstleister. Sie haben sicher von uns gehört. Und Sie haben nun die einmalige Chance, eine Top-Beratung von einem Top-Spezialisten zu bekommen! Unser Motto: Wir beraten …« »…auch Kastraten«, beendete sein gestylter Begleiter den Satz, woraufhin beide in schallendes Gelächter ausbrachen.

»Moment!« Richard drehte sich mit seinem Bürostuhl um. »Was für Typen hast du reingeschleust, Winfried?« Er wurde laut und brüllte: »Du kannst doch nicht einfach Leute von der Konkurrenz mitbringen und zeigen, wie wir hier arbeiten!«

Später saß Winfried nach vielen erfolglosen Versuchen, die beiden Besucher abzuwimmeln, in der Kantine und musste für sie mitbezahlen. Denn sie sahen sich nun als seine Gäste. Wenig später erschienen auch seine Kollegen. Richard zeigte zu ihrem Tisch und murmelte etwas, worauf die Anderen ein entsetztes Gesicht zogen, die Köpfe schüttelten und stumm am Tisch vorbeiliefen.

Die kommenden Tage wurde Winfried gemieden und saß in der Kantine alleine, bis Waldemar - der lange auf einem Einzelplatz bestanden hatte und sich immer weigerte, den Tisch mit Kollegen zu teilen - sich mit den Worten: »Wir Randgruppen müssen zusammenhalten« zu ihm setzte.

✕

Ein Wochenende war überstanden und am Montagmorgen wurde er von seinem Chef ins Büro gebeten. »Herr Kunze, mir wurde zugetragen, Sie würden Firmengeheimnisse verraten?«

»Ich? Auf keinen Fall! Es waren Ihre Werkstudenten!«

»Es ist Ihre Angelegenheit, wenn Sie Gäste herumführen. Es gelten bei uns strenge Vorschriften. Zuallererst müssen Sie die Besucher genau prüfen und ein polizeiliches Führungszeugnis verlangen.«

»Aber … es waren doch Ihre Gäste!«

»Werden Sie nicht frech. Das war Ihr Job, also hätten Sie vorab Informationen einholen müssen, wer die Besucher sind!«

Winfried begann zu zittern. Vor Aggression. Sein Chef bildete sich ein, es wäre die Angst vor der Macht des Vorgesetzten. Er atmete ein paarmal tief ein und aus, dabei spielte er in Gedanken durch, wie tief ein angespitzter Bleistift sich durch die Nase ins Hirn des Vorgesetzten rammen ließe. Er überwand seinen Zorn und antwortete langsam: »Ok. Nächstes Mal …«

»Herr Kunze, das führt zu einer Abmahnung! Außerdem habe ich von jemandem erfahren, Sie würden sich über Kollegen lustig machen!« Er stand auf und führte eine Art Bauchtanz mit Singsang auf: »Mann, ist der Dick!«, setzte sich wieder und endete: »Sie müssen sich ernsthaft Gedanken über Ihre Zukunft machen! Nur eine Chance haben Sie jetzt noch, verspielen Sie die nicht! Und jetzt verschwinden Sie aus meinem Büro. Ich habe zu arbeiten und sicher haben Sie auch noch irgendwas zu tun.«

Winfried stand eine Weile wie gelähmt da. Sein Vorgesetzter starrte ihn hasserfüllt an. Als er aus seiner Erstarrung erwachte, hatte sein Chef den Blick längst abgewandt und auf seinem PC das Kartenspiel Solitär gestartet. Er verließ das Büro mit dem Gedanken: *Ich bringe ihn um. Nächstes Mal bringe ich ihn um!*

✕

Winfried stand auf der Mainbrücke in der Finanzhauptstadt des dreißigsten Jahrhunderts. Vor ihm erhoben sich gigantische Türme, die sich endlos in den Himmel zu recken schienen. Ein summendes Geräusch drang an seine Ohren und wurde immer lauter. Als er nach oben blickte, sah er riesige Insekten um einen Turm herumschwirren. Eines der Geschöpfe löste sich aus dem Schwarm und flatterte auf ihn zu.

Er war paralysiert, konnte sich nicht von der Stelle lösen und schien mit dem Boden verwurzelt zu sein. Sein Kollege Waldemar stand in einer glänzenden Ritterrüstung am Brückenrand, setzte eine Taucherbrille auf und rief: »Winfried, wir müssen weg! Es sind fliegende Geisterzersetzer! Im Wasser können sie uns mit ihren Strahlen nichts anhaben«, worauf er in den Fluss sprang. Winfried versuchte, ihm zu folgen und tat einen Schritt vorwärts. Es klirrte und ein plötzlicher Schmerz fuhr ihm in den Fuß.

Er schreckte hoch, die Vision verblasste, das summende Geräusch blieb. Es war sein Wecker. Auf dem Boden lagen Scherben eines Bierglases, das er im Halbschlaf von seinem Nachttisch getreten hatte. Halb benommen räkelte er sich. *Welch ein Alptraum!*

Eine Stunde später betrat er sein Büro.

»Hallo Winfried! Vorhin war dein Chef hier und hat nach dir gefragt.«

»Was wollte er denn, Burkhart?«

»Er hat sich erkundigt, wann du üblicherweise bei der Arbeit erscheinst. Ich habe ihm erzählt, du würdest immer um 9 Uhr im Büro auftauchen.«

»Was hat er gesagt? Soll ich zu ihm kommen?«

»Nein. Er hat nur nach dir gefragt und sich dann eine Weile vor deinen PC gesetzt. Vor 5 Minuten ist er gegangen.«

»Merkwürdig.« Er schaltete seinen PC ein, startete einen Virenscanner und rief seine Emails ab. *Mein Postfach repräsentiert unsere Gesellschaft im Kleinen. Viel Werbung für unnützes Zeug, das keiner haben will,* dachte er, als plötzlich eine Warnung erschien. Ein Überwachungsprogramm sei auf dem Rechner installiert, meldete das Antiviren-System. Flugs startete Winfried ein System zum Entfernen des Übels und dachte erleichtert: *Wieder sauber. Hoffentlich. Dankeschön, Chef! Das schreit nach Rache!* Er brauste innerlich auf und begann eine Recherche im Internet. *Irgendwie muss man öffentlich machen, was hier für ein Spiel läuft! Diese Seite wäre etwas: ›die-dümmsten-Chefs-der-Welt.de‹. Von versteckten Webcams aus den Büros der Chefs gesendet. Live! Mal schauen ... witzig, was dieser Idiot hier für ein Gesicht macht, während er sich unbeobachtet fühlt. Köstlich! Genau das Richtige für meinen Chef. Ich muss nur eine versteckte Webcam in seinem Büro installieren.* Gehässig lachte Winfried in sich hinein. Im nächsten Moment schreckte er zusammen, als er einen Stich am Hinterkopf verspürte und jemand rief: »Nazi!«

»Schau dir mal den Index von heute an!« Sein Nachbar, der treffsicher einen Papierflieger an seinen Hinterkopf geworfen hatte, zeigte auf seinen Bildschirm. Der Kollege, mit dem sich Winfried mittlerweile am besten verstand. Ein Widerspruchsgeist und Querdenker. Wie er selbst auch.

»Was gibt's, Waldemar?«

Eigentlich hieß Waldemar mit Vornamen Jorge, war nach eigenen Angaben ausgebildeter Banker und stammte aus Madrid. Die letzte Person, die ihn mit seinem eigentlichen Namen ansprechen wollte, war Teamassistentin Schmitt beim Mittagessen, die beim spanischen Namen so scheiterte, dass sie sich verschluckte, einen Hustenanfall bekam und dem Erstickungstod so nahe war, dass ein Krankenwagen gerufen werden musste, um sie mit Blaulicht in die Notaufnahme zu bringen. Seitdem wagte keiner mehr, seinen Namen auszusprechen.

Eines Tages erzählte Jorge seinen Kollegen von der Zeit vor Frankfurt, als er infolge der Immobilienkrise und auf der Suche nach einem Job nach Paris gekommen wäre und im Stadtteil *Val-de-Marne* gelebt hätte. Rainer, der am gleichen Tisch saß, hatte den Namen des Ortes nur halb verstanden und gefragt: »Wie hieß der Ort – Waldemar?« Von selbst hatte sich durchgesetzt, dass Jorge nun Waldemar genannt wurde.

Womit alle einverstanden waren, nur er selbst ganz und gar nicht. Eines Tages ärgerte er sich derart darüber, dass er seine Kollegen in der Kantine anfuhr: »Ihr seid alle Nazis! Ich spreche euch nur noch mit ›Nazi‹ an!« Von nun an wollte er seinen Tisch mit keinem Kollegen mehr teilen.

»Ist dir nichts aufgefallen? Der Index fällt und fällt!« Waldemar hielt mehrere Tasten gedrückt und auf dem Monitor wurden zwei Kurven übereinandergelegt. »Schau mal, die grüne Kurve ist der Verlauf dieses Monats, die rote stammt vom Oktober 1929. Fällt dir was auf, Nazi?«

Winfried, der sich schon daran gewöhnt hatte, so von dem Spanier tituliert zu werden, entgegnete: »Die sind vielleicht ähnlich, aber nicht gleich. Ich weiß schon, worauf du hinaus willst: es wird sich aus dem kleinen Tief eine Weltwirtschaftskrise entwickeln.«

»Diesmal sieht es wirklich so aus«, setzte Waldemar nach. Seit er im Büro begonnen hatte, sprach er täglich über die drohende Weltwirtschaftskrise.

✕

Als er am letzten Arbeitstag der Woche verspätet sein Büro betrat, fiel Winfried die gedrückte Stimmung sofort auf. Niemand wechselte ein Wort, alle Kollegen saßen stumm vor ihren Bildschirmen. Er warf einen Gruß in die Runde: »Guten Morgen!«, in der Hoffnung auf irgendeine Reaktion. Die gab es auch, jedoch anders als erwartet, von Dr. Weingarten, der in einer Ecke gekauert hatte und nun heulend aus dem Büro rannte.

»Was ist denn los, was hat er?«, fragte er verdutzt. Burkhart antwortete mit gedämpfter Stimme: »Es ist wegen Frau Schmitt, der Teamassistentin.«

»Hat sie gekündigt?«

Burkhart schaute ihn traurig an. Er räusperte sich, rang um Worte und begann zu erzählen: »Rainer hat etwas mitgehört, als er gerade ins Büro vom Chef wollte. Hinter der Tür hörte er Frau Schmitt reden. Die letzten Monate hätte sie eine Liste mit Verbesserungsvorschlägen erarbeitet …«

»Oje!«, stöhnte Winfried und ahnte Böses.

»… und der Chef hätte nur laut gelacht und gesagt, sie solle froh darüber sein, wenn ihr wenigstens solche Aufgaben zugetraut würden, wie Kaffee zu kochen oder am Empfang zu sitzen. Das wäre doch besser, als auf den Strich zu gehen. Sie hätte etwas Vernünftiges wie er studieren sollen: Betriebswirtschaftslehre.«

Drecksau! - dachte Winfried und rief seine Erinnerungen ab: »Philosophie und Literatur hat sie studiert, oder?«

»Ja. Zehn Jahre lang. Rainer meinte, sie wäre vollkommen ausgerastet und hätte laut geschrien. ›BWL studieren nur die größten Vollpfosten‹, wäre das Harmloseste gewesen. Danach wäre sie aus dem Büro gerannt.«

»So hätte ich auch mit dem Chef gesprochen, Burkhart! Und dann?«

»Hast du's noch nicht gehört, Winfried?« Er blickte zu Boden und senkte die Stimme. »Sie ist aus dem Fenster gesprungen. Im zehnten Stock. Zwei Stunden, bevor du gekommen bist, wurde sie vor dem Gebäude gefunden.«

Den Rest des Tages starrte Winfried wie seine Kollegen durch seinen Bildschirm hindurch, unfähig, sich auf seine Arbeit zu konzentrieren. Ihn trieb der Gedanke, seinen Chef nach oben zu schleifen und hinterher zu werfen. Nach intensiver Überlegung kam er jedoch zum Schluss: *So ein Typ ist es nicht wert, dass man sich seine Finger schmutzig macht. Vielleicht gerät er in einen Verkehrsunfall, wird in seinem Auto eingeklemmt und geht darin elend zu Grunde, ganz langsam. Stundenlang sitzt er dort in seinem Wrack und heult. Dabei fängt es an zu brennen. In Zeitlupe krepiert er vor sich hin. Die Feuerwehr kommt, schaut in sein Auto, sagt:* »Nee, du nicht!« *und fährt wieder weg.* Seine Miene hellte sich auf. *Genau! Das ist ein guter Plan. Viel besser, als ihn hier und jetzt zu töten.*

✕

Regelmäßig ließ Winfried sich von Gernot zu einem Wochenend-Treffen in dessen Lieblingscafé überreden, um über Gott und die Welt zu palavern oder Neuigkeiten auszutauschen. Gernot erinnerte ihn wegen seiner dicken Lippen und der Glupschaugen immer an einen Frosch.

»Hi Winfried! Wie läuft's bei der Arbeit?«

»Nun ja ... wie immer, Gernot. Und bei dir?«

»Grandios!«

Immer dasselbe Thema: Job, Job, Job! - ärgerte sich Winfried - gerade jetzt wäre mir jedes andere Thema recht.

Eine attraktive Kellnerin eilte an den Tisch, zückte ihren Notizblock und fragte: »Was bekommen die Herren?«

»Einen Milchkaffee«, sagte Winfried.

»Und Sie?«

Gernot grinste. »Ich bekomme eine große Latte.«

Die Kellnerin lief rot an. »Wie bitte, der Herr?«

»Einmal Latte Macchiato, groß«, erklärte er auf die Nachfrage.

Mit verstörtem Gesichtsausdruck kritzelte die Kellnerin etwas auf ihren Notizblock und eilte davon.

Irgendwann muss er endlich seine postpubertäre Phase abschließen, ärgerte sich Winfried, als Gernot wieder zu seinem Lieblingsthema kam: »Du weißt ja, Marketing! Eine absolute Zukunftsbranche und kreativ. Vielleicht solltest du darüber nachdenken, zu wechseln.«

»Besonders einfallsreich finde ich es nicht, was ihr macht. Alles wiederholt sich, selten erfindet ihr Neues. Die Kreativität bleibt auf der Strecke.«

»Du verstehst das Ganze nicht. Wir entwickeln nachhaltige Strategien. Die Tendenz geht immer mehr dahin, Menschen möglichst früh mit Werbung zu bombardieren und die Nachfrage nach bestimmten Marken, wenn möglich, schon im Säuglingsalter zu wecken. Spielzeug, Babyklamotten oder Nuckel- flaschen, auf denen eingängige Logos schlagkräftiger Konzerne prangen. Des- wegen werden die Logos immer trivialer, damit die ganz Kleinen sich die auch einprägen können. Was früher die Hitlerjugend oder die FDJ war, sind heute die Markenkids. Selbst die Kreuzritter kannten dieses Prinzip. Alle hatten ein Logo auf ihrem Mantel.«

»Ähem«, räusperte sich Winfried. »Tabus kennt ihr wohl keine!«

Die Kellnerin kehrte zurück und stellte zwei Kaffeetassen auf den Tisch. »Einmal für den mit der großen Latte, einen Milchkaffee für den anderen. Könnten Sie bitte gleich zahlen? Ich würde nicht gerne nochmal an Ihren Tisch kommen.« Mit verschämten Blick sprach Winfried: »Ich zahle Beides.« Die Kellnerin kassierte und eilte im Laufschritt davon.

Gernot grinste. »Du verstehst das Ganze wirklich nicht. Heute geht es um alles oder nichts, sein oder nicht sein. Die Hälfte aller Konzerne könnte über Nacht ihre Produktion einstellen, ohne dass es den Konsumenten an etwas fehlen würde. Wir leben in einer Zeit der Überproduktion, die exponentiell zunimmt. Zudem wird die Herstellung in den Arbeitslagern der dritten Welt immer billiger. Was heute fehlt, ist Nachfrage. Genau da setzt Marketing an. Um Bedarf zu generieren. Es wird mittlerweile mehr Kapital aufgewendet, Produkte an den Mann oder die Frau zu bringen, als für die Herstellung.«

»Das befürchte ich auch. Freie Marktwirtschaft hat ja seine guten Seiten, alle werden satt, man sollte jedoch an die Zukunft denken und das Problem der Überproduktion lösen.«

»Die EU könnte beschließen, einfach die Überschüsse - beispielsweise die Hälfte aller hergestellten Waren - aufzukaufen, alles auf einen gigantischen Haufen zu werfen und zu verbrennen, um die Preisspirale nach unten zu bremsen. Es würde den Verdrängungswettbewerb einen Moment aufhalten, wäre aber keine Lösung von Dauer. Die Produktion würde sich verdoppeln, vervierfachen, irgendwann hätten wir den Salat. Immer mehr produzierte Ware müsste vernichtet werden, Milliarden Tonnen Erzeugnisse, fabrikneu, auf den Scheiterhaufen. Oder ins Meer kippen. Alle überflüssigen Erzeugnisse, die niemand haben will.«

Winfried fühlte kalten Schweiß seinen Nacken hinunterlaufen. »Das wäre sehr schade«, sprach er nachdenklich, »letztendlich haben wir ja begrenzte Ressourcen.«

»Heute sind die Hersteller teilweise sehr einfallsreich. Sie bieten einfach weniger. Sollbruchstellen. Die Produkte gehen nach Ablauf der Garantiezeit sofort kaputt. Kreativität bei Verpackung von Lebensmitteln – sie füllen einfach immer weniger hinein.« Gernot zog eine Rolle Chips aus seiner Tasche und öffnete sie mit einem ›Plopp‹. »Wie bei diesem Hersteller, der Unsummen für Werbung ausgibt und beim Produkt spart: diese Packung wird mittlerweile nur noch halb gefüllt, während der Preis gleich geblieben ist. Man kauft statt einer Packung eben zwei.«

»Das ist doch Betrug!«

»Oder kreativ. Selbst schuld, wer das kauft. Es hat sich ein hemmungsloser Verdrängungswettbewerb entwickelt, deswegen versucht man mittlerweile, dass sich Logos fest ins Gehirn einbrennen. Um Menschen auf Marken zu fokussieren. Es vermittelt ein Gefühl von Sicherheit und dass man irgendwo dazugehört. Logos, Sound, Produkte, trivial müssen sie sein. Überlege mal: vier Töne hintereinander. Drei sind gleich, die kennt jeder.«

Winfried flötete vier dramatische Töne. »Beethovens fünfte, natürlich!«

»Mensch! Du bist heute gar nicht bei der Sache. Ich meinte den Telekommunikationskonzern.«

»Ach so. Deren Komposition ist wirklich beschränkt. Übrigens, es sind sogar fünf Töne. Fast schon zu kompliziert für deine Zielgruppe.«

»Nun ja, Geschmackssache. Und egal, ob vier oder fünf Töne. Hauptsache trivial. Vom Marketingaspekt, genial!« Gernot rückte ein Stück näher und senkte seine Stimme: »Es gibt natürlich auch geheime Strategien, um den Gegner auszuschalten. Verdorbene Sachen einzuschmuggeln, Lebensmittel zu vergiften, Kassierer mit Rechenschwäche in Läden einzuschleusen oder sogar Schläger anzuheuern. Daher stellen die immer mehr Security-Leute ein. Manche Konzerne beauftragen sogar Geheimlogen. Erinnerst du dich an Dagobert?«

Winfrieds Augen leuchteten. Endlich ein Thema, mit dem er glänzen konnte: wenn sich das Gespräch um Geschichte, Kultur oder Verschwörungstheorien drehte. »Der legendäre König der Merowinger? Kürzlich habe ich ein Buch gelesen: ›Der Heilige Gral und seine Erben‹. Darin geht es um eine Geheimloge, die sich auf das Erbe König Dagoberts beruft, den Gral besitzen soll und die Herrschaft über Europa anstrebt. Ein geheimnisumwitterter Orden - die Bruderschaft von Zion - soll im Hintergrund operieren. Es soll Verbindungen mit den Ordensmeistern der Tempelritter gegeben haben, heutzutage mit den Illuminaten. Es wird vermutet …«

»Stopp! Heute bist du wirklich neben der Spur! Den Kaufhauserpresser Dagobert meine ich. Die Kunden bekamen es mit der Angst zu tun, später ging die betroffene Kaufhauskette in Insolvenz. So läuft das heutzutage, Winfried. Nicht immer mit den fairsten Methoden.«

»Und niemand schöpft Verdacht, was im Hintergrund laufen könnte?«

»Man muss jedes Misstrauen und alle Verschwörungstheorien schon im Ansatz ausschließen. Echte Profis vermeiden Risiko. Die setzen alles daran, Leute an Symbole zu binden. Bewusst werden nichtssagende Logos entwickelt, die immun sind gegen jede Interpretation. Keine Ähnlichkeit zu Symbolen im Zusammenhang mit irgendeiner Ideologie oder Religion, wie dem Kreuz, dem Halbmond, dem Gral, oder mit was auch immer. Die Sportbekleidungshersteller sind dabei am weitesten – einfach vier Striche oder ein Haken. Punkt! Das ist alles. Oder eine Imbisskette: jeder kennt das gelbe M. Markensymbole zu entwickeln, die so sinnfrei wie möglich sind, ist eine Kunst für sich.« Gernot legte eine Atempause ein. »Oder fällt dir ein Markenlogo ein, das irgendeine Interpretation zulässt?«

»Die mir in den Sinn kommen, sagen wirklich nichts aus«, gab Winfried zu, widerrief aber sofort: »Moment: ein Hamburger-Konzern. Der mit der Krone. Das Symbol steht für Monarchie!«

»Daran habe ich nicht gedacht, aber du hast Recht. In diesem Fall haben die Marketingprofis versagt. Mit dem Logo hat der Laden wohl keine Zukunft.«

»Solchem Kommerz werde ich keine Träne nachweinen.«

»Ich sage dir, wie die Zukunft aussehen wird.« Gernot wechselte in eine tiefere Stimmlage und verdrehte die Augen so, dass nur noch das Weiße zu sehen war. Seine Glupschaugen traten noch weiter hervor und Winfried wurde schlecht bei dem Gedanken, sie könnten augenblicklich herausfallen. »Meine Vision: Langsam rücken Kampfroboter im Zeichen des gelben M gegen die letzte Filiale des Bürgerkönigs vor und gehen in Stellung. Donald gibt den Angriffsbefehl, endlose Salven werden auf den Gegner abgefeuert – ratata, ratatata! In einem anderen Vorstadtviertel stellen derweil die Krieger der vier Streifen den Sportschuh-tragenden Legionären des weißen Hakens eine Falle …« Gernot setzte seine Rede nun mit normaler Stimme fort und rieb sich die Augen. »Und so weiter. Es wird einen Krieg um die Marken geben. Diese Zeiten werden wir wahrscheinlich nicht mehr erleben, am Ende wird es jedoch nur noch einen einzigen Franchise-Konzern geben.«

»Da muss man wohl hoffen, dass dieses Glück die Firma trifft, bei der du angestellt bist.«

»Das hast du nett gesagt, Winfried!« Gernot bedankte sich und stand auf. »Es war schön, wieder mit dir zu diskutieren. Jetzt muss ich mich sputen. Meine Ex-Freundin hat sich heute überraschend gemeldet und mir meinen unehelichen Sohn aufgedrängt. Den muss ich gleich abholen und in die Abenteuer-City fahren. Übrigens, da hätte ich etwas: ein Erfolgs-Seminar heute Abend. Ich hatte mir eine Karte besorgt, bei mir klappt es ja leider nicht. Aber du hast doch Zeit. Du erfährst, wie du mehr aus dir oder aus deiner Karriere herausholen kannst. Einen Flyer habe ich auch dabei, den lasse ich dir mit der Eintrittskarte hier. Adieu und bis zum nächsten Mal.«

»Adieu, Danke. Erfolgs-Seminar hört sich gut an.«

Eine Weile saß Winfried noch im Café und beobachtete eine Gruppe von vier Jugendlichen, die einen kleinen Jungen in den Schwitzkasten nahmen und brüllten: »Du ziehst sofort deine Schuhe aus, du Hurensohn! Mit den Dingern in unserem Viertel herumlaufen, das geht gar nicht!«

Auf einen Blick erkannte er, worum es bei dem Streit ging: die vier Großen hatten Turnschuhe mit einem weißen Haken, der Kleine trug Schuhe mit vier Streifen. Und er dachte: *Der Krieg um die Marken hat begonnen.*

60 Euro kostete die Show regulär, ein Plakat am Eingang verkündete in großen Buchstaben wortwörtlich: »Rick Money's Erfolg's-Seminar«, darunter prangte ein roter Schriftzug: »Mit Rick's Geheimtipps, dem Erfolgreichsten aller Erfolgreichen, werden sie Glück Ihres eigenen Schmied's!«

Hmm, dachte Winfried, *Rechtschreibung wie ein Hauptschüler. Erfolgreich ist er dennoch. Vielleicht kann ich tatsächlich etwas lernen.*

Längst hatten alle in der Stadthalle ihren Platz eingenommen. Der Vortrag hätte schon vor einer halben Stunde beginnen sollen, dennoch warteten die Zuschauer auf ihren teuren Sitzplätzen geduldig und starrten auf die Bühne. Das Licht flackerte. Auf einmal herrschte Totenstille, unterbrochen nur durch vereinzeltes Hüsteln. Die Beleuchtung wurde gedimmt, bis der Saal in vollkommene Dunkelheit gehüllt war. Trommelwirbel setzte ein. Anfangs als leises Geräusch im Hintergrund, wurde es lauter. Ein Schatten huschte über die Bühne, vereinzelte Funken sprühten, verwandelten sich in gleißendes Feuerwerk, es folgte ein greller Blitz und die Zuschauer wurden einen Sekundenbruchteil geblendet. Martialische Fanfaren erschollen, die Bühne wurde mit Licht geflutet und es erschien …

Ein Gnom! – dachte Winfried.

Rick Money, bekannter Erfolgsprediger, Arnulf Seidler mit bürgerlichem Namen, stand auf der erleuchteten Bühne. Stolz und mit hoch erhobenem Haupt ließ er seinen Blick über das Publikum schweifen. Die Ähnlichkeit mit einem Gnom fiel jedem sofort ins Auge. Oder seine Erscheinung wäre - da nicht eindeutig definiert ist, wie ein Gnom aussieht - eine gute Vorlage für einen Gnom.

Zurück zur Show: seine von Natur aus unvorteilhafte Erscheinung machte der leicht untersetzte, mit kahl rasiertem Haupt und abstehenden Ohren gesegnete Mann mehr als wett durch seinen perfekt sitzenden Anzug und dem wie in Stein gemeißelten glückseligen Gesichtsausdruck.

Rick hüpfte auf der Bühne hin und her, legte ein Headset an und begrüßte seine Zuschauer. »Ich kann es mit Worten kaum ausdrücken, wie ich mich über euch freue! Es ist einfach wundervoll, dass ihr alle gekommen seid. Mit meiner Show bin ich durch die große weite Welt gereist, war in New York, Paris, London. Und letzte Woche in Stuttgart. Wisst ihr, in welcher Stadt ich am liebsten bin? Wo es das beste Publikum der Welt gibt?« Nach einer effektvollen Kunstpause, in der sein Blick über die Zuschauer schweifte, beantwortete er die Frage selbst:

»In Frankfurt!«

Die Zuschauer applaudierten, einige riefen stolz: »Unsere Stadt!«

Ein perfekt gestylter Mann mit weißem Hemd und Sakko neben Winfried flüsterte: »Das ist witzig! Ich war bei der Show in Stuttgart. Rate mal, wo dort das beste Publikum der Welt sitzt? Natürlich in …«

»Pssst!«, zischte eine Dame in der Reihe hinter ihnen.

Rick weihte nun das Publikum in eines seiner Erfolgsgeheimnisse ein: »Ihr müsst euch einfach gut verkaufen! Ihr seid besser als all die anderen! Denkt immer an euren Erfolg und kämpft nur für euch. Schaut mich an: ich habe es geschafft! Sagt zu euch selbst: ich bin der Beste! Aber warum erzähle ich euch das und behalte dieses Wissen nicht einfach für mich?« Fragend richtete er seinen Blick unscharf in die hinterste Reihe: »Ja! Genau dich meine ich! Warum musst du der Beste sein?«

»Das werde ich erklären«, rief er laut: »Denn: was ist das Wichtigste im Leben? Familie, Freunde, Gesundheit?« Enthusiastisch hüpfte er auf und ab, warf dem Publikum eine Frage nach der anderen zu: »Eine Familie, auf die man sich in der Not verlassen kann? – Freunde, die zu einem stehen? – Gesundheit, auf die man sich nicht immer verlassen kann? Eine Familie kann ohne Geld nicht existieren. Geld kann aber ohne Familie existieren. Freunde? – die wollen wohl kaum befreundet sein mit jemandem, der pleite ist! Denn wer Geld hat, ist auf Freunde nicht angewiesen, kann sich aber seine Freunde aussuchen. Trifft man sich mit vielen nicht nur aus Höflichkeit, aus Mitleid? Scheut man sich nicht davor, zu selektieren und die Unbrauchbaren auszusortieren? Warum muss man sich ständig das ewige Gejammer, bei dem es meistens ums Geld geht, anhören?«

Im Publikum war aufgeregtes Gemurmel zu hören. Ein empfindlicher Nerv war getroffen.

»Ist nicht das Wichtigste im Leben: gesund zu bleiben? Was ist, wenn man krank wird und Geld braucht, um sich ein neues Organ zu kaufen?« Rick ließ sich in einer theatralischen Geste mit schmerzverzerrtem Gesicht auf den Boden fallen, hysterisches Geschrei aus dem Publikum folgte. Er sprang wieder auf, wandte sich mit eindringlichem Blick ans Publikum und flüsterte: »Also, was ist das Wichtigste im Leben?«

Einige Zuhörer standen begeistert auf und riefen: »Geld, Geld, Geld!«

»Wegen der Show bin ich gar nicht hier«, flüsterte der gestylte Mann neben Winfried, »ich suche nur nach einer Affäre. Alle Frauen, die in so ein Seminar gehen, sind leicht zu haben. Die kann ich leicht um den Finger wickeln, wenn ich von meinem Porsche erzähle, der Villa, meinem Pool und der Finca auf Mallorca. Sofort hängen sie an mir dran. Wollen alles sehen: dann Sorry, mein Porsche ist gerade in der Werkstatt, die Villa wird gerade umgebaut – deswegen muss ich momentan leider im Hotel übernachten. Nach einer Nacht, Ciao! Pech gehabt, aus der Traum und zerplatzt wie eine Seifenblase. Ein Riesenspaß, sage ich dir! Die Frauen sind alle willig, wenn man auf supererfolgreich macht. Schade, dass solche Erfolgsseminare so selten stattfinden. Das kostet mich als Hartz-4-Empfänger keinen Cent. Den Eintritt übernimmt die Arbeitsagentur als Qualifizierungsmaßnahme.«

So ein Schwätzer! - murmelte Winfried lautlos. Gleichzeitig meldete sich sein Magen mit heftigem Sodbrennen. *Meine Nerven …*

»Wem könnt ihr trauen?« Rick tanzte auf der Bühne und warf weitere Fragen in die Runde: »Freunden vielleicht? Die könnten schon am nächsten Tag ihre Masken ablegen und mit eurem Geld abhauen. Oder Geschwistern? Wenn's ums Erbe geht, zählt Verwandtschaft nichts. Ganz sicher doch: den Eltern? Im Alter haben die doch ihre eigenen Sorgen. Der Ehepartnerin?« Er stutzte. »Ich wollte niemanden diskriminieren, deswegen gilt das auch für den Ehepartner.« Nach kurzem Gelächter in den Zuschauerrängen fuhr er fort: »Auch der kann sich unerwartet mit eurem Geld aus dem Staub machen« Er grinste breit über das ganze Gesicht.

Eine Weile behielt er diesen Gesichtsausdruck bei. Einen Moment später verkehrte sich seine Miene in eine teuflische Fratze, rote Scheinwerfer tauchten die Bühne in dämonisches Licht und es begann bedrohlich zu flackern, als wäre ein Höllenfeuer entbrannt. Er sprach jedes Wort langsam und mit tiefer Stimme aus. »Ihr denkt, ihr könntet irgendjemandem auf dieser Welt vertrauen?«

Das Licht änderte sich in weiß und Rick setzte wieder einen glückseligen Gesichtsausdruck auf, zog ein Bündel Geldscheine hervor, schritt bedächtig bis ans vordere Ende der Bühne, sodass ihn die vordersten Zuschauer mit ihren Händen berühren konnten - was auch einige begeistert taten - und sortierte die Geldscheine so, dass sie zwei Fächer bildeten. Mit erhobenen Armen und vollkommen zufriedenem Lächeln, einer Buddha-Statue gleich, hielt er die Geldscheine in die Höhe und rief: »Diesen könnt ihr vertrauen!«

Eine Zuhörerin konnte sich nicht mehr halten, zerriss ihre Bluse, entblößte eine beachtliche Oberweite und schrie: »Rick, ich will ein Kind von dir!«

»Dazu kommen wir später«, erwiderte er mit leichtem Grinsen. Winfried stellte sich die Kombination vor, ein Gnom mit solch riesigen ... was ihm gerade in den Sinn gekommen war, schockierte ihn derart, dass er versuchte, das Bild für alle Zeiten aus seinem Gedächtnis zu tilgen.

»Bevor wir zum Schluss kommen«, sprach der Vortragende, »will ich euch nicht vorenthalten, dass ich viele Tipps auch schriftlich festgehalten habe. Ich will Sie kurz auf mein neues Werk hinweisen: *Wie werde ich reich ohne zu stinken. Kauft, ihr werdet es nicht bereuen!*«, und zwinkerte dem Publikum zu: »Ich gebe euch noch einen Leitspruch auf den Weg. Denkt immer daran: jeder ist seines Schmiedes Glück.«

Belustigt ergänzte Winfrieds Sitznachbar: »doch nicht jeder hat ein schönes Stück!« Winfried murmelte für ihn unhörbar: *Mir reicht's gleich, halte endlich deinen Mund!*

Zum Schluss erhob Rick seinen Arm zum Publikum. Die rechte Hand zur Faust geballt, rief er den Zuschauern zu: »Jetzt der Schlachtruf: Hossa! Und alle: HOSSA!«

Mit gestreckter Hand wäre das jetzt strafbar, dachte Winfried.

Nach und nach stimmten immer mehr Leute in das Kommando ein, bis die aufgeheizte Menge wie aus einer Kehle brüllte: »HOSSA! HOSSA! HOSSA!«, was sich eine Viertelstunde hinzog, während Winfried darüber nachdachte, was der Erfolgsprediger vorgetragen hatte. *Was hat er eigentlich gesagt? Etwas Wichtiges müsste doch dabei gewesen sein.* Nur an die ständigen Kommentare des aufgetakelten Gigolos neben ihm konnte er sich erinnern.

Das Publikum strömte dem Ausgang zu, dem Saal folgte eine Lounge. Begleitet von einer stark aufgebrezelten Blondine mit hochhackigen Schuhen drängte sich Winfrieds Sitznachbar herbei und stellte ihn seiner neuen Eroberung vor: »Das ist Ronald, mein bester Freund und Geschäftspartner« und blinzelte ihm schelmisch zu. Die Blondine schüttelte lächelnd Winfrieds Hand und das Pärchen entschwand händchenhaltend durch den Ausgang.

✕

Das Jahr ging dem Ende zu. Es war Dezember und die Erstürmung der Burg begann. Verzweifelte Hilfssoldaten warfen Steine die Außenmauer hinab, konnten die zahllosen feindlichen Ritter jedoch kaum abwehren. Erneut lehnte eine Leiter an der Außenmauer, ein Soldat eilte zur Verteidigung herbei. Zu spät: sein abgetrennter Kopf schwebte kurz in der Luft, nahm im nächsten Augenblick Bodenkontakt auf.

An seiner Stelle stand ein Ritter in schwarzer Rüstung und erledigte den nächsten Soldaten mit einem Handstreich. Sein Langschwert in die Höhe reckend, eilte er auf Winfried und seinen Kumpanen zu, die ihre Kurzschwerter zogen und in Stellung gingen.

Der schwarze Krieger schlug aggressiv auf sie ein. Winfrieds Kumpan wehrte ab und vollzog einen Hieb, der jedoch ins Leere ging, eilte zu einem Pult und notierte etwas, während Winfried in Bedrängnis geriet. Er kehrte zurück, parierte einen Schlag des schwarzen Ritters, lief erneut zu seinem Pult und nahm eine Notiz vor. »Was schreibst du dort ständig?«, rief Winfried ihm zu. »Hilf mir lieber und kämpfe!« Aus dem Augenwinkel sah er die Notiz: *Schlag pariert, mittlere Schwierigkeit: Multiplikator 2.5* auf einem Blatt mit der folgenden Überschrift: *Gebührenordnung für Ritter*.

Plötzlich erkannte Winfried, wer sein Waffengefährte war. Sein Zahnarzt Dr. Ritter. Kurz war er abgelenkt, mit einem harten Schlag fegte ihm der schwarze Kämpfer das Schwert aus der Hand, warf ihn zu Boden, führte ihm die Klinge zum Hals und begann schallend zu lachen. »Haha! Jetzt bist du erledigt, kleiner Wicht!«, rief er mit bösartigem Grollen. Er zog das Visier seines schwarzen Helms hoch und Winfried blickte in das Gesicht einer Fliege, einer gemeinen Stubenfliege … *Moment, das ist doch das Gesicht meines Chefs!* Schwitzend schreckte Winfried hoch und war einen Moment verwirrt. Er richtete sich auf. *Was war das denn für ein fürchterlicher Traum?*

Im Festsaal der Firma fand eine Weihnachtsfeier statt. Die Führungskräfte saßen nahe der Bühne an zwei Tischen. Winfried und seine Bürokollegen wurden gesondert platziert, auf Klappstühlen in der hintersten Ecke.

»Ich will vorab bekannt geben, dass ich heute einige Ankündigungen zu vermelden habe«, eröffnete der Geschäftsführer die Feier. »Wegen des Strukturwandels müssen wir im Bereich des Personals mit sozialverträglichen Maßnahmen reagieren. Aber, bevor ich mit der Tür ins Haus falle, begrüße ich herzlich alle Mitarbeiter zu unserer Weihnachtsfeier. Und da mir vor wenigen Tagen mitgeteilt wurde, dass die finanzielle Förderung unseres Integrationsprogramms staatliche Zustimmung erfahren hat, begrüße ich besonders: unsere Menschen mit Migrationshintergrund!«

»Sag doch gleich, dass ich gemeint bin!« Jorge alias Waldemar stand auf und brüllte: »Ich bin Ausländer! Ein Mensch zweiter Klasse!«

Alle Köpfe drehten sich um, viele Augenpaare richteten sich in die hintere Ecke. »Pssst!«, zischte Winfried, »sei doch ruhig! Muss das immer sein?«

»Die derzeit schwierige konjunkturelle Lage«, fuhr der Geschäftsführer fort, »zwingt uns, über die Effizienz bestimmter Abteilungen nachzudenken. Einiges ist zu optimieren. Und, wenn es nicht anders geht, müssen wir …« Er zögerte kurz und sprach leiser: »zum Wohl unseres gesamten Unternehmens den einen oder anderen Bereich verschlanken.«

»Werden Leute rausgeschmissen?«, rief Jorge alias Waldemar. »Zuerst sind es bestimmt Ausländer wie ich, bevor ein Nazi gehen muss!«

Der Geschäftsführer atmete tief durch und starrte, um Fassung ringend, in die vorlaute Ecke. »Ich wollte das eigentlich anders formulieren.« Er wurde laut: »Aber eure Abteilung verursacht ausschließlich Verluste! Ihr baut nur Mist, alle leiden darunter! Und das seit Jahren. Ich frage mich, was ihr den ganzen Tag anstellt! Kürzlich war ich dort und habe mitbekommen, was ihr so treibt: es wurde Fang-mich-doch auf dem Gang gespielt!«

Verstohlene Seitenblicke zum promovierten Mathematiker Dr. Weingarten folgten. Für ihn hatte immer noch niemand eine Idee, wie man ihn sinnvoll hätte beschäftigen können. Leises Schluchzen war zu hören.

»Genaugenommen heißt sozialverträglich«, endete der Geschäftsführer seine feierliche Rede: »ich werde eure Abteilung dicht machen, das ist für den Rest des Unternehmens sozial verträglich!«

Dr. Weingarten war der Einzige, der von der Nachricht überrascht wurde. Er reagierte mit schockiertem Gesichtsausdruck: »Was? Verlieren wir unsere Jobs?«

»War es das, was du wolltest?«, wandte sich Rainer an den vorlauten Spanier. »Ihn derart zu provozieren?«

»Ja!«, antwortete der Angesprochene lächelnd. »Ich wollte ehrlich und direkt hören, wie es läuft und was auf uns zukommt. Mich hat dieses nichtssagende, ausweichende Gerede genervt. Jetzt ist es raus.«

Wie lange hatte Winfried überlegt, die Flucht zu ergreifen und aus dem Betrieb abzuhauen. Dies hatte sich nun erledigt.

Das erste Mal seit vielen Jahren lächelte sein Chef. »Ah, der Herr Kunze. Sie kommen gerade recht, um Ihre Kündigung abzuholen«, sprach er gutgelaunt, als Winfried sein Büro betrat und reichte ihm einen Zettel: »Hier. Am besten, Sie packen Ihre Sachen sofort und verlassen den Betrieb. Ihren Resturlaub habe ich berechnet, der genügt für den Zeitraum der Kündigungsfrist. In Ihrem Sinne habe ich schon einen Antrag gestellt und genehmigt. Den Urlaub nehmen Sie ab sofort!«

»Danke«, sagte Winfried, fragte sich aber im nächsten Moment, wofür. Er murmelte kurz: »In Ordnung.«

Nachdem er sich von seinen Kollegen verabschiedet hatte, ließ er zum letzten Mal diese Tür hinter sich zufallen. *Nie wieder dieser Saftladen! Niemals wieder!*

Tief bewegt und nachdenklich wandte er seinen Blick in die Ferne, atmete die wohltuende Luft der Freiheit, ließ sie tief in seine Lungen strömen. Die Sonne durchdrang seinen Körper, die Wolken bildeten sphärische Wesen. Sein Geist wanderte umher, stieg in die Höhe, wurde zu einem Vogel, der hoch durch die Lüfte schwebte, über das Firmament hinaus. Von dort sah er, wie unten seine körperliche Gestalt in der nachmittäglichen Sonne die ersten Schritte in die Freiheit unternahm. Er war ein Tier, das lange in Gefangenschaft gehalten wurde und ins Leben zurückgekehrt ist.

Ich bin frei!

Der Abstieg

Winfried wurde durch den Lärm heimfahrender Berufspendler geweckt. Es war später Nachmittag.

Auweia! - war der erste Gedanke in seinem brummenden Schädel - *ich brauche erst mal einen Schluck Magenbitter gegen den Kater.* Er leerte eines der Fläschchen in einem Zug, setzte sich auf die Bettkante und grübelte. Er geriet in Zorn, ärgerte sich über die Vergangenheit, über die Zukunft, die Dummheit der Menschen. Über alles, was ihm in den Sinn kam.

Ich muss mich entspannen und mir etwas Schönes vorstellen! Er versuchte, seinen Gedanken eine positive Richtung zu geben. *Ein weißer Sandstrand in der Südsee, leises Rauschen des Meeres, wolkenloser Himmel und die helle Sonne, die mir auf den Bauch scheint. Mich wärmt. Hoch über mir schweben Möwen, die mit gleichmäßigen Flugbewegungen rhythmische Tänze aufführen.* Er atmete tief durch und ließ seine Gedanken fortdriften. *Sonne, Meer, Wellen. Glasklares Wasser, das sanft über fein-körnigen Sand rauscht, innehält, sich wieder zurückzieht.* Sein Blick wanderte zu den Sanddünen, über die der leichte Wind einzelne Sandkörner fegte. *Zum Meer.* Von der Wonne dieses Augenblicks angenehm beseelt, spazierte er durch den sonnengewärmten Sand zum azurblauen Wasser und fühlte, wie leichte Wellen seine Füße umschmeichelten. Sein Blick in die Ferne gerichtet, wanderten seine Gedanken über das Wasser, zum Horizont, darüber hinaus.

Winzige Fische flitzten vorbei. Er schluckte Wasser, konnte nicht atmen. Ein Arm legte sich um seinen Hals, jemand nahm ihn in den Schwitzkasten und drückte ihn unter Wasser! Verzweifelt suchten seine Hände nach Halt und griffen ins Leere. *Hilfe!* Sein Schrei blieb stumm, Wasser drang in seine Lungen. *Hilfe!* – hörte er sich blubbern, verzweifelt schlug er um sich und trat mit den Füßen. *Wo ist mein Gegner?* – er versuchte, ein Ziel zu finden, ließ seinen Ellbogen nach hinten schnellen. Und traf. Ein dumpfes Platsch! Etwas fiel ins Wasser. Seine Füße fanden Halt, hastig durchbrach er mit dem Kopf die Wasseroberfläche, schnappte nach Luft, hustete. Auf dem Wasser trieb ein regloser Körper, bewusstlos, mit dem Kopf nach unten. Er griff danach, drehte ihn um und erkannte ein Gesicht. *Ist es eine Fliege?!* Nein! Es war sein Ex-Chef, der sich wieder in seine Gedanken gedrängt hatte.

Den ohnmächtigen Gegner grub er im Sand so tief ein, dass nur dessen Kopf herausschaute, den Blick zum Meer gewandt. Dessen Bewusstsein kehrte zurück und von seiner unvorteilhaften Position beobachtete dieser nun, wie die Flut einsetzte, das Wasser anstieg und - so stellte Winfried sich das vor -

nun verzweifelt winselte: »Befrei' mich doch!«, während sein Kopf langsam in den Fluten versank.

Einen Moment verschaffte ihm diese Phantasie Befriedigung. Doch fiel er zurück in seine depressive Stimmung.

In wachem Zustand hielt er es nie lange zu Hause aus. Ständig spielten sich Gewaltphantasien in seinem Kopf ab, von denen er sich ablenken musste. Er sehnte sich nach dem Märchenland, das immer eine beruhigende Wirkung auf ihn hatte. *Zeit, mich auf den Weg zu machen. Vielleicht,* dachte er, *habe ich heute Glück.*

Als er bei der Spielothek ankam, hellte sich seine Stimmung auf. Der Platz vor seinem Lieblingsautomaten war noch frei. ›Märchenland‹ flimmerten fröhliche Buchstaben und lockten zum Spiel. Gut gelaunt fütterte er den Automaten mit Münzen und beobachtete die bunten, rotierenden Zylinder des Spielautomaten: *Zocken … ich habe meinen Beruf zum Hobby gemacht,* dachte er und drückte auf ›Stopp‹. Die Bilder bewegten sich langsamer und blieben stehen: 1x Oma, 2x Wolf, 2x Jäger. *Nichts gewonnen, nächstes Spiel, nochmal Rotkäppchen und der böse Wolf.* Eine Stunde verging, ohne dass er einen Gewinn einstrich. Es folgte Niete auf Niete, bis die Bilder abermals in ihrer Bewegung innehielten: 2x Rotkäppchen, 3x Wolf. Der erste Gewinn, sein Einsatz wurde gutgeschrieben. *Schön! So sollte es bei jedem Spiel laufen. Aber darum kümmere ich mich noch. Erstmal eine Belohnung. Zeit für ein Bier.*

Er ging zum Tresen, an dem schon ein Bekannter von ihm saß, den er freundlich begrüßte. »Hallo Doktor!« Es war der promovierte Mathematiker Dr. Weingarten.

»Hallo Winfried! Schön, dich wiederzusehen. Übrigens, könntest du mir heute etwas Geld borgen? Nur wenig, vielleicht 50 Euro?«, bettelte er. »Ich habe eine neue Strategie entwickelt. Diesmal bin ich sicher. Heute kann ich den Automaten knacken!«

»Nein!«, seufzte Winfried und schüttelte den Kopf, »das ist mein letztes Wort. Ich habe dir schon über 500 Euro geliehen. Jedes Mal musste ich mir anhören: diesmal, endlich, klappt es mit dem großen Gewinn. Mit einer neuen Strategie. Immer warst du am Ende pleite.«

»Nur noch ein einziges Mal! Diesmal bin ich ganz sicher!«, sprach er hektisch, »es ist die Chance meines Lebens. So sicher wie der Tod!« Er fiel in einen herzzerreißenden Heulkrampf.

»Beruhige dich doch, Doktor«, redete Winfried beruhigend auf ihn ein, tätschelte ihm den Rücken und ließ sich erweichen. »Ok, weil du es bist. Aber nur zehn Euro. Ausnahmsweise. Und teile dir das Geld gut ein!« Er zückte einen Geldschein.

Freudestrahlend riss Dr. Weingarten ihm den Schein aus der Hand, eilte zum Wechselautomaten und saß kurz darauf vor seinem Automaten. Buchstaben leuchteten darauf: ›Die lustigen Schlümpfe‹.

Winfried beobachtete seinen ehemaligen Kollegen, der wie besessen eine Runde nach der anderen spielte. Von den 10 Euro war mittlerweile nur noch die Hälfte verblieben, schnell schrumpfte es auf 4, 3 und schließlich 2 Euro. Den Blick starr auf den Automaten gerichtet, drückte der promovierte Mathematiker ›Neues Spiel‹ und die Zylinder begannen zu rotieren. Die Bilder rauschten vorbei, wurden langsamer und blieben stehen: 2x Erfinderschlumpf, 3x Überraschungsschlumpf. Das Feld ›Risiko‹ blinkte. Der Doktor wählte den Knopf ›Einsatz erhöhen‹ und das nächste Spiel begann. Bilder rotierten und das Guthaben schrumpfte auf wenige Cent.

Winfried versuchte den besessenen Spieler von seinem Wahn abzubringen. »Doktor, du musst einen Zeitpunkt finden, an dem du aufhören kannst!« Der Angesprochene zeigte jedoch keine Reaktion, sein starrer Blick war auf die vorbeifliegenden Bilder fixiert. Abermals drückte er ›Stopp‹ und die Zylinder rotierten langsamer. Als sie zum Stillstand kamen, zeigten sie fünf blau-rote Figuren. Eine Sirene heulte, das Display fing wild an zu blinken und große Buchstaben verkündeten: ›Jackpot! 17855 Euro gewonnen!‹

Wie paralysiert saß der promovierte Mathematiker vor dem Automaten. Seine Augen weiteten sich. Langsam löste er sich aus der Erstarrung, raufte die Haare und schrie: »Jackpot! Ich fasse es nicht! Fünfmal Papa Schlumpf!« Er kippte seitlich, fiel vom Sitz und blieb reglos am Boden liegen.

Eine Viertelstunde später waren zwei Sanitäter bei ihm sowie ein Notarzt, der Wiederbelebungsmaßnahmen durchführte.

Der Arzt räusperte sich. Traurig verkündete er den Anwesenden: »Es tut mir leid. Der ist endgültig hinüber. Das war wohl zu viel für ihn« und fragte, zur Angestellten an der Kasse gewandt: »Passiert so etwas öfter?«

»Nein«, entgegnete sie, »es ist auch das erste Mal, dass jemand den Jackpot geknackt hat.«

»Das muss Ihnen nicht leid tun«, mischte Winfried sich ein, »das war das erste Mal in seinem Leben, dass er Glück hatte.«

Der Arzt blickte ihn entrüstet an. Sein Ärger verflog jedoch, als er den am Boden liegenden Dr. Weingarten und seinen glücklichen Gesichtsausdruck betrachtete. »Vielleicht«, sagte er nickend, »ist er tatsächlich im richtigen Moment gegangen.«

Ein Flyer, der in der Spielothek auslag, weckte Winfrieds Neugier. »Was kommt nach dem Tod?«, prangte darauf in großen Buchstaben. Eine Frage, die er sich mittlerweile häufiger stellte. Er griff nach einem der Faltzettel, die für ein viertägiges Rückführungsseminar warben und las Kurzberichte von Kursteilnehmern, die über ihre früheren Leben berichten.

Interessant! - dachte er.

Samstag am späten Nachmittag begann die erste Sitzung im Wohnzimmer eines geschmackvoll eingerichteten Privatappartements, die Wände waren tapeziert mit Zeichnungen, die Sternzeichen interpretierten oder Engel in weißen Roben darstellten. Die Wohnung war zugestellt mit Skulpturen aus exotischen Ländern wie Indien, Persien und China. Die Bewohnerin schien vernarrt in das Sammeln von fernöstlichen Kunstwerken zu sein.

Vier Gäste waren eingetroffen und saßen im Halbkreis vor der Seminarleiterin. Nun, da die Runde vollzählig war, trat sie vor die Teilnehmer und eröffnete die erste Sitzung.

»Willkommen bei meinem Rückführungsseminar. Zuerst zu meiner Person: ich bin ein Medium und stehe in regelmäßigem Kontakt zu einem Todesengel. Habt keine Angst: vor den Todesengeln muss sich niemand fürchten, denn es sind gutmütige Geister. Sie leben in beiden Welten, in unserer und in der Astralwelt. Sie begleiten uns, wenn wir diese Welt verlassen und helfen uns bei der Suche nach einem neuen irdischen Körper, in dem unsere Seele ein neues Zuhause finden kann. Sie geleiten uns bei jedem Tod genauso wie beim Schritt in unser neues Leben.«

Sie blickte nacheinander jedem Einzelnen tief in die Augen und fuhr fort: »Eine Astralreise bedarf guter Vorbereitung. Zuerst müssen wir lernen, loszulassen und uns zu entspannen. Wenn wir uns diese Technik angeeignet haben, Helga, Winfried, Dietrich und Irmtraud, können wir unseren Engel anrufen und ihn bitten, uns auf der spirituellen Reise zu begleiten. Wir treffen uns in meiner Wohnung insgesamt viermal. Heute Abend und die nächsten beiden Male werden wir Yoga und Entspannungstechniken trainieren, solange müsst ihr euch in Geduld üben. Beim vierten und letzten Treffen wird jeder die Möglichkeit einer Rückführung bekommen. Ob sie gelingt, liegt bei euch und in den Sternen.«

Die ersten drei Treffen verbrachte die Gruppe mit leichten Übungen für den Körper, während gregorianischer Gesang, der helle Klang von Kristallen und das ruhige Plätschern von Wasser sie entspannte.

Am vierten Tag verkündete die Leiterin freudig: die Vorbereitungen hätten alle erfolgreich gemeistert, nun wären sie bereit, sich der Rückführung zu widmen. Ihr Gesicht wurde ernst und sie mahnte: »Es kann sein, dass ihr schreckliche Erlebnisse bei eurer Reise haben werdet und ihr euren letzten Tod nochmal erlebt. Was ihr sehen werdet, kann ich nicht beeinflussen. Dies hängt alleine davon ab, was der Engel euch zeigen will. Manchmal lässt er uns sogar einen Blick in die Zukunft werfen.«

Die erste Teilnehmerin wurde nach vorne gebeten und sie platzierte sich im Schneidersitz vor der Kursleiterin, die nun begann, vor ihren Augen ein Pendel zu schwingen. Im Hintergrund erklangen leiser Mönchsgesang und die dumpfen Töne einer Marimba. Nachdem die Teilnehmerin eine Weile ruhig dagesessen hatte, sank ihr Kopf langsam auf ihre Brust, sie atmete entspannt, ihre Miene wirkte losgelöst und viele Minuten vergingen, während sie mit einem zufriedenen Lächeln reglos verharrte. Nach einer Weile atmete sie tief durch, blickte die Seminarleiterin glücklich an und berichtete: »Es war wunderschön. Ich war Prinzessin, die schöne Charlotte von Böhmen, lebte in der Burg meines Vaters in der goldenen Stadt und am königlichen Hof. Ich wünschte, ich wäre noch dort.«

Die Teilnehmer murmelten erfreut und applaudierten, behutsam und leise mit den Fingerspitzen, um die meditative Stimmung nicht zu stören.

»Es freut mich jedesmal, wenn die Teilnehmer bei Rückführungen solche schönen Erinnerungen haben wie Helga«, sprach die Kursleiterin fröhlich. »Dietrich, willst du es als Nächster versuchen?«

»Gerne!« Gut gelaunt setzte sich der Angesprochene wie seine Vorgängerin im Schneidersitz vor das Medium. Eine Weile saß er wortlos da, bis sich sein Haupt senkte und er ruhig schlummerte. Nach einiger Zeit hob er seinen Kopf und gab seine Erlebnisse wieder: »Ich war ein Edelmann, hatte in einem Turnier einen Ritter nach dem anderen besiegt, viele Lanzen gebrochen und am Ende den Sieg für meinen großartigen König davongetragen.«

Nun war Winfried an der Reihe. Er begab sich nach vorne, setzte sich, und die Leiterin stimmte einen Singsang an. »Mein Engel, nimm Winfried in die Vergangenheit mit und zeige ihm sein früheres Leben. Löse diese Seele von seinem Körper, führe ihn in den Astralraum und weise ihm den Weg in die vierte Dimension. Ich rufe dich an, Azrael.«

Azrael? So hieß doch der Kater des Hexenmeisters bei den Schlümpfen, dachte Winfried. Er fühlte sich jedoch positiv entspannt und sein Geist ging auf eine Wanderung.

Er fand sich in einer Höhle wieder, zusammen mit anderen Wesen, die schmutzig und am ganzen Körper behaart waren, starken Körpergeruch ausströmten und im Halbdunkel in einem Kreis saßen – um die Reste eines Körpers. Die Wesen nagten an Knochen. Winfried führte seine Hand zu dem Schmaus in der Mitte, griff nach einem der Gliedmaße und riss es mit einem kräftigen Ruck heraus, führte es zum Mund und nagte daran. Er betrachtete das, was ihre gemeinsame Mahlzeit darstellte und erkannte: es war ein Mensch. Oder das, was von ihm übrig war. Dessen Kopf war noch nicht abgenagt und vollständig. Winfried meinte, dieses Gesicht von irgendwoher zu kennen. Es hatte Ähnlichkeit mit Dr. Weingarten! Während sie wortlos und kauend verbrachten, stellte eines der Wesen ihm offensichtlich eine Frage: »Ugh?« - woraufhin er im Kauen innehielt und antwortete: »Ugh!« Die anderen Wesen begannen nun ebenso, sich aufgeregt zu unterhalten: »Ugh, Ugh!« Es schien, als stimmten sie über etwas ab. Jemand von kleinerer Statur fragte verhalten: »Ugh?« Das größte der Wesen und das behaarteste sprang auf, trommelte auf seine Brust und brüllte laut: »Ugh!« Ein lautes Geräusch folgte, jemand entledigte sich lautstark einiger Körpergase.

Langsam verschwand die Umgebung der Höhle und Winfried befand sich wieder im Seminarraum. Die Leiterin vor ihm wurde erneut sichtbar. Als sie bemerkt hatte, dass er geistig wieder zurückgekehrt war, flüsterte sie: »Danke, Azrael, dass du diese Seele auf eine Astralreise geführt hast.«

Winfried stand auf, alle Blicke waren auf ihn gerichtet. Ihm fiel ein Geruch auf. Es stank gewaltig, widerwärtig, nach Fäkalien. Alle grinsten.

»Du warst wohl gerade … sehr entspannt!«, kommentierte Dietrich lachend. »Egal. So was passiert halt.« Und fragte neugierig: »Wie war's bei dir? Hat es funktioniert? Hast du herausgefunden, was du in deinem früheren Leben warst?«

Helga drängte: »Komm, erzähl schon! Warst du ein Ritter, ein Edelmann? Oder ein einfacher Bauer?«

Winfried stand tumm inmitten der Gruppe. Bis ihn ein Gefühl des Entsetzens vollkommen zerriss. In Panik flüchtete er aus dem Seminarraum.

✕

Als er am nächsten Tag seinen Briefkasten geleert und Werbung aussortiert hatte, fiel ihm ein schwarz umrandeter Briefumschlag auf. *Wir trauern um Dr. Manfred Weingarten,* begann das Schreiben. Eine Einladung zu dessen Beerdigung. Schnell überflog Winfried einige Zeilen mit frommen Worten. *Im Anschluss an die Trauerfeier,* lautete die letzte Zeile, *sind alle Gäste in das Restaurant ›Zum Wilden Mann‹ hinter dem Friedhof eingeladen zum gemeinsamen Leichenschmaus.* Sein Blick blieb auf dem letzten Wort hängen. Schweiß trat ihm auf die Stirn. Mit Entsetzen erinnerte er sich an seine Vision.

Gernot hatte ihn angerufen, er wollte ihn unbedingt treffen und von seiner neuen Geschäftsidee erzählen.

Sie saßen in seinem Lieblingscafé und Gernot begann, von seinem neuen Projekt zu erzählen. »Winfried, geschäftlich werde ich richtig durchstarten. Ich habe meinen Job gekündigt und mache mich jetzt selbstständig.«

Als die Bedienung erschien und fragte: »Was bekommen die Herren?«, zischte Winfried Gernot zu: »Keine dummen Sprüche diesmal!« und wandte sich der Kellnerin zu: »Zwei Bier bitte!« Sie notierte kurz die Bestellung und blickte auf: »Oh … ihr seid es wieder!« und eilte davon.

»Das hört sich ja grandios an«, reagierte Winfried auf den Bericht seines Freundes. »Ich denke ja auch, dass es viel spannender ist, selbst etwas auf die Beine zu stellen, statt im Büro zu sitzen und jeden Tag sein Sitzfleisch zu quälen, bis Feierabend ist.«

»Ein bisschen abwechslungsreicher war mein Job schon. Damit werde ich auf die Dauer aber nicht reich. Jetzt werde ich richtig Vollgas geben, mit meinem Energy-Drink! Monatelang habe ich recherchiert und Marktchancen analysiert. Es fehlt im Prinzip nichts, bis auf …« Er hielt inne. Und freute sich im nächsten Moment: »Ah, da kommt unser Bier!« Die Kellnerin stellte zwei Gläser auf den Tisch und verschwand wieder.

»Was fehlt denn noch?«, hakte Winfried nach.

»Ein durchschlagender Name. Und ein Rezept für das Getränk.«

Winfried überlegte einen Moment und äußerte sich skeptisch: »Also. Wenn du noch keinen Namen hast und noch kein Rezept für das Getränk, was hast du denn bisher schon?«

»Das Rezept ist eigentlich erstmal egal. Die Zutaten von Energy-Drinks sind simpel: Wasser, Zucker, Zitronensäure und fertig. Und natürlich die entscheidende Zutat: Taurin. Das hört sich nach einem wilden Stier an, darauf stehen die Kids. Ich habe schon feste Verträge mit Produzenten abgeschlossen, die meinen Energy-Drink herstellen werden. Nun das Problem: Alle guten englischen Namen, die mir einfallen, sind schon reserviert. Meine Idee war nun, einen deutschen Begriff aus den dunklen Zeiten der Diktatur zu verwenden, den jeder im Ausland kennt. Und der Clou, den ich mir ausgedacht habe: Für eine ganze ›Stalinorgel‹ mit 20 Dosen - das ist viel cooler für die Kids, anstelle von ›Palette‹ - erhält man eine Führerbibel gratis.«

»Das ist absolut illegal! Der Druck des Buches ist doch verboten! Was du vorhast, ist strafbar!«

»Bald nicht mehr. Das Copyright liegt beim bayrischen Staat. Und der lässt es nicht drucken, seit das Recht zur Vervielfältigung mangels Erbberechtigten an ihn übergegangen ist.« Er fuhr grinsend fort: »Zumindest hat sich bisher niemand gemeldet, der so ein Erbe antreten wollte.« Er zog eine verschwörerische Miene: »Ende 2015 verfällt das Autorenrecht und dann darf jeder dieses Machwerk drucken. Die Beigabe zur Energy-Brause ist als zusätzlicher Marketinggag gedacht. Erst muss ich einen durchschlagenden Namen finden, damit die unzähligen Werbemillionen nicht wirkungslos verpuffen.«

»Wahrscheinlich führt so ein Angebot zu einem öffentlichen Skandal«, spekulierte Winfried, »der durch alle Medien geistert. Schlagartig kennt jeder diesen Namen.«

Gernot nickte bestätigend: »Und so kann ich die teure Werbung sparen.«

»Der Skandal klappt bestimmt, aber mit dem Erfolg …«, äußerte Winfried sich skeptisch und lachte: »Wie wäre es mit noch etwas älterem, vielleicht von den Gebrüdern Grimm: ›Rumpelstilzchen‹?«

Sein Gegenüber stierte ihn begeistert an und jubelte: »Winfried, du bist genial! So jemand könnten wir im Marketingmilieu brauchen. Wo alle erst über eine Idee gelacht haben und meinten, die ist ja komplett hirnrissig, da entstanden die wirklich bahnbrechenden Erfolge. Super! Jetzt fehlt nur noch das Rezept für den Drink.«

Winfried nahm einen Schluck aus seinem Bierglas und setzte es sofort wieder ab, als ihm eine Zutat in den Sinn kam. Ihm fiel auf, dass sein Bier heute anders schmeckte als sonst. Ein Gefühl von Übelkeit machte sich in seinem Magen breit.

Die Kellnerin erschien wieder und fragte: »Alles in Ordnung, die Herren? Haben sie noch einen Wunsch?« Als sie bemerkte, dass Winfried angewidert auf sein Bierglas starrte, stotterte sie: »Entschuldigung, ich habe die Gläser vertauscht …« und eilte von dannen.

Gernot wunderte sich: »Die ist komisch. Wir hatten doch beide das gleiche Bier bestellt.«

»Und mein Bier schmeckt seltsam«, merkte Winfried an. »Außerdem ist es viel zu warm.«

✕

Winfried hatte sich von seinen Kumpels überreden lassen: da er nun dem Kreis der fast 50-jährigen angehören wird, müsse sein 41. Geburtstag doch angemessen gefeiert werden. Er traf sich mit Gernot, Ralf sowie Dieter und stellte ihnen seinen Ex-Kollegen Waldemar vor, mit dem er immer noch Kontakt pflegte und den er ebenso zum Feiern eingeladen hatte.

Der milde und sonnige Tag fand seinen Ausklang in einer Fußballkneipe. Den frühen Abend verbrachte die Gruppe bei meterweise Bier, dabei wurde hitzig diskutiert, Job war das zentrale Thema.

»Es läuft« Desinteressiert reagierte Winfried auf die Frage, wie sich seine Karriere entwickelt habe. Nickend wiederholte er: »Es läuft, ja, es läuft«, griff zu seinem Bierglas und trank es in einem Zug leer.

Später fuhr Waldemar alle mit seinem Auto - eher einem Wrack, das die Anderen erst mit skeptischem Blick betrachteten, aber dennoch einstiegen - in das Amüsierviertel und parkte es in einer Tiefgarage. Sie liefen zu einer Groß-disko, diskutierten über den überhöhten Eintrittspreis: 16 Euro pro Person, entschieden sich - schließlich waren sie nun mal da - zu zahlen und waren bereit, sich in das Gefecht zu stürzen.

Als sie durch das Tor in die Halle eintreten wollten, wurden sie von einem Security-Mann aufgehalten. »Stopp! Ihr könnt nicht rein. Jetzt noch nicht«

»Wieso?«, fragte Ralf entgeistert und bekam zur Antwort: »Man-Strip-Show. Ihr müsst noch eine halbe Stunde warten.«

Aus der Halle war lautes Wummern zu hören, in regelmäßigen Zeitabständen wiederholte sich weibliches Gekreische.

»Hättet ihr uns nicht einfach vor dem Bezahlen informieren können?«, brummte Ralf, »wir wären sofort am Eingang abgebogen und hätten uns auf den Weg in eine andere Disko gemacht.«

Der Security-Mann zuckte mit den Schultern und grinste breit. »Ihr hättet vorher fragen können, ob es heute eine besondere Veranstaltung gibt.«

Nach einiger Zeit öffnete sich die Tür zur Halle. Drei kleinere Männer schlichen sich vorbei, alle besaßen einen sehr unförmigem Körperbau, der vermutlich das Resultat jahrelanger Einnahme von Steroiden war. Ihre Haut war so intensiv solariumgebräunt, dass sich der Vergleich mit Brathähnchen aufdrängte, die sich tagtäglich bei Karls Imbiss gegenüber des Bürogebäudes drehen.

Der Türsteher gab den Weg frei. »Die Show ist vorbei. Ihr könnt jetzt rein.«

»Los!«, rief Ralf, »stürzen wir uns ins Gefecht und auf die Frauen.«

Auf den ersten Blick schien es, als wäre heute eine Tanztee-Veranstaltung. Ausschließlich weibliches Publikum war in der Halle, fast nur Seniorinnen.

Während Waldemar schon benommen war, sich am Tresen festhielt und gelangweilt trank, diskutierten Winfrieds Begleiter den Großteil des Abends über ihre Jobs und lästerten über Kollegen und Vorgesetzte – kein Thema, über das Winfried heute reden oder bei dem er zuhören wollte. Daher trat er mit dem Bierglas auf die Tanzfläche, um Abstand zu gewinnen.

Eine der älteren Damen sprach ihn an: »Schöner junger Mann, magst du es heiß und feucht?«

»Mein Bier?« Er stutzte und sprach verunsichert: »Das mag ich lieber kalt.«

»Mann bist du schüchtern, Kleiner. Wie wäre es jetzt in einem Bett? Darin hätten wir es jetzt schön warm.«

»Ich will jetzt noch nicht ins Bett. Dafür ist es noch zu früh und ich bin heute mit meinen Kumpels unterwegs. Ich bin erwachsen und du bist nicht meine Mutter. Ich verstehe wirklich nicht, was du von mir willst.«

»Na, dann wünsche ich dir noch viel Spaß mit deinen Kumpels!« Sie zog einen Schmollmund und entfernte sich.

Die Damenwelt war für Winfried schon immer ein Rätsel. Ständig redeten sie Unsinn und waren bei den Antworten, die er gab, beleidigt.

Er kehrte zurück zu seinen Kumpels, Ralf fragte: »Winfried, was wollte denn die Oma von dir?«

»Sie meinte, für mich wäre es Zeit, ins Bett zu gehen.«

»Echt? Unglaublich! Heute sind nur Bekloppte unterwegs. Auf, holen wir uns noch ein Bier.«

Zwei Stunden nach Mitternacht verkündete der DJ einen Schlager-Special. Was er nun auflegte, war Faschingsmusik und das Publikum auf der Tanzfläche begeisterte sich bei Polonese und Hühnertanz. Gelangweilt stand Winfrieds Gruppe an der Bar und bestellte ein Bier nach dem anderen, zwischendurch spendierte regelmäßig jemand aus der Runde Tequila.

Der DJ machte eine Durchsage: »Sonst mache ich das nicht, dreimal hintereinander das gleiche Lied auflegen. Aber ihr habt es euch gewünscht. Action! Was liebt der Chinese? Polonese!« Schallend lachte er ins Mikrofon.

Durch die Disco zog sich ein Menschenschlange, laut grölten alle mit. »Fiesta, Fiesta Mexikana!«

»Mensch, lasst uns heimgehen!«, schlug Ralf frustriert vor. »Mir langt's. Ende Gelände, echt. Heute läuft hier für uns nichts mehr.« Die Zustimmung der Anderen folgte sofort.

Sie begaben sich zum Ausgang. In der Tiefgarage schwankte Waldemar wie im schwerem Seegang und hangelte sich zwischen den geparkten Fahrzeugen hindurch. Bei einem weißlackierten Cabrio blieb er stehen, hielt sich an der

Fahrertür fest und entleerte laut gurgelnd seinen Mageninhalt in das Innere des Wagens.

»Was ist los, Waldemar?«, fragte Winfried besorgt, »geht's dir nicht gut?«

Waldemar würgte und entleerte sich abermals in den Wagen. Er hob seinen Kopf, löste sich von der Karosserie, fand sein Gleichgewicht wieder und grinste. »Mir geht es bestens. Wisst ihr, wessen Auto das ist? Das ist das Cabrio unseres Geschäftsführers. Ex-Geschäftsführers«, sprach er lallend.

Schwankend ging Waldemar ein paar Schritte vorwärts, sie folgten ihm zu seinem Auto, einem rostigen Gefährt, das aufgrund zahlloser Unfälle schon vollkommen verbeult war.

»Meinst du, dass du in deinem Zustand noch in der Lage bist, zu fahren?«, fragte Ralf skeptisch.

»Fahren kann ich ganz sicher noch«, erhielt er zur Antwort, »und auf vier Reifen kann ich nicht umkippen. Laufen kann ich nicht mehr. Kommt, steigt ein. Ich habe eine Idee, wo wir jetzt noch richtig Spaß haben können!«

Nach kurzem Zögern nahmen alle in seinem Wagen Platz. Waldemar startete mit quietschenden Reifen, brauste die Kurven der Parkebene in die Höhe, zerschmetterte die Schranke und gab nach Verlassen des Parkhauses durchgehend Vollgas. In Schlangenlinien und mit maximalem Tempo raste er durch die Straßenschluchten der Frankfurter Skyline.

Er legte eine Vollbremsung hin, das Fahrzeug blieb vor einem Bürogebäude stehen und er verkündete freudig: »Wir sind da!«

»Moment! Was sollen wir hier?«, fragte Winfried überrascht, »das ist unser Bürogebäude!«

Waldemar stieg aus und lachte. »Ex-Bürogebäude! Ich habe doch versprochen, dass wir noch Riesenspaß haben werden.« Er lockerte einen Pflasterstein vom Gehweg und warf ihn gegen eine Scheibe, die laut zerplatzte.

»Das ist ja cool, was du für Arbeitskollegen hast!«, lachte Gernot, nahm als zweiter einen Stein und warf ihn in ein anderes Fenster, das sich ebenso in Scherben auflöste.

Ralf schloss sich nun auch an. Mit ohrenbetäubendem Scheppern zerlegten sie ein Fenster des Gebäudes nach dem anderen, bis unzählige Scheiben zerschmettert waren. »Das macht echt Spaß!«, rief Waldemar gutgelaunt, »es ist mittlerweile meine Hauptbeschäftigung!«

Sie hielten inne, als sich Blaulicht näherte, ein Polizeiauto bei ihnen hielt und zwei Polizisten ausstiegen. »Anwohner hatten Randale gemeldet. Wisst ihr etwas? Und das Wrack im absoluten Halteverbot, ist das euer Auto?«

»Nein«, antwortete Waldemar, »hier waren eben noch ein paar Halbstarke, wahrscheinlich ist es deren Auto. Die sind weggelaufen, als sie das Blaulicht gesehen haben. Gerade sind sie dort um die Hausecke gerannt.«

»Danke!«, entgegneten die Polizisten kurz und rannten in die Richtung, die Waldemar ihnen gezeigt hatte. Als sie um die Hausecke verschwunden waren, rief Waldemar seine Begleiter zur Eile: »Sofort einsteigen, machen wir uns vom Acker!« Hektisch nahmen sie Platz im Auto und er gab Vollgas, bis sie das Bankenviertel verlassen hatten.

Die Bewerbung

»Du musst doch etwas machen. Irgendwas!«

In letzter Zeit gingen ihm die vorwurfsvollen Bemerkungen aus seinem Bekanntenkreis immer mehr auf die Nerven, daher durchstöberte er in einer Wochenendausgabe der Regionalzeitung die Stellenangebote und bewarb sich bei zwei Unternehmen. Mit Erfolg. Zwei Vorstellungsgespräche wurden vereinbart, geschickterweise ließen sich beide Termine auf zwei aufeinanderfolgende Tage legen.

Schon den Tag zuvor hatte Winfried sich nach Stuttgart begeben und in einem Hotelzimmer einquartiert. Als er vormittags durch das Summen seines Weckers langsam wach wurde, kamen ihm zunehmend Zweifel, ob er das Vorstellungsgespräch derart aufgeregt überstehen würde. *Es ist zu früh, mein Schädel brummt, ich fühle mich gar nicht wohl.* In der Minibar entdeckte er einen hochprozentigen Drink mit Namen ›Seelenerfrischer‹, leerte ihn in einem Zug und sprach sich Mut zu. *Ein kräftiger Schluck am Morgen vertreibt Kummer und Sorgen. Und den Kater. Und beruhigt die Nerven.*

Als er im Bad seinen Kulturbeutel öffnete, fiel eine Dose mit kleinen bunten Pillen heraus. Seit Jahren befand sich diese schon ungeöffnet in der Tasche, ein Überbleibsel aus seiner Party-Zeit, das ihm damals ein Freund besorgt hatte. Es würde ihm gut tun - hatte dieser versprochen - und eine euphorische Stimmung hervorrufen. Die hätte er jetzt dringend nötig. *Die passende Gelegenheit, die Wirkung einmal zu testen.* Nachdem er eine der Pillen geschluckt hatte, bemerkte er noch keine Veränderung, jedoch machte es ihn optimistischer. *Ich bin bereit für das Gefecht. Es kann losgehen.*

Der Termin fand bei ›Quickdeal Ltd.‹ statt, einem IT-Unternehmen in Stuttgart, das sich auf Finanzsoftware spezialisiert hatte. Verabredet war er mit zwei Interviewpartnern: mit Herrn Schadmeier, dem Human-Resources-Beauftragten sowie einem russischen IT-Experten.

Am Empfang wurde er nach fünf Minuten abgeholt von einem Herrn, der sich mit einem markanten Akzent vorstellte: »Ich bin Oleg Popowitsch, russischer IT-Professional«, und Winfried die Hand schüttelte. »Ich bin erfeut, Sie kennenzulernen.«

Der Mann führte ihn in einen Konferenzraum. In einem unbeobachteten Moment zückte Winfried ein Taschentuch und reinigte sich die Hände.

Ein korpulenter zweiter Herr betrat das Zimmer, zog seinen Bauch ein und streckte ihm die Hand entgegen. »Ich bin der Human-Resources-Beauftragte Fabian Schadmeier. Wie war nochmal ihr Name?«

»Winfried. Winfried Kunze«, stellt er sich mit festem Händedruck vor.

Alle nahmen Platz, der Human-Resources-Beauftragte benötigte dafür etwas länger, da die Stühle im Raum für seine Statur deutlich zu eng waren.

»Zuerst will ich Ihnen unser Unternehmen kurz vorstellen: in unserer Nische sind wir breit aufgestellt«, erklärte er, während Winfried den im Sitz einge-zwängten Körper betrachtete. »Wir sind auf High-Speed-Handel spezialisiert«, fuhr er fort, »das bedeutet, wir entwickeln Software, die alle Börsengeschäfte analysiert und im Bruchteil einer Millisekunde reagiert.« Er wandte sich an seinen Nachbarn. »Mein Kollege von der IT kennt sich damit besser aus, er wird Ihnen das genauer erklären.«

»Beim Börsenhandel ist es so: ständig liegen Kauf- und Verkaufsaufträge von Wertpapieren vor, die darauf warten, bedient zu werden«, holte der Russe aus. »Kommt ein neuer Auftrag hinzu, dann kann ein Kontrakt zustande kommen. Genau in dem Moment kommen wir ins Spiel. Wenn eine Differenz vorhanden ist, reagiert die Software. Sie blockiert das neue Gebot und nutzt den Augen-blick, um die Wertpapiere billiger zu erwerben und sofort wieder zu verkau-fen. Einen oder zwei Cent teurer. Das passiert in Bruchteilen einer Sekunde.«

»Und in der Summe verdienen wir damit Millionen!«, riss der andere das Wort wieder an sich.

»Ich bin begeistert«, meldete sich Winfried zu Wort, der durch die gerade einsetzende Wirkung der Droge farbenfrohe kleine Feen durch den Raum schwirren sah.

»Ich merke, Sie haben die passende Einstellung zum diesem Beruf. Nun zu Ihnen, Herr Kunze: Sie waren in der langen Zeit ihrer Festanstellung auf Deri-vate spezialisiert. Sie haben somit einschlägige Erfahrung in der Finanzbran-che.« Bei den folgenden Worten zwinkerte er ihm schelmisch zu, »mit solchen phantastischen Produkten – kann man das so sagen?«

»Ja, einschlägige Erfahrung«, antwortete Winfried und erinnerte sich an die nächtliche Aktion mit Waldemar, nachdem sie ihren Job verloren hatten und die Scheiben ihres Bürogebäudes zertrümmerten.

Sein Gesprächspartner blickte ihn erwartungsvoll an. Er stellte die nächste Frage: »Wie würden Sie ihre Arbeit im Büro beschreiben? Wie beurteilen Sie das Verhältnis mit ihren Kollegen?«

Die Fang-mich-Spiele im Bürogebäude kamen ihm in Erinnerung, ebenso wie die Situation, als sich die Teamassistentin aus dem Fenster im zehnten Stock gestürzt hatte. Er formulierte vorsichtig und fasste zusammen: »Die Arbeit war sehr abwechslungsreich. Mal stand der Spaß im Vordergrund, mal der Ernst.« Er erinnerte sich daran, wie die Feuerwehr mindestens einmal pro Woche angerückt war und danach eine saftige Rechnung wegen Fehlalarms gestellt wurde. Und erklärte dies so: »Manche Kollegen hatten besonderen Spaß beim Einsatz während der Arbeitszeit. Dieser Einsatz wurde auch zusätzlich vergütet.« Seine Gedanken schweiften zu den letzten Monaten, die er in der Spielothek verbracht hatte und setzte mit ernstem Blick fort: »Wir waren ein eingespieltes Team« und fügte in Erinnerung an Dr. Weingarten hinzu: »… bis dass der Tod uns scheidet.«

Die Gesprächspartner schauten ihn verdutzt an. Und nickten sich gegenseitig zu, was bedeutete, dass sie zwar nichts verstanden hatten, aber das Gespräch weiterführen wollten.

Sein Gegenüber stellte ihm mit durchdringendem Blick die nächste Frage: »Wie kamen Sie mit ihrem Vorgesetzten zurecht?«

Als Winfried an seinen Chef dachte, meldeten sich seine Gewaltphantasien: bei lebendigem Leib schlitzte er ihm die Brust mit einem Dolch auf und riss ihm das Herz heraus. Er antwortete: »Herzlich!« Nun drängte sich Satan in seine Phantasie, dem er das Herz und die Seele seines Chefs verkaufte. Er nickte mit dem Kopf, um die brutalen Bilder aus seinem Kopf zu vertreiben und sprach: »Ein Herz und eine Seele!«

Der Personalbeauftragte musterte ihn eine Weile. Seine Miene hellte sich auf. »Das hört sich ja alles wunderbar an!« Gutgelaunt versank er in die Notizen, die er vor sich ausgebreitet hatte und begann, vor sich hinzusummen. Er hob seinen Kopf wieder und fuhr fort: »Ich beginne jetzt mit ein paar persönlichen Fragen. Was sind Ihre Schwächen?«

Winfried repetierte, was er gelesen hatte in ›Bewerben wie die Profi's‹ von Wilma Röhren und Wolf Reiss. Bei der Frage nach Schwächen empfahlen die Autoren, auszuweichen und so zu antworten, dass man Stärken vorgaukelt. Die natürlich nicht vorhanden sind.

»Meine größte Schwäche ist, dass ich sehr fleißig bin, früh bei der Arbeit erscheine und spät Feierabend mache. Häufig bin ich derart engagiert und zeige so intensiven und produktiven Arbeitseinsatz, dass es meinen Arbeitskollegen Schwierigkeiten bereiten könnte, mitzuhalten und sie neidisch auf mich und meinen Arbeitseifer werden könnten. Natürlich kommt der Fall selten vor, meistens sind alle dankbar für die Leistung und beeindruckt von mir.«

Als sein Blick umherwanderte und auf dem Bücherregal hinter dem Rücken seines Gesprächspartners hängen blieb, fiel ihm etwas auf: *Das Buch kommt mir doch bekannt vor.* ›*Anstellen wie die Profi's*‹ *von Wilma Röhren und Wolf Reiss. Perfekt! Die Autoren sind wohl Doppelagenten und arbeiten für beide Seiten. Einmal schreiben, zweimal verkaufen. Schlau!*

Der Gesprächspartner nickte und stellte die nächste Frage: »Haben Sie noch andere Schwächen?«

»Häufig nehme ich zu viel Rücksicht auf weniger leistungsfähige und schwächere Kollegen«, antwortete Winfried aus dem Effeff, »und versuche sie voran zu führen, sie bei ihrer Arbeit zu unterstützen. Dadurch komme ich nicht immer so schnell wie gewohnt mit meinen eigenen Aufgaben voran, werde manchmal nicht so früh vorzeitig fertig, wie man es von mir gewohnt ist. Dennoch immer rechtzeitig und termingerecht. Dank meines überragenden Fleißes und Arbeitseinsatzes.«

Fast sprang sein Gesprächspartner nach der perfekten Wiedergabe dieser auswendig gelernten Antwort freudig auf, wurde jedoch daran gehindert, als der Stuhl am seinem Hintern hängen blieb. Er hielt daher seinen Vortrag sitzend: »Leute wie Sie, zielorientiert arbeitende Teamplayer, suchen wir händeringend. Ich kann mir eine gute Zusammenarbeit mit Ihnen vorstellen. Soweit Danke für das nette Gespräch und die hervorragenden Antworten auf meine Fragen. Bleiben Sie erreichbar. Sie werden in den nächsten Tagen von uns hören.«

Winfried nickte, bedankte sich mit einem freundlichen Lächeln und dachte: *Danke dafür, dass diese entsetzliche Tragödie von Gespräch jetzt endlich zu Ende ist. Ich habe es überstanden. Diese Wortverdreherei war nervenaufreibend.*

Winfried schlenderte eine Weile durch die Fußgängerzone Stuttgarts mit dem Ziel, sich mit dieser neuen Stadt anzufreunden. Ab und zu blieb er stehen und warf einen Blick in die Schaufensterläden. *Vielleicht wird das hier meine Heimat.* Als es Abend wurde, besorgte er sich in einem Supermarkt einen Sechserpack Bier, schleppte ihn in sein Hotelzimmer und setzte sich vor den Fernseher. Mit der Fernsteuerung ließ sich nur ein einziger Sender auswählen: ›Verbotener Kanal‹, in dem gerade ein Film begann.

Ein schwarz gekleideter Mann klingelte an einer Haustür. Als ihm eine Frau im Bademantel die Tür öffnete, sprach er: »Ich bin der Priester.«

»Gut, dass Sie kommen«, hauchte die Frau leise, »mein verstorbener Partner liegt im Schlafzimmer. Geben Sie ihm den letzten Segen.«

Die Beiden standen nun in einem Zimmer. Dort lag ein Mann reglos auf dem Bett, der Priester zog ein Kreuz auf dessen Stirn und murmelte: »Fahre auf in den Himmel, Amen!«

»Dankeschön, Herr Priester«, flötete die Frau und fragte: »Wer tröstet mich jetzt?«, ließ ihren Bademantel zu Boden fallen und stand nun nackt vor ihm.

Der Priester antwortete: »Ich«. Er zog seine schwarze Robe aus, sie gingen zum Bett und neben dem reglosen Mann kamen sie stöhnend zur Sache.

Was für ein Schmutz! Winfried schaltete verärgert den Fernseher aus. *Als ob das Leben so einfach wäre!* Eigentlich wollte er seinen im Bewerbungsgespräch angestauten Stress bei einem niveauvollem Film abbauen und sich jetzt entspannen. Er starrte auf den schwarzen Bildschirm und stellte sich in seiner Phantasie den Film vor, der dort laufen würde. Und nickte ein.

Als er am späten Nachmittag des folgenden Tages aufwachte und wie üblich ein starkes Brummen im Schädel verspürte, fiel ihm ein: *Vormittags hätte ich zum Vorstellungstermin beim zweiten Unternehmen erscheinen müssen. Verschlafen. Mist. Egal. Bei dem ersten Saftladen sah es ja sehr gut aus.* Winfried brauchte nun Medizin. Er griff nach dem letzten mit Hochprozentigem gefüllten Fläschchen in der Minibar und leerte es in einem Zug.

Es wird Zeit, mich auf den Weg zur Arbeit zu machen, kam ihm in diesem Moment der Gedanke an seinen täglichen Besuch der Spielothek in den Sinn. Er stutzte, da ihm auffiel, dass irgendetwas anders war. Ihm wurde klar: *Ich bin ja woanders. Erst muss ich wieder heim, zurück nach Frankfurt.*

Er packte seinen Rucksack, machte sich auf zum Bahnhof und war kurz darauf wieder in der Finanzhauptstadt Europas.

Aus seinem Bewerbungsratgeber erfuhr Winfried, man solle regelmäßig an den Folgetagen die Gesprächspartner mit telefonischen Nachfragen traktieren, um sich vehement in Erinnerung zu rufen. Möglichst früh, um 8 Uhr morgens. Wenn man keinen erreicht, eine Stunde später. Frühaufsteher haben die besten Chancen.

Er stellte nun für jeden Morgen seinen Wecker auf 7:45 – das reichte, um sich mit einem geistreichen Schluck auf das wichtige Telefonat einzustimmen. Nach dem Gespräch gönnte er sich ein Bier und legte sich wieder ins Bett, um weiterzuschlafen.

Die Metamorphose

Tage zuvor hatte er sie das erste Mal gesehen. Nachdem er sie hinter dem Schaufensterglas entdeckt hatte, war er ihr sofort verfallen. Liebe auf den ersten Blick. Auf dem Rückweg von der Spielothek verweilte er immer lange vor dem Laden und betrachtete sie.

Ständig musste er an sie denken. Wie gebannt stand er auch heute vor dem Geschäft – warum traute er sich nicht, hineinzugehen? *Es ist doch das Normalste der Welt. Einfach die Tür öffnen und hineingehen ...* er zögerte: *Was werden die Leute denken, wenn sie uns zusammen auf der Straße sehen?*

Ein weiterer Tag verging. Erneut stand er vor dem Schaufenster und blickte hinein. Verträumt stellte er sich vor, wie er sinnlich über ihre zwei perfekten Rundungen streichelte, seine Hände nach unten glitten und er sie mit festem Griff packte. Ach, könnte er sie doch einmal mit seinen Händen umklammern. Das wäre wunderbar. Sie sieht so unglaublich scharf aus.

Er nahm all seinen Mut zusammen - *jetzt oder nie!* - und trat ein.

»Die letzten Tage bin ich häufig hier vorbeigekommen und habe sie dort stehen sehen«, sagte er zum Mann am Tresen, »sie ist einfach wunderschön! Dürfte ich sie mal anfassen und fühlen? Einmal ausprobieren, wie sie mir in den Händen liegt?«

»Die Streitaxt mit den runden Klingen?«, äußerte der Verkäufer seine Vermutung und lächelte. »Ein wunderschönes Stück, nicht wahr? Ein Meisterwerk in Perfektion. Nur wenige persische Schmiede beherrschen diese Kunst heute noch. Eine gute Wahl. Ich hole sie, Moment!«

Der Verkäufer kehrte zurück, reichte ihm die Waffe und empfahl dazu einen Gurt, mit dem er sie auf den Rücken schnallen konnte. Winfried wiegte sie liebevoll in der Hand, dabei kam ihm der Leitspruch des Erfolgspredigers in den Sinn. *Jeder ist seines Schmiedes Glück.*

Kurz darauf war der Kauf abgewickelt. *Jetzt gehört sie mir. Sie soll einen Namen haben: Martha die Axt? – Nein. Alexandra vielleicht? – Ja, das hört sich schön an. Alexandra die Axt. Perfekt. So bist du nun mein.*

Am späten Nachmittag wanderte er, die Axt auf den Rücken geschnallt, verträumt durch die Gassen der Altstadt und überlegte, was er mit seiner wertvollen Zeit anfangen könnte. Die Spielothek? - Nein. Heute hatte er keine Lust, sich wie jeden Nachmittag vor den einarmigen Banditen zu setzen.

Früher schaute Winfried gerne Filme. Am besten gefielen ihm die alten Streifen, die er in seiner Jugend gesehen hatte.

Beim Kino in der Altstadt warf er einen Blick auf das Programm: ein Film mit seiner Lieblingsschauspielerin *Pippi Langstrumpf*. Als er sie mit 8 Jahren das erste Mal gesehen hatte, war er hin und weg. Und wurde einer ihrer treuesten Fans. Noch heute träumte er oft davon, einer ihrer Freunde zu sein und diese spannenden Abenteuer mitzuerleben. *Ein Klassiker! Das wäre doch das passende Programm für heute.*

Da er schon öfters dumm angemacht wurde, wenn er sich die Filme alleine anschaute, suchte er nach passender Begleitung. Zwei Kinder schienen kein Geld für Eintrittskarten zu haben.

»Wie wär's«, sprach er sie freundlich an, »wenn ich euch einlade?«, worauf sie mit leuchtenden Augen zu ihm hochblickten.

»Dreimal *Pippi im Takatukaland* bitte!«, sprach er an der Kasse vor.

Der Film begann. Von äußerster Rührung ergriffen sang Winfried lauthals das Titellied mit: »Zwei mal drei macht vier, Widde-widde-witt!«, und schwenkte fröhlich seine Axt.

Der Film wurde abrupt unterbrochen, Licht eingeschaltet und der Kinosaal grell erleuchtet. Er rieb sich die Augen. *Was ist nun los?*

Zwei Polizisten traten ein und marschierten durch die Reihen. *Sie scheinen auf der Suche nach etwas zu sein,* dachte Winfried. Bei ihm blieben sie stehen.

Ein blonder, jung aussehender Polizist mit freundlichem Gesichtsausdruck sprach ihn an: »Wohin willst du mit der Axte, sprich!« und seine Kollegin, offensichtlich schlechter gelaunt, führte den Gesprächsverlauf zu Ende: »Personenkontrolle! Bitte folgen Sie uns zum Ausgang.«

Vor dem Kinogebäude blickte der Polizist ihn aus zusammengekniffenen Augen an. »Sie laufen mit einer Axt im Kino herum?«

»Ich laufe nicht herum«, verteidigte sich Winfried. »Ich schaue mir nur den Film an.«

»Die Axt müssen wir konfiszieren. Provisorisch. Kommen sie morgen zu uns auf die Wache.«

Als die Polizisten mit seiner Axt zum Streifenwagen marschierten, blickte er ihnen mit traurigem Gesicht nach und dachte: *Da gehen sie mit Alexandra. Hoffentlich werde ich sie wiedersehen.*

✕

Der nächste Tag begann wie üblich mit einem Schluck Hochprozentigem, als Winfried einfiel: *Ich muss noch meine Freundin abholen.* Sogleich machte er sich auf den Weg zur Polizeiwache.

Freundlich begrüßte er am Eingang einen Wärter, der dort gelangweilt saß und ihn durch ein Ringgitter kurz anblickte. Danach wanderte sein Blick im Vorraum über eine von Zetteln übersäte Pinnwand mit Fahndungsgesuchen und Erfolgsmeldungen. Schmunzelnd betrachtete er eine Vermisstenanzeige: »Bullshit-Terrier vermisst«. *Da hat sich wohl jemand einen Scherz erlaubt.* Nach einer Weile öffnete sich eine Tür, ein breitschultriger Polizist erschien und bat ihn in einen Empfangsraum.

Als Winfried seinen Namen nannte: »Ich bin Herr Kunze und wollte etwas abholen«, grinste der Beamte.

»Ach, Sie sind das. Der mit der Axt. Ich weiß Bescheid.« Mit ernstem Gesichtsausdruck fuhr er fort: »Natürlich müssen wir den Gegenstand herausgeben. Schließlich ist der Besitz nicht verboten und Sie haben sich nichts zu Schulden kommen lassen. Aber …« Er starrte Winfried eindringlich an: »Sie sollten sich Gedanken machen, wohin sie die Axt mitnehmen. Am besten lassen Sie die zu Hause, schmücken Ihre Wohnung damit, hängen sie an eine leere Wand oder so. Und wandern damit nicht in der Stadt herum. Bitte unterschreiben Sie dieses Dokument. Damit bestätigen Sie, dass Ihnen Ihr Eigentum ausgehändigt wurde.«

Außer sich vor Freude verließ Winfried die Polizeiwache. *Ich bin wieder vereint mit … in welcher Beziehung stehen wir eigentlich? -* überlegte er. *Fortan werden wir unseren Lebensweg gemeinsam bestreiten und den manch einer armseligen Kreatur verkürzen. Du bist meine Lebensabschnitts-Gefährtin, genau! Denke an die vielen Köpfe, die noch rollen werden.*

Als er wieder zu Hause ankam, fiel ihm ein großer Umschlag auf, der aus seinem Briefkasten herausragte, sodass der Absender gleich erkennbar war: ›Quickdeal Ltd.‹ aus Stuttgart. Sofort zog er die Postsendung heraus, trennte den Papierumschlag mit der Schneide seiner Axt auf und fand darin einen zusammengehefteten Block mit der Überschrift: ›Vertragsangebot‹ und ein beigefügtes Schreiben. Er begann zu Lesen: *Wir sind sehr erfreut, Herr Kunze, Ihnen eine positive Rückmeldung zu geben. Da Sie alle Fragen zu unserer vollsten Zufriedenheit beantwortet haben und Ihr Werdegang uns sehr überzeugt hat, sind wir einstimmig zu dem Entschluss gekommen, Ihnen - beiliegend - ein Vertragsangebot zu unterbreiten. Sie müssen dieses nur noch unterschreiben und bei Ihrem baldigen Arbeitsantritt mitbringen.*

Winfried las zu Ende und ließ freudestrahlend das Schreiben sinken. *Arbeitsantritt ist schon in zwei Wochen.* Von Euphorie überwältigt schwang er seine Axt. *Ein voller Erfolg. Denen werde ich es zeigen.*

Um sogleich Köpfe mit Nägeln zu machen, hatte er eine Luxus-Penthouse-Wohnung in Stuttgart erworben. Zur Miete hatte sich für ihn in der kurzen Zeit nichts Passendes ergeben. Vor allem wollte man Lohnabrechnungen der letzten drei Monate sehen. Die konnte er nicht vorweisen, denn in der Spielhalle wurde so etwas nicht ausgestellt. Genauso wenig war er bereit, in eine der überteuerten Bruchbuden einzuziehen, die nur Hartz4-Empfängern zuzumuten sind.

Ein Makler hatte ihn überzeugt: das Geld wäre in dieser Immobilie gut angelegt. Und da er einen Arbeitsvertrag in der Tasche hatte, war es für den Rest des Kaufpreises kein Problem, einen Kredit bewilligt zu bekommen.

Der Umzug war abgeschlossen, nun stand er träumend auf der Dachterrasse seines neuen Appartements.

Es klingelte. Wie erwartet, stand Gernot vor der Tür, der einen abendlichen Besuch angekündigt hatte: eine ganz besondere Überraschung würde er mitbringen. Am Telefon war er aus dem Schwärmen nicht mehr herausgekommen, hätte eine bahnbrechende Erfindung gemacht, eine Revolution unter den Küchengeräten, die er unbedingt zeigen müsse, wollte jedoch noch nicht verraten, worum es sich handelte.

»Endlich! Das Ding ist sauschwer, Winfried«, ächzte der Freund unter der Last eines großen Paketes, »das Gerät habe ich in der Schachtel. Wo ist deine Küche?« Als er seine Last abgesetzt hatte, atmete er tief durch, streckte seinen Rücken gerade und rastete mit lautem Knacken die Wirbel seines Rückgrates ein. Er griff in die Schachtel und stellte mit Schwung etwas, das nach einer Küchenmaschine aussah, auf den Tisch

»Tatatataaaa! Das ist es. Mein neues Ding. Ist das nicht toll, Winfried?.«

»Was ist das?«

»Der Traum aller Hausfrauen. Ein völlig neues Gerät. Etwas, das jeder haben muss!«

»Ein ziemliches Monstrum. Wofür ist das gut?«

»Darf ich dich mit Winfried bekannt machen und willst du dich selbst vorstellen?«, wandte sich Gernot schelmisch an das Gerät, das mit seinem schweren Fuß und zwei Halbkugeln etwas Außerirdisches an sich hatte. Das auch in einem Raumschiff seinen Platz finden könnte oder in den Versuchslaboren der NASA. Das robuste und aus Edelstahl gefertigte Ding blieb jedoch stumm, so ergriff Gernot wieder das Wort.

»Das Turbobumms!«

»Das … was?«

»Meine Erfindung!« Gernot begann zu schwärmen. »Damit schaffe ich den endgültigen Durchbruch. Mit dem Ding werde ich jetzt reich, das wird der absolute Renner! Daran kommt keiner vorbei: Turbobumms! – das, was die moderne Hausfrau von heute braucht. Oder der Hausmann, der zuhause vor dem Fernseher sitzt, während die Frau arbeiten geht. Eine bahnbrechende Erfindung wie der Zwiebelhacker, die batteriebetriebene Saftpresse, der Thermomixer, der Eis-Crusher, der Schoko-Brunnen … und jetzt bringe ich die neueste Revolution in den Haushalt: Das Turbobumms!« Durch den enthusiastischen Kurzvortrag ins Schwitzen gekommen und rot angelaufen, atmete er tief durch.

»Ich dachte, dein neues Geschäft wäre, Energy-Drinks zu vermarkten.«

»Das läuft auch. Alles perfekt. Aber so schnell geht das nun mal nicht mit dem endgültigen Durchbruch. Und mir fehlt immer noch das Rezept für den Drink. Deswegen halte ich es für besser, wenn ich zweigleisig fahre: Ich will hier Erfolg haben, ich will dort Erfolg haben. Und doppelt reich werden.« Seine Augen leuchteten. »Wo finde ich eine Steckdose? Ich würde das Gerät gerne vorführen. Das hier ist der erste Prototyp.«

»Und nun?« Gespannt beobachtete Winfried, wie sein Besucher das Gerät einschaltete, worauf sich die obere Halbkugel knarzend in Bewegung setzte und nun knackende, trocken knirschende Laute von sich gab. Beunruhigt rief er: »Schalt es wieder aus! Irgendwas muss kaputt sein. Es riecht nach verschmortem Plastik!«

»Das gehört sich bei modernen Geräten so.« Gernot lachte. »So muss das sein und dorthin geht der Trend: laut, klobig und Stromfresser. Weißt du, warum die Laubsauger so ein Renner geworden sind? Nur deshalb, weil sie extremen Lärm verursachen. Weit und breit hört jeder: da ist wieder jemand mit so einem Ding unterwegs, um ein vereinzeltes Blatt vom Gehweg zu pusten. Vollendetes Marketing, ohrenbetäubend und eindringlich! Wenn sogar Kabel schmoren, wird das eine runde Sache. Und der Name muss dazu passen.«

»Aber … wofür ist es gut? Was kann ich damit machen?« Das Knarzen, das nun die Grenze der Zumutbarkeit überschritten hatte, empfand Winfried, als würde es in seinen Kopf dringen und seine Schädelknochen zermalmen.

»Man kann es für nichts verwenden. Für NICHTS, das ist ja das Geniale an dem Gerät! Deswegen kann es auch nicht technisch überholt oder durch etwas Besseres ersetzt werden. Du bist der Erste, der so ein Ding besitzt. Herzlichen Glückwunsch! Alle Hausfrauen werden dich beneiden.«

Nachdem sein Kumpel sich verabschiedet hatte, verstaute Winfried das neue Gerät im abgelegensten Schrankfach ganz oben. Dort nahm es noch einsam den ersten Platz ein, möglicherweise werden sich jedoch noch viele weitere nutzlose Küchengeräte dazugesellen.

Zurück auf der Dachterrasse streichelte er liebevoll seine Axt und genoss die idyllische Aussicht über die Weinberge.

Unsere neue Heimat.

Am ersten Arbeitstag meldete Winfried sich pünktlich auf die Minute am Empfang und gab sich zu erkennen: »Ich bin Herr Kunze«, die Axt wie immer dabei, die er gutgelaunt in seiner Hand rotieren ließ. Die Dame gegenüber blickte ihn kurz an, griff mit bleichem Gesicht nach ihrem Telefon, bedeckte mit der Hand die Muschel und sprach leise hinein. Wenige Minuten später, in Begleitung von zwei feindselig dreinblickenden und schwarz gekleideten Herren - die seine vollschlanke Figur in einen extremen Kontrast setzten - erschien Herr Schadmeier.

»Es tut mir leid, Herr Kunze«, sprach dieser mit fester Stimme, »leider können Sie doch nicht bei uns anfangen. Ihr Arbeitsplatz ist weggefallen.«

»Aber ich habe doch einen Vertrag …«

»Mit Ihrem Vertrag ist etwas schiefgelaufen. Der wurde von unserem Hausmeister unterschrieben, der ist kürzlich in Rente gegangen. Irgendwie ist der dazwischen geraten. Der besitzt keine Prokura, also keine Vollmacht, und kann auch keine gültige Unterschrift unter Verträge setzen.«

Einer der finsteren Herrn hatte sich in einer Sekunde der Ablenkung hinter Winfried geschlichen und zupfte ihm geschickt die Axt aus der Hand.

»Es tut mir aufrichtig leid. Auf Wiedersehen!«, endete der Wohlbeleibte das kurze Gespräch. »Die Axt schicken wir Ihnen per Post zu.«

Entgeistert verharrte Winfried vor dem Eingang des Unternehmens und betrachtete die Fassade. Das Firmenlogo von ›Quickdeal Ltd.‹ blickte ihm bedrohlich entgegen, schien ihn angreifen zu wollen. *Was mache ich ohne meine Axt? Wie konnte ich sie mir so leicht abnehmen lassen? Jetzt bräuchte ich sie, um mich zu verteidigen.* Panisch ergriff er die Flucht.

Winfried hatte beschlossen, sich mit einem Gourmet-Abendessen selbst zu belohnen, oder zu besänftigen. Er musste sich von seinem wüsten Vorhaben abhalten, zurückzukehren und blutige Rache zu üben. Denn dafür benötigte er die Axt.

Er betrat einen Supermarkt und seine Vorfreude stieg. *Ein leckeres Steak! Mal schauen, was die dazu an frischen Beilagen anbieten.*

Durch den Markt schallende Musik wurde durch eine Werbe-Durchsage unterbrochen: »Kein Kunde kann widerstehen, wenn es wieder heißt: stürzen Sie sich auf die angesagtesten Produkte von Markenherstellern und sammeln Sie Rabattpunkte. Oder gönnen Sie sich etwas aus unserer Frischwarenabteilung. Bei so vielen tollen Angeboten können Sie als Kunde nur mit den Ohren schlackern.«

Er inspizierte die Auslage bei den Fleischspezialitäten und die Beilagen. Ein Schild »Mixed Pickles, frisch zubereitet«, sprach seinen Appetit an, er sah sich nach der Bedienung um und entdeckte am Rand der Theke eine Dame, die sich im spiegelnden Glas der Auslage betrachtete und eiternde Pickel ausdrückte. Die gelangweilte Verkäuferin bemerkte ihn und reagierte dienstbeflissen: »Haben Sie einen Wunsch?«

Winfried wich aus: »Nein, ich wollte nur mal schauen.« Der Appetit auf Steak war ihm vergangen. Auf die Beilage konnte er ebenso verzichten. Er verwarf seinen Speiseplan, schaute sich bei den Konserven um und dachte: *Eintopf mit Möhren und Linsen wäre eine Alternative,* nahm eine Dose vom Regal, holte sich dazu einen Sechserpack Bier und begab sich zur Kasse.

Die Verkäuferin zog seine Einkäufe über den Scanner, schaute ihn mit großen Augen an und fragte: »Haben Sie eine Kundenkarte?«, worauf Winfried antwortete: »Nein.«

Das Frage-Antwort-Spiel ging weiter: »Haben Sie eine Playback-Karte?« – »Nein« – »Sammeln Sie Punkte?« – »Auch nicht« – »Wir haben jetzt ein Sonderangebot: zwei Riegel ›Strike‹ für nur 2 Euro?« – »Nein danke« – »Ein Vierer-Pack Energy-Drink für 4 Euro?« – »Danke, benötige ich auch nicht« – »Wie wäre es mit einer Bahncard 20, die haben wir jetzt auch im Angebot« – »Danke, Danke. Nein, die brauche ich ebenso nicht«

Winfried drängte sich die Furcht auf, wenn er sich weiter so unkooperativ zeigte, dass die Verkäuferin in einen Heulkrampf ausbrechen könnte.

Stattdessen folgte die Frage: »Fußball-Sammelkarten?«

»Nein, nein, nein!«, stöhnte Winfried, der zunehmend ungeduldig wurde. »Ganz tolle Angebote. Bis auf den Eintopf und das Bier benötige ich nichts.«

»Wie wäre es damit? Gerade haben wir das Plüschtier ›Ich hab´ meinen Supermarkt lieb‹ im Angebot.«

Der Verzweiflung nahe, gab er dieses Mal nach: »Ok, geben sie mir das Stofftier. Aber ich will endlich bezahlen!«

»Vielen Dank!« Sie nahm einen rosafarbenen Bären aus einer Schachtel und zog ihn über den Scanner.

Nach dem Einkauf beeilte er sich, nach Hause zu kommen. Nachdem er seine Besorgungen in der Küche abgesetzt hatte, klingelte es an der Haustür. *Ich erwarte doch keinen Besuch?* Gespannt, wer das sein könnte, öffnete er. Davor präsentierte sich ein Bote in gelber Uniform und plapperte eilig: »Eine Sendung für Herrn Kunze, sind Sie das?« – Winfried nickte, worauf der Besucher ihm hastig einen Zettel reichte: »Bitte, hier mit Ihrer Unterschrift bestätigen!« Er überreichte ihm ein Paket und verabschiedete sich eilig.

Neugierig öffnete Winfried die Verpackung. Als er einen Blick hineinwarf, begannen seine Augen zu leuchten. *Alexandra, du bist zurück!* Liebevoll nahm er die Axt in die Arme und wiegte sie hin und her. *Du kommst genau im richtigen Moment,* tauschte er Gedanken mit ihr aus, *wir haben etwas zu erledigen!* Er kehrte in die Küche zurück, legte das Plüschtier auf den Tisch und holte weit aus. Nachdem er das Ziel genau ins Visier genommen hatte, schlug er mit Wucht zu und zerlegte mit einem lauten ›Whack!‹ den rosa Plüschbären in zwei Teile.

»Das war ein schönes Erlebnis mit dir!«, lobte er seine Axt, stöhnte erleichtert und setzte fort, seinen Einkauf auszupacken. Laut stellte er die Frage an sich selbst: »Was haben wir denn heute Leckeres zum Abendessen von unserer Jagd mitgebracht?« und hielt die Konservendosen in die Höhe. *Linsen-Möhren-Eintopf! Lecker, da kommt Freude auf!* - redete sich Winfried die Vorfreude auf eine Gourmet-Mahlzeit ein.

Nachdem er den Doseninhalt in einen Kochtopf geleert hatte, beschloss er, die letzten Strahlen der nachmittäglichen Sonne zu genießen. Mit einer Flasche Bier in der Hand schlenderte er auf seine Dachterrasse und verfolgte nun eine Szene beim Nachbarhaus: dort verlangsamte ein Transporter die Geschwindigkeit, fuhr die Einfahrt hinauf und parkte. In diesem Haus - das wurde ihm erzählt - würde ein vermögendes Ehepaar wohnen, das Kunst sammle und sehr wertvolle Originale besäße.

Zwei vermummte Männer stiegen aus, hebelten die Eingangstür auf und drangen in das Gebäude ein. Wenige Minuten später eilten sie mit Kisten bepackt hinaus, beluden ihren Transporter und betraten das Haus erneut. Das wiederholte sich ein paarmal.

Einbrecher! - dachte Winfried. *Traurig, dass es heutzutage noch Menschen gibt, die es nötig haben, ihren Lebensunterhalt auf diese Art zu verdienen.*

Diesmal verließen die zwei Männer das Haus erst nach längerer Zeit und ächzten unter der Last, als sie einen Flügel - *ein Steinway,* nahm Winfried an - hinausschleppten. Kurz, bevor sie ihren Transporter erreicht hatten, brach der vordere Träger zusammen. Ein lautes Knacken war zu hören - ein Geräusch, das sich nicht nach Brechen von Holz anhörte - und der Mann blieb reglos unter dem Flügel liegen. Der Zweite eilte herbei, wuchtete das Monstrum zur Seite und vollführte leichte Fußtritte gegen seinen Kollegen.

Nachdem dieser offensichtlich keine Reaktion mehr zeigte, hielt er inne, schaute sich mit verzweifeltem Gesichtsausdruck um und rannte zurück in das Haus. Er kehrte mit einer Schaufel zurück, schleifte seinen Kollegen zum Blumenbeet und begann damit, zwischen den Rosen ein Grab auszuheben. *Was für ein armseliges Schauspiel. Wenigstens wandelt nun eine leidende Kreatur weniger durch unsere traurige Welt,* dachte Winfried. *Aber das ertrage ich nicht länger.* Als er seine Dachterrasse verließ, wehte ihm in der Wohnung der Geruch von verschmortem Eintopf entgegen. *Mist, mein Essen ist angebrannt.*

Mit seiner gerade noch genießbaren Mahlzeit und einem Bier setzte er sich vor seinen neuen Flachbildfernseher und entspannte bei einer Folge der neuen Serie ›Der Landarzt von Weilerswil‹. Die kurze Pause nach dem Happy End genügte ihm, um sich schnell noch ein neues Bier zu besorgen. Es folgten die Nachrichten. Durchgehend wurde vom Bürgerkrieg in Syrien berichtet, von weiteren Konflikten im Nahen Osten. Ein blutiges Video wurde eingespielt, der Nachrichtensprecher kommentierte zum Schluss: »Tragische Szenen aus einem Bürgerkrieg. Da stellen wir uns die Frage: Warum unternimmt niemand etwas dagegen? Man könnte doch etwas tun. Aber niemand tut etwas.«

Winfried schloss sich gereizt trotz fehlender Zuhörer an: »So denken alle! Jemand sollte etwas tun. Nur nicht ich, macht ihr doch etwas.« Er nahm einen Schluck Bier zu sich. *Ich verstehe das nicht. Wenn ich an deren Stelle wäre, würde ich mich aufraffen, Himmel und Hölle in Bewegung setzen …*

Sein Gedankengang wurde durch das Schellen der Türklingel unterbrochen, vor Schreck fiel ihm fast die Bierflasche aus der Hand. Er eilte zur Wohnungstür und sah sich einem düsteren Paar gegenüber. Zwei Männer in Lederjacken stierten ihn an.

»Guten Abend! Wir kommen von der Kripo Stuttgart. Nebenan wurde eingebrochen. Und eine Leiche wurde gefunden. Haben Sie heute Abend etwas Ungewöhnliches bemerkt?«

Ist es ungewöhnlich, wenn heutzutage in Deutschland irgendwo ein Einbruch stattfindet oder irgendjemand ums Leben kommt?, fragte sich Winfried. Und antwortete: »Nein, nichts Ungewöhnliches.«

»Können Sie uns auf irgendeine Weise bei unserer Arbeit weiterhelfen?«

Das habe ich gerade. Um euch Arbeit zu ersparen. Ihr könnt wieder ins Büro gehen und eure Füße hochlegen. Er antwortete: »Ich habe mein Bestes getan.«

»In Ordnung, Danke!«, nickte der größere der beiden Besucher und reichte eine Visitenkarte: »Unter dieser Nummer können sie uns jederzeit erreichen. Rufen Sie einfach an, wenn Ihnen noch etwas einfällt. Alles, was irgendwie verdächtig erscheint, könnte uns bei den Ermittlungen helfen. Ich wünsche Ihnen noch einen schönen Abend.«

»Gern geschehen, auf Wiedersehen!«, verabschiedete Winfried sich höflich. *Mir hilft ja auch niemand. Wenn ich das Kennzeichnen des Transporters genannt hätte, würdet ihr sowieso niemanden mehr finden. Der Einbrecher ist mit Sicherheit schon über alle Berge und irgendwo in Osteuropa untergetaucht.*

✕

Am nächsten Abend verfolgte er eine weitere Folge der friedvollen Serie ›Der Landarzt von Weilerswil‹.

Ein Laufband am unteren Rand des Bildschirms meldete ein aktuelles Ereignis. Erst ignorierte Winfried die Nachricht. *Der übliche reißerische Mist. Ich will mich entspannen und die idyllische Landschaft im Film genießen. Alles andere geht mich nichts an. Soll doch jeder tun und machen was er will.* Als die Nachricht wieder und wieder durchlief, warf er einen Blick darauf und las:

AMOKLAUF IN FRANKFURT … AKTUELL WIRD BERICHTET VON MINDESTENS 20 TOTEN … HEUTE NACHMITTAG STÜRMTE EIN MANN DAS BÜRO EINES FRANKFURTER FINANZUNTERNEHMENS UND SCHOSS WILD UM SICH … NACH WILDEM GEFECHT GELANG ES EINER SONDEREINHEIT DER POLIZEI, DEN AMOKLÄUFER MIT EINEM GEZIELTEN SCHUSS INS GENICK ZU TÖTEN

Früher oder später, dachte Winfried, *rächt sich eben jemand. Ich wundere mich, dass so etwas nicht täglich passiert.*

Eine Weile später meldete das Laufband:

NEUE ERKENNTNISSE: NACH ANGABEN DES UNTERNEHMENS HANDELTE ES SICH UM EINEN EHEMALIGEN MITARBEITER SPANISCHER HERKUNFT … GENAUERES IM ANSCHLUSS IN EINER SONDERSENDUNG ZUM HEUTIGEN AMOKLAUF IN FRANKFURT

Nun war er neugierig geworden. Seine nächste Reaktion war der Gedanke: *Schnell noch ein neues Bier holen, bevor der Bericht beginnt.* Entspannt saß er vor seinem Fernseher, als dramatische Musik eingespielt wurde und die Sondersendung begann. Ein Reporter stand vor einem Chaos von Büro und sprach in sein Mikrophon: »Wir berichten live aus Frankfurt. Dramatische Szenen haben sich am späten Nachmittag in diesem Büro abgespielt.«

Das Büro kenne ich doch! Winfried nahm einen Schluck Bier zu sich und der Reporter berichtete weiter: »Der Amokläufer war unbemerkt vom Sicherheitspersonal mit einer Schusswaffe in das Gebäude eingedrungen und hatte sofort in diesem Büro wild um sich geschossen. Bis ein Sonderkommando ihn gezielt mit einem Schuss in den Nacken töten konnte. Zum Täterprofil kann Ihnen Herr Leihmeier, ein Spezialist der Frankfurter Polizei für solche Fälle, mehr sagen. Ich gebe das Wort weiter an den Polizeipsychologen. Bitteschön, Herr Leihmeier.«

Er reichte das Mikrofon einem Mann, der mit seinem langen Vollbart und düsterem Blick den Eindruck erweckte, er würde jede Nacht auf einer Parkbank verbringen. »Es handelt sich hier um einen …«, begann er und hielt nachdenklich inne. Nach einer kurzen Pause fuhr er fort: »sehr frustrierten ehemaligen Mitarbeiter dieses Unternehmens. Eigentlich kann ich seine Tat sehr gut nachvollziehen, denn in den vielen Jahren, die ich mit Büroarbeiten betraut war, kamen mir auch einige Male düstere Gedanken. Häufig hatte ich überlegt: warum soll ich nicht einfach meine Dienstwaffe ziehen und das Ganze hinter mich bringen?«

Winfried nahm einen weiteren Schluck Bier und prostete dem Psychologen zu. *Wo du Recht hast, hast du Recht!*

»Sehr schön, vielen Dank für Ihre Analyse«, plapperte der Reporter nervös und entzog dem Polizeipsychologen das Wort. Auf seiner Stirn hatten sich Schweißperlen gebildet, zitternd hielt er das Mikrophon in der Hand und drückte sich einen Knopf ins Ohr, während er seiner Miene nach auf eine Nachricht zu warten schien. Nun teilte er mit: »Mich haben soeben Neuigkeiten über die Identität des Täters erreicht. Nach Informationen der Geschäftsführung handelte es sich bei dem getöteten Amokläufer um einen ehemaligen Mitarbeiter spanischer Herkunft namens Jorge Sánchez.«

Winfried traf es wie ein Schlag. Sofort war er hellwach, die Bierflasche fiel ihm aus der Hand und zerschellte auf dem Boden. Er sprang auf, raufte sich die Haare und rief schockiert: »Waldemar! Sie haben Waldemar erschossen!«

Die folgenden Tage marterte ihn wiederholt die schockierende Vorstellung, dass sein Kumpan nicht mehr unter den Lebenden weilen sollte. *Ein echtes Individuum,* erinnerte er sich, *anders als die seelenlosen Statisten, die unsere Welt besiedeln und keinen eigenen Willen haben. Was soll ich tun? Mich damit abfinden? Nein! Auch wenn alle Vernunft dagegen spricht, muss ich versuchen, ihn zurückzuholen. Ich werde einen Schamanen kontaktieren. Aberglauben hin oder her, es wäre der letzte Strohhalm.*

Abends widmete er sich intensiv den spirituellen Dingen. Im Schneidersitz beobachtete er von seiner Dachterrasse den Mond, vor ihm standen zwei nahezu leere Flaschen Wodka. *Gibt es diese Astralwelt tatsächlich, oder ist sie nur eine Erfindung?* Ihm kam das Erlebnis beim Rückführungs-Seminar in Erinnerung. *Das war schon ziemlich real.* Er trank die erste Flasche in einem Zug leer, hielt sie vor sein rechtes Auge und betrachtete durch den gewölbten Glasboden den Mond. *So bist du mir viel näher, oder ich bin dir nähergekommen.* Er griff nach der zweiten Flasche, leerte sie ebenso und hielt sie schräg vor sein linkes Auge, sodass der Mond zweimal zu sehen war.

Wenn es nun stimmt und es gibt diese zwei Welten, verfiel er in philosophische Gedanken, *könnte es einen Übergang zwischen unserer und der Astralwelt geben. Vielleicht ist es möglich …* Er korrigierte den Winkel der Flaschen so, dass aus den doppelten Erscheinungen des Mondes ein Bild wurde … *diese beiden Welten für einen Moment zu verbinden.*

Getrieben von diffusen Gedanken irrte Winfried am darauffolgenden Tag durch die Stuttgarter Innenstadt und murmelte: »Irgendwo hier muss es doch sein. An dem Laden bin ich doch schon einige Male vorbeigelaufen.« Endlich stand er vor dem Geschäft, dessen Auslage mit allerlei Kristallen, kleinen fernöstlichen Statuetten und esoterischen Büchern geschmückt war. Er war fündig geworden, betrat den Laden, heller Glockenklang erschallte. Geduldig wartete er am Verkaufstresen. Zarte Flötenmusik war zu hören.

Eine grauhaarige Dame in grellgelbem Kostüm erschien im Verkaufsraum. An jedem Finger trug sie einen Ring und um ihren Hals klimperten unzählige bunte Amulette, als sie auf Winfried zukam und ihn herzlich umarmte.

»Ich wusste, dass Du kommst«, erklärte sie ihm freudestrahlend, »meine Karten haben es mir heute Morgen erzählt.« Nachdem sie die Umarmung gelöst hatte, schaute sie ihm fest in die Augen. »Ich weiß auch, warum Du gekommen bist. Du bist auf der Suche nach Antworten. Und Dich bedrückt etwas. Ich habe die Lösung. Bei mir findest Du alles, was dir hilft.«

Winfrieds Stimmung hellte sich auf. »Du kannst mir wirklich helfen?«

»Natürlich! Als Erstes empfehle ich dir, ein Schutzamulett zu tragen. Dieser Bergkristall ist genau das Richtige: der Stein wird dich schützen, weil er negative Energien neutralisiert.«

»Ich hatte an etwas Anderes gedacht. Es betrifft nicht mich, sondern es geht …«, Winfried richtete seinen Blick zu Boden, »um einen Todesfall.«

»Mir war dies bekannt, denn die Karten haben es schon angedeutet: der Sensenmann. Dennoch will ich dir ans Herz legen, ein Amulett zu tragen … aber jetzt zu deinem Anliegen«, ging sie auf das Thema ein. Sie blickte ihn mit durchdringenden Augen an: »Ich bin die Hexe Koriander und ein Medium. Als Magierin habe ich den höchsten Meistergrad erreicht und bin Beherrscherin der Elemente. Ich habe geistige Verbindungen mit Engeln und bin in der Lage, über meine medialen Fähigkeiten mit den Menschen im Jenseits zu kommunizieren. Am besten vereinbaren wir einen Termin, treffen uns abends zu einer *Séance* für ein *Channeling*. So kann ich in Ruhe Kontakt mit meinem persönlichen Engel aufnehmen. Ich werfe kurz einen Blick in meinen Terminkalender.«

»Eigentlich geht es um etwas Anderes«, unterbrach Winfried sie, zögerte einen Moment und überlegte, wie er es formulieren sollte. Er entschied sich für die einfache und direkte Variante: »Ich will jemanden zurückholen.«

»Du willst jemanden zurückholen - aus dem Jenseits?« Sie blickte ihn mit bleichem Gesicht an und stammelte: »Nein, das ist völlig abwegig, weil ...« Sie hielt inne und ließ ihren Blick nachdenklich über die Auslagen und Regale wandern. Sie zauberte wieder das Lächeln auf ihr Gesicht. »Was ich andeuten wollte: Es ist nicht ganz einfach. Zwar war mir dein Wunsch bekannt, dennoch wollte ich sicher sein, dass du es von ganzem Herzen willst. Tatsächlich bin ich in der Lage, dir die Utensilien zusammenzustellen und dir genau zu erklären, wie du vorgehen musst. Warte kurz, ich muss mich umschauen und die benötigten Dinge zusammensuchen.«

Nachdenklich wanderte sie durch ihren Laden, schaute hier und dort nach den Preisschildern und blieb vor einem Regal mit Amphiolen stehen, die mit farbigen Pulvern gefüllt waren. »Du hast Glück, es ist alles da!« Sie lächelte.

»Also, um einen Menschen aus dem Jenseits zurückzuholen«, sprach sie, während Winfried neugierig die mit bunten Materialien gefüllten Glasgefäße betrachtete, »musst du das folgende Ritual durchführen: erst zeichnest du einen Drudenfuß, also einen fünfzackigen Stern auf den Boden. Und zwar mit der Spitze nach oben! Das ist wichtig, denn auf diese Art öffnest du das Tor in die andere Welt. Umgekehrt, mit der Spitze nach unten, wird dieses Tor verschlossen: die Wirkung kehrt sich um und hält die Dämonen fern.« Sie schaute ihn fragend an.

Winfried nickte, um zu zeigen, dass er soweit verstanden hatte. Nun klärte sie ihn auf, was die Verwendung der Pulver anging. »Diese Substanzen in den Phiolen streust du anschließend in jede Ecke des Drudenfußes. Es handelt sich hierbei um die absolut reinen Elemente der Schöpfung in kristalliner Form. Das blaue Pulver ist Wasser, Rot ist Feuer, Braun ist Erde. Wir Magier der höheren Stufe wissen: es gibt nicht nur vier, sondern sechs Elemente. Licht und Finsternis, das ist den Meisten unbekannt. Diese beiden Substanzen habe ich in Form eines weißen und eines schwarzen Pulvers.«

Sie sammelte fünf farbig gefüllte Gläser aus dem Regal und stutzte. Nach kurzer Überlegung fuhr sie fort: »Das sechste Element, Luft« und griff nach einem ungefüllten Glas, worauf Winfried eine verwunderte Miene zog.

»Das Gefäß ist doch leer. Wozu brauche ich das?«

»Es ist nicht leer«, erklärte sie kurz und knapp, »es ist mit Luft gefüllt.«

»Aber wofür brauche ich das?«, hakte er nach. »Luft gibt es doch überall. Außerdem hat das Symbol nur fünf Ecken.«

Die Magierin blickte nachdenklich auf die mit Luft gefüllte Phiole und stellte sie wieder ins Regal zurück. »Es ist für die Mitte gedacht, die sechste Fläche. Aber es wird auch so gehen, du hast Recht: in dieser Welt haben wir Luft.« Sie lachte: »Anders als in der geistigen Welt. Dort hat Luft einen immensen Wert, wie Wasser in der Wüste. Manchmal ist es verwirrend, wenn man im Geist so häufig zwischen den Welten reist.«

Winfrieds Gedanken drifteten kurz ab: *Interessante Gemeinsamkeiten. Der Wert von Luft. So verschieden sind die Finanzwelt und die geistige Welt nicht …*

Die Händlerin begab sich zu ihrem Verkaufstresen, stellte die Gefäße ab und begann zu summen. »Warte«, bat sie, »ich erhalte gerade eine Botschaft von meinem Engel.«

»Die Kerzen für das Ritual!«, setzte sie nach der Pause fort und wanderte durch ihren Laden zu einem anderen Regal. Winfried folgte, sie warf kurz einen Blick auf die Preisschilder und ihr Gesichtsausdruck hellte sich auf. »Die purpurnen Ritualkerzen müssen es sein. Fünf Stück brauchst du … Moment, für dieses Ritual müssen es zehn sein. Und die dazu passenden Kerzenhalter benötigst du auch, die du in Form eines Kreises um den Drudenfuß platzieren musst.«

Sie füllte eine Schachtel mit zehn Kerzen und ebenso vielen silberfarbenen Kerzenständern, schleppte diese zurück an den Tresen und zögerte abermals, versank kurz in Gedanken und setzte erneut an: »Jede Kerze musst du auf einem Schrumpfkopf befestigen. Diese Kerzenständer sind speziell dafür geeignet, schau: über den Nagel steckst du den kleinen Kopf und schiebst ihn soweit herunter, bis die Spitze heraustritt. Darauf passt nun eine Kerze.«

»Komm mit«, forderte sie Winfried auf und schob am hinteren Ecke ihres Ladens einen Vorhang beiseite. Ein kleiner Raum wurde sichtbar, in dem allerlei wunderlich aussehende und nicht identifizierbare Dinge gestapelt waren. Sie wies auf eine Kiste, die auf den ersten Blick gefüllt war mit Kugeln, die wie schrumpelige, behaarte Früchte aussahen. Sie nahm eines der Objekte heraus, darauf war ein affenähnliches Gesicht zu sehen. »Dies stellt ein großer Magier speziell für mich her«, erklärte sie stolz. »Ein Voodoo-Priester. Den Köpfen wohnt die Macht von schamanischen Krafttieren inne, darum sind sie nicht ganz billig.« Sie warf einen Blick auf das Preisschild. »Hundert Euro pro Stück. Echte Qualität, die ihren Preis wert ist.« Sie zählte zehn Kugeln in eine Schachtel, führte Winfried zurück zum Tresen und verkündete: »Du hast jetzt alles, was du für das Ritual brauchst. Und wie du beginnen musst, habe ich dir schon gesagt. Mit dem Ausstreuen der Kristalle musst du unten links anfangen und sie im Uhrzeigersinn in jeder Ecke des Drudenfußes verteilen. In der Reihenfolge Finsternis, Wasser, Erde, Feuer, Licht. Wenn du alle Vorbereitungen so getroffen hast, wie ich es dir erklärt habe, dann denke ganz fest an den Menschen, den du wiederhaben willst. Bitte ihn, zurückzukommen. Natürlich kann ich dir nicht hundertprozentig garantieren, dass es funktioniert.«

Grinsend schaute sie Winfried an, der sich mittlerweile überrumpelt fühlte und dessen zweifelnder Blick über all die teuren und für ihn bestimmten Dinge auf dem Verkaufstresen wanderte. »Ich nehme die fünf Pulver«, sagte er, »die anderen Sachen kann ich irgendwie selbst organisieren, denke ich.«

Die Verkäuferin starrte ihn böse an und gab sich zornig: »Wie du willst, in Ordnung, nur die Kristalle. Aber wenn es mit der Rückholung nicht klappt - und da habe ich äußerste Zweifel - ist das nicht meine Schuld. Aber wenn du wiederkommst, weil es nicht funktioniert hat, verkaufe ich dir gerne noch die anderen Dinge, die du benötigst, um das Ritual korrekt durchzuführen.«

Nachdem Winfried seinen Einkauf im Esoterik-Laden erledigt hatte, begab er sich zum Supermarkt. Auf der Suche nach Kerzen wurde er in der Ecke mit Haushaltswaren fündig: *Die roten Kerzen, die ich brauche. Und auch die passenden Kerzenständer haben die hier. Perfekt. Die sehen sogar genauso so aus wie im Esoterik-Laden. Vermutlich sind es sogar die gleichen, aber viel billiger.* Nachdem er zehn Kerzen und ebenso viele Halter eingesammelt hatte, sagte er zu sich: *Nun wende ich mich den spirituellen Dingen zu* und begab sich zu dem Regal, in dem allerlei Spirituosen um die Gunst der Kunden buhlten. Einen besonderen Irischen Whiskey wählte er für diesen Abend und sah sich nachdenklich um. *So, fehlt noch etwas? Die Schrumpfköpfe. Vielleicht fällt mir später noch etwas ein.* Er ging zur Kasse.

Die Kassiererin zog wie gewohnt alle Einkäufe über den Scanner und fragte in ihrer üblichen Routine: »Sammeln sie Punkte?«, worauf Winfried schnell reagierte: »Nein, sonst nichts. Nur bezahlen.« Sein Blick fiel auf die Schachtel mit den scheußlichen Plüschtieren und den ›Ich hab´ meinen Supermarkt lieb‹

Schriftzug. Einer plötzlichen Eingebung folgend sprach er: »Moment, von den Stofftieren nehme ich noch einige mit. Zehn Stück.«

»Das ist sehr schön. Ich suche Ihnen einige heraus, dass Sie unterschiedliche haben«. Während sie die Plüschtiere abzählte, fragte sie lächelnd und in einer höheren Stimmlage: »Wollen Sie die an Kinder verschenken? Die werden sich freuen!«

Winfried richtete den Blick zu Boden. »Es geht um einen Todesfall.«

Erschrocken hielt die Dame inne. Ihr Blick wanderte zu den Kerzen und zur Whisky-Flasche. »Ich verstehe!« Sie zählte mit traurigem Blick die Stofftiere weiter ab und fragte: »Wie hieß denn der Kleine?«

»Waldemar.« Traurig verstaute Winfried seinen Einkauf im Rucksack.

Er beeilte sich, nach Hause zu kommen. Nachdem er die Haustür hinter sich geschlossen hatte, rief er gut gelaunt: »Alexandra, ich bin zurück! Auf dich wartet eine Menge Arbeit.« Er griff nach der Axt, ging in die Küche, entnahm seinem Rucksack die Stofftiere und stellte sie auf seinem Küchentisch in eine Reihe. »So, der erste Freiwillige bitte!«, forderte er die in Reih und Glied stehenden Plüschtiere auf.

Als sich keines von ihnen meldete, übernahm er die Entscheidung selbst und griff nach Freddi dem ›Lustigen Affen‹, legte ihn vor sich, holte weit mit der Axt aus und ›Whack!‹ war der Kopf des Affen sauber abgetrennt. »Sehr ordentlicher Schnitt!«, lobte er seine Gefährtin, suchte sich als nächstes Schnaufi den ›Fröhlichen Mops‹ aus, der nach dem zweiten Hieb ebenso zerteilt dalag. Bärbel die ›Brummige Bärin‹, verlor ihren Kopf, danach Mauzi die ›Grinsende Katze‹, die ihr Grinsen noch beibehielt, nachdem sie der Klinge zum Opfer gefallen war. Poppy der ›Lustige Hase‹ musste als Fünfter seinen Kopf hinhalten und hatte nach dem erbarmungslosen Hieb mit der Axt für immer ausgehoppelt.

Winfried fiel auf, dass er bei dieser Arbeit sogar Freude empfand, wenn er seine ehemaligen Kollegen einbezog. Er konzentrierte sich auf einen Mitarbeiter aus dem Vertrieb, der sich in der Kantine einmal frech vorgedrängt hatte. *Herr Maier, treten Sie vor und trennen Sie sich von Ihrem Kopf,* sprach er, als er Schnacki den ›Plappernden Papagei‹ mit einem ›Whack!‹ enthauptete.

Fast alle Plüschtiere waren zerlegt. Seinen Ex-Chef hatte er sich bis fast zum Schluss aufgehoben. Nun war auch sein Erzfeind an der Reihe in Form von Blinzi dem ›Blinden Maulwurf‹, der als drittletzter seinen Kopf verlor. Ein zweites Mal war sein ehemaliger Chef dran, in Gestalt von Müffi dem ›Frechen Stinktier‹. Winfried grinste. *Jetzt hast du ausgestunken, Chef!* - dachte er, als ein besonders lautes ›Whack!‹ ihn enthauptete.

Nur ein Stofftier war noch übrig. Bei Reini dem ›Schlauen Fuchs‹ stellte er sich seinen zukünftigen Chef vor, bevor über ihn ›Whack!‹ das letzte Urteil des Scharfrichters fiel. Den abgetrennten Kopf vor sich haltend, sprach er:»Du hast eins gut bei mir, deine erste Missetat sei dir vorab verziehen!«

Erschöpft sank Winfried auf den Küchenschemel. Den ersten Schritt der Vorbereitung hatte er nun vollendet und streichelte zärtlich seine Axt.»Es ist vollbracht, Alexandra«, sprach er liebevoll zu ihr,»wir sind ein grandioses Paar. Nun haben wir die Schrumpfköpfe und können sie ihrer Bestimmung gemäß präparieren.« Er griff nach der Flasche mit dem Irischen Whisky, nahm einen kräftigen Schluck und betrachtete zufrieden das Ergebnis des Massakers auf dem Küchentisch. Danach nahm er die Kerzenständer, reihte sie in einer Linie auf, nahm den Affenkopf als Ersten, steckte ihn sorgfältig über den Nagel eines Ständers und setzte die Kerze darauf. *Sehr gelungen, diese Ritualkerze. Okkulte Kunst in Perfektion!* - bewunderte er sein Werk und griff nach dem nächsten Kopf. So ging er bei den weiteren Kerzenhaltern vor, bis alle für das Ritual fertig präpariert vor ihm standen. Bei einem erneuten Schluck Whisky widmete er sich der Qualitätsprüfung. Sein Blick wanderte von einem Ständer zum anderen, bis er alle mit einer Sichtprobe geprüft hatte und fällte sein Urteil: *Alle haben bestanden.*

Der größte Raum seines Appartements war das Wohnzimmer. *Dort soll das heilige Ritual stattfinden,* entschied er und trug alles, was er nun benötigte, in den Raum, dessen Boden mit einem wertvollen Perserteppich geschmückt war. Er schob die Möbel zur Seite, rollte den Teppich ein, zeichnete auf dem blanken Untergrund mit Kreide einen fünfzackigen Stern und verteilte im weiten Kreis die präparierten Kerzenständer. Er entzündete alle Kerzen, bis der große Raum rundum erstrahlte. *Die Vorbereitung ist abgeschlossen. Jetzt muss ich mich dem Ausbringen der Elemente widmen.* Er setzte sich mit der Axt und der Whisky-Flasche an das fünfeckige Symbol und nahm den nächsten Teil des Rituals vor: das Verteilen der Substanzen aus dem Esoterik-Laden.

Als Erstes griff er nach dem Gefäß, das die schwarze Essenz enthielt und streute sie in die linke untere Spitze des Fünfecks. Die blauen Kristalle mussten danach ausgebracht werden, daher ließ er sie in die linke mittlere Spitze des Symbols rieseln. Er verfuhr wie vorgegeben mit den verbleibenden Substanzen und verteilte sie im Uhrzeigersinn: Braun, Rot und Weiß, bis in jeder Ecke ein magisches Pulver angehäuft war. *Finsternis, Wasser, Erde, Feuer, Licht! So war die richtige Reihenfolge,* wiederholte Winfried in Gedanken und begann nun, sich auf seinen Freund zu konzentrieren.

»Komm zurück, Waldemar«, sprach er leise und richtete seine Gedanken auf den Freund. Vor der Kreidezeichnung sitzend, nahm er einen weiteren Schluck Whisky, begann zu Summen und wartete gespannt, ob sich beim Drudenfuß etwas regte. Es tat sich lange nichts. Immer wieder fielen ihm die Augen zu.

Alle Pulver verpufften auf einen Schlag, der Boden in der Mitte des Fünfecks begann zu vibrieren und senkte sich. Flammen stoben empor, ein roter Kopf schob sich durch die Öffnung. Mit einem Satz sprang ein riesenhaftes feuerrotes Wesen hervor. Es verbeugte sich tief, mit dem Rücken zu Winfried gewandt, so dass ihm ein riesiger feuerroter Hintern entgegenprangte.

Das Wesen sprach mit tiefem Grollen zur abgewandten Seite: »Ich bin Satan …« und hielt inne. »Moment, hier ist etwas falsch.« Das Wesen richtete sich auf und drehte sich um. Aus Winfrieds Perspektive war nun ein feuerroter Sack und eine riesige Rute zu sehen, die vor ihm baumelten.

»Ach, hier bist du«, murmelte das Wesen und verbeugte sich erneut, diesmal in Winfrieds Richtung gewandt und starrte ihm in die Augen. Es begann erneut mit grollender Stimme: »Ich bin Satan Klaus, Dämon der tausend Wünsche. Aus dem tiefsten Schlund der Hölle bin ich gekommen, um meinem Herrn zu dienen. Du hast mich gerufen, Meister?«

Winfried hielt dem Blick des Wesens eisern stand, das ihn mit blitzenden Augen anstarrte und entgegnete: »Ja und Nein. Genau genommen habe ich jemand Anderen gerufen. Ist Waldemar dort unten?«

Das Wesen bejahte: »Der ist kürzlich eingetroffen. Aber mit ihm haben wir ständig Ärger. Er macht uns, sozusagen, unten die Hölle heiß.« Es verbeugte sich tiefer und sprach abermals: »Habe ich schon erzählt, dass ich Satan Klaus der Dämon bin? Äußere einen Wunsch und er wird dir erfüllt.«

»Ich wünsche mir Waldemar zurück!«, reagierte Winfried ohne Zögern.

»Ein guter Wunsch!« In den Augen des Dämons zeigte sich ein freudiges Blitzen. »Er wird dir gewährt.«

Um das feuerrote Wesen herum stiegen Flammen auf, es verschwand. Die Flammen, die es mitgebracht hatte, züngelten jedoch weiter. Winfried spürte eine immense Hitze. Schweißgebadet hob er seinen Kopf und sah den Drudenfuß vor sich, wie er ihn gezeichnet hatte. Sein Wohnzimmer sah aus wie vorher. Nur etwas hatte sich verändert: es brannte! Die Kerzen waren vollständig heruntergebrannt, die Schrumpfköpfe ebenso, rings um ihn züngelten Flammen. Lichterloh. Ihm wurde klar, dass er für eine längere Zeit eingenickt sein musste.

Er sprang auf, griff nach seiner Axt und der Flasche Whisky, packte beides in seinen Rucksack, rannte ins Schlafzimmer, riss wahllos einige Klamotten aus dem Kleiderschrank und eilte zur Wohnungstür. Nun stand er vor dem Gebäude und beobachtete, wie die Flammen sich im obersten Stockwerk ausbreiteten und den Nachthimmel taghell erleuchteten. *Das war meine neue Wohnung. Unter schlechten Vorzeichen hat es begonnen, so endet es. Ich nehme das Schicksal an. Morgen verlasse ich diese Stadt und werde niemals zurückkehren.*

Er wanderte zum Stuttgarter Feuersee, legte sich auf eine Parkbank, trank den letzten Schluck Whisky und verbrachte die Nacht unter freiem Himmel. Bei aufgehender Sonne wurde er durch Klappern geweckt. *Ein Storch!* Winfried sah, wie dieser durch das seichte Wasser stolzierte, seinen Schnabel in den See tauchte, einen Frosch herauszog und herunterschlang. Von seiner Parkbank beobachtete er den mächtigen Vogel, bis ein Gedanke sich wie ein Blitz in seinen Kopf drängte: *Die Kröten! Ich muss die Kröten retten!* Flugs griff er nach seinem Rucksack und rannte in die Innenstadt, bis er eine Filiale seiner Bank entdeckte. »Ich will mein Geld abheben«, sprach er dort vor. »Alles. Und mein Konto auflösen.«

Mit 15.000 Euro in bar verließ er die Bank. *Gerade noch rechtzeitig. Wenn die erfahren, was mit dem Appartement passiert ist, würden die nicht lange zögern und mein Konto sperren. Die Hypothek auf die Wohnung ist ja wertlos geworden.*

Er nahm den nächsten Zug und kehrte zurück nach Frankfurt. Obdachlos, aber glücklich darüber, wieder in seiner Heimat zu sein, wanderte Winfried in der nachmittäglichen Sonne durch die Innenstadt, schlenderte durch Grünanlagen und inspizierte einen Platz nach dem anderen. Statuen, Parks, Gehwege. *Wie wäre es unter diesem Waschbetonstein? – Nein, womöglich wird der Belag erneuert und zubetoniert. In dieser Bronzefigur? – leider gibt es auch keine Stelle, an der man hineingreifen und etwas deponieren könnte. Vielleicht hier auf diesem Spielplatz? – hier ist keine Ecke, die uneinsehbar wäre.* Nachdem er lange umhergewandert war, sprang er vor Freude auf. *Das ist es! Auf die Idee, an dieser Stelle zu suchen, würde nicht mal ein Verrückter kommen. Selbst aus unmittelbarer Nähe ist nicht zu erkennen, dass sich hier eine Nische befindet.* Er hatte es gefunden: ein sicheres Versteck für seine gesamten Ersparnisse. Vorsichtig schaute Winfried sich um, stellte fest, dass niemand in der Nähe war, entnahm ein paar Scheine für die kommenden Tage und verstaute den Beutel mit dem restlichen Geld. Hastig entfernte er sich von dem Platz.

An einem Kiosk erstand er den benötigten Vorrat an Bier, stieg hinab zum Mainufer und setzte sich in die Abendsonne. Entspannt betrachtete er die Wellen auf dem Fluss, beobachtete eine Entenfamilie, die langsam vorbei watschelte und fiel in philosophische Gedanken: *Nicht diese selbsternannten Scharlatane der Esoterik sind die wahren Beherrscher aller Elemente. Es sind die Enten. Sie beherrschen Wasser, Luft, Erde und das Feuer. Denn die Ente flüchtet mit einem Flügelschlag, während die Hexe verbrennt.* Das Spiel der Wasservögel zu beobachten wirkte einschläfernd, bald fielen ihm die Augen zu.

✕

Ein Martinshorn riss ihn aus dem Schlaf. Die Sonne stand schon hoch über dem Horizont. *Ich muss wohl lange geschlafen haben.* Er sah, wie ein Streifenwagen nach dem anderen über die Brücke bretterte und mit Blaulicht in Richtung des Bankenviertels raste. *Was ist da los?*

Er entschied, der Sache nachzugehen. Bald hatte er das Bankenviertel erreicht und befand sich inmitten einer Gruppe alternativ gekleideter Menschen. Jemand drückte ihm ein Flugblatt in die Hand mit dem Titel: ›Bringt die Banken ins Wanken! Demo gegen die Bankenwillkür!‹ *Recht so,* dachte Winfried, *endlich unternimmt mal jemand etwas.*

Plötzlich war er inmitten von vermummten Gestalten, die Lage begann zu eskalieren. Ihm fiel ein Demonstrant auf, der einen brennenden Molotov-Cocktail in hohem Bogen warf, welcher bei einer Gruppe von Polizisten zerschellte und eine Stichflamme auslöste. Sie waren mit einem Feuerlöscher schnell zur Stelle und sprühten Schaum über die Feuersbrunst. Laut brüllte der Werfer: »Nehmt das, ihr feigen Nazis!«

Irgendwie kam ihm die Stimme bekannt vor. Besonders dessen Wortlaut, der Erinnerungen weckte. Er musterte den Demonstranten genau. Als dieser bemerkte, dass er beobachtet wurde, drehte er ruckartig den Kopf. Trotz Vermummung war ein Lächeln in seinem Gesicht zu erkennen. Er nahm sein maskierendes Tuch ab. »Hallo Winfried! Du bist wieder hier?«

Winfried fuhr ein Schreck in die Glieder, als hätte er einen Geist gesehen. Er fasste sich jedoch wieder. »Waldemar? Bist du das? Und du lebst?«

»Wegen der Geschichte im Büro? Winfried, du glaubst nicht, was für einen Riesenärger ich deswegen hatte und wie oft mir diese Frage schon gestellt wurde. Fast habe ich mich schon in der Hölle gesehen. Einen Tag später haben sie herausgefunden: es war irgendein Italiener. Ein Mafioso eben. Die Personaler sind einfach gestrickt und nicht in der Lage, einen Ausländer vom anderen zu unterscheiden. Es passt ja, denn es war ein Fremdling, und die sind für sie irgendwie alle gleich, also haben sie einfach behauptet, ich wäre es gewesen.«

»Schön, dass du lebst!« Winfrieds Augen leuchteten.

»Dem kann ich mich anschließen. Und sag mal, was machst du denn so? Du hast doch erzählt, du hättest in Stuttgart einen neuen Job gefunden.«

»Nicht mehr. Nur einen Vertrag hatte ich. Aber den Arbeitsplatz gab es plötzlich nicht mehr, die hatten sich vertan. Egal, jetzt bin ich wieder hier.«

»Das Übliche, fast wie bei mir. Du hängst also wieder in dieser Stadt herum. Was machst du sonst, wenn du nicht gerade zu den Demos gehst? Wo wohnst du jetzt?«

Winfried zögerte. Sein Stolz verbot es, irgendeine Form von Mitleid zu erwecken. Er verschwieg, dass er den Tag in der Spielothek verbrachte und nachts am Mainufer schlief.

Ausweichend antwortete er: »Job? Eigentlich tue ich nichts anderes als früher, zocken. Und ich wohne ganz in der Nähe.«

»Ich bewundere dich aufrichtig. Du machst aus jeder Situation das Beste. Übrigens toll, dass du dich auch der Demo angeschlossen hast.«

Einer der Demonstranten winkte und forderte sie mit einer Geste auf, zu folgen. Waldemar jubelte: »Komm mit! Wir werden jetzt ein Bankgebäude anzünden. Die sollen brennen, dieses Ganovenpack!«

»Das ist nichts für mich«, entschuldigte sich Winfried mit einem Anflug von Grusel, »ich wollte nur schauen, was hier los ist. Man erreicht mit Demos sowieso nichts. Die machen einfach so weiter, wie sie es immer gemacht haben.«

Waldemar verabschiedete sich mit enttäuschter Miene. »Dann mach's mal gut!« Und eilte den Vermummten hinterher.

Eine Weile blickte Winfried den Demonstranten nach. Und machte sich auf den Weg zur Spielothek.

Die Botschaft

Mit dem Rucksack über der Schulter und seiner Streitaxt am Gurt trug er nun seinen gesamten Haushalt mit sich.

»Ein Sechserpack Bier. Ach, geben Sie mir doch gleich zwei«, sprach er den Mann am Kiosk an, der jedoch irritiert auf Winfrieds Axt starrte und sich nicht regte. Winfried fiel ein, dass er das Zauberwort vergessen hatte und ergänzte: »Bitte!« Als der Angesprochene immer noch keine Reaktion zeigte, zog er mit den Worten: »Ach so – das ist meine Freundin!« seine Axt aus der Halterung, hielt sie dem Kioskbesitzer vor die Nase und nannte sie beim Namen: »Alexandra. Darf ich sie Ihnen vorstellen?«

Der Verkäufer reagierte nun und stellte hastig zwei Sechserpack Bier auf den Tresen: »Das macht genau neun Euro. Natürlich nur, wenn Sie bezahlen wollen.«

»Warum sollte ich nicht?« Winfried reichte das Geld passend, steckte seine Axt zurück und verstaute das Bier in seinem Rucksack. Nun begab er sich zu einem Park in der Nähe und ließ sich auf einer Sitzbank nieder.

Er öffnete das erste Bier, trank durstig und wandte sich intensiv seinen geistigen Studien. Fasziniert verfolgte er das Spiel der Tauben, die leise umhertrippelten, gurrende Laute von sich gaben und umherflatterten. *Sie verhalten sich alle so individuell und haben ihren eigenen Willen – anders als wir Büromenschen*, philosophierte er, während er die Flasche in einem Zug leerte, die nächste öffnete und zu einem neuen Schluck ansetzte. Langsam setzte die Dämmerung ein und die Tauben verzogen sich zu ihrem Schlafplatz. Nachdem Winfried lange Zeit in Gedanken versunken auf der Bank gesessen und den Großteil seines Biervorrats aufgebraucht hatte, wurde ihm schläfrig zumute. Bei dem Gedanken: *Schön ist es, hier in der freien Natur zu leben und den Sternenhimmel sehen zu können*, streckte er sich auf der Bank aus und schloss seine Augen.

Finsternis. Er schloss und öffnete seine Augen, die alles verschlingende Dunkelheit jedoch blieb. Etwas hinderte ihn daran, sich aufzurichten. Die Arme gehorchten nicht mehr seinem Willen, alle Finger waren taub. Wo bin ich? *In einer dunklen Zelle, in einem Burgverlies?* Erneut blinzelte er, nahm nun Bewegungen von Schatten wahr, hörte Schritte, die sich näherten, gefolgt von Worten, die hektisch gemurmelt wurden. Dunkelheit. Ein grauer Schemen materialisierte sich aus dem Nichts, etwas berührte seinen Oberkörper und ein entsetzlicher Schmerz durchdrang ihn, loderte hell auf und fuhr ihm durch Mark und Bein. Grelles Licht flammte auf und verlöschte wieder. Schwärze.

»Noch ein Versuch mit dem Defibrilator. Ich zähle: eins, zwei …«, meldete sich die geisterhafte Stimme erneut, abermals durchdrang ihn ein intensiver Schmerz und Winfrieds Körper wurde von Krämpfen geschüttelt. Eine Robe mit dem Symbol der Kreuzritter blitzte auf, seine Gedanken irrten umher.

Es ist der Ritter von Tausendvolt, der aus reiner Elektrizität besteht, seit beim Durchwaten eines Tümpels ein Zitteraal sich in seine Rüstung verirrt hatte. Alles, was der geladene Ritter berührt, bekommt einen elektrischen Schock. Wie bei Midas. Nur dass der alles in Gold verwandelte,

Wieder drangen geisterhafte Worte zu ihm: »Den können wir nicht mehr retten, dem hilft jetzt nur noch ein Schutzengel«, gefolgt von einer tieferen Stimme: »Der kommt nicht mehr zurück, der ist schon …« Ein weiterer Elektroschock fuhr durch seinen Körper, die letzten Worte hörte er klar und deutlich: »über den Jordan.«

Gleißendes Licht. *Befinde ich mich im Jenseits?* Die geisterhaften Schemen nahmen Konturen an, wandelten sich zu Männern in weißen Roben, die alle ein Malteserkreuz trugen. Winfried fiel es schwer, klare Gedanken zu fassen. Ihm kam die Frage in den Sinn: *Befinde ich mich unter Kreuzrittern?*

»Der war lange weg. Überlasst das Reden mir«, flüsterte jemand. *Ist er der Großmeister ihres Ordens?* Die Stimme wandte sich an ihn: »Guten Morgen, tapferer Herr. Geht es Ihnen gut?«

Als Winfried zu einer Antwort ansetzen wollte, wurde er von Schwindel ergriffen und spürte, wie ihn etwas in die Tiefe riss. Schwärze.

Langsam kam er in einem weiß getünchtem Raum auf einem Krankenbett zu sich und sondierte die Lage. *Wo befinde ich mich? Wie bin ich hergekommen? Wer bin ich überhaupt? Zuvor war ich unter Kreuzrittern. Was ist danach passiert?*

Unsicher sah er sich im Raum um. Neben ihm stand ein Nachttisch mit einer Schnabeltasse darauf, ein Rucksack war davor angelehnt. *Das sind wohl meine Reiseutensilien.* Er richtete sich im Bett auf, zog den Rucksack heran und untersuchte den Inhalt: mehrere Kleidungsstücke, eine Axt und zwei Flaschen Bier. Seine Stimmung besserte sich sofort: *Erst mal ein Bier.* Er öffnete eine Flasche, gönnte sich einen Schluck und ließ seinen Blick umherwandern. *Das ist eine Krankenstation. Wahrscheinlich ein Lazarett für Ritter, die im Kampf verletzt wurden und die man hier wieder aufpäppelt. Jetzt fühle ich mich besser. Ich bin genesen. Ich darf nicht weiter ruhen!* Er trank das Bier in einem Zug leer, stellte die Flasche auf den Nachttisch, schulterte seinen Rucksack und erhob sich vom Krankenlager. Über einem Haken hing ein Umhang mit dem Malteserkreuz. *Das ist wohl mein Mantel!* Er griff danach, warf ihn über die Schulter und trat aus dem Raum. Eine Weile dauerte es, bis er durch die verwirrenden Gänge einen Weg bis zum Ausgang fand, unterwegs grüßte ihn überraschenderweise jeder dieser weiß gekleideten Menschen, die im Gebäude umhereilten. Einige waren in schwarze Tracht gekleidet. Nonnen. Als er die Ausgangstür erreicht hatte, winkte ihm aus einem Glaskasten ein älterer Herr mit einem weißen Bart freundlich zu und rief ihm nach: »Viel Spaß beim Ritterfest!« Wortlos grüßte Winfried zurück. *Sehr freundlich, diese Menschen. Sie sind uns Rittern wohlgesinnt.*

Gemächlichen Schrittes und in Gedanken versunken wanderte er umher und dachte über sein nächstes Ziel nach. Die Stimme seines Unterbewusstseins wiederholte wie ein Echo: »Über den Jordan.« *Eine rätselhafte Botschaft. Deren Bedeutung ich nicht verstehe. Noch nicht.*

✕

Er fragte sich nun, wer er eigentlich war. Einmal befand er sich im Kreuzzug, ein anderes Mal inmitten der modernen geschäftigen Welt. *Ich muss einen Weg finden, dieses Rätsel zu lösen. Einen Hinweis gab mir wohl der weise alte Mann mit auf den Weg. Ist er womöglich ein Druide, ein Zauberer?*

Bei der Wanderung durch die unwirkliche Welt aus Beton, Metall und Glas fühlte er sich verloren. *All die vielen fremden Menschen. Da gehöre ich nicht hin.* Ihm fiel ein Plakat auf: »Mittelalterliches Fest mit Ritterturnier« Er betrachtete es genauer: auf einem mit bunten Wimpeln geschmückten Pferd saß ein Harnisch. *Darin befindet sich sicher ein Mensch. Ein Mensch wie ich. Dieses mittelalterliche Festival bringt mich den Antworten auf meine Fragen sicher näher.*

Er zog die Axt hervor, legte sie über die Schulter, rückte seinen neuen Umhang zurecht und begann vor Freude fast zu schweben in Erwartung, bald Ritter unter Rittern zu sein. Vor der Burgpforte stand ein grob gezimmerter Tisch, hinter dem eine Dame im mittelalterlichen Outfit saß. Als Winfried sich dem Fräulein näherte, warf sie einen kurzen Blick auf seinen Mantel mit dem Malteserkreuz, winkte ihn durch und rief freundlich: »Ihre Kollegen finden Sie, wenn Sie der Gasse geradeaus folgen und sich an der zweiten Abbiegung nach rechts wenden.«

Winfried schlenderte zwischen den Zelten umher. Ihm fiel ein Herr mit dichtem schwarzem Vollbart auf, der mit Helm und Kettenhemd gerüstet war. *Ein Ritter in voller Montur!*

»Verzeiht, Herr Ritter!«, sprach er ihn an, »wo bekommt man so etwas?«

»Die Rüstung, ehrwürdiger Herr des Malteserordens? Gerne beantworte ich Eure Frage, sei sie auf meinen Harnisch bezogen: dieses Prunkstück habe ich mit meinen eigenen Händen selbst geschmiedet, werter Herr.«

»Wie fertigt man solch eine Rüstung?«

»Um einen Kettenschutz zu schmieden, benötigt man sehr viel Geschick und viele Wochen mühseliger Arbeit. Betrachtet dieses Werk genauer, werter Herr! Diese unzähligen metallenen Ringe wurden in Handarbeit hergestellt. Damit eine Rüstung daraus wurde, musste ich sie zuvor in ungezählten Tagen einzeln fertigen, verknüpfen und zu einem Flechtwerk verarbeiten.«

»Könntet Ihr mir solch ein Kettenhemd herstellen?«

»Nein, mein Herr.«

»Der Preis spielt keine Rolle. Ist Euch jemand bekannt, der mir so etwas herstellen könnte?«

»Fragt den Schmied. Ihr findet ihn im Zelt.«

Winfried betrat das Zelt, das mit einer Plane aus grobem Stoff errichtet war. Ein Mann saß dort, der wie sein Kumpane ein Kettenhemd trug.

»Könntet Ihr mir so etwas fertigen?«

»Nein.« Der Schmied erhob sich. »Wollt Ihr ein echter Ritter sein, müsst Ihr Eure Rüstung selbst herstellen. Jedoch, werter Herr, erkläre ich es Euch gerne. Zum Biegen verwendet Ihr diesen Draht, befestigt das Ende an dieser langen Holzstange und dreht mit viel Kraft die Kurbel, bis Ihr eine lange Drahtspirale gefertigt habt. Ihr nehmt sie von der Stange und zerschneidet sie in einzelne Ringe. Probiert es aus. Ich leihe Euch meine Drahtschere für die Arbeit. Bis später! Ich gehe noch auf eine Runde durch den Burghof.«

Nach einer Stunde hatte Winfried einige Ringe hergestellt und sie zu einem schmalen Streifen verbunden, einen Meter lang und vier Metallringe breit. Er steckte die Drahtschere in seine Gesäßtasche und betrachtete enttäuscht sein bescheidenes Werk aus Metall.

Der Mann kehrte zurück und grinste, als er das Ergebnis betrachtete. »Ihr seht: es steckt viel Arbeit darin.«

»Mir ist das zu aufwendig. Dafür brauche ich viele Tage. Ich muss einen anderen Weg finden.« Frustriert verließ er das Zelt des Schmieds.

Nach der mühevollen Arbeit hatte Winfried großen Durst bekommen. Er entdeckte einem Stand mit bunten Tontöpfen, gefüllt mit wunderlichen Getränken und betrachtete die Auslage. »Einen Krug ›Drachenfeuer‹ bitte!«

»Seid vorsichtig, dieses Gebräu brennt stark der Kehle!« Der Herr hinter dem Tresen reichte ihm eines der Tongefäße. »Trinkt mit Bedacht!«

Wenige Minuten später war der Krug leer.

Beim Gang zurück zum Mainufer bemerkte Winfried in der Ferne ein helles Blitzen, das in unregelmäßigen Abständen zu sehen war. Langsam näherte er sich der Quelle. Erneut blitzte es, als er direkt davor stand. Es war einer der neuen Geschwindigkeitsblitzer – eine graue Säule, die am oberen Ende einen Deckel mit halbdurchsichtigem Plexiglas besaß.

Ein blitzender Helm, dachte Winfried, *der mir in meiner Ausrüstung noch fehlt.* Er hob seine Axt und schlug mit Wucht auf den Fuß der Säule. Es war nur eine Beule entstanden, daher wiederholte er seine Schläge einige Male, bis er die Säule erfolgreich abgetrennt hatte und sie mit einem lauten Scheppern umfiel. Er widmete sich nun seinem eigentlichen Ziel und schlug so lange mit der Axt auf das Metall, bis der obere Teil der Säule abgespalten und der zylindrische Deckel komplett gelöst war. Er hielt sein Werkstück vor sich einen verbeulten Metallzylinder mit einem Visier aus Plexiglas, betrachtete ihn im Schein einer Taschenlampe und rief vor Begeisterung: »Ein Helm, der Blitze aussendet!«

Dieses Licht war überraschend aufgetaucht, ebenso wie derjenige, der die Taschenlampe in der Hand hielt und nun auf ihn richtete. Von der Quelle des Lichts rief jemand: »Was, in Gottes Namen, machen Sie da?«, worauf Winfried sich überrascht umdrehte. Obwohl er sich durch das blendende Licht gestört fühlte, antwortete er ruhig: »Dies ist der Kreuzfahrerhelm für meine Mission. Ich kenne zwar meinen Auftrag nicht, aber unsere Zukunft hängt davon ab.«

Seitlich des Lichtkegels hörte Winfried die Stimme einer Frau fluchen: »Verdammt, jedes Wochenende Ärger mit solchen Typen. Ich habe mir meinen Job anders vorgestellt.«

Er hörte den Ersten das Wort wieder erheben: »Egal, Sie kommen erst mal mit auf die Wache, dort können Sie uns alles in Ruhe erzählen. Ihr Werkzeug geben Sie bitte zunächst mir, ich passe gut darauf auf.« Winfried reichte die Axt ohne Widerspruch dem Polizisten, der ihn mit einem freundlichen Blick anschaute. Der Beamte mit den blonden Haaren legte die Waffe kurzerhand ins Gepäckfach des Streifenwagens und sagte: »Sehr schön, bitte einsteigen.« Als alle im Wagen Platz gefunden hatten, wurde der Polizist nachdenklich, »Sie kommen mir doch bekannt vor. Waren Sie kürzlich im Kino?«, in Richtung des Fachs nickend, in dem er die Axt deponiert hatte, »Mit ihr?«, und startete den Motor. Als sie mit dem Streifenwagen fuhren, starrte Winfried aus dem Fenster und achtete auf Zeichen. *Irgendein Indiz, vielleicht eine plötzliche Erscheinung, könnte mir einen Hinweis für meine Mission geben.*

Bald hatten sie ihr Ziel erreicht und standen im Eingangsbereich der Wache, die Winfried bekannt vorkam. *Hier war ich schon einmal.* Direkt an der Eingangstür saß der Wärter in einem kleinen Raum und durch das Ringgitter getrennt. Der Polizist streifte Gummihandschuhe über seine Hände, während seine Kollegin eine Schachtel bereitstellte und die Axt hineinlegte, danach den Zylinder, den er von der Spitze des Geschwindigkeitsblitzers abgetrennt hatte.

»Platzieren Sie Ihre Hände hier auf dem Tresen«, wies der Polizist ihn an. Winfried gehorchte, legt beide Hände vor sich und blickte, während er von dem Beamten von Kopf bis Fuß abgetastet wurde, durch das Gitter auf den Wärter, der gelangweilt auf seinem Stuhl schaukelte. Der Beamte legte die Gegenstände, die er in den Hosentaschen fand, in die Schachtel, während seine Kollegin notierte: ein paar Geldscheine, eine Kette aus Metallringen, einen Mantel mit Malteserkreuz und eine Drahtschere. *Uups! Die habe ich beim Fest versehentlich mitgenommen,* fiel Winfried ein.

Der Polizist streifte erleichtert seine Handschuhe ab und sprach zu seiner Kollegin: »Er ist sauber. Keine gefährlichen Gegenstände gefunden«, worauf sie stöhnte:

»OkOk, aber nimm du die Befragung vor, ich habe dafür jetzt keine Nerven. Ich schreibe das Protokoll.« Kopfschüttelnd blickte sie zu Winfried und forderte ihn auf: »Folgen Sie uns ins Büro, wenn ich bitten darf« und wandte sich an den Wärter: »Achten Sie solange auf die Schachtel mit dem Plunder.«

Im Büro nahm der Polizist ihm gegenüber Platz, während seine Kollegin sich an die Schreibmaschine setzte.

»Also, Herr Kunze: ich stelle Ihnen nun einige Fragen, bleiben Sie einfach ganz ruhig sitzen. Von uns haben Sie nichts zu befürchten, wir wollen nur einige Dinge von Ihnen wissen«, eröffnete der blonde Polizist freundlich das Verhör und betrachtete ihn aufmerksam. »Wohnhaft sind Sie in Frankfurt. Welche Adresse, wenn ich fragen darf?«

»In Frankfurt, ja. Aber ich bin mal hier, mal dort«, antwortete Winfried ausweichend.

»Sie haben also keinen festen Wohnsitz, schließe ich daraus.« Der Polizist setzte die Befragung fort, während seine Kollegin eifrig mitschrieb. »Wo haben Sie zuletzt gewohnt?«

»Ich hatte eine Wohnung in Stuttgart, aber die löste sich in Rauch auf, als ich einen ehemaligen Arbeitskollegen aus dem Jenseits zurückgeholt habe. Wenn Sie es genau wissen wollen: beim Ritual ist mir ein Dämon erschienen, der Waldemar zurückbrachte – der eigentlich nicht so heißt, sondern … nun ja, einen unaussprechlichen Namen hat. Wenn ich mir es genauer überlege, war es viel komplizierter, was der Dämon der tausend Wünsche bewirkt hat. Er veränderte ein schon vollendetes Ereignis nachträglich so, dass Waldemar nicht Waldemar, sondern ein Anderer war.«

»Was soll ich machen?«, stöhnte die Polizistin hinter der Schreibmaschine, »die Frage bezog sich auf den letzten Wohnsitz.«

»Egal, schreib einfach die Antworten mit.« Ihr Kollege stellte die nächste Frage: »Sie sprachen davon, Sie seien auf einer Mission?«

Winfried nickte und berichtete: »Kürzlich bin ich aufgewacht, habe ein helles Licht gesehen und war von Kreuzritten umgeben. Kurz zuvor gab mir eine Stimme den Hinweis für meine Mission: über den Jordan müsse ich gehen. Ich weiß, das Ganze ist zu kompliziert, um es zu verstehen. Selbst für mich. Heute Abend hat mir dieser Helm plötzlich Signale gegeben …«

»Und von da an kennen wir die Geschichte«, endete der Beamte. Während seine Kollegin begann, nervös an ihren Fingernägeln zu kauen, setzte er das Verhör fort. »Vielleicht gehen wir etwas in der Zeit zurück. Erzählen Sie uns, wie das Ganze angefangen hat.«

Winfried überlegte eine Weile, bis sich in seinem Geist die Szenen seines früheren Jobs abspielten: der Ärger mit dem Chef, die Fangspiele auf dem Flur, die Fehlalarme, aufgrund derer die Feuerwehr ständig anrücken musste. Er begann: »Am Anfang war das Chaos …«, worauf die Polizistin einen Schrei ausstieß und sich die Haare raufte, während ihrem Kollegen die Mundwinkel entgeistert nach unten sackten. Er reagierte hastig.

»Nicht ganz von Anfang an! Soviel Zeit haben wir nicht! Erzählen Sie etwas über sich. Wie war Ihr Berufsleben beispielsweise? - falls Sie je eines hatten. Gab es Probleme?«

Eigentlich wollte ich gerade darüber erzählen, bevor er mich unterbrochen hat, Winfried war einen Moment unklar, wo er ansetzen sollte. *Egal,* dachte er, *ich erzähle einfach weiter.* »Es gab Feueralarm. Mindestens einmal die Woche.«

Mitten im Verhör wurden sie durch ein schrilles Läuten unterbrochen. Der Polizist signalisierte mit der Handfläche ›Stopp, einen Moment‹, nahm sein Sprechgerät zur Hand, drückte eine Taste und sprach: »Hier Hauptkommissar Jäger, was ist los?«, worauf aus dem Gerät zu hören war: »Großbrand am Hafen im Gutleutviertel, höchste Alarmstufe. Alle verfügbaren Beamten sofort zur Einsatzstelle. Vermutlich Brandstiftung. Beeilt euch!« Die Polizistin stöhnte fast erleichtert.

Sie standen auf, der Beamte wandte sich an Winfried: »Wir haben Feueralarm und müssen sofort zum Einsatz. Das Verhör setzen wir fort, wenn wir zurück sind. Solange warten Sie bitte im Vorraum.« Daraufhin verließen alle das Büro, was Winfried an seinen früheren Arbeitsplatz erinnerte und dachte: *Bei denen geht es fast genauso zu wie damals bei uns.*

Winfried saß auf einem Schemel im Eingangsbereich und betrachtete beharrlich die tickende Uhr an der Wand. Während der langen Zeit, die er wartend verbringen musste, wechselte sein Blick von der Uhr zur Schachtel, die seine Utensilien enthielt und zu den Gummihandschuhen, die der Beamte daneben liegenlassen hatte. Zur Abwechslung betrachtete er durch das Ringgitter den gelangweilten Wärter, der gähnend auf seinem Stuhl schaukelte und benso regelmäßig einen Blick zur Wanduhr warf, während er wohl hauptsächlich damit beschäftigt war, auf seinen Feierabend zu warten. *Genau so etwas brauche ich,* kam Winfried auf einmal in den Sinn, als er das trennende Gitter zwischen ihm und dem Wärter genauer betrachtete. *Einen Meter hoch und fast doppelt so breit. Das würde passen!*

Eine weitere Stunde verstrich in gelangweilter Stimmung, bis der Wärter mit einem kurzen Ächzen aufstand. »Hallo Kollege, ich muss mal für kleine Mädchen! Stell hier in der Zwischenzeit nichts an!« Er verschwand durch die Tür im Hintergrund seinen kleinen Raumes.

Winfried zählte in Gedanken: »drei, zwei, eins – jetzt!«, sprang auf, nahm die Drahtschere aus der Schachtel und begann, das Ringgitter am unteren Rand entlang abzuzwacken. Nach zwei Minuten war er fertig, hatte das Gitter an der unteren Basis abgetrennt, wandte sich dem linken Rand zu und durchschnitt nacheinander die Metallringe von unten bis oben. Er setzte die Arbeit fort, trennte das Gitter am gegenüberliegenden Rand ab und wechselte, als er einen schmerzhaften Krampf in der rechten Hand verspürte, die Drahtschere in die linke Hand, zog den Schemel heran, stellte sich darauf und begann, die Ringe am oberen Ende des Gitters durchzuzwacken. Acht Minuten waren vergangen, seit der Wächter verschwunden war. *Ich muss mich sputen.* Winfried kam ins Schwitzen. Knips, Knips, Knips, durchtrennte er Ring für Ring, bis er den Letzten erreicht und durchgezwickt hatte. Ein Scheppern folgte, als das Gitter nun komplett gelöst zu Boden fiel.

Winfried überlegte nicht lange, rollte eilig das Metallgitter zusammen, packte es unter den Arm, griff nach der Schachtel mit seinen Utensilien, an der einer der Handschuhe des Beamten hängen blieb und verließ fluchtartig die Polizeistation. Er lief, bis er einen kleinen Park erreichte, wanderte durch das frisch geschnittene Gras zu einer Parkbank, ließ sich darauf erschöpft nieder und atmete tief durch.

Vor sich legte er das Ringgitter. *Ich muss es passend zuschneiden.* Dazu zog er sein Hemd aus, legte es als Schablone auf die linke Hälfte des Gitters, kniete sich davor und machte sich mit der Drahtschere daran zu schaffen. Knips, Knips, Knips war einige Zeit zu hören, bis er eine Pause einlegte, sein Hemd auf die rechte Seite des Gitters zog und mit der Arbeit fortfuhr. Einige Zeit verging, bis er erschöpft aufstand, seine Oberbekleidung wieder anzog und das Ergebnis betrachtete. *Jetzt muss ich Vorderseite und Rückseite verbinden.* Aus der Schachtel förderte er den schmalen Streifen hervor, den er auf dem Ritterfest selbst zusammengestellt hatte und trennte die einzelnen Ringe heraus.

Die Kettenglieder so zu biegen, damit sie die beiden Enden des Gitters und die Maschen über den Schultern verbanden, kostete ihn ohne passendes Werkzeug viel Kraft, nach intensiver Arbeit hatte er das Werk jedoch endlich vollbracht. Er zog er das nun fertige Kettenhemd über seinen Kopf, steckte die Arme durch und kreiste mit den Armen. *Passt wie angegossen! Und beweglich bin ich darin auch. Nur an das Gewicht muss ich mich noch gewöhnen.*

Er zog die Rüstung wieder aus, nahm nun den Zylinder aus der Schachtel und betrachtete ihn nachdenklich. *Etwas fehlt. Ein Zeichen auf meinem Helm. Ein Symbol, das meine Heimat repräsentiert, Frankfurt-Gallus. Zur Krönung meines Kreuzfahrerhelms würde ein Hahnenkamm wunderbar passen, aber was kann ich dafür verwenden? Einen roten Federbusch?* Als er sich lange den Kopf darüber zerbrach, womit er seinen Helm präparieren und wo er das Material dafür bekommen könnte, wanderte sein Blick erneut zur Schachtel, zu seiner Axt, zum Gummihandschuh. Wie aus heiterem Himmel kam ihm eine Idee, er konnte sich nicht zurückhalten und stieß nach alter griechischer Tradition einen Freudenschrei aus. »Heureka!« Er hob den Gummihandschuh auf, füllte etwas geschnittenes Gras hinein und spannte ihn unter Aufbietung einiger Kraft über den Zylinder, seinen Helm. Gut gelaunt betrachtete er sein Werk und lobte sich in Gedanken: *Was für ein Genie ich doch bin. Wunderschön! Ein blitzender Helm mit Hahnenkamm. Fast wie für einen König gemacht.*

Er versuchte, den Helm aufzusetzen, der zwar über die Stirn passte, aber nicht über seine Nase. Vorsichtig schnitt er mit der Drahtschere einen Winkel aus dem Plexiglas heraus und unternahm einen zweiten Versuch, den Helm aufzusetzen. Was ihm gelang. Er setzte ihn wieder ab und betrachtete seine Kopfbedeckung. Etwas gefiel ihm noch nicht: der Hahnenkamm besaß eine undefinierbare Farbe. *Irgendetwas zwischen beige und grau. Er sollte aber rot sein. Leuchtend rot. Das hat aber Zeit bis morgen früh.* Erschöpft verstaute er alle Dinge in seinem Rucksack, bis auf den Helm, da dieser zu groß war, streckte sich danach auf der Parkbank aus und lauschte den Geräuschen der Nacht. Von

Ferne war der schaurige Ruf eines Waldkauzes zu hören. *Diese Nachtvögel sind der Legende nach Überbringer von Nachrichten*, kam Winfried in den Sinn. *Dämonen in der gefiederten Gestalt von Eulen.*

Er nahm einen grauen Schatten wahr, der lautlos durch die Luft wirbelte und sich näherte. Kurz darauf krallte sich etwas auf dem Ast einer alten Buche fest und starrte ihn mit leuchtenden Augen an. *Was bist du denn für ein niedlicher Kauz?* - dachte Winfried mit einem Lächeln und musterte das kleine Wesen im Halbschlaf. Dieses fixierte ihn, als könnte es in seine Seele blicken. Der Kauz öffnete seinen Schnabel und stieß Rufe in rascher Folge aus: »Komm mit! Komm mit! Komm mit!« Und flatterte davon.

Eine Weile starrte Winfried in die Richtung, in die das Wesen geflogen war. Jetzt war er jedoch zu müde, um sich Gedanken über die mysteriöse Nachricht des nächtlichen Besuchers zu machen und fiel in einen tiefen Schlaf.

Als Winfried die Augen öffnete und nach Osten blinzelte, wurde er sogleich überwältigt von der Kulisse, die von der Morgenröte aus Schatten von Hochhäusern, Kondensstreifen und rot glühenden Wolken an den Himmel gezaubert wurde. Ein unwirkliches und märchenhaftes Bild wie von einem Künstler auf Leinwand gemalt.

Im Traum hatte er sich in einer anderen Welt befunden, ihm lag noch intensiver Geruch in der Nase: von Pferden, dem Schweiß von Rittern. Seinen Gefährten, die ihm in der Schlacht treu zur Seite gestanden hatten. Echos von Kampfeslärm, Wiehern und das helle Scheppern von Rüstungen hallten in seinem Kopf nach, kurz zuvor war er Mittelpunkt einer Geschichte gewesen, deren Bilder jetzt verblassten. Er war darin der Held, ein Ritter, der für seinen Mut und seine Geschicklichkeit geschätzt wurde und sich als selbstloser Samariter hohen Respekt erworben hatte. Mehr als für alles andere wurde er für seinen ehrenhaften Charakter bewundert und verehrt.

Kaum noch erinnerte er sich an weitere Details, obwohl ihm der Traum außergewöhnlich real erschienen war. *Seltsam. War es eine Vision?* Als hätte er den Wechsel in eine andere Realität vollzogen, in einem Paralleluniversum gelebt und wäre soeben wieder in die Welt zurückgekehrt, wo alles so unverändert schien, wie es zuvor gewesen war. *Moment!* - plötzlich erinnerte er sich wieder an den nächtlichen Besucher, der ihn aufgesucht hatte, kurz bevor er in tiefen Schlaf gefallen war. *Was wollte mir der kleine Kauz mit seiner Botschaft ›Komm mit!‹ vermitteln? Jemand ruft mich!* Er war mit einem Schlag hellwach und erkannte: *Ich bin Winfried von Franken! Ich habe eine Mission zu erfüllen! Ich muss mich bereit machen und dem Ruf folgen. Der aufgehenden Sonne entgegen. In das Land der Kreuzritter!*

Er schulterte seinen Rucksack, klemmte sich den Helm unter seinen Arm und ihm fiel ein: *Mein Bargeld muss ich noch mitnehmen, bevor ich starte!* Auf dem Weg zum Mainufer kam er an einer Werkstatt vorbei und sah einen Lehrling, der mit Ausbesserungen an einem roten, leicht angerosteten Auto beschäftigt war und eine Spraydose in der Hand hielt. *Hoffentlich passt die Farbe,* dachte er und sprach ihn an: »Entschuldigung, hätten Sie etwas rote Farbe für mich?« Der Angesprochene zuckte zusammen und blickte ihn verwirrt an.

Winfried hielt dem Lehrling seinen Helm vor die Nase und erklärte: »Ich brauche Farbe für den Hahnenkamm. Der muss rot sein.«

Dem überraschten Lehrling fiel keine andere Antwort darauf ein als ein kurzes »Ok« und er sprühte gleichmäßig mit seiner Spraydose über den Gummihandschuh, bis dieser in leuchtend roter Farbe erstrahlte.

Überwältigt betrachtete Winfried das Ergebnis. »Das ist wunderschön geworden, vielen Dank!« und setzte seinen Weg fort, um das Bargeld aus dem Versteck zu holen.

Er blickte vorsichtig umher, um sicherzugehen, dass ihn niemand bemerkt hatte und sprach: »Sesam, öffne dich!«, griff in die dunkle Nische und zog seinen Beutel hervor. Er schaute kurz hinein und sah die Geldbündel darin. *Es scheint alles noch da zu sein.* Er schloss den Beutel wieder und verstaute ihn in seinem Rucksack. Wenig später, auf einer Sitzbank am Mainufer, legte er die aus dem Ringgitter gefertigte Rüstung, die Streitaxt und den Zylinder mit dem darüber gespannten rot gefärbten Handschuh nebeneinander. *Es ist alles bereit und der richtige Zeitpunkt, um meine Tarnung als Zivilist abzulegen,* dachte er, *nun muss ich der Bestimmung folgen, die mir auferlegt wurde. Als Ritter.*

Zuerst legte er das Kettenhemd an, warf darüber den Mantel mit dem Malteserkreuz, schnallte sich die Axt am Gurt auf den Rücken und schulterte den Rucksack. Zum Schluss setzte er den Helm mit dem roten Kamm auf, hob stolz seinen Kopf und richtete seinen Blick zur aufgehenden Sonne am Horizont, der so rot leuchtete, als wäre der Himmel von Blut getränkt. Er sandte seine Gedanken weit voraus.

Ich bin bereit. Ich komme!

Der Kreuzzug beginnt

Jahrtausende mussten vergehen, die Menschen dunkelste Zeitalter durchleben, zahllose mächtige Königreiche in Chaos und Verderben versinken. Ein finsteres Zeitalter brach herein, Barbarenhorden verwüsteten die Welt, Pestepidemien und Kriege entvölkerten fast einen ganzen Kontinent. Die Heldentaten der großen Kreuzritter gerieten in Vergessenheit. Niemand vermochte das drohende Unheil aufzuhalten. Die Grundfeste der Welt waren erschüttert, das Ende unausweichlich, niemand konnte entrinnen … Nein! Jemand war erschienen, der aus diesem Chaos heraustrat, um das Schicksal zu wenden. Ein Mensch, der es wagte, sich selbst den allmächtigsten aller Götter entgegenzustellen.

Die morgendlichen Nebel lichteten sich. Ein Held betrat die Bühne der Welt, ein sagenhafter Ritter, der durch viele Jahrhunderte und durch das Dunkel der Zeit einen Weg gefunden hatte. In die Gegenwart. Es war der wahrhaftige …

Winfried von Franken

Regungslos und tief in Gedanken versunken verharrte eine Figur auf der Mainbrücke. Menschen, die es gerade noch eilig hatten, blieben stehen und beobachteten die Szene neugierig.

Von Kopf bis Fuß bemerkenswert - auffälliger als der Umhang mit dem Malteserkreuz, die Streitaxt und das Kettenhemd war der zylindrische Helm, auf dem ein rot leuchtender Hahnenkamm prangte.

Die Gestalt - einem Ritter gleich - löste sich aus ihrer Erstarrung und blickte zum Himmel. *Jetzt wäre der passende Zeitpunkt, in dem ein mächtiger Gott in Erscheinung tritt, einen Blitz niederfahren lässt und die Menschheit mit lautem Donner in Ehrfurcht erstarren lässt. Der Gott der Christen, Juden oder Moslems. Wenn keiner von denen kommt, von mir aus auch Thor, Odin oder Zeus. Jupiter, Baal, wer auch immer. Irgendeiner hätte jetzt die Chance für seinen großen Auftritt.*

Gebannt verfolgten immer mehr Zuschauer, wie der ungewöhnliche Ritter die Streitaxt zum Himmel richtete und das Wort ergriff: »Ich rufe dich an, Gott! Gib mir ein Zeichen!« Stille. *Entweder es gibt ihn nicht,* dachte der Ritter, *dann wurden all diese zahllosen Altäre und Kirchen umsonst errichtet. Oder er hat zu viel Respekt vor mir. Ich muss ihn provozieren.* »Wo versteckst du dich?«, brüllte er laut und wirbelte seine Axt in der Luft. »Wofür habe ich über zwanzig Jahre Kirchensteuer gezahlt? Trete aus deiner Wolke und offenbare dich …

Feigling!« *Das würde sich der Allmächtige nicht bieten lassen. Er würde hervorkriechen und sich mir stellen.*

Jetzt tat sich etwas. Anders als erwartet jedoch waren es die Menschen, die eine Reaktion zeigten. Sie verfolgten jede seiner Bewegungen und waren wie gebannt durch das grandiose Spektakel oder feuerten ihn aufgeregt an und klatschten.

Das Volk! Ein Lächeln regte sich in Winfrieds Gesicht. *Es bejubelt den Ritter!*

Er ging ein Dutzend Schritte, verharrte auf der Stelle, steckte seine Axt in den Gurt und richtete seinen Blick in die Ferne. *Der Held ist auf dem Weg. Die Mission beginnt.* Der Ritter setzte den Marsch fort. Nicht weit, am Ende der Brücke hielt er abermals inne, lauschte dem Rauschen des Flusses, wandte seinen Blick hin und her. Er bemerkte, dass sich immer mehr Menschen um ihn versammelt hatten. *Sie bewundern den Ritter. Sie erwarten, dass ich etwas verkünde!* Er setzte sich wieder in Bewegung und predigte laut: »Ein kleiner Schritt für einen Ritter! Ein großer Schritt für die Menschheit.«

Wilder Applaus folgte.

Der Kreuzritter verließ die Mainbrücke, wandte sich nach links, folgte dem Strom aufwärts und marschierte nach Osten, umringt von Menschen, die jeden seiner Schritte verfolgten. Nach einer Weile waren einzelne Worte des Zweifels zu hören: »Geht es noch weiter? Passiert noch etwas?«, auf die er nicht reagierte. Langsam lichtete sich sein Gefolge.

Nachdem der letzte Zuschauer seines Weges gezogen war, stoppte Winfried abermals, richtete seinen Blick auf die Frankfurter Skyline und betrachtete die in den Himmel ragenden Bürogebäude. *Macht es gut, ihr bemitleidenswerten Kreaturen in euren Bürotürmen, diesen Phallussymbolen der Macht! Türme, die ihr ›Kapital‹ zu Ehren, eures Gottes, errichtet habt. Ich wende mich den alten Göttern zu. Lebe wohl, meine Heimatstadt! Ich hoffe, du wirst mich nicht vermissen. Denn ich folge nun meiner Mission und du wirst mich lange Zeit nicht mehr sehen.*

Seine Rüstung saß offensichtlich perfekt, weitgehend selbst geschmiedet und an seine Körpermaße angepasst. *Nur an das Gewicht muss ich mich noch gewöhnen.* Tausende Kilometer lagen nun vor ihm, mit fast 40 Kilogramm Rüstung und Marschgepäck eine enorme Herausforderung für einen zivilisierten Menschen. *Das wird nicht einfach, jedoch bewältigten die alten Kreuzritter den Weg lange vor mir, unter weit schwierigeren Bedingungen.*

Nachmittags wanderte er durch heruntergekommene Vorstadtsiedlungen des Großraums Frankfurt. *Wie immens sich dieser Moloch ausgebreitet hat.* Er begegnete in den Gassen verschleierten Bewohnern. *Hat das osmanische Reich sich schon bis hier ausgedehnt? So scheint es. Doch ich muss weiter. Ich kann nicht hier und jetzt schon mit der Schlacht beginnen.*

Ich werde verfolgt, bemerkte er nach einer Weile. *Jemand hat sich an meine Fersen geheftet. Es wird Zeit, meinen Verfolger zu stellen.* Dieser näherte sich. *Er besitzt südländisches Aussehen ... ist es ein Mohr, ein Sarazene? Nein, dafür erscheint mir sein Teint zu hell.*

Als die Gestalt herangekommen war, blieb sie vor ihm stehen und erhob die Stimme: »Winfried! Bist du das?«

Der Herr scheint mich zu kennen? Sein Antlitz kommt mir bekannt vor, seines Namens aber kann ich mich nicht entsinnen. Der Ritter forderte: »Erklärt Euch!«

Statt einer Antwort musterte ihn sein Gegenüber von Kopf bis Fuß. Dessen stummer Blick wanderte über Helm, Kettenhemd, Axt und verharrte auf dem Hahnenkamm.

»Seid Ihr sprachlos?«, sprach Winfried ihn erneut an. »So lasst mich den Anfang machen: Winfried von Franken nennt man mich, Kreuzritter von Gottes Gnaden. Sofern es diesen Gott gibt. Ich wurde auf eine Mission gerufen, eine Botschaft ereilte mich vor wenigen Tagen. Ihrem Ruf folgend habe ich mich auf den Weg begeben, weit fort, in ferne Lande. Nun zu Euch: wer seid Ihr und warum folgt Ihr mir?«

»Ich bin Jorge ...«, setzte dieser kurz zur Erklärung an, verstummte und schaute ihn nachdenklich an. Von einem Moment auf den nächsten war in seinem Gesichtsausdruck Begeisterung zu sehen, seine Augen leuchteten. »Nennt mich Sancho! Mein Wunsch ist es, der ehrwürdige Knappe des Ritters zu werden! Wie die Motten dem Licht, so werde ich meinem Herrn folgen.« Ehrfürchtig senkte er sein Haupt. »Edelster aller Ritter! Macht mich zu Eurem Sklaven!«, bat er demütig.

Winfried sah verdutzt, wie der südländisch aussehende Mann vor ihm auf die Knie fiel. Er musterte sein Gegenüber. »Mein Gedächtnis vermeint sich zu erinnern, dass Ihr viele Namen tragt. Dennoch vermag ich nicht, mich ihrer zu entsinnen. Nun denn. Ich nenne Euch Eurem Wunsch gemäß, Sancho. Erleichtert bin ich, dass Ihr nichts Böses im Schilde führt.« Der Ansatz eines Lächeln war unter seiner Haube zu erkennen. »Es ist Euer Wunsch, mein Schildknappe zu werden? Er sei Euch gewährt!«

»Seid bedankt, edelster Ritter. Erhört nun meinen Treueeid.« Er verweilte auf den Knien, faltete seine Hände und sprach: »Ob Ihr wandert im finsteren Tal, fürchtet kein Unglück! Denn ich bin bei Euch, mein Stecken und Stab wird

Euch trösten. Und die edlen Damen, denen wir unterwegs den Hof machen werden.«

»Wohlan denn, erhebt Euch, Sancho! Gnädig nehme ich Euch als meinen Knappen an!«

Dieser folgte der Aufforderung. Gut gelaunt schritten der Kreuzritter und sein Knappe nun gemeinsam voran.

»Erlaubt mir, werter Herr, eine Frage an Euch zu richten.« Sein neuer Begleiter wies zur eigentümlichen Kopfbedeckung. »Wenn es sich geziemt, nach der Bedeutung dessen zu fragen, was Euren Helm ziert. Dieses Ding - entschuldigt meine von Unkenntnis rührende Ausdrucksweise - welches einem Hahnenkamm gleicht.«

»Diese Frage beantworte ich Euch gerne, Sancho mein Unwissender«, entgegnete der Ritter lächelnd. »Das Symbol habt Ihr wohl erkannt. Dennoch fragt Ihr nach dessen Bedeutung. Wisset: diese Sturmhaube ziert das Symbol meiner ehrwürdigen Heimat Frankfurt-Gallus.«

Die Antwort zauberte ein breites Lächeln in das Gesicht des Knappen.

Am frühen Abend erreichten die Beiden Seligenstadt. Sie hielten vor den Fachwerkhäusern der Innenstadt inne und lauschten dort einer Gruppe von Spielleuten, die ein klassisches Musikstück zum Besten gaben. Etwas abseits davon gestaltete ein Graffiti-Künstler eine Leinwand.

»Dies ist die Stadt der Seligen, treuer Knappe …«

»Entschuldigt mich«, unterbrach sein Begleiter ihn, eilte zu dem Künstler, der damit beschäftigt war, eine Fläche mit rotem Lack zu besprühen, diskutierte eine Weile, bis der Künstler seinen rot gefärbten Handschuh auszog und ihm reichte. Freudestrahlend kehrte er wieder zurück zu seinem Ritter.

»Ist es mir gestattet, als Symbol meines Ritters«, mit den Worten spannte er den Gummihandschuh über seinen Kopf, »ebenso diese Kopfbedeckung zu tragen? Als Euer Knappe, dessen Wunsch es ist, dass dies seinem Herrn zum Ruhm gereiche?«

»Es ist mir nicht bekannt, ob sich dies eines Knappen ziemt. Jedoch, wenn Ihr diese Zier zu tragen wünscht, so habe ich keine Einwände.«

Eine weitere Stunde hörten sie den Musikern zu. Während das eine Haupt fröhlich wippte, sackte das andere häufiger vor Müdigkeit nach unten.

»Gerne hätte ich mich noch länger mit dieser Stadt beschäftigt.« Winfried gähnte. »Aber es ist recht spät, begeben wir uns auf die Suche nach einem Lager. Wäret Ihr ein Edelmann, würde ich Eure Entschuldigung erbeten, dass ich mittlerweile sehr müde bin.«

»Morgen wird ein anderer Hahn krähen, so sagt man in meinem Land«, entgegnete der Spanier mit einem Blick auf die rote Kopfbedeckung.

Vor einer Benediktinerabtei blieb Winfried stehen. »Lasst uns die Nacht in diesem Kloster verbringen!«

Sie traten ein und platzten in einen Vortrag. »… ein Limeskastell aus der Römerzeit …« Der Sprecher hielt inne und blickte die seltsamen Besucher mit überraschter Miene an: »Moment! Was sucht ihr Beiden?«

»Ein Nachtlager«, sprach Winfried, »wir bitten euch, werte Mönche dieses Klosters, gewährt uns Gastfreundschaft und nehmt uns für die Nacht auf.«

»Fragt beim Pfarramt!«, entgegnete dieser knapp, rollte mit seinen Augen und fuhr fort: »Wo war ich stehen geblieben? Römerzeit, genau! Den Limes hatten wir schon. Später gründete der Geschichtsschreiber Karls des Großen, Einhard, diese Abtei, die heute ein Museum ist. Die beiden römischen Märtyrer, Petrus der Exorzist und Marcellinus der Priester, klauten ihre Gebeine, die sich jetzt hier befinden. Nein, umgekehrt. Die Gebeine dieser Märtyrer wurden in Rom gestohlen. Von Einhard dem Großen. Der schrieb Geschichte für Karl. Nein, umgekehrt … der war nicht groß, der Karl ja, aber nicht der andere, sondern der Eine … aber Einhard war der andere, nicht der große … sondern …«

Winfried und sein Knappe verließen die Abtei, während der Vortragende hilflos stotterte und verwirrt hinterherschaute. Er brach seinen Vortrag ab, schüttelte den Kopf, wischte sich Schweiß von der Stirn und fragte verwirrt in die Runde: »Was waren denn das für Gestalten?«

Vor dem Pfarramt zog Sancho den Gummihandschuh von seinem Kopf und flüsterte vor Betreten des Gebäudes: »So weiß niemand, dass ich Euer Diener bin. Eure Feinde könnten versuchen, Euch in einen Hinterhalt zu locken, so ist es sicherer, wenn wir unerkannt bleiben. Lasst mich alleine hineingehen und mit dem Pfaffen sprechen.«

Fröhlich kehrte er zurück und wedelte mit einem Schlüssel in seiner Hand. »Im Hinterhaus wird unsere Ruhestätte für die Nacht sein. Folgt mir, Herr!«

Bei seinem Versuch, den Helm abzunehmen, wurde Winfried plötzlich mit Schwierigkeiten konfrontiert. Er setzte mehr Kraft ein, jedoch bewegte sich das Ding auf seinem Kopf nicht. Erschöpft setzte er sich auf das Bett und murmelte: »Durch Deutschland muss ein Ruck gehen« und bot all seine Kraft auf, den Helm zu heben. Erfolglos. Das Ding schien an seinem Kopf festgewachsen zu sein. *Vielleicht ist mein Schädel angeschwollen. Oder meine Ohren. Jedenfalls sitzt mein Kopf darin fest wie ein Korken.*

Ein letzter und sehr schmerzhafter Versuch, mit aller Kraft den Helm zu entfernen, blieb erfolglos. Er gab auf. *Ich bin ein tapferer Ritter. Dieses Leid muss ich als Herausforderung annehmen. Denn was mich nicht umbringt, macht mich stärker. Oder wie Arnold Schwarzenegger es formulierte: No pain no gain: ohne Schmerz kommt man nicht ans Ziel. Nun denn, so sei es! Es wird wohl die erste Prüfung meiner Mission sein. Ich werde sie bestehen.*

Mit Helm und Kettenhemd gerüstet, während der Knappe sich derweil schnarchend seiner Traumwelt hingab, versuchte der Ritter auf seinem Bett eine erträgliche Liegeposition zu finden. Vergeblich. Er rechtfertigte die Situation in Gedanken: *Ich muss mit Überraschungen rechnen, sollten Feinde in der Nähe sein. Die Kreuzritter schliefen häufig in Kampfmontur.* Er versuchte, sich die Vorteile unentspannten Schlafes einzureden. *Ich bin geschützt, sollte ich schon in dieser Nacht angegriffen werden.*

✕

An Schlaf war nicht zu denken. Die ersten Sonnenstrahlen bahnten sich ihren Weg durch das Plexiglasvisier des Helmes. Winfried begrüßte den Morgen mit den Gedanken: *Was für ein fürchterlicher Tag! Grausam schmerzt mein Körper, schrecklich brummt mein Schädel.*

Nur die halbe Distanz haben sie sich für diesen Tag vorgenommen, mehr wäre für den angeschlagenen Ritter nicht zu schaffen.

Als sie die Grenze zu Bayern überquerten, hieß sie ein Schild willkommen: »Franken grüßt Sie!« Am Mainufer weiter wandernd, erreichten sie zur Mittagszeit Aschaffenburg. *Im Mittelalter war dies eine bedeutende schwäbische Stadt,* kam dem Ritter in den Sinn. Bald erhob sich ein rötliches Gebäude vor ihnen. *Seinerzeit ein pompöses Mauerwerk zur Demonstration der Macht, um dem einfachen Volk zu zeigen, wie weit Adlige über normalen Menschen standen.* Sie traten durch die Pforte des Schlosses Johannisburg ein und Winfried sprach zu einer Dame, die seinem Eindruck nach in das Kostüm eines Burgfräuleins gekleidet war: »Wir begehren Einlass und wollen den Burgvogt sprechen.«

»Der ist nicht anwesend«, reagierte sie abweisend, »der Herr wird erst abends eintreffen.«

»So viel Zeit haben wir nicht«, sagte Winfried zu seinem Begleiter und sie setzten ihren Weg fort, bis sie den Marktplatz erreicht hatten.

»Moment, ich habe etwas entdeckt«, rief der Knappe erfreut. »Kommt mit, schauen wir uns das an!«

Er lotste den Ritter zu einem Stand, an dem ein Plakat mit dem Konterfei Albert Einsteins verkündete: »Wir nutzen nur ein Zehntel unseres geistigen Potentials!« Gut gekleidete Herren liefen umher und verteilten Flugblätter.

Sancho beobachtete einen der schlipstragenden Herren, der Fußgängern gefaltete Zettel aufdrängte. Und ging auf ihn zu.

»Ihr nutzt nur einen geringen Teil eures Verstandes?«, sprach er ihn an, »so seht ihr auch aus. Ihr lauft herum und verteilt Zettel, als hättet ihr nichts Besseres zu tun. Wärt ihr in der Lage, euren Verstand zu nutzen, würdet ihr eure Zeit sinnvollen Aufgaben widmen.«

»Wie meinen Sie?« Nach einem kurzen Moment der Verwirrung fing der Mann sich wieder. »Ach, ich verstehe. Wir nutzen Alle nur einen kleinen Teil unseres Intellekts, so ist das gemeint. Darf ich Ihnen einen Flyer geben? Wir haben eine Technik entwickelt, die uns in die Lage versetzt, auch die restlichen neunzig Prozent zu nutzen. Wir bieten kostenlose Intelligenztests an.«

»Warum sollte ich meine Intelligenz testen? Womöglich laufe ich Gefahr, danach nur noch einen kleinen Teil meines Gehirns nutzen zu können. Ich würde wie ihr ebenso mit den Flyern herumlaufen. Vielleicht …« Er nickte kurz zu Winfried, »sollten wir euch zeigen, wofür eure Köpfe gut sind.«

»Was wollen Sie damit sagen?«, murmelte der Zettelverteiler, der nervös von einem Bein auf das andere wechselte und kurz einen Schulterblick zu seinen Kollegen riskierte.

»Seht ihr die Axt meines Herrn, die dort in der Sonne blitzt? Euren Kopf wisst ihr nur minimal zu nutzen, das gebt ihr zu, folglich besitzt dieser nur geringen Wert. Er könnte besseren Zwecken dienen. Gerade ist der Ritter auf der Suche nach Männern, an denen er Enthauptungen üben kann. Steht ihr ihm zur Verfügung?«

»Mit dem geistigen Potential, das versteht ihr völlig falsch …«, versuchte der adrett gekleidete Mann, bleich geworden, die Situation zu retten. Er ging drei Schritte zurück, duckte sich und rannte davon.

Sancho hielt inne, blickte zum Stand und ging auf den nächsten Mann zu. »Wir würden gerne bei eurem kostenlosen Intelligenztest mitmachen.« Er winkte Winfried heran, der sich hinzugesellte und seine Axt streichelte.

Der Mann am Informationsstand musterte die Beiden mit großen Augen. »Ihr seid nicht solche Personen, die wir suchen. Schaut euch doch selber an! Die restlichen zehn Prozent fehlen euch ebenso, ihr seid doch nicht ganz dicht!«, sprach er herablassend.

»Das ist eine Beleidigung, Herr Ritter«, murmelte Sancho, »das dürft Ihr nicht zulassen. Eure Untertanen haben Euch den nötigen Respekt zu zollen!«

Wie ferngesteuert baute Winfried sich vor dem Mann auf und erhob seine Axt. »Ich muss meinem Knappen Recht geben. Kniet vor mir nieder, bittet um Vergebung, dann werde ich Gnade walten lassen.« Der Angesprochene wich mehrere Schritte zurück, stolperte und fiel rücklings hin.

Drohend stand Winfried über ihm. Die Axt schwingend, blickte er zu dem wehrlos am Boden liegenden Werber herab. »In Demut seid Ihr zu Boden gefallen, dies will ich als Entschuldigung gelten lassen. Denn es scheint euch schwerzufallen, Anstand und Habitus in höfischer Weise zu zeigen.«

»Ihr habt sehr großmütig entschieden, diese armselige Kreatur am Leben zu lassen, Herr.« Sancho deutete eine kurze Verbeugung an. »Nun, setzen wir unseren Weg fort. Vor Einbruch der Nacht sollten wir eine sichere Burg erreicht haben.«

Ohne einen klaren Gedanken fassen zu können, blickte der immer noch am Boden liegende Missionar stumm den Beiden nach.

Abends erreichte das ungewöhnliche Paar die Stadt Klingenberg.

Ein schmaler Sonnenstrahl durchdrang die Wolkendecke und erleuchtete die Ruine Clingenberg, als wäre sie nicht von dieser Welt.

»Herrlich! Eine mittelalterliche Burgruine. Dort werden wir den Rest des Tages residieren.« Winfrieds Stimmung hob sich bei dem Anblick, erleichtert atmete er auf.

»Dort oben wollt Ihr nächtigen? Mir ist es Recht, jedoch verweilt kurz und wartet. Ich besorge Tuche, um uns gegen die Kälte zu wappnen, Kerzen, um unser Lager zu erleuchten und Wegzehrung, um unsere Mägen zu füllen.« Der Knappe blickte sich kurz um, verschwand in einem Laden, kehrte mit einem Rucksack zurück, begab sich in das nächste Geschäft und erschien wieder mit einer Flasche Gin in der einen Hand sowie einem Bund Möhren in der anderen. Er hob demonstrativ Beides in die Höhe: »Seht, nun haben wir alles. Wir sind für die Nacht gewappnet.«

»Dies soll ein Rittermahl sein?« Winfried starrte abschätzig auf die Möhren und rief zornig: »Was ist mit Fleisch und Wurstwaren?«

»Ich esse keine Tiere!«, Sancho wurde ebenso laut, »die in entwürdigender Weise in Käfigen aufwachsen und Zeit ihres Lebens gequält werden! Wesen, die sich nicht wehren können, wenn sie an ihren Hinterläufen aufgehängt und auf grausame Weise zu Tode gebracht werden!«

»Ihr seid Spanier, Herr Kollege! Ihr treibt Stiere durch Eure Städte in die Arena, dort werden sie vor aller Augen getötet, zur Belustigung des Volkes! Ist das etwa artgerecht?«

»Ja, das ist etwas völlig anderes!«, entrüstete sich der Knappe, »liebevoll werden sie auf den grünen weiten Feldern in meiner Heimat aufgezogen, gebürstet und gepflegt, laufen auf den Weiden frei umher, damit sie groß und kräftig werden. Sie holen sich ihr Futter selbst von der Weide und nicht von der Stange, wie in Euren Käfigen, in denen die armen Geschöpfe sich fast nicht bewegen können. Die Stiere sind nicht wehrlos. Wenn die Kämpfe stattfinden, gelingt es einigen stolzen Tieren beim Lauf durch die Stadt sogar, Menschen zu töten. Oder in der Arena. Daher gehe ich auch zu den Stierkämpfen. Jedes Mal hoffe ich, dass es einen von uns erwischt. Als Ausgleich für das Leid, das wir diesen Tieren antun. Wenn ein Torero, einer dieser eingebildeten Narren, vom einem Stier zerlegt wird, landen dessen sterbliche Überreste in der Auslage des Metzgers. Danach gelüstet es Euch?«

»Ihr habt merkwürdige Ansichten, mein Knappe. Dies gibt mir zu denken. Heute verzichte ich auf Fleisch.« Während sie ihren Weg fortsetzten, wurde Winfried nachdenklich. *Warum habe ich meinen rangniederen Begleiter im Zorn einen Kollegen genannt?*

Als sie das Burggelände hinaufstiegen, trafen sie auf Kinder, die schreiend umherliefen. In bunte Gewänder gekleidet, schlugen sie mit Holzschwertern wild um sich. Ein kleiner Junge hob seine Waffe. »Niemals werde ich von meiner Stelle weichen. Komm nur her, wenn du dich traust! Gleich wirst du meine Klinge spüren!«

»Zermalmen werde ich dich, so wahr ich Prinz Eisenherz heiße!«, ein dicklicher Junge erhob sein Schwert aus Holz: »Meine blanke Klinge wirst du zu schmecken bekommen! Ich werde dir Excalibur ins Herz stoßen und deine Eingeweide an mein Vieh verfüttern!«

»Mein Herr, ich glaube, ich sehe nicht recht«, rief Sancho, »Kindersoldaten! Mich schmerzt der Gedanke, dass diese halben Geschöpfe das Kriegshandwerk ausüben. Wird der Herr mir erlauben, einen Vorschlag einzubringen, oder diesem gar zustimmen, dass wir eingreifen und diese missratene Brut entwaffnen, bevor sie sich gegenseitig Schaden zufügen?«

Das übergewichtige Kind zog eine boshafte Grimasse, nahm Anlauf und rannte brüllend vorwärts, sein Holzschwert vor sich haltend, als wolle es seinen vermeintlichen Gegner aufspießen, der im gleichen Moment sein Schild erhob und seine Waffe zum Schlag bereit hielt, um die Attacke zu parieren - die von Winfried auf halbem Weg gestoppt wurde. Wie aus einem Reflex warf er sich dazwischen, die flache Seite seiner Axt traf mit Wucht den Angreifer,

der von seinen Füßen gefegt wurde und benommen neben seinem zersplitter-
ten Holzschwert liegenblieb.

»So ist's recht!« Sancho klopfte Winfried auf die Schulter, der schwankend
seine Waffe in den Gurt steckte. Und sich schwer atmend auf dem Boden niederließ.

»Ihr entledigt euch sofort eurer Rüstungen«, herrschte der Knappe die Kinder an. »Legt eure Waffen nieder. Reicht euch gegenseitig die Hände und
schließt Frieden!« Die Kinder starrten entgeistert die unvermittelt aufgetauch-
ten Gestalten an.

»Sofort!«, setzte Sancho nach und blickte die Halbwüchsigen mit feurigen
Augen an. »Wenn ihr nicht gehorcht, wird mein Ritter ein Exempel an euch
statuieren und euch Gehorsam beibringen. Er wird einen von euch Bälgern
heraussuchen und mit seiner Axt spalten!«

Die Reaktion folgte sofort, auch von dem geschlagenen kleinen Ritter, der
wieder zu Sinnen gekommen war und sich erhob, ebenso bei den anderen Kindern, die zuvor tatenlos herumgestanden hatten und sich nun ängstliche Blicke zuwarfen. Kreidebleich legten sie Schilde und Spielzeugwaffen ab und
streiften die bunten Kostüme ab. Die zwei Kinder, die kurz zuvor gekämpft
hatten, reichten sich gegenseitig die Hand, murmelten »Frieden« und rannten
heulend fort. Die weiteren Kinder folgten ihnen bei Fuß und ließen die zwei
großen Gestalten zurück.

»Gut gemacht, tapferer Ritter! Frieden hat in dieser Burg wieder Einzug
gehalten«, lachte Sancho, nachdem die Kinder verschwunden waren. »Lasst
uns Feuer an ihre Waffen legen, damit dieses Unheil ein Ende findet.«

Winfried saß erschöpft auf dem Boden, sein treuer Knappe sammelte das
Ritterspielzeug ein, schichtete es auf einen Haufen, zündete ein Streichholz an
und setzte alles in Brand. Das erste Kostüm entflammte, das Feuer breitete
sich aus und die Flammen gingen auf den Rest des Holzspielzeugs über.
Zufrieden nahm der Knappe neben seinem Herrn Platz und betrachtete den
Scheiterhaufen, dessen Flackern sich auf dem Visier des Ritters reflektierte, als
würden sich dahinter die Augen eines Dämons befinden.

Während die zum Horizont sinkende Sonne alle Schatten in die Länge zog,
verweilten die Beiden vor dem Feuer, bis der Knappe aus dem Augenwinkel
ein blaues Blitzen in der Ferne wahrnahm. Abrupt erhob er sich. »Seht Ihr das
blaue Licht, Herr? Es sind Zauberer, die sich nähern und vor denen wir uns in
Acht nehmen sollten. Verlassen wir diesen Ort und suchen uns einen Schlupf-
winkel.«

Winfried war kaum in der Lage, einen klaren Gedanken zu fassen. Laut pochte es in seinem Schädel, verwundert blickte er zu seinem Begleiter. So recht Glauben mochte er das nicht. *Zauberer?*

»Bitte verweilt nicht, Eile ist geboten!« Nervös beobachtete der Knappe die blauen Lichter, die sich näherten. Er griff nach der Hand des erschöpften Ritters, half ihm, sich aufzurichten und schleifte ihn zur Burgmauer.

Sie standen nebeneinander und blickten die Mauer hinunter. Ein Sprung wäre ein zu großes Wagnis, zudem hatte sich der tapfere Ritter von seinem Kampf noch nicht erholt. Sancho sah sich hektisch um. »Ich benötige Eure Waffe für einen Moment!« Er zog die Axt aus dem Gurt seines Herrn, lief zu einem an der Burgmauer wehenden Fahnenmast und trennte ein Seil ab. Nachdem er die Axt wieder am Rücken des Ritters befestigt hatte, band er ihm das Seil um, forderte ihn auf, einen Schritt über die Mauer zu setzen und ließ ihn vorsichtig an der Außenseite hinabgleiten. Nachdem dieser den Boden erreicht hatte, schlang er das Seil um den Fahnenmast und seilte sich selbst ab. Im Dickicht des Waldes fanden die Beiden hinter den Burgmauern eine Stelle, an der sie sich verbergen konnten und verweilten reglos zwischen den Büschen bis zum Einbruch der Nacht. Als das Dunkel seinen Schleier über sie legte, wurden sie wieder rege, knabberten Möhren und leerten die Flasche Gin. Erst fielen Winfried, danach seinem Knappen die Augen zu.

✕

Beim Anbruch des Morgens wurde Winfried durch Klopfen am Helm geweckt. In der Ferne waren Sirenen zu hören, die sich näherten.

»Der Morgen graut, von der Burg schallt's laut - die Fanfare, hört! - ich fürcht, sich etwas zusammenbraut«, reimte sein Knappe nervös. »Der Feind naht! Entschuldigt, dass ich Euch derart eilig zum Aufbruch dränge!«

Kurz darauf stolperten sie zwischen den Bäumen hindurch, über schmale Trampelpfade hinweg und durch unwegsames Gelände, überquerten hastig eine Straße, flüchteten erneut durch dichtes Unterholz. Als sie sich sicher fühlten - die Siedlung hatten sie hinter sich gelassen - brachen sie aus dem Dickicht heraus und erreichten das Ufer des Mains. Sie hielten inne für eine Verschnaufpause, folgten nach der kurzen Erholung einem Weg, der am Fluss entlangführte und wanderten fast ohne Pause, bis sie sich erschöpft und viele Stunden später an der Stadtgrenze von Wertheim wiederfanden.

»Mein Körper wünscht zu ruhen, treuer Knappe«, stöhnte der Ritter und verharrte an der Stelle, »zuvor benötige ich jedoch Speis' und Trank.« Er setzte sich wieder in Bewegung. Sein Begleiter folgte.

Als die Beiden den Marktplatz erreicht hatten, erschollen Kirchenglocken. Eine Menschentraube verließ das Gotteshaus, allen voran ein festlich gekleidetes Paar, das sein Gefolge zu einem mit Rosen geschmückten Tisch vor einem Lokal führte. Dieses war bedeckt mit reichlich belegten Broten, Gläsern mit Sekt und allerlei köstlich duftendem Backwerk.

»Kommt, Herr Ritter! Mischen wir uns unter das Volk und bedienen uns an diesem großzügig gedeckten Tisch.« Die beiden Gestalten standen inmitten der Menge, schlangen ein Brot nach dem anderen hinunter, leerten einige Sektgläser und bedienten sich ungehemmt von der reich gedeckten Tafel. Drei Gaukler erschienen und unterhielten das Publikum mit dem Spiel von Trommel, Trompete und Gitarre im Stil traditioneller mittelalterlicher Musik. Als sie ihre Vorstellung beendet hatten und sich mit einer Verbeugung verabschiedeten, schlemmten die beiden ungeladenen Besucher immer noch hemmungslos vor sich hin. Längst hatte jeder der Beiden ein halbes Dutzend Gläser des kostbaren Sekts zu sich genommen.

Ein Herr in Frack, der die mit Hahnenkamm geschmückten Besucher eine Weile beobachtet hatte, gesellte sich zu ihnen. »Wenn ich mir diese Frage gestatten darf: gehört ihr zum Programm? Und wann, bitteschön, fangt ihr an?«

»Wann fangen wir an ... womit?«, fragte Winfried verdutzt. Sein Knappe hielt sich schwankend am Tisch fest, drehte sich zu dem festlich Gekleideten um und verharrte eine Weile. Der erste Ausdruck der Irritation wurde ersetzt durch breites Grinsen: »Ich glaube, jetzt ist der richtige Moment!«

Erleichtert atmete der Herr in Frack auf. Mit einer Gabel, die er gegen sein Sektglas schlug, erzeugte er einen unüberhörbaren hellen Klang. Die Menge, die eben noch wild palaverte, verstummte, als er laut verkündete: »Es gibt noch ein Programm. Diese zwei Herren werden nun mit ihrer Vorführung beginnen!« Ein Halbkreis bildete sich, von allen Seiten wurden sie neugierig angestarrt.

Während der Stille, bei der man eine Ratte in der Kanalisation unter dem Straßenpflaster nagen hören konnte, blickte sich Winfried um. Er fühlte sich verloren inmitten der festlich gekleideten Menge, während Sancho mit rot angelaufenem Gesicht neben ihm stand und den Bauch verkrampfte. Und sich abrupt entspannte und von beeindruckender Zeitdauer - in einer Lautstärke, die wohl niemand der zahllosen Gäste bisher gehört hatte - einer Entladung von Methan freien Lauf ließ. Nach dieser kurzen Vorstellung starrten unzählige Augenpaare die zwei Sonderlinge mit offenem Mund an. Der Knappe verdrehte die Augen, als Zugabe entfuhr ihm ein lang anhaltender Rülpser, schüttelnd vor Lachen hielt er sich am Tisch fest. Nun war es Winfried, der rot anlief. Vor Scham.

»Unverschämtheit!« Der Herr mit Zylinder erwachte als Erster aus seiner Schockstarre. »So eine Unverschämtheit! So etwas habe ich noch nie erlebt!« Eine Dame in weißem Kostüm verfiel in ein herzergreifendes Schluchzen. Dem Herrn im Frack gelang es im Zorn, seinem Gesicht exakt die gleiche rote Färbung des Hahnenkamms der Eindringlinge zu verleihen. »Haut ab! Schaut, was ihr angerichtet habt, schaut euch das nur an! So eine unglaubliche Frechheit! Haut ab!«

Als sie sich aus Sichtweite entfernt hatten, stoppte Winfried verärgert seinen Gesellen mit energischem Griff an dessen Schulter. »Was sollte das?«, stellte er ihn zur Rede, »weshalb benehmt Ihr Euch derart unflätig vor jenen, denen wir für ihre Gastfreundschaft Dank erweisen sollten? Erklärt Euch!«

»Dies war mein Ausdruck der Dankbarkeit nach den Gepflogenheiten des Rittertums. Erinnert Ihr Euch nicht der berühmten Worte des großen Martin Luther: ... hat es euch nicht geschmecket?«

Winfried atmete laut. *Die Worte des Reformers ... dies mag stimmen, auch wenn solche Traditionen heute nicht mehr geläufig sind.* Er lockerte seinen Griff und zog seine Hand von der Schulter des Knappen: »Ihr habt wohl recht. Aber aus welchem Grund hat sich dieses Volk derart erzürnt?«

»Nun, weil ...«, setzte der Knappe an. Er zuckte mit seinen Schultern und setzte einen ratlosen Gesichtsausdruck auf. »Keine Ahnung. Nun, nachdem wir uns verköstigt haben, was tun wir als nächstes, Herr Ritter?«

»Warum müssen wir immer etwas tun? Nein. Ich schlage vor, wir setzen uns einfach an diesen Brunnen und gönnen uns ein wenig Ruhe nach dieser Aufregung.«

»Ihr habt Recht. Wir haben viel Zeit. Mir gefällt es genauso wie Euch, die Leute zu beobachten, wie sie rastlos umher eilen. Menschen müssen wohl immer etwas tun.«

Eine kleine Gruppe von Männern, in festlicher Garderobe gekleidet, die Winfried an die Zeit seiner Konfirmation erinnerten, näherten sich. Einer von ihnen ging auf eine Kellnerin zu, die Gäste vor einem Café bediente.

»Entschuldigung, haben Sie etwas gesehen? Meine Braut wurde entführt. Sie ist ganz in weiß. Ist sie hier vorbeigekommen?«

»Oje!« Ihr Gesichtsausdruck glich plötzlich dem Bildnis ›Der Schrei‹ von Edvard Munch. »Ist es zu fassen, dass etwas so Schreckliches bei einer Hochzeit geschieht? Nein, leider habe ich keinen Hinweis für Sie.«

»Danke! Ich werde meine Suche fortsetzen, bis ich Julia wiedergefunden habe.« Die Männer zogen von dannen.

»Was für eine schreckliche Tat!« Winfried stand entschlossen auf. »Am Tag ihres Festes! Kommt, wir werden diese Braut finden und ihre Entführer strafen.«

»Gut gesprochen, Herr Ritter! Sollte das Glück uns hold bleiben, werden wir den Tag mit einer guten Tat beschließen und Euren Ruhm mehren.« Eine Stunde lang wanderten sie die Straßen auf und ab. Die Suche blieb erfolglos.

»Niemand weiß etwas«, sprach der Ritter nach einer Weile enttäuscht, als abermals ein Passant auf die Frage nach der Braut nur mit seinen Schultern zuckte und weiterging. »Dennoch werden wir weitersuchen. Wenn nötig, werden wir die ganze Stadt durchkämmen.«

Bei einer älteren Dame mit Rollator blieben sie stehen.

»Eine Braut in weiß, habt Ihr sie gesehen?«

»Wie bitte?«

»Wir sind auf der Suche nach einer Braut, die entführt wurde«, wiederholte Winfried lauter, »ganz in weiß!«

»Eine weiße Gans?«, entgegnete sie. »Nein, ich habe keine Gans gesehen.«

»Gehen wir weiter, das ist aussichtslos«, drängte Sancho ungeduldig.

»Könnt Ihr uns helfen?«, fragte Winfried zum wiederholten Mal einen Passanten, nachdem er eine kurze Beschreibung der Braut abgegeben hatte. Diesmal schienen sie Glück zu haben, denn der Angesprochene deutete in Richtung der Burg. Sie folgten dem Weg durch den Park aufwärts und schritten durch das Tor. Auf dem Burggelände entdeckten sie drei gut gekleidete Männer und eine Frau in weiß, die sich hinter einer Mauer versteckt hielten und ins Tal blickten.

»Ich erkenne sie wieder, es ist die Entführte!« Winfried zückte seine Axt, rannte vorwärts und sein Knappe eilte hinterher. »Gebt diese Braut frei oder Ihr seid des Todes!« Bedrohlich wirbelte er seine Streitaxt und zog eine furchterregende Grimasse unter seinem Helm – die allen Beteiligten jedoch weitgehend verborgen blieb.

Der vorderste Mann starrte die zwei Angreifer mit bleichem Gesicht an.

»Geht weg!«, konterte er, nachdem er seinen Schreckensmoment überwunden hatte, »ihr spinnt doch!«

Demonstrativ stellte sich die Dame in Brautkleid vor ihn und stemmte ihre Arme in die Hüften. »Lasst uns einfach in Ruhe! Das Ganze ist nur ein Spaß. Die drei sind meine Freunde!«

»Sie leidet unter dem Stockholm-Syndrom und sympathisiert mit ihren Entführern«, flüsterte der Knappe in Winfrieds Ohr, der die Frau verblüfft anstarrte, »oder sie wurde einer Gehirnwäsche unterzogen.«

»Sie wurde entführt! Wir sind ihre Befreier«, stellte der Ritter unmissverständlich klar, »und dies ist kein Spaß! Wir bringen Julia jetzt zurück zu ihrem Romeo.«

Die Frau gestikulierte mit entgeistertem Gesichtsausdruck und rang um Worte. Stöhnend ließ sie ihre Arme sinken.

»Na gut! Beenden wir das Spiel und gehen wieder zurück.« Sie setzte sich in Bewegung, ihre Begleiter, der Ritter und sein Knappe folgten.

Zurück in der Altstadt trafen sie wieder auf die festlich gekleideten Männer. Als sie bemerkt wurden, eilte die weißgekleidete Frau auf einen zu und schloss ihn in die Arme.

»Wir haben die Braut auf der Burg gefunden und konnten sie befreien. Sie ist unversehrt!«, verkündete der Ritter stolz und präsentierte seine unbefleckte Axt. »Seht, wir haben Eure Angelegenheit unblutig beendet!«

»Ihr habt diese Sache ohne Blutvergießen geregelt?«, ergriff der Bräutigam das Wort, »das ist ja eine grandiose Leistung! Ich kann gar nicht in Worte fassen, wie dankbar ich euch dafür bin. Soll ich vielleicht auch auf die Knie fallen vor Dank?«

»Ich fühle mich geehrt! Nun, zurück zu der Angelegenheit: diese Männer haben sie entführt. Sprecht Euer Urteil und ich vollstrecke es. Wie wollt Ihr mit diesen Tätern verfahren?«

»Wenn ihr es wünscht«, fügte Sancho den Worten des Ritters hinzu, »wird mein Herr die Männer für ihre frevlerische Tat der Reihe nach enthaupten.« Der Ritter erhob seine Streitaxt und ging auf einen der Männer zu.

»Nein!« Die Braut warf sich mit schriller Stimme dazwischen.

»Ich nehme einfach die Männer mit, wenn ihr erlaubt«, sprach der Bräutigam nervös, »sie führten nichts Böses im Schilde. Es war ein Streich. Ich habe ihnen vergeben.«

»Wie Ihr es wünscht. Wenn Ihr Milde walten lassen wollt, so sei es! Nun werden wir Euch verlassen, zur Festung zurückkehren und ein Nachtlager suchen.« Winfried deutete eine Verbeugung an, machte auf dem Fuß kehrt und setzte sich in Bewegung. Sancho schloss sich an. Viele verdutzte Blicke folgten ihnen.

»Wir sollten unsere Untertanen nicht immer strafen«, sprach der Ritter auf dem Weg zur Burgruine nachdenklich, »mir gefällt der Gedanke nicht, Angst und Schrecken zu verbreiten. Ich bin zu dem Schluss gekommen, dass wir uns häufiger in Nachsicht üben sollten, so wie es dieses Volk soeben getan hat. Bedenkt, mein treuer Begleiter: jeder ist fehlbar.«

»Ausgenommen Eurer selbst, mein Ritter, denn Ihr seid unfehlbar. Und Ihr meint es gut mit ihnen«, folgte die Zustimmung des Knappen sogleich. »Ist das, was Ihr ausgesprochen habt, Euer Wunsch, so sei es mir Gesetz. Von nun an werden wir unserem Volk beistehen.« Winfried erfüllten die Worte mit Freude und seine Miene hellte sich auf.

✕

Der Himmel hatte sich mit Wolken zugezogen, als wollte die Sonne sich den Anblick des seltsamen Paares ersparen, das im düsteren Morgengrauen seines Weges zog. Bei bedecktem Himmel hatten sie die Stadt Wertheim noch nicht ganz verlassen, als Winfried an einer Flussmündung innehielt.

»Wir müssen den Main an dieser Stelle hinter uns lassen und uns nach Südwesten orientieren. Seht, mein treuer Knappe: hier mündet in unseren mächtigen Strom dieser kleine Fluss, der den stolzen Namen Tauber trägt. Wir müssen stromaufwärts entlang der alten Kreuzritterroute folgen, bald werden wir in den mittelalterlichen Städten alte Ritterorden vorfinden. Wie ich mich freue, dieses alte Land zu durchwandern! Es werden in vielen Orten Ritterspiele, traditionelle Feste und sogar Tourniere abgehalten.«

»Wohlan denn, Herr Ritter. Ihr kennt den Weg, ich werde Euch folgen.«

Nach einigen Stunden Wanderung entlang des mäandernden Flusslaufes der Tauber geriet die Stadt Tauberbischofsheim in Sicht. Sie betraten die Innenstadt, der Ritter sah sich um und entflammte vor Begeisterung.

»Hier ist alles viel origineller als in Frankfurt. Ein Stadtzentrum, das nicht verschandelt wurde durch geistlose Quaderbauten, die mit gleichförmigen Fassaden daherkommen«, redete der Ritter wie im Rausch, »dieser Ort ist seinem Namen nach sogar der Sitz eines Bischofs. Lasst uns die Exzellenz ausfindig machen und ihn um Segen für diese Mission bitten.«

»Es kann sicher nicht schaden«, entgegnete der Knappe und ging in Richtung des höchsten Bauwerks der Innenstadt voraus. »Suchen wir bei der gewaltigen Kirche dort vorne.«

Als sie das Gebäude erreicht hatten, stoppten sie an einem kleinen Platz und blickten zu dem alles überragenden Kirchturm empor.

»Seid ihr Kreuzritter?«, fragte jemand.

Verdutzt drehte Winfried seinen Kopf und bemerkte einen Mann, der auf einer niedrigen Mauer am Fuß des Turmes saß. Hinter ihm befanden sich einige Figuren aus Sandstein, die zu einer Krippe zusammengestellt waren.

Sein Gesicht zierte ein langer, ungepflegter Bart, sein Haupt war mit einer schäbigen Wollmütze bedeckt. Seine Hand umklammerte eine Flasche Bier.

»Das habt Ihr richtig erkannt. Wisst Ihr etwas über meine Mission? Oder, wo wir den Bischof finden können? Wir wollen seinen Segen erbitten.«

»Eine Frage nach der anderen, Herr Ritter. Was den Bischof angeht: ihr habt ihn gerade gefunden«, der Mann ließ seine Flasche sinken. »Ihr habt meinen Segen für Eure Mission.«

»Was ist mit dem Zeremoniell?«, warf der Knappe ein.

»Ach so, ja«, lallte der Mann, »Halleluja, in Spiritus, Amen. Und jetzt der Segen.« Behäbig beugte er sich herunter und griff in eine Tüte, die an die Mauer gelehnt war, förderte zwei Flaschen Bier hervor und reichte jedem eine davon.

»Danke!« Lächelnd nahm Winfried die Gabe entgegen und insistierte: »Ich bin Kreuzritter und auf einer Mission. Könnt Ihr mir helfen?«

»Wir sind im Glauben alle Kreuzritter!« Der Mann nahm einen Zug aus seiner Flasche, rutschte im gleichen Moment an der Mauerkante ab, konnte sich gerade noch fangen und erhob bedeutungsvoll seine Flasche. »Ich bin Großmeister dieses geheimnisvollen Ordens.«

»Welches Ordens? - wenn Exzellenz mir diese Frage erlaubt.« Winfried blickte ihn aufmerksam an.

»Geheim«, entgegnete der Mann und ließ seinen Kopf geistesabwesend sinken, erhob ihn jedoch gleich wieder. »Seht ihr meinen Bart und die Kopfbedeckung? Es ist meine Tarnung, damit ich als Ordensmeister von niemand erkannt werde. Wir, die dem Orden angehören, sind Tausende. Wir sind im Geheimen unterwegs, setzen uns in die Schaltkreise der Macht. Und wenn der richtige Zeitpunkt gekommen ist, dann …«

»Ihr kennt viele andere Kreuzritter?«, Winfrieds Augen leuchteten. »Helft mir bei meiner Mission! Entschuldigt meine wiederholte Bitte: verkündet mir, was Ihr darüber wisst.«

»Die Mission«, lallte der Mann und wiederholte, »die Mission«, nahm einen Schluck Bier, setzte die Flasche ab, glitt von der Mauer, purzelte mit dumpfem Laut zu Boden und begann sofort laut zu schnarchen.

»Mehr Informationen bekommen wir aus dem nicht heraus.« Der Knappe drängte zum Aufbruch. »Seinen Segen haben wir, also gehen wir weiter.«

»Vielleicht war es ein Hinweis. Aber Ihr habt wohl recht, mehr wird er nicht über seinen Orden preisgeben. Setzen wir unseren Weg fort, unterwegs werde ich darüber nachdenken, was dies bedeuten mag.«

Schweigend marschierten sie bis zum späten Nachmittag, die Stadtgrenze von Bad Mergentheim wälzte sich unter ihren Füßen hinweg. Im Zentrum erhoben sich eindrucksvolle Mauern einer Ordensritterburg. *Hier sitzt der Deutschherrenorden. Eine Gemeinschaft mutiger Ritter, die nach dem Vorbild der Templer leben. Möglicherweise wäre etwas Patriotismus nicht schlecht, um unsere regionalen Traditionen zu ehren. Würde mir ein Schild mit diesem Wappen stehen?*

Nachdem sie den Hof der Ordensburg betreten hatten, verharrte der Ritter nachdenklich vor dem Hauptgebäude. Ihm fiel eine Tafel ins Auge, auf der die bedeutendsten Persönlichkeiten unter den Besuchern genannt wurden. *Ein sogenannter König Adolf wird als prominenter Besucher genannt. Seltsam. Deutschherrenorden, schön und gut. Deren Wappen auf meinem Ritterschilde zu führen, könnte jedoch zu Missverständnissen führen.*

»Mein Herr!« Winfried unterbrach seine Gedankengänge und sprach zu einem Mann, der das Hauptgebäude verließ. »Ist der Großmeister dieses Ordens zugegen?«

Dieser blieb stehen und starrte den Ritter mit offenem Mund an.

»Habt Ihr ein Schweigegelübde abgelegt oder seid Ihr von Geburt an stumm? Wir benötigen ein Lager für die Nacht.«

»Ich weiß nicht, welchem Jahrhundert ihr entsprungen seid, jedenfalls kommt ihr zu spät. Viel zu spät. Schon lange gibt es hier keinen Großmeister mehr. Und was dieses Gebäude angeht: es ist ein Museum, keine Herberge. Sucht euch ein Hotel.« Schulterzuckend verabschiedete sich der Mann und setzte zum Weitergehen an, jedoch versperrte Sancho ihm den Weg.

»Meinem Herrn geziemt eine würdige Unterkunft: eine Burg!«

»In dieser Stadt sucht ihr vergebens. Doch wenn es die einzige Möglichkeit für euch ist, sucht die Koboldburg im Tierpark auf. Die findet ihr im Süden« Der Mann schmunzelte und ging seines Weges.

»Unfreundlich, dieses Volk! Nun denn, lassen wir uns überraschen, was es mit dieser Burg auf sich hat.« Mit den Worten verließ der Ritter den Innenhof durch das Tor, der Knappe trottete hinterher.

Sie betraten einen umzäunten Park und hielten vor einem Häuschen, aus dem eine Dame zu ihnen emporblickte und sie von oben bis unten musterte.

»Was sucht ihr?«

»Uns wurde gesagt, wir sollten uns zur Koboldburg begeben«, erklärte Winfried, »was auch immer das ist.«

»Ihr seid wohl Ritteranimateure für die Kinder.« Ihre Skepsis wich und ihre Augen leuchteten freundlich. Sie nahm einen Plan hervor, zückte einen Stift, markierte eine Stelle und reichte das Papier an den Ritter. »Die Koboldburg findet ihr an der markierten Stelle, ist leicht zu finden. Viel Spaß!«

Gemächlich wanderten sie durch den Park, an Gehegen mit Füchsen und Bären vorbei, verweilten kurz vor den Waschbären, deren putziges Spiel mit einem Rudel Frettchen dem Ritter ein Schmunzeln entlockte und blickten bei der nächsten Station ehrfürchtig zu einem mächtigen Elch hoch. Nach wenigen Schritten verharrten sie an einem großen eingezäunten Gelände mit der Aufschrift »Helfer des Menschen: domestizierte Tiere.« Wildschweine wühlten im Erdboden, Hühner stolzierten umher, während im Hintergrund Rinder, Pferde und Esel einige Büschel frischen Grases aus der Wiese rissen und genüsslich wiederkäuten. Ochsenbespannte Karren wurden vorgeführt, ein halbwüchsiger Reiter trabte über das Gelände, während ein sportlicher junger Mann hinter dem Gatter stand, für eine Schülergruppe einen Vortrag zur Geschichte der Landwirtschaft hielt und ausschweifend gestikulierte.

»Dort hinten muss es sein!« Der Knappe zeigte zu einer Anlage mit bunten Gebäuden. »Die Koboldburg!«

»Ihr habt möglicherweise Recht.« Der Ritter zückte den Plan hervor und warf einen Blick darauf. »Ja, an der Position hat das Fräulein etwas eingezeichnet. Begeben wir uns dorthin und kundschaften es aus.«

»Das erinnert mich an meine Kindheit!« Sachos Augen glitzerten, als sie vor einer Ansammlung von bunten Holztürmen standen, eine Rampe empor blickten und hinauf zu zwei Türmen, auf denen Kinder umherkletterten.

»Dies ist äußerst klein für eine Burg«, murmelte Winfried, »und sie besteht aus Holz!«

»So fing es damals an. Anfangs errichtete man einfache Bauten aus Holz, nahm Erweiterungen vor, um sich besser verteidigen zu können. Über viele Jahrhunderte entstanden aus diesen Bollwerken mächtige Gebäude aus Stein und wurden zu gewaltigen uneinnehmbaren Festungen, die über das weite Land herrschten.«

»Sei's drum, mir soll's recht sein für diese Nacht.« Winfried gähnte und stieg die Rampe hinauf, woraufhin die Kinder in ihrem wilden Toben innehielten. Er brummte: »Diese Burg scheint tatsächlich von Kobolden bewohnt zu sein.«

»Ihr müsst ein Machtwort sprechen und sie vertreiben!«

»Ich nehme diese Burg nun in Besitz«, verkündete Winfried.

»Husch, Husch, runter von der Burg, ihr Trolle!«, setzte Sancho laut nach, »der Ritter und sein Knappe ziehen nun in diese Burg ein.«

Zögernd erhoben sich einige. Als der Ritter demonstrativ mit seiner Axt in der Luft wirbelte, begann leises Murren, einen Moment später war keines der Kinder mehr zu sehen.

»Schauen wir uns ein wenig um, wo wir ein Lager errichten können, mein Knappe. Versuchen wir es zuerst in dieser Behausung.«

»Wie liebevoll diese Quartiere eingerichtet sind!«, Sancho sah sich gutgelaunt um, nachdem sie ein Häuschen betreten hatten und er die Treppe in dem kleinen Gebäude emporgestiegen war.

»Sehr schön, nur ein wenig eng«, ächzte der Ritter, der sich ungelenk den Treppendurchgang hinauf quetschte und die Räumlichkeiten betrachtete.

»Der Zweck solcher Burgen war nicht in erster Linie, behaglich zu sein. Man musste sie verteidigen können. Zudem haben wir es trocken.«

»Nun, es ist mir recht«, brummte der Ritter, lehnte seine Axt an die Wand, schlüpfte aus den Schuhen und ließ sich auf einer der Liegen niedersinken. »Diese strammen Märsche bringen mich zur vollkommenen Erschöpfung. Ich bezweifle, dass ich morgen lange durchhalten werde. Gute Nacht!«

»Zerbrecht Euch darüber nicht den Kopf. Mir wird noch etwas einfallen. Ich wünsche Euch eine geruhsame Nacht!«

Er schlich durch das dichte Unterholz des Karpatenwaldes. Unheimliche Stille erdrückte ihn förmlich, seit er das finstere Dickicht betreten hatte. Umzukehren kam für den mutigen Helden nicht in Frage, doch er war offenkundig nicht alleine. Geräuschlos bewegte sich etwas auf ihn zu und ein gelbes Augenpaar blitzte auf. Zwei gelbe Augenpaare. Unzählige gelbe Augenpaare. Sie kreisten ihn ein, näherten sich lautlos von allen Seiten. Eine gewaltige Silhouette richtete sich vor ihm auf, unheimliches Geheul folgte. Schatten stellten sich auf ihre Hinterläufe, schlossen sich dem Giganten an und heulten im Chor. Winfried schreckte elektrisiert hoch und ein lauter Schrei verließ seinen Mund. »Werwölfe!«

»Legt Euch wieder hin und schlaft weiter«, brummte der Knappe in der Dunkelheit, »wir sind hier in Sicherheit, diese Burg befindet sich in einem Tierpark und es gibt hier Wölfe. Vermutlich frieren die armen Vierbeiner.«

✕

Im Morgengrauen wurde Winfried durch ein Wiehern geweckt, dem ein lautes ›I-aaah‹ folgte. In unmittelbarer Nähe. Er richtete sich auf, erhob sich von seiner Liege, kletterte die Leiter hinunter und trat aus der Hütte. Als er vom Turm hinabsah, erkannte er im fahlen Licht den Knappen, der ein Pferd und einen Esel hinter sich herzog, am Fuß der Rampe hielt und mit einem breiten Lächeln zu ihm hinaufblickte. »Guten Morgen, Herr Ritter!«

»Seid gegrüßt! Ihr überrascht mich, mein Knappe, früh seid Ihr heute auf den Beinen. Sehr früh!«

»Schaut zum Himmel hinauf. Seht Ihr diese dunklen Wolken? Wir sollten aufbrechen, bevor ein Sturm beginnt!«

»Damit habt Ihr wohl Recht, ich stimme Euch zu. Doch erzählt: wo habt Ihr diese Reittiere her?«

»Gekl …«, setzte dieser an und korrigierte sich, »die beiden Tiere habe ich gefunden, mein Herr, ich meine … zwei Fortbewegungsmittel besorgt, die eines stolzen Ritters und seines Knappen würdig sind. Fertig gesattelt und bereit, uns auf der langen Reise mit unbekanntem Ziel zu tragen.«

»Moment! Meine Frage habt Ihr noch nicht beantwortet: wo habt Ihr diese Tiere her?« Als sein Begleiter mit der Antwort zögerte, stieg er die Rampe hinab, baute sich vor dem Knappen auf und stemmte seine Hände in die Hüften. »Denn sie kommen mir bekannt vor. Wenn ich mich nicht täusche, habe ich diese Tiere gestern in dem umgezäunten Gelände gesehen.«

»Na und?«, entgegnete der Knappe mit Schulterzucken.

»So habe ich Recht damit, was ich vermutet habe? Ihr habt diese Tiere gestohlen! Fremder Leute Eigentum!«

»Eigentum?« Sancho plusterte sich wütend vor ihm auf: »Ihr seid also der Ansicht, sie gehören jemandem? Wie herablassend Ihr gerade über diese intelligenten Wesen sprecht, so frage ich Euch: wessen Eigentum seid Ihr? Vielleicht der Besitz einer Ratte?«

»Ich bin niemandes Besitz!«, antwortete Winfried, während der Knappe durch die Mähne des Esels strich, der den Ritter mit großen Augen musterte, das Pferd ihn mit treuem Blick anschaute und mit seinen Hufen scharrte. »Nun, ich weiß nicht so recht, was wir mit den Reittieren tun sollen … lasst mich nachdenken.«

»Bevor Ihr Euch den Kopf zerbrecht, seht sie Euch doch an!«, forderte der Knappe und streichelte die beiden Tiere, die sich an ihn schmiegten und den Ritter freundlich beäugten. »Sie scheinen, da sie nicht sprechen können, uns mit ihren großen Augen eine Bitte mitteilen zu wollen: Wir sehen euch mit unserem treuen Blick an, da ihr uns viel besser behandeln werdet, als es unsere früheren Gefährten getan haben. Und wir wollen euch folgen, wohin auch immer ihr geht, denn ihr seid unsere neuen Freunde. Kommt, steigt auf und reitet mit uns hinaus, weit, über alle Grenzen. Schickt uns nicht zurück in dieses Gefängnis, in dem wir all die Jahre zuvor verbracht haben. Wir wollen die Welt sehen! Mit euch wollen wir diese schöne große weite bunte vielfältige Welt erleben, mit ihren grünen Tälern, ihren hohen Bergen. Wir wollen reiten durch Steppen und Wüsten, durch die Wildnis, wir wollen ans Meer und die tosende Gischt des Ozeans genießen. Wir wollen mit euch reiten über Strände, fühlen, wie der Küstenwind sanft wie eine Feder durch unsere zotteligen Mähnen streicht.«

Winfried hob die Hand, um sich eine Träne aus dem Auge zu wischen, prallte jedoch gegen das Visier seines Helms und zog sie wieder zurück. »Es ist genug. Ich habe verstanden. Ihr wisst zu überzeugen, mein Knappe! Nun denn, behalten wir diese Tiere. Reiten wir also.«

»Wohl gesprochen Herr Ritter, steigt auf!« Sancho hielt den Steigbügel und hievte, mit festem Griff unter das Gesäß, seinen Herrn, für den das Besteigen eines Reittieres eine ungewohnte Übung war, auf das Pferd.

Mit rasantem Schwung saß er ebenso auf seinem Esel und lenkte ihn neben das Ross, auf dessen Rücken der Ritter in Schräglage saß und sich verkrampft am Sattel festhielt.

»Ich sehe, Ihr seid ein wenig aus der Übung«, bemerkte er, »kommt, ich führe Euch«, griff nach den Zügeln und zog das Schlachtross seines Ritters aus dem Tierpark heraus. Sie ritten über Wiesen und durch den Wald in Richtung Osten, bis sie wieder die Tauber erreichten und in leichtem Trab dem Weg des Flusses folgten. Dunkle Wolken bedeckten den Himmel und tauchten die Landschaft in düsteres Licht. Dunkelgrau blickten Fassaden auf die Gestalten herab, als sie am frühen Vormittag Weikersheim durchquerten. In den schwarzen Wolken blitzte es, erste Tropfen fielen. Die beiden Reiter zogen ihre Köpfe ein, als ein heftiger Regenschauer niederging. Sie durchkämmten die Umgebung auf der Suche nach Schutz vor dem Unwetter.

»Zum Schloss, mein Knappe!«, rief Winfried laut, trat seinem Pferd in die Flanken und ritt voran, wenig später riss er an den Zügeln, sprang vom Ross und rüttelte an einem Torgitter. »Der Eingang zum Schloss ist versperrt! Was tun wir jetzt?«

»Nun … das Schloss zum Schloss ist verschlossen, jedoch sehe ich eine andere Möglichkeit. Wir haben kurz zuvor eine Brücke überquert«, Sancho wendete seinen Esel, »folgt mir!«

Sie ritten wenige Meter zurück, wandten sich nach links und trabten abwärts, bis sich der Bogen einer Brücke über ihre Köpfe spannte.

»Eure Idee war brillant, mein Knappe! Diese Brücke bietet genügend Platz für uns und die Reittiere«, lobte Winfried, als er im trockenen Schutz des Steinbogens vom Pferd stieg und sich am Pfeiler der Brücke niederließ. Der

Knappe gesellte sich dazu und lehnte seinen Rücken gegen die aus Steinen gemauerte Wand. In Decken gehüllt beobachteten sie, wie mittlerweile der Sturm toste, der sie jedoch nicht mehr erschüttern konnte.

Erst nach mehreren Stunden wurde der starke Wolkenbruch durch einen mittleren Regenschauer abgelöst, der Ritter richtete sich mit einem Ruck auf.

»Der Kreuzzug wartet. Ein Ritter hält solch ein Wetter aus, oder er sollte es aushalten«, ermutigte er sich laut und bestieg sein Reittier. »Die Kreuzritter zogen damals unter weit widrigeren Bedingungen durch das wilde Land.«

Der Knappe blickte verdutzt zu ihm hoch und öffnete seinen Mund zum Widerspruch, schloss ihn jedoch wieder, nickte, bestieg schweigend seinen Esel und sie ritten in den Regenschauer hinaus.

Nur langsam kamen sie an diesem nebligen und von Regen durchsetzten Nachmittag vorwärts, ihre Reittiere sanken mit ihren Hufen in den Auen der Tauber tief ein, gelegentlich mussten sie ausweichen, da der Fluss häufig über die Ufer trat. Gelegentlich trieben ihnen flussabwärts Kanufahrer entgegen, die sie neugierig musterten, freundlich ihre Paddel hoben und winkten, sie zurück in das Fahrwasser tauchten und von dannen ruderten.

Abends näherte sich das Paar Rothenburg ob der Tauber. Der Regen hatte mittlerweile nachgelassen, dennoch verharrte in der Luft die unbehagliche Düsternis, die den ganzen Tag über den nebligen Auen des Flusses hing. Als sie durch das Stadttor ritten, schlurfte ihnen ein in rotes Kostüm gekleideter Mann entgegen und schwenkte eine Laterne in seiner Hand.

»Seid gegrüßt, werter Herr«, sprach Winfried ihn an, »könnt Ihr uns sagen, wo wir eine Herberge in diesem Ort finden können? Zudem wäre es sehr freundlich von Euch, uns Euer Wissen zu bekunden, welche Sehenswürdigkeiten Ihr uns empfehlen mögt, die einen Besuch lohnen würden.«

»Gerne«, antwortete dieser sachlich, »unterkommen könnt ihr eigentlich überall, wo ihr wollt. Es gibt hier viele Hotels. Zu Besichtigen gibt es die Kirchen, die Stadtmauer, ein Foltermuseum und das Weihnachtsmuseum.«

»Wehrmachtsmuseum?« Winfried blickte ihn verdutzt an.

»Weih-nachts-museum!«, wiederholte der Mann langsam und mit leicht gereiztem Unterton, »nimm einfach den Helm ab, wenn du verstehen willst, was ich sage. Das Museum ist ganzjährig geöffnet. Ihr könnt dort Krippen, Weihnachtsmänner, Rauschgoldengel und den sonstigen Kram anschauen. Und es gibt das Foltermuseum.«

»Für mich ist es das Gleiche wie der Weihnachtsschund. Ich habe eine Santaphobie«, warf Sancho ein. »Ihr Bayern müsst wirklich bekloppt sein, euch zu jeder Jahreszeit den Weihnachtskram anzusehen.«

»Es gibt noch das Reichsstadtmuseum im ehemaligen Dominikanerkloster. Ihr könnt dort den gläsernen Kurfürstenhumpen besichtigen ...«, setzte der Mann mit lauter, aber gefasster Stimme fort. Als der Knappe lauthals gähnte, unterbrach er seine Rede, lachte entnervt und ergänzte: »Es gäbe da noch etwas auf eurem Niveau. Geht dort in das Wirtshaus und bestellt einen Krug Wein - merkt euch den Namen ›Georg Nusch‹. Sagt, so einen Krug wie der Retter von Rothenburg wollt ihr auch haben. Wenn ihr den in einem Zug leeren könnt, bekommt ihr ihn wohl gratis mit eurem Outfit. Viel Spaß!«

Die Düsternis des Wetters wurde durchbrochen durch das Leuchten in den Augen des berittenen Paares, im Falle des Ritters jedoch blieb diese Erleuchtung hinter dem Visier verborgen.

»Großartig!«, jubelte Winfried, als der Mann im Nachtwächterkostüm seines Weges gegangen war. »Es scheint, wir befinden uns zur richtigen Zeit am richtigen Ort!« Sie stiegen ab und banden ihre Tiere vor der Schenke an.

»Schaut, wie die Spelunke heißt«, bemerkte Winfried freudestrahlend, als sie eintraten. »Roter Hahn! Als hätte man diese Schenke extra für uns errichtet!«

»Einen Krug für jeden von uns«, sagte Sancho zum Wirt, als sie Platz genommen hatten. »In der Größe von ... Georg Nusch, bitte!«

»Schon wieder welche, die es versuchen wollen!« Der Gastwirt lachte. »Und wegen eurer lustigen Maskerade bekommt ihr den Wein kostenlos. Das gilt nur für euch. Vorausgesetzt, ihr trinkt ihn in einem Zug.«

Der Wirt erschien wieder und stellte vor die Besucher zwei Eimer gefüllt mit Rotwein, die so hoch zwischen ihnen aufragten, dass sie sich gegenseitig nicht mehr sehen konnten. »So, dies sind 13 Schoppen Wein für jeden.«

»Wie ist dieser Georg Nusch auf so eine absurde Idee gekommen?«, fragte Winfried verdutzt.

»Der trank um sein Leben. Im dreißigjährigen Krieg wurde Rothenburg von den kaiserlichen Truppen eingenommen. Nach der Niederlage wurden die Ratsherren zum Tode verurteilt und der General ordnete die Brandschatzung der Stadt an. Als Tilly in die Stadt einzog und sich die Ratsmitglieder vor ihm in den Staub warfen, zeigte er Milde und schlug einen Handel vor: wenn einer von ihnen 3 ¼ Liter Wein in einem Zug leeren könnte, würde er Gnade walten lassen. Der ehemalige Bürgermeister - übrigens ist das hier sein Geburtshaus - nahm diese Herausforderung an.«

»Hat er das geschafft?«, fragte Winfried erstaunt, »den riesigen Eimer?«

»Ja. Ihm gelang das, was euch jetzt ebenso gelingen muss. Aber nicht schummeln, ich schaue genau hin. Viel Erfolg!« Lächelnd beobachtete der Wirt, wie die Gäste gleichzeitig ihre übergroßen Gefäße anhoben und eine Zeitlang herrschte gebannte Stille, bis auf leise gluckernde Geräusche.

»Wenn ich um mein Leben hätte trinken müssen, hätte ich das sicher geschafft. Oder für das Leben eines Tieres.« Sancho setzte das Gefäß ab, beugte sich vor und entleerte nach seinem gescheiterten Versuch zwei Liter der dunkelroten Flüssigkeit zurück in den Eimer. Winfried, der ihm gegenüber saß und früher aufgegeben hatte, fühlte sich ebenso unwohl. Abwechselnd gab er gurgelnde und schluckende Geräusche von sich, bis er abrupt aufstand und mit den Worten: »Ich bin dann mal weg« zu den sanitären Einrichtungen eilte. Nach einer halben Stunde kehrte er mit einem grünen Gesicht zurück und setzte sich wieder.

»Ihr habt Glück gehabt«, lachte der Wirt, »denn diesmal ging es nicht um Leben und Tod wie bei dem Helden unserer Stadt. Er beeindruckte unsere Feinde derart, dass sie ihn genauso am Leben ließen wie alle anderen: die Bewohner wurden begnadigt, man sah von der Zerstörung dieser Stadt ab.«

Winfried kippte vom Stuhl und blieb bewusstlos am Boden liegen.

»Herr Wirt, können wir hier übernachten?«, fragte Sancho. »Ich befürchte, mein Kollege ist heute nicht in der Lage, noch einen Schritt zu tun.«

✕

Nachdem sie ihre Unterkunft am nächsten Tag verlassen und ihre Reittiere bestiegen hatten, sagten sie der Stadt Lebewohl, ritten durch das Spitaltor im Süden und folgten bei Morgendämmerung wieder dem Flusslauf. Häufig von aufkommender Übelkeit geplagt und ständig würgend, steuerten sie ihre Huftiere im Slalom durch die nächsten Ortschaften. Als der Himmel kurz aufbrach und einzelne Sonnenstrahlen ihren Weg durch die Wolkendecke fanden, verharrte Winfried und wendete sein Haupt orientierungslos hin und her.

»Die Tauber versiegt hier an der Quelle … umgekehrt, meine ich«, sprach er mit leichtem Zustand der Verwirrung. »Wir können dem Fluss nicht weiter folgen. Wir müssen in Richtung Süden, bis wir die Donau erreichen.«

»Da mir unbekannt ist, wohin der Ritter will, folge ich ohne Zaudern.«

»Bis zur Donau ist es noch weit. Zuvor werden wir auf die Jagst treffen, der wir flussaufwärts nach Süden folgen müssen. Im schwäbischen Gebiet war ich in meiner Jugend unterwegs, dort lebten meine Großeltern und daher kenne ich diese Gegend wie meine Westentasche.«

»Ihr besitzt an Eurer Rüstung doch keine.«

»Ich wollte nur damit sagen: ich denke, wir sind auf dem richtigen Weg.«

In der grünen Landschaft wurden sie bald mit Orientierungsschwierigkeiten konfrontiert und entschieden sich, der Landstraße zu folgen. Zahllose Fahrzeuge brausten an ihnen vorbei, bis sie Crailsheim erreichten und gemächlich durch die Altstadt trabten.

»Ich habe einen Bärenhunger! Kommt, wir besorgen uns etwas Backwerk«, forderte Winfried, als eine Bäckerei zu ihrer rechten Seite zu sehen war. Sie traten ein und der Ritter betrachtete die Auslage hungrig. »Bitte eines von diesen Hörnchen, die mit Zuckerguss überzogen sind.«

»Darf es noch etwas sein?«, die Bedienung verpackte das Gebäck lächelnd.

»Eine Laugenstange für mich«, erwiderte Sancho. Die Bedienung packte das Laugengebäck in eine zweite Papiertüte und bediente die Kasse.

»Was mir aufgefallen ist«, flüsterte der Knappe, »was Ihr soeben bestellt habt, sieht aus wie zwei Arschbacken!«

»Ihr Kollege hat recht!« Die Verkäuferin, der diese Bemerkung nicht entgangen war, lachte und sah von der Kasse auf. »Es sind die sogenannten Horaffen, süßes Backwerk in Form eines Hinterns, eine alte Tradition, nach einer Legende. Crailsheim wurde über Monate belagert, der Winter kündigte sich an und die Eingeschlossenen überlegten, was sie mit den letzten Reserven tun sollten. Die schlauen Bürger griffen zu einer List, um ihren Gegnern vorzugaukeln, sie hätten immer noch unerschöpfliche Vorräte. Sie buken aus dem wenigen verbleibenden Mehl einige Hörnchen und warfen sie über die Stadtmauer. Um zu verdeutlichen, dass sie zu viel von allem hatten, stieg die dickste Frau der Stadt - die Gattin des Bürgermeisters - auf die Mauer, ließ ihre Hose herunter und zeigte den Belagerern ihren blanken fetten Hintern. Sofort brachen die Feinde die Belagerung ab und suchten das Weite. Heute beißt man beim Genuss in eines dieser Hörnchen symbolisch in den dicken Hintern der Frau Bürgermeister!«

»Schmeckt's?«, fragte Sancho grinsend, als sie mampfend zu ihren Reittieren zurückkehrten.

»Manchmal glaube ich, Ihr habt ebenso viel Glück wie Talent, mir bei jeder Gelegenheit den Appetit zu verderben!«

Nach dem Mahl zogen dunkle Wolken am Himmel auf, kühler Wind ließ sie erschauern.

»Wo sollen wir unterkommen?«, fragte der Knappe mit einem Blick zur Kirchturmuhr, die das Ende des Nachmittags ankündigte.

»Vor den Toren der Stadt befindet sich ein altes Spital. Es besteht aus mehreren Gebäuden, die im 15. Jahrhundert errichtet wurden. In solchen Einrichtungen nimmt man traditionell Reisende auf.«

Sie verließen die Fußgängerzone und überquerten die Straße. Auf einem Parkplatz führten sie die Reittiere zwischen den abgestellten Fahrzeugen hindurch.

»Schaut mal, der Mann spinnt doch!«, entrüstete sich der Knappe und wies auf ein parkendes Auto.

Winfried betrachtete das Fahrzeug, in dem ein Mann saß und rauchte, besah den Aufkleber am Heck: »Ich bremse auch für Kinder« und sein Blick wanderte zur rechten Seite und er las »Kids on Board«, darunter waren die Namen »Niko & Tina« zu lesen.

»Komische Namen.« Winfried zuckte mit den Schultern. »Aber passend.«

»Nicht die Aufkleber. Auf der Rückbank sitzen Kinder. Sollen wir nicht einschreiten?«

»Der ist wirklich verantwortungslos!« Winfried stieg verärgert von seinem Reittier, »Ihr habt recht, dem Mann sollten wir die Leviten lesen!«

»Was soll das werden?« Scharf blickte er den Mann auf dem Fahrersitz durch das Autofenster an. »Wollt Ihr hier sitzen und rauchen, bis die Kinder Lungenkrebs bekommen?«

»Ich nutze die restliche Parkzeit aus, für die ich bezahlt habe.« Der Mann wedelte mit seinem Parkschein. »Es sind noch zehn Minuten übrig. Ich bin Schwabe, ich verschwende kein Geld.«

Winfried musterte den Mann, der mit lächelndem Gesichtsausdruck offensichtlich zeigen wollte: »Ich habe eben Grips« und an seiner Zigarette zog.

»Es reicht!« Winfried riss die Autotür auf und zerrte den Mann am Kragen aus seinem Fahrzeug, der sich verdutzt der höheren Gewalt fügte. »Solange raucht Ihr draußen. Ihr könnt die Kinder nicht zwingen, mitzurauchen.«

Nachdem er die Angelegenheit geregelt hatte, ging der Ritter brummend, sein Reittier im Schlepptau führend, voraus. Sein Begleiter folgte. Sie erreichten eine Ansammlung alter Gebäude und blickten durch die Fenster.

»Geschlossen«, merkte der Knappe an, als sie vor dem Hauptgebäude standen, »nach der Information auf dieser Plakette scheint das ehemalige Spital heutzutage ein Museum zu sein. Was nun?«

»Eine Schande!«, echauffierte sich der Ritter. »Statt die Traditionen dieser altehrwürdigen Stätten zu wahren, werden sie der Belustigung des Volkes preisgegeben. Nun gut, sehen wir uns nach einem anderen Schlafplatz um. Die Grünanlage vor dem Spital sollte uns dafür dienlich sein. Hoffen wir, dass nicht erneut ein Sturm aufzieht und uns das Wetter eine trockene Nacht bescheren möge.«

Sie manövrierten ihre Reittiere in den Park und banden sie an einen Baum. Müde ließ sich der Ritter auf das Gras sinken. Nach kurzer Zeit waren von ihm nur noch gleichmäßige Schnarchlaute zu hören.

Ein Wesen, in der Erde verborgen, wurde munter, witterte Wärme: Fleisch! In der Dunkelheit war es dem Ritter überlegen, in der tiefsten Finsternis war es in seinem Element, seine empfindlichen Sensoren hatten Nahrung geortet. Hungrig arbeitete es sich zur Oberfläche, kaum etwas vermochte das dunkle und von Blindheit gezeichnete Wesen aufzuhalten. Schwarz wie die Nacht, bewaffnet mit mächtigen Klauen, grub es sich durch die Erde und arbeitete sich stetig und fast lautlos aufwärts. Es erreichte die Oberfläche, schüttelte sein schwarzes Fell und schnüffelte. *Lecker! Den Wurm könnte ich mit einem Haps verschlingen,* dachte es und schlich an den Ritter heran.

»Autsch!« Aus seinem Tiefschlaf gerissen, richtete Winfried sich in der Dunkelheit abrupt auf.

»Was ist passiert, Herr?«

»Mich hat etwas in den Finger gebissen!«

»Moment, das schaue ich mir an.« Der Knappe entzündete ein Feuerzeug und sein Gesicht gewann einen fröhlichen Ausdruck. »Es ist ein Maulwurf. Niedlich! Vielleicht habt Ihr Euch über den Eingang seines Tunnels gelegt und ihm den Weg versperrt. Dagegen musste er sich wehren.«

»Mir wird klar, warum Ritter Panzerhandschuhe an den Händen tragen sollten«, gähnte der Ritter, ließ sein Haupt auf das Gras sinken und fiel kurz darauf zurück in seinen Schlaf.

✕

Kurz vor Mittag wurde er durch das bekannte ›I-aah‹ geweckt. Er hob seinen Kopf und nahm eine Silhouette wahr, die sich in dichtem Nebel näherte, vor ihm verharrte und stolz etwas in die Höhe hob. Der Ritter wischte über sein Visier und der Nebel war sofort verschwunden. Nun erkannte er seinen Knappen, der einen Metallstab mit einem Wetterhahn präsentierte.

»Was bringt Ihr mir diesmal, mein Knappe?« Missmutig betrachtete er das Mitbringsel.

»Eure Standarte!«, antwortete dieser und reichte ihm den Stab. »Öffnet Eure Augen unter dem Visier und seht! Ein edler Stab mit dem Hahn darauf. Euer ritterliches Symbol!«

»Wo habt Ihr dieses Ding gefunden?«

»Erlaubt mir, ein wenig auszuholen: unruhig wanderte ich in den frühen Morgenstunden umher, der Sturm ließ mir keine Ruhe. So wanderte ich hierhin, dorthin, blieb stehen und fiel auf die Knie. ›O Herr!‹, rief ich, sende mir ein Zeichen! In dem Augenblick fuhr ein Blitz hernieder und dort, hell erleuchtet, bot sich mir ein Zeichen dar, das ich sofort erkannte. Es war die Standarte meines Ritters! Fortan, tapferer Ritter, sollt Ihr dieses Symbol der Macht bei Euch führen, sodass Euch von Ferne jeder erkennen möge.«

»Mit Euren Redekünsten könnt Ihr wahrlich jeden in Euren Bann schlagen. Ihr seid ein wahrhaftiger Prediger und sprecht wie ein Prophet, selbst wenn Ihr absoluten Unfug von Euch gebt!«, sprach Winfried gereizt, »denn ich vermag nicht zu erkennen, welchen Nutzen mir dieser Stab bringen sollte. Er ist eine zusätzliche Last.«

»Demütig wird der Begleiter des Ritters diese Standarte tragen. Er wird sich ihrer würdig erweisen, sie vor Euch tragen und dem Volk Eure Gegenwart verkünden.«

»Wenn Ihr dieses Ding tragen wollt, so sei es Euch gegönnt.«

Der Knappe voran, den mit Wetterhahn verzierten Stab stolz in die Höhe reckend, verließen sie Crailsheim und folgten dem Bach, bis sie ein kleines Dorf erreichten. Winfried drängte sein Reittier voran und überholte, zügelte jedoch abrupt sein Ross und hielt. Der Esel prallte gegen sein Vordertier, setzte erschrocken einen Huf zurück und wieherte verstört. Der Ritter sprang von seinem Reittier.

»Was ist los?«, fragte der Knappe verdutzt.

»Ich will nur eine Kleinigkeit besorgen.« Winfried ging schnellen Schrittes auf eine Fleischerei zu.

»Moment! Wartet! So war das nicht vereinbart!«, brüllte Sancho hinterher, »ich kann mir schon denken, was Ihr vorhabt, Herr! Und ich habe Euch wissen lassen, welche Meinung ich zu dem Massenmord an Tieren …«

Die letzten Worte hörte Winfried nicht mehr, nachdem er in der Metzgerei verschwunden war.

Sancho, der auf seinem Esel sitzengeblieben war, ballte in maßlosem Ärger seine Hände zu Fäusten, bis deren Knöchel bleich wurden, im Gesicht lief er puterrot an und atmete unüberhörbar scharf durch seine Zähne.

Freudestrahlend ließ Winfried die Tür der Metzgerei auffliegen und hielt ein kleines Bündel in den Händen.

»Seht, mein Knappe!« Er öffnete das Paket und hielt zwei glänzende Handschuhe aus Metallringen in die Höhe. »Kettenhandschuhe! Ich konnte den Metzger dazu überreden, mir diese zu verkaufen. Fortan bin ich gegen heimtückische Angriffe wie in der vergangenen Nacht gewappnet!«

Sancho ließ seine Anspannung fallen und atmete erleichtert, als der Ritter die Panzerhandschuhe anzog. »Ich befürchtete schon das Schlimmste! Nun bin ich froh, dass Ihr eine Ergänzung zur Eurer Rüstung findet konntet.«

Sie ritten am Ufer der Jagst entlang, wurden gelegentlich von einer Bahn überholt und trabten gemütlich durch Flussauen, kleine Wälder, bis sie am späten Nachmittag Ellwangen erreichten. Auf der Suche nach einem Lager, das auch Platz für ihre Reittiere bot, folgten sie weiter dem Fluss.

»Hier können unsere Tiere grasen«, sprach der Ritter erfreut, als sie am Stadtende eine Wiese antrafen, wo die Jagst ruhig vor sich hinplätscherte, »und sie haben Wasser zum Saufen. Dies ist der geeignete Platz, um unser Nachtlager aufzuschlagen.«

Vor einer Statue auf der Grünfläche saßen sie ab, worauf das Pferd und der Esel Grasbüschel aus der Wiese rissen und genüsslich kauten.

»Kommt, schauen wir uns diese Stadt an«, sagte Winfried gutgelaunt. »Das mittelalterliche Zentrum dieser Stadt ist sehenswert. Man findet dort etwas Einzigartiges: eine katholische und eine protestantische Kirche, die sich unter einem gemeinsamen Dach befinden.«

Auf dem Weg zum Marktplatz holten sie eine Schülergruppe ein, Kinder, die lachend durch die Altstadt hüpften, in strammem Schritt vorneweg eine junge blonde Frau, die einen Regenschirm in die Höhe reckte und bekleidet war mit einem Kleid aus weißem Feinripp. Als sie auf dem Marktplatz vor dem Kirchhaus stehenblieb, scharten sich die Kinder um die attraktive Blondine und stellten sich im Halbkreis auf. Sancho und Winfried bezogen neugierig Position hinter ihnen.

»Schaut sie nur an«, flüsterte Winfried begeistert zu seinem Begleiter, »diese blonde Dame mit ihrem langen Zopf, ihrer zauberhaften Gestalt und der Garderobe von Stil: sie wäre ein Fräulein, das meiner würdig wäre!«

Diese warf einen Blick in die Runde und hielt einen Finger an die Lippen. Das fröhliche Lachen der Kinder verstummte, gebannt hielten sie inne.

»Etzedle!« Sie hob die Stimme. »Hemma hanna da Droddwar, do wo se d'Leut aahne g'führt hen. Danne naus un de Buckel nuf henn s'bracht, da unschuldich Leut' wo se globt hom, des soi da Hex wo ihne d'Seich brocht hätt'.«

»Ist das Russisch?«, fragte Winfried verdutzt, »ich verstehe kein Wort.«

»Vielleicht ist sie von Dämonen besessen«, flüsterte Sancho. Er stellte sich auf seine Zehenspitzen und fragte über die Gruppe hinweg: »Könnten Sie auch in Deutsch vortragen?«

Überrascht unterbrach die Frau ihren Vortrag.

»Ihr da hinten!« Sie blickte die zwei Neulinge, die sich im Hintergrund aufgestellt hatten, scharf an. »Was habt ihr hier zu suchen? Das ist eine Führung für Schüler!«

»Wir wurden gerade eingeschult.« Sancho setzte ein infantiles Lächeln auf.

Skeptisch musterte die Frau die Beiden, die jetzt auch von den Kindern neugierig angestarrt wurden. Ihr Blick wechselte vom Knappen zum Ritter, verharrte einen Moment auf dessen Helm und verdutzt starrte sie auf den Kopfschmuck des Begleiters, den roten Gummihandschuh.

»Nun.« Sie löste sich aus ihrer Erstarrung. »Das ist zwar etwas spät für euer Alter … aber ich verstehe. In Ordnung. Für die beiden Nachzügler fasse ich also nochmal zusammen: wir besuchten zuvor die wichtigsten Stationen der Hexenprozesse, die im 16. und 17. Jahrhundert in Ellwangen stattgefunden hatten. Man klagte Unschuldige an, demütigte und quälte sie, bis sie unter der Last der Folter bereit waren, ein Geständnis abzugeben: dass sie Hexenwerk ausgeübt oder jemanden verflucht hätten.«

»Ich selbst«, sprach sie mit freundlicher Miene, »bezeichne mich als weiße Hexe. Als Heilerin, die sich mit Naturarzneien auskennt. Es ist keine Zauberei, sondern Alternativmedizin. Heutzutage erinnern wir uns an altes Wissen der Heilkunde, das über viele Jahrhunderte gewonnen wurde, stellen nach alten Rezepten aus Kräutern Tinkturen und Salben her und kurieren Menschen von ihren Krankheiten.«

»Verkaufen sie Drogen?«, rief Sancho dazwischen.

»Drogen?« Sie unterbrach ihren Vortrag und nahm einen leicht genervten Gesichtsausdruck an. »Danke für den Einwand. Ja, manche Substanzen, die wir aus den Kräutern extrahieren, kann man so bezeichnen. Viele Kräuter enthalten Drogen, die Schmerzen lindern können. Diese Frage sollte damit beantwortet sein. So! Das war ein kurzer wissenschaftlicher Einblick in die Hexenkunst und das Wissen der Zauberinnen, die man heute ganz einfach als Apothekerinnen bezeichnen würde.«

Nun war ein Anflug von Lächeln in ihrem Gesicht zu sehen und sie blickte sich in der Runde ihrer Zuhörer um. Nach der kurzen Pause wurde Ihr Blick wieder ernst.

»Die Pest kam und die Heilerinnen waren nicht in der Lage, ein Mittel gegen die Krankheit zu finden.« Sie hob ihre Hände in die Höhe und setzte mit theatralischer Stimme fort: »diese Krankheit verbreitete sich in Windeseile über den ganzen Kontinent. Man suchte händeringend nach Schuldigen und zerrte unbescholtene Bürger vor Gericht. Anfangs traf es Menschen mit besonderen Gaben, später war man nicht mehr so wählerisch. Hauptsache, man konnte jemanden beschuldigen. Wie ich zuvor schon erzählt hatte: man führte diese bedauernswerten Leute, von denen man behauptete, sie wären Hexen und hätten die Seuche verursacht, vor die Menschenmenge, aus dem Ort und diesen Hügel hinauf zum Galgenberg.«

»Wer war tatsächlich schuld?«, fragte Winfried wie aus Reflex, als die Vortragende ihn in dem Moment anblickte.

»In Wirklichkeit niemand! Die Leute waren gierig, jeder versuchte seinen eigenen Vorteil zu ziehen. Kein Wunder«, fuhr sie lachend fort, »denn es waren Schwaben! Wer den großen Reibach machen wollte, hatte damals keine Skrupel und war bereit, über Leichen zu gehen. Es gab im Schwarzwald diese vielen Holzhändler, die auf ihren Holzvorräten saßen und darüber nachdachten, wie sie ihren Umsatz steigern könnten. Nun war ihre große Chance gekommen, da jeder, der verurteilt wurde, auf dem Scheiterhaufen zu brennen, das verwendete Holz selbst bezahlen musste, denn wir Schwaben denken kaufmännisch. Blieb er seine Rechnung schuldig, wurden seine Verwandten herangezogen, sonst drohte Haft im Kerker. Die Geschäfte der Holzhändler florierten. Ihr seht: die Kombination von schwäbischem Geschäftssinn und Aberglauben entwickelte sich zum Selbstläufer.«

»Ihr habt ja viel Holz«, murmelte Winfried bei der Sicht auf das Decolleté ihres weißen Kleides und betrachtete fasziniert die Ansätze ihrer Brüste. Verschämt senkte er im nächsten Moment seinen Blick und entschuldigte sich hastig: »Das ist mir so herausgerutscht, tut mir leid.«

»Das muss dir nicht leid tun, du hast recht! Natürlich haben wir hier viel Holz, jede Menge.« Sie beugte sich bedeutungsvoll vor, wodurch sich ein noch tieferer Einblick in den Ausschnitt ihres Kleides bot und sie fuhr fort: »mehr Holz, als eigentlich benötigt würde. Aber so war es damals, wenn man etwas …« Sie stellte sich wieder aufrecht und breitete bedeutungsvoll ihre Arme aus, »zum Greifen nahe sah, konnte sich keiner zurückhalten. Jeder dachte nur an seinen eigenen Vorteil, vor allem Frauen mussten unter diesem Hexenwahn leiden. Man behauptete einfach, eine von ihnen hätte jemanden verflucht und schon kam ein Prozess in Gang, den niemand mehr aufhalten konnte.«

Ihre Worte verhallten und sie legte eine lange, stimmungsvolle Pause ein. »Um zum Ende zu kommen: es waren alles Lügen und Verleumdungen. Die Wahrheit ist: es wurde niemand verflucht. Weder damals, noch heute. Und …«, lächelnd beendete sie ihren Vortrag: »am wenigsten von einer guten Hexe wie mir.«

»Irgendwelche Fragen?« Gespannt blickte sie in die Runde.

»Ich, ich, ich!« Der Knappe reckte seinen Arm in die Höhe, schnippte wild mit dem Finger und hüpfte aufgekratzt in die Höhe. Einige Schüler drehten sich um, die meisten wagten nur einen Seitenblick und schmunzelten.

»Ja, ja! Ich sehe dich ja schon, junger Mann!«, stöhnte sie, »also, du da hinten in der letzten Reihe! Deine Frage, bitteschön?«

»Wissen sie, wo es hier einen Baumarkt gibt?«

Fassungslosigkeit breitete sich in ihrem Gesicht aus und ihr Unterkiefer klappte nach unten.

»Bluadiga Hennakepf«, entfuhr es der Frau in schwäbisch. »Jedz wärde no abr langsam bös!«

»Bitte!«, ergänzte Sancho höflich. »Und auf Deutsch.«

Es dauerte eine Weile, bis sie ihre Fassung wiedergefunden hatte. »Es gibt einen Baumarkt im Industriegebiet, geht einfach den Weg dort hinunter und folgt danach der Landstraße zwei Kilometer. Dort fragt ihr nach der Straße: Doktor-Adolf- … Moment, wie hieß sie nochmal?«

»Ihr habt diesem Nazi posthum einen Doktortitel verliehen?«, Sancho lachte schallend, »ihr Schwaben seid ja völlig durchgeknallt!«

»Hemmel Herrgodd Sagrament I kennd me uffrege!«, fiel die Frau in die schwäbische Sprache zurück. Um Fassung ringend, drehte sie sich dreimal um ihre eigene Achse, atmete tief durch und begann zu zählen: »Eins, zwei, drei, vier, fünf, sechs, sieben, acht, neun, zehn!« Mit hochrotem Kopf machte sie auf dem Absatz kehrt und ließ die ganze Gruppe stehen.

»Die Mathestunde ist beendet!«, verkündete Sancho, »los, los, geht weiter, Kinder! Hier gibt es nichts mehr zu sehen!«

Irritiert zerstreuten sich die Kinder in alle Richtungen.

»Worauf läuft dies hinaus, mein Knappe?« Winfried folgte ihm. »Warum zu einem Baumarkt?«

»Ich muss ein paar Dinge besorgen.«

Beim Ellwanger Baumarkt spazierten sie an Regalen vorbei und blieben vor einem Infostand stehen. Ein dicklicher Mann mit Halbglatze und Brille saß hinter einem Tresen und schaute sie erwartungsvoll an.

»Hallo, alter Knabe!«, begrüßte Sancho ihn höflich. »Ich brauche ein paar Sachen. Wo finde ich ein Seil?«

»Welche Länge benötigen Sie denn?« Der korpulente Mann wischte sich Schweiß von der Stirn.

»Mindestens 100 Meter. Und schwarz sollte es sein. Ich brauche auch eine Umlenkrolle. Sowie reißfeste Schnur. Genau, eine Drachenschnur. Dazu …eine Metallscheibe mit Löchern darin. Die soll - wie erkläre ich das - weißt du, was eine Lochsirene ist?«

»Natürlich«, reagierte der Mann mit interessiertem Blick. »Mein Neffe hat mal so etwas gebastelt. Das Ding hier können Sie auch verwenden. Und wenn Sie ein schwarzes Seil brauchen, ist das ein Problem, denn das haben wir nicht. Vielleicht nehmen Sie stattdessen eine dunkle Wäscheleine, wenn die für Ihre Bedürfnisse stabil genug ist.«

»Ja, die Stabilität genügt vollkommen. Ich brauche noch … einen Lampion. Etwa so groß wie dein Kopf sollte der sein, aber in weiß. Plus zwei LED-Lampen, in rot, wenn ihr das in eurem Laden vorrätig habt. Das wäre schön. Und weißen Stoff aus Feinripp von eineinhalb Meter Länge. Dann benötige ich noch einen Strohbesen und Spiritus. Und etwas zum Malen, am besten einen von den dicken Textmarkern. Das wäre alles … Moment, fast hätte ich etwas vergessen: Hanf! Nicht das, was du rauchst, sondern solches Zeug, das man zu einem Zopf flechten kann.«

»Na schön, folgen Sie mir.« Der Service-Fachmann erhob sich ächzend, watschelte voraus und blickte hier und da in die Regale. »Weißen Feinripp finden wir vielleicht bei den Fenstervorhängen. Der Rest sollte kein Problem sein, den Kram haben wir hundertprozentig im Sortiment.«

Als sie den Markt verließen, schwang Sancho eine große Einkaufstüte in seiner Hand und lächelte.

»Wofür benötigt Ihr das Ganze?«, fragte Winfried.

»Das ist für … eine Art Netzfischen mit Leuchtkörper. Aber in der Luft. Ein kleiner Zauber!«

»Macht, was Ihr wollt.« Winfried gähnte. »Ich gehe zurück zu unserem Lager und geselle mich zu Nepomuk.«

Nachts herrschte atemlose Stille auf dem Marktplatz, als die Kirchturmuhr zur Mitternacht läutete. Der zwölfte Glockenschlag war verklungen, die Tür einer Schenke öffnete sich und eine Gruppe älterer Männer trat heraus.

»Ihre Gespenstergeschichten waren unheimlich gruselig, Herr Pfarrer. Mir sind bei den Erzählungen immer wieder kalte Schauer den Rücken herunter gelaufen. Ich hätte Ihnen noch viel länger zuhören können. Woran man im Mittelalter geglaubt hat! Ich kann's nicht fassen!«

»Zum Glück sind wir heute aufgeklärt. Mich würde es sonst auch in Angst versetzen.«

»Besonders zur Geisterstunde auf diesem Platz …«

Die Männer blieben stehen, als ein schauriger Laut die Luft durchschnitt. Ein Schatten löste sich, auf einem Besen reitend schwebte eine weiße Gestalt über sie hinweg und das Geräusch schwoll an: »Huuuui!« Vor der Kirche verharrte das Wesen in der Luft, drehte sich, eine entsetzliche Fratze blickte mit rot leuchtenden Augen auf sie herab und schwebte auf dem gleichen Weg zurück. Ein langer Zopf wirbelte hinterher und der Flug des Wesens wurde erneut begleitet durch ein lautes: »Huuui!«

»Jessas Maria!« Mit einem Ausruf des Entsetzens fiel der Pfarrer auf die Knie und bekreuzigte sich, während seine Begleiter wie angewurzelt stehenblieben und fassungslos auf die Hausfassade starrten, vor der die mysteriöse Erscheinung innehielt. Sie begann zu brennen und schwebte als flammendes Wesen abermals über sie hinweg »Huuuui!« Sie wendete vor der Kirche, rauschte lichterloh brennend nochmal über ihre Köpfe, »Huuuuuui!« Kreidebleich lösten sich die Männer aus ihrer Erstarrung und rannten von Panik ergriffen in alle Richtungen davon.

✕

Winfried erwachte durch Klopfgeräusche an seinem Helm und erhob sich.

»Schaut, Herr Ritter. Eine Prozession!«

Langsam näherten sich, Gebete vor sich hin murmelnd, dunkel gekleidete Menschen. Ein Mann im Priestergewand ging mit ehrfürchtigem Blick voran und trug ein großes Holzkreuz. Von ihrem Lager beobachteten die zwei Helden gebannt, wie die Gruppe vor der Statue am Fluss stehenblieb.

»Was ist das für eine Prozession?«, fragte Winfried mit gedämpfter Stimme einen Mann, der in seiner direkten Nähe auf die Knie fiel.

»Wir bitten den Heiligen um Schutz«, flüsterte dieser hinter vorgehaltener Hand, »heute Nacht hat eine Hexe ihr Unwesen in unserer Stadt getrieben.«

Winfried sah gebannt, wie Opfergaben vor der Statue abgestellt wurden: Schüsseln mit Äpfeln, Hafer und Nüssen sowie Flaschen mit Milch. Die Menschen verweilten Gebete nuschelnd auf ihren Knien und bekreuzigen sich unzählige Male. Nach einer Weile erhoben sie sich und gingen auf dem Weg, den sie gekommen waren, von dannen.

»Toll! Die haben uns Frühstück gebracht.« Sancho griff nach einer der Schüsseln mit Hafer, füllte Milch hinein und begann laut schmatzend zu essen. »Lecker!«

»Denkt Ihr, dass wir uns daran bedienen dürfen?« Winfried griff skeptisch aber hungrig nach einem Apfel und biss hinein. »Was für abergläubische Leute. Die leben hier wie im Mittelalter.«

»Es sind schlichte Gemüter aus der Provinz.« Sancho lachte. »Die Leute glauben hier immer noch an Hexen.«

Nach ihrer ausgiebigen Mahlzeit sattelten sie satt und zufrieden ihre Reittiere und ritten beschwingt am Ufer entlang.

»Brav, Pumuckl!«

»Was habt Ihr soeben gerufen?«, fragte Winfried verwundert.

»Vergebt mir! Ich vergaß, es Euch zu erzählen: ich gab ihm den Namen Pumuckl. Ein niedlicher Name für einen Esel, nicht?«

»Bisweilen frage ich mich, wer Euch auf solche närrischen Ideen bringt!«

»Ihr selbst. Denn Ihr habt Euer Pferd Nepomuk genannt. Pumuckl ist der kleine Nepomuk, der brave Begleiter Eures stolzen Rosses.«

Winfried klatschte sich auf die Stirn. »Ihr habt etwas missverstanden! Ich habe diese Statue am Fluss, die dem Heiligen von der Brücke gewidmet ist, gemeint, als ich Euch gestern sagte, ich wolle mich bei Nepomuk zur Ruhe begeben.«

»Nennt Euer Reittier, wie Ihr wollt. Meines heißt nun Pumuckl.«

Er gab seinem Esel die Sporen, riss die Standarte in die Höhe und verkündete laut: »Weicht und macht Platz für meinen Herrn! Im Namen des Hahns, gebt den Weg frei für den stolzen Ritter!« Verschreckt wichen Fußgänger an den Wegesrand aus und ließen sie mit verdutztem Blick passieren. Der Knappe voran, zogen sie durch das idyllische Flusstal, bis Winfried stoppte.

»Haltet ein, mein Knappe. An dieser Stelle nimmt der Fluss eine Biegung nach Norden. Wir müssen jedoch nach Osten.«

»In Ordnung, mein Ritter. Reitet voran.«

Vor ihnen öffnete sich eine weite Ebene, sie trabten abwärts und näherten sich einer Siedlung. Volkstümliche Musik war zu hören.

»Hört! Eine Fiesta, Herr Ritter. Ich schlage vor, wir unterbrechen unseren Kreuzzug für einen Moment und feiern mit dem einfachen Volk.«

»Nun denn, wohl gesprochen. Lasst uns zu diesem Fest begeben und eine Rast einlegen. Gönnen wir uns etwas zum Vespern.« Als sie eine Ansammlung von Festzelten erreicht hatten, ließ Winfried sich lächelnd über die Seite seines

Rosses sinken. Sein Begleiter war sogleich zur Stelle, um ihm beim Abstieg zu helfen.

»Setzt Euch schon auf eine Bank und ruht, während ich unsere Reittiere anbinde. Danach werde ich eilen, Speis' und Trank zu besorgen.«

»Seid gedankt. Manchmal denke ich: wie gut, dass ich einen Knappen wie Euch habe.« Lächelnd ließ sich Winfried auf einer Bierbank nieder, während Sancho die beiden Tiere wegführte.

Nach einer Weile kehrte er mit zwei Damen im Arm zurück, die ländlich-karierte Tracht mit weitem Ausschnitt trugen und aus dem ihre Busen lustig hervorwallten, als wollten diese sagen: ›Begreift uns!‹. »Wenn Ihr erlaubt, Herr Ritter, diese beiden Chicas haben mich ersucht, uns Gesellschaft leisten zu dürfen. Sie wollen den Ritter kennenlernen«, flunkerte er, worauf die beiden offenherzig gekleideten Frauen laut gackerten. »Gisela und Hilde, darf ich vorstellen? Und seht, meine Damen, der stolzeste Ritter aller Zeiten: Winfried von Franken!«

»Meint Ihr, sie sind unserer würdig …«, setzte dieser an und verstummte, als sich Hilde flugs auf seinen Schoß setzte, während Sancho mit Gisela auf der Bank gegenüber Platz nahm und seinen Arm um ihre Taille legte.

»Als ich frisch verheiratet war, ging ich immer zu diesen Festen, um den Leuten meinen Mann vorzustellen«, begann Hilde mit einem Schwank aus ihrem Privatleben. »Als er zugenommen hatte, sagte ich: das ist mein Mann, könnt ihr euch das vorstellen? Nach Jahren war er so aus der Form geraten, dass ich einmal von meinem Hof auf die Straße gelaufen bin und einem LKW zugewinkt habe. Dem Fahrer habe ich zugerufen: dies ist mein Mann, können Sie sich bitte davor stellen?« Sie gackerte wild und wiederholte: »Können sie ihren LKW vor ihn stellen? Vor meinen Mann! Lustig, oder? Doch das ist lange her. Jetzt bin ich geschieden und brauche einen Neuen.«

»Ihr seid auf Mission, Herr Ritter?«, ergriff Gisela das Wort, »erzählt doch etwas darüber« und warf lachend ihren Kopf nach hinten.

»Die Mission, zu der ich bestimmt wurde, nahm ihren Anfang viele Tage zuvor in Frankfurt, als mich ein Ruf ereilte. Ich folgte und machte mich auf den Weg nach Osten. Und so weiter. Das ist eine lange Geschichte.«

»Das ist ja scharf!« Die Dame, die auf seinem Schoß saß, ließ den Schulterträger ihres Kleides keck herabgleiten. Ein großer Teil ihres Busens wallte hervor. »Lang? Ich bin gespannt!«

»Was ist mit Speis' und Trank?«, fragte Winfried sichtlich irritiert und errötete unter seinem Helm.

»Sorgt Euch nicht! Euer Knappe ordnete an, dass Euch ein reichhaltiges Mahl zu Tische getragen werde«, setzte die Dame auf seinem Schoss fort. »Erzählt mir, mein Großer: seid Ihr ein guter Ritter, der Frauen verführt oder seid Ihr ein böser Ritter, der Damen raubt?«

Ein Kellner erschien und setzte eine Schüssel mit Pellkartoffeln ab.

»Wie ich schon befürchtet hatte, mein vegetarischer Begleiter.« Winfried brummte, griff nach einer Kartoffel und begann, sie zu schälen. »Abermals muss ich auf Fleisch verzichten.«

»Heute nicht, ich bin ja noch da!«, belustigte sich Hilde, während der unter ihr sitzende Ritter mit hochrotem Kopf unter der Haube die geschälte Frucht in seinen Mund schob. »Eure Kopfbedeckung gefällt mir, das rot leuchtende Symbol der Männlichkeit! Was mag es wohl bedeuten?«

»Dies ist das Symbol für meine Heimat. Ich komme aus Frankfurt …«, begann er mit gequältem Gesichtsausdruck.

»Frankfurt-Hahn!«, fiel ihm Gisela ins Wort. »Ich verstehe! Deswegen der Hahnenkamm. Wie lustig ihr Beiden doch seid!« Laut und schrill lachten beide Frauen los, Sancho schloss sich mit breitem Grinsen an, während Winfried rot vor Zorn anlief und sein Gesicht die Farbe des Gummihandschuhs auf seinem Helm annahm.

»Nein, Nein!«, echauffierte er sich und korrigierte laut: »Meine Herkunft ist Frankfurt-Gallus!«

Zwei Kellner erschienen und stellten vier mit Wein gefüllte Maßkrüge auf den Tisch.

Winfried schlürfte zurückhaltend, während Sancho, Gisela und Hilde einen tiefen Zug nahmen und halbleere Krüge zurück auf den Tisch stellten.

Ein roter Handschuh fiel auf den Tisch. Sancho griff sofort danach, zog ihn wieder über seinen Kopf und entschuldigte sich: »Tut mir leid, mir ist gerade das Gummi heruntergerutscht!«, woraufhin die Frauen abermals laut gackerten und alle bis auf Winfried ihre Weinkrüge erhoben.

»Ist das nicht zu viel berauschender Trank für uns?«, wandte er sich an seinen Knappen, »nach diesem Mahl wollen wir sogleich unsere Reittiere besteigen. Wir sollten klaren Kopfes bleiben und vermeiden, dass wir bei unserem Ritt nicht vor Trunkenheit herabfallen.«

»Ihr kommt mit Euren Worten schnell zur Sache, mein Ritter. Ich werde darauf achten, dass Ihr bei Eurem wilden Ritt nicht von mir herunterfallt.« Die Frau, die auf Winfried saß, lachte schallend, rutschte auf seinem Schoß hin und her, drehte sich in der Hüfte und zwinkerte ihm anzüglich zu.

»Verderbtes Weibsvolk!« Brüllend schleuderte Winfried sie mit Schwung von sich, stand auf und warf einen abfälligen Blick zu Hilde, die nun mit verwirrtem Gesichtsausdruck auf dem Boden lag. »Diese Frauen sind wie Fallobst! Verdorbene Früchte, die eines der Keuschheit verpflichteten Ritters nicht würdig sind!«

»Auch Ritter haben ihre Gespielinnen«, warf Sancho unsicher ein, »nur die edlen Damen am Hofe müssen das Gelöbnis der Keuschheit erfüllen.«

»Ich bin nicht wie andere Ritter!« Winfried warf einen enttäuschten Blick zu seinem Knappen und breitete in bedeutungsvoller Geste die Arme aus. »Hier stehe ich und kann nicht anders! Nicht das einfache Weib lockt mich, denn ich suche eine würdige Dame. Die Dirne unter den Riesen … nein, die Rose unter den Dornen!« Die Frauen brachen in hysterisches Gelächter aus, was den Ritter von einem Moment auf den Nächsten in heillose Rage versetzte. Ohne Vorwarnung riss er seine Streitaxt heraus, holte weit aus und schlug mit Wucht auf den Biertisch. Nochmals, abermals und wieder, bis das Holz endgültig nachgab und entzweibrach.

Jeder, der in der Umgebung gesessen hatte, floh vor der ungezähmten Rage des wild gewordenen Ritters und suchte Deckung, bis der Berserker vom Festplatz rannte, sein Pferd losband, unter großen Mühen aufstieg, diesmal ohne die Hilfe des Knappen und von dannen ritt. Wie sein Begleiter ihn zuletzt in die Techniken des Reitens eingewiesen hatte, trat er seinem Reittier so fest in die Flanken, dass es in einen schnellen Galopp fiel. Sich an die Zügel klammernd, lenkte er es aus der Stadt.

Sein Ross im hohen Tempo vorantreibend, flog er fast über die Auen der Tauber. Nach einem Kilometer verfiel er in philosophische Gedanken. Was könnte seine Mission sein, der Sinn der Schöpfung und seine Rolle darin. *Wann wird die Welt zu ihrem Ende kommen? Ist dieses nahe? Gibt es intelligente Lebensformen? Und werden sie, falls es sie gibt, je mit uns in Kontakt treten?*

»Herr!« Seine Gedanken über intelligente Wesen wurden durch nahende Rufe unterbrochen. »So wartet doch!«

Er wandte seinen Blick und erkannte Sancho, der ihn sogleich einholte. »Entschuldigt, mein Herr! Ich habe Eure Gefühle verletzt. Natürlich seid Ihr einzigartig. Ein Edelmann, für den kaum eine Dame würdig ist und der jedes Weib verschmäht, das nicht edel genug ist.«

Wortlos richtete der Ritter den Blick wieder nach vorne und setzte stumm seinen Weg fort. Der Knappe musterte ihn von der Seite und ritt, ohne das Wort nochmals zu ergreifen, neben ihm her.

Lange setzten sie ihren Weg durch die ebene Landschaft fort, bis sie die ersten Siedlungsvorläufer von Nördlingen erreicht hatten. Winfrieds Zorn war mittlerweile abgeflaut und er fand seine Sprache wieder.

»Wisst Ihr«, gab er sein Wissen zum Besten, »dass hier vor Millionen von Jahren ein mächtiger Meteorit eingeschlagen ist? Der Krater ist derart riesig, dass man seine Größe von unserer Perspektive nicht zu erfassen vermag.«

»Das hört sich vielversprechend an«, erwiderte der Knappe, »somit sind die Bürger schon Schlimmes gewohnt, bevor wir in der Stadt einschlagen.«

»Was ist hier los?«, verdutzt betrachtete Winfried Menschen, die vor der Stadtmauer Schlange standen. Er ließ sich von seinem Reittier sinken, der Knappe tat es ihm gleich.

»Pflasterzoll!« Am Stadttor gebot ihnen ein Mann zu halten, der mit einem federgeschmückten Hut bewehrt war und seine Handfläche geöffnet hielt.

»Was soll das? Ich trage kein Pflaster«, mokierte sich Winfried, »genauso wenig wie mein Knappe.«

»Das versteht ihr falsch. Nein, wir erheben dieser Tage eine Eintrittsgebühr wegen dem Stadtfest. Einer alten Tradition gemäß wird eine Steuer auf die Benutzung unseres Straßenpflasters erhoben.«

Sancho grinste. »Wir hatten nicht vor, eure Fensterscheiben mit Pflastersteinen einzuschmeißen. Bis jetzt noch nicht. Aber wenn ihr es so wollt …«

Ein Bogenschütze drängte sich vorbei: »Hubertus, die Typen sind doch verkleidet, erlass' ihnen die Eintrittsgebühr«, worauf der Mann mit dem Federhut nickte und beiseite trat.

»Wir, verkleidet?«, murmelte Winfried verdutzt, während sie sich durch überfüllte Straßen kämpften und an bunten Ständen vorbeigingen. Plötzlich leuchtete sein Gesicht. »Schaut, dort gibt es bunte Elixiere. Beenden wir unsere Etappe und suchen hier eine Unterkunft, so können wir uns noch ein wenig Trank genehmigen.«

»Ich bin erfreut, dass die gute Laune wieder zum Ritter zurückgekehrt ist. Wie wäre es mit dem leuchtend grünen Trunk?«

Winfried nickte und wandte sich an die Marktfrau. »Bitte zwei große Kelche des grünen Elixiers.«

»Hexensabber nennen wir den Waldmeistertrunk.« Die Verkäuferin füllte lächelnd zwei Humpen, reichte sie über den Tresen und reimte: »sabbert die Hexe am Sabbat, feiern wir Hexensabbat.«

»Das ist genießbar, auch wenn sich die Leute absurde Namen ausdenken.« Sancho grinste und leerte sein Getränk in einem Zug, während Winfried den Inhalt seines Kruges skeptisch betrachtete.

Einige Zeit wanderten sie durch die Altstadt, schauten hier und dort auf Schilder, schellten an jeder Tür, wenn Fremdenzimmer und andere Schlafmöglichkeiten offeriert wurden. Jedes Mal lautete die Antwort: »Belegt!« oder »Wegen des Festes sind wir vollkommen ausgebucht.«

»Das bringt nichts. Mir reicht's«, grollte Sancho. »In der Stadt finden wir heute keine Unterkunft mehr. Ziehen wir weiter.«

Nach mühevollem Kampf durch die Menschenmassen traten sie durch das Stadttor hinaus und ließen Nördlingen hinter sich. Felder erstreckten sich rundum, als Winfried sein Reittier zügelte und laut seufzend abstieg.

»Ich bin völlig erschöpft! Vor uns, die Aue mit den alten Bäumen und dem kleinen See. Der Platz gefällt mir. Kommt, schlagen wir unser Lager auf.«

»In der Nähe befindet sich auch ein Bauernhof.« Der Knappe saß ab. »Ich versuche, etwas zu besorgen. Wartet hier, ich komme gleich wieder.«

Bei Einbruch der Dämmerung kehrte der Knappe zurück und präsentierte einen Korb.

»Schaut, ich habe Eier gefunden, die wir ausbrüten können.«

»Mir ist nicht nach brüten zumute«, erwiderte Winfried müde.

»Folgendermaßen habe ich das gedacht.« Sancho entnahm seinem Rucksack zwei Kerzen und entzündete sie. »Die Eier lassen wir über der Flamme brüten, bis sie gar sind.«

Erst beim dritten Versuch gelang es Winfried, ein Ei zu garen, ohne dass es platzte und sich der Inhalt über seine Hand ergoss. »Eure Idee war gut«, murmelte er mit vollem Mund, »es scheint sinnvoll zu sein, dem Ei mit der Axt vorher einen Stich zu versetzen.«

»Habt Ihr schon bemerkt, was sich über uns in diesem Baum befindet?« Der Knappe, der schmatzend mit seinem Rücken am Stamm lehnte, hatte seinen Blick nach oben gerichtet, während der Ritter sein Ei pellte. »Dort in den Ästen? Es ist ein Baumhaus, wenn ich mich nicht täusche. Wir sollten es für diese Nacht in Besitz nehmen.«

»Tatsächlich, es ist ein Plateau«, bestätigte Winfried nach einem Blick in die Höhe. »Im Falle eines nächtlichen Angriffs könnten wir uns dort oben gut verteidigen. Nur – wie gelangen wir hinauf?«

Flugs stand der Knappe auf, ging zu seinem Esel und kehrte sogleich mit der Standarte zurück.

»Schaut, dieses Ding ist doch zu etwas nützlich!« Er stocherte in den Ästen des Baumes, bis sich etwas löste. Eine Strickleiter entrollte sich, das Ende landete zu ihren Füßen und gewährte Zugang zu ihrer neuen Unterkunft. Der Ritter erhob sich und stieg schwerfällig Sprosse für Sprosse empor, sein

Knappe eilte zu Hilfe, stützte ihn am Gesäß und stieg hinterher. Oben sahen sie sich um: schimmlige, stark verfärbte Matratzen waren ausgelegt, dahinter befand sich ein Regal, in dem Campingkocher, Töpfe, Pfannen und Geschirr deponiert waren.

»Schaut, was ich gefunden habe!«, rief Sancho fröhlich, als er einen versteckten Hohlraum neben dem Regal entdeckte, hineingriff und eine halbvolle Flasche Korn herauszog. »Bin ich nicht ein blindes Huhn?«

Nach einem Schluck reichte er die Flasche an Winfried weiter, der sogleich einen großen Zug daraus nahm und seinen Blick über die Felder ringsum schweifen ließ. Erschöpft sank er auf eine der unförmigen Matratzen, während sein Knappe das Versteck im Hintergrund weiter durchwühlte und fündig wurde. Er förderte Tabak, Tüten mit getrocknetem Kraut, zwei Handgranaten und eine Schusswaffe zutage und verstaute alles in seinem Rucksack. Zum Schluss legte er den Tabak und das trockene Kraut jedoch wieder zurück in das Geheimfach.

Der Vollmond trat hinter den Wolken hervor und schimmerte durch das Blattwerk. Am Rand der Plattform ging ein Mondgesicht auf, verharrte dort kurz und ging wieder unter.

»Was ist los, Kevin«, fragte eine Stimme von unten, »warum gehst du nicht rauf?«

»Da oben sind komische Typen.«

»Was macht ihr hier?« Das runde Gesicht war wieder aufgetaucht und starrte entgeistert die ungebetenen Gäste an. »Das ist unser Baumhaus!«

»Solltet ihr zu dieser Zeit nicht zuhause in euren kuscheligen Bettchen liegen?« Sancho richtete sich auf, während Winfried neben ihm weiter laut schnarchte. »Husch, husch! Geht heim zu Papi und Mami. Wenn eure Eltern wüssten, wo ihr euch um diese Zeit herumtreibt, würden sie sich Sorgen machen. Oder euch versohlen. Nachts sind hier viele Verrückte unterwegs.«

»Wenn ihr nicht verschwindet«, quäkte der Kopf des dicklichen Jungen, »sagen wir das unseren Eltern.«

»Und wenn ihr nicht geht«, Sancho setzte ein teuflisches Grinsen auf, »erzählen wir euren Eltern, was ihr alles in eurem Baumhaus deponiert.«

Das Mondgesicht stöhnte und ging wieder unter. Zwischen den Jungen war eine Diskussion zu hören. Kurz darauf entfernten sie sich und für die ungeladenen Gäste war der nächtliche Spuk vorbei.

Der Wind trug Getrappel von Pferdehufen an sein Ohr. Winfried hob seinen Kopf und sah rundum verbrannte Felder. Fahles Licht enthüllte eine Geisterlandschaft und zeigte schattenhafte Silhouetten von Soldaten, die lange Piken in die Höhe reckten. Rauschschwaden zogen vorüber. Ein Reitertrupp sprengte heran – er war entdeckt! Abrupt hielten die berittenen Soldaten, ein Bollerwagen rumpelte zwischen ihnen hindurch, der gezogen wurde von einer alten Frau. »Frische Blumen! Wer will frische Blumen kaufen?«, rief Mutter Courage. Sie humpelte mit ihrem Wagen näher, beugte sich herab und hielt ihm eine Rose vor die Nase: »Winfried?« - er schnüffelte, nahm jedoch einen penetranten Geruch von Schimmel wahr. Er versuchte, sich bemerkbar zu machen, bekam jedoch kein Wort heraus, konnte sich nicht erheben, war wie gelähmt. Sein Körper gehorchte ihm nicht. »Da liegt einer. Es ist einer der Eierdiebe!«, ein Berittener in Offiziersuniform stieg von seinem Ross, platzierte seinen Fuß auf Winfrieds Haupt und stellte sich mit seinem Gewicht darauf. Der Helm des wehrlosen Ritters versank langsam im Boden.

✗

»Bist du noch am Leben? Wach auf, Schlafmütze!« Die Farbe vor Winfrieds Augen wechselte von Schwarzgrau zu braungrau, von oben klopfte jemand auf seinen Helm, der halb in der alten Matratze versunken war. »Verzeiht, ich wollte sagen: Erwacht, mein Herr!«

»Mir ist übel.« Der Ritter zog seinen Kopf aus der schimmligen Matratze und stöhnte. »Und ich hatte einen Albtraum.«

»Es wird Euch besser gehen, wenn wir unterwegs sind. Die frische Luft beim Reiten wird euren Lungen guttun. Gebt Acht mit der Strickleiter, dass Ihr beim Hinabsteigen keine Stufe verfehlt.«

Zitternd richtete sich Winfried auf und setzte mit wackligen Beinen seinen Fuß auf die oberste Stufe der Strickleiter. Seufzend zog er ihn wieder zurück, setzte sich am Rand nieder und blickte ängstlich hinunter.

»Wartet, ich helfe Euch!« Nach Winfrieds unbeholfenem Abstiegsversuch holte der Knappe die Strickleiter ein, band das untere Ende an ihm fest und ließ ihn vorsichtig, das Geflecht fest im Griff, über die Kante nach unten gleiten. Nachdem er selbst hinuntergestiegen war und wieder festen Boden erreicht hatte, legte er den Arm des Ritters um seine Schulter, schleifte ihn zum Reittier und stützte ihn beim Aufsteigen.

In gemächlichem Trab folgten sie den Wegweisern ›Romantische Straße‹ in Richtung Donau.

»Wie mag es in dieser Gegend vor vier Jahrhunderten ausgesehen haben?«
Winfried wurde nachdenklich, sein Kopf wurde dank der morgendlichen frischen Brise langsam klarer.

»Viel verändert hat sich hier in der Zwischenzeit wohl kaum, fürchte ich«, entgegnete Sancho, als sie durch kleine Dörfer ritten, »wenn man davon absieht, dass die Leute heutzutage über Elektrizität und fließend Wasser verfügen.«

»Wir würden eine Schneise der Verwüstung durchqueren, wären wir in dieser Gegend einige Generationen früher unterwegs. Hier tobte damals der Dreißigjährige Krieg in seiner Spätphase, als der Schwedenkönig mit seiner Armee plündernd und brandschatzend durch die Dörfer zog. Südwestlich von Nördlingen prallten die großen Heere der katholischen und protestantischen Bündnisse aufeinander. Diese Felder wurden mit Blut getränkt und waren übersät mit den Körpern tausender erschlagener Soldaten.«

»Und was interessiert mich das?«

»Spanien war damals auf der Seite der Kaiserlichen an dem Krieg beteiligt, unter der Führung Ferdinands von Spanien.«

»Komischer Name für einen Spanier.«

»Er war Habsburger. Ein Vetter des österreichischen Ferdinand, der später Kaiser wurde.«

»Diese Usurpatoren! Sie nisteten sich bei uns ein und saßen über Jahrhunderte auf dem spanischen Königsthron. Eine Kuckucksbande im Nest.«

»Besitz und Titel wurden hinzugeheiratet. Die sind legal an ihre Macht gekommen.«

»Wenn Ihr meint … wie wäre es, Ihr schaltet ein Inserat: suche adlige Señora zum Heiraten mit Titel, Ländereien, reich bis zum Abwinken und kurz vor dem Herzinfarkt. Ihr hättet ausgesorgt. Sehr ehrenhaft!«

»So ähnlich war es damals. Ja. Man musste für seine Kinder, Enkel und Urenkel vorsorgen. Selbst für Onkel, Tanten, Schwägerinnen und Schwager. Wie in Italien heutzutage noch. Mittlerweile denkt man bei uns anders, aber damals im Dreißigjährigen Krieg war es komplizierter. Ein Religionskrieg, so fing es an. Bald ging es nicht mehr um Konfessionen, Protestanten kämpften gegen Protestanten, Katholiken gegen Katholiken. Vor allem der Kaiser hatte Angst vor Machtverlust und entwickelte sich zum radikalen Eiferer, der sich gegen Andersgläubige wandte. Er rief die Gegenreformation aus, zog aber nicht selbst in die Schlacht, sondern ernannte Stellvertreter, die ihre eigenen Heere aufstellten und für ihn kämpften. Diese zogen wie Schwärme von Heuschrecken durchs Land, plünderten und brandschatzten eine Stadt nach der anderen. Die Kriegsunternehmer biederten sich bei diesem und jenem Landesherrn an, der sie bereitwillig unter ihre Flagge nahm. Outsourcing würde man das heute nennen. Irgendwann fürchtete der Kaiser sich vor seinem eigenen Oberbefehlshaber Wallenstein, ließ ihn ermorden und setzte an dessen Stelle seinen eigenen Sohn ein, Ferdinand.«

»Wie hieß der Kaiser selbst?«

»Ferdinand. So wie sein Sohn.«

»Wahrscheinlich sahen die alle gleich aus, weil die Adligen hemmungslos Inzucht getrieben hatten. Und Leute wie wir, Menschen mit Idealen – für welche Seite waren die damals?«

»Manche wechselten die Seiten, wie der sächsische Kurfürst. Je nachdem, wen er für die größere Bedrohung hielt, änderte er Bündnisse, paktierte mit den Schweden gegen die Kaiserlichen oder kämpfte er auf der kaiserlichen Seite gegen die Schweden. Bierjörge nannte man ihn, da er berühmt dafür war, sich hemmungslos den Sinnesfreuden hinzugeben. Er hatte den Ruf, täglich 20 Liter Bier zu trinken.«

»Sympathischer Mann. Aber wisst Ihr noch mehr über die Habsburger? Mir ist bekannt, dass sie bei uns die Inquisition zum Exzess vorangetrieben hatten.«

»Sie waren damals eine Weltmacht und herrschten über Österreich, das bis zum Mittelmeer reichte, ebenso wie über die Niederlande, Belgien, Luxemburg, Spanien und Portugal, also auch über unzählige Kolonien. Ein Reich, in dem die Sonne niemals unterging.«

»Oh!« Sancho stöhnte. »Ich wusste, dass damals furchtbare Zustände herrschten. Aber das ist ja wirklich entsetzlich!«

Winfried richtete sich freudig in seinem Sattel auf, als sie sich der Stadt Harburg näherten.

»Schaut mal nach links! Diese Burg mit den rot getäfelten Dächern wäre ein rechter Platz und die willkommene Gelegenheit zum Rasten. Mich reizt die Aussicht, von oben bietet sich uns sicher ein schöner Ausblick über das weite flache Land, das dieser riesige Meteorit geschaffen hat.«

Der Knappe nickte. Sie wandten sich dem alten Gemäuer zu, trabten durch das Burgtor, saßen im Innenhof ab und nahmen neben einem Brunnen Platz.

»Ich habe Eier von gestern übrig, fertig gegart!« Sancho griff in seinen Rucksack und zog seine Hand mit einer schwarzen Kugel darin heraus.

»Habt Ihr sie zu lange über der Flamme gehalten? Gestern waren die Eier noch weiß.« Winfried sah verwundert auf das schwarze Ei, das der Knappe in der Hand hielt.

»Nun ja, nicht diese …«, murmelte der Knappe nachdenklich. Er stand auf, ging zum Brunnen und warf den Gegenstand in den Schacht, wühlte erneut in seinen Vorräten und förderte ein zweites schwarzes Ei zutage, das er hinterherwarf. Während der verdutzte Blick des Ritters auf ihm ruhte, zog er eine Schusswaffe aus seinem Rucksack und wiegte sie nachdenklich in der Hand.

»Ihr besitzt einen Revolver?«, rief Winfried entsetzt, »wozu tragt Ihr eine Schusswaffe? Was habt Ihr damit vor?«

»Als ich noch ein kleiner Junge war …«, Sancho blickte in die Ferne, »zog es mich und meine Freunde immer in die freie Natur, in die Berge, zu geheimnisvollen und abgelegenen Winkeln, die außer uns nur von wilden Tieren durchstreift wurden. Weit weg, fernab der Zivilisation. Abenteurer waren wir, verbrachten viele Nächte im Wald. Weit von zuhause zogen wir umher, drangen immer tiefer in die Wildnis ein, bauten Flöße, errichteten Brücken aus Baumstämmen und bahnten uns mit dem Buschmesser Wege durchs Dickicht. Wir waren vier Jungs, unzertrennlich. Nichts konnte uns etwas anhaben. So dachten wir: unsere Freundschaft werde bestehen bis in alle Ewigkeit. Bis der Tod uns scheidet, schworen wir uns. Und dann …«

Winfried musterte seinen Begleiter, der ins Stocken geraten war und die Waffe von allen Seiten betrachtete. »Und dann?«

»Wir fanden eine verlassene Ruine im Dickicht. Sie war vollständig überwuchert, seit Ewigkeiten schien sie niemand betreten zu haben. Die Wände waren eingefallen, Brombeeren wucherten überall, aber wir wollten hineingelangen und wühlten uns durchs Gestrüpp, rissen uns an den Dornen die Arme blutig. Wir waren neugierig wie Spione. Wir kletterten zwischen wilden Ranken im Gebäude herum. Und …«

»Und?«, fragt Winfried nach einer Weile.

»Wir fanden eine Falltür, ein Versteck. Zwischen den morschen Dielen konnten wir erkennen, dass dort eine Platte im Boden sein musste. Alt und verrostet, das zog uns magisch an. Ja, wir waren neugierig. Wie alle Kinder. Deswegen wollten wir schauen, was darunter verborgen war. Es gelang uns, die Falltür zu öffnen und wir fanden eine kleine Vertiefung. Wir erwarteten einen Schatz wie in alten Seeräubergeschichten, eine Kiste gefüllt mit Gold, Edelsteinen, Perlen oder mit Teilen des Bernsteinzimmers. Stattdessen lag darin nur ein Haufen von Metallrohren. Wir waren enttäuscht.«

»Das ist schade, Ihr wärt vielleicht reich geworden«, Winfried legte einen beruhigenden Ton ein. »So etwas passiert halt. Wie beim Job, man kommt mit hohen Erwartungen und schnell zeigt sich die Wirklichkeit.«

»Die Geschichte ist noch nicht zu Ende. Damals wären wir glücklich gewesen, hätten wir eine Kiste gefunden, die gefüllt war mit Kaugummis und Schokolade. Stattdessen hatten wir etwas gefunden, das nach Schrott aussah und wir wühlten in den Metallteilen herum. Ich habe nach einem Rohr gegriffen und gesehen, dass sich ein Hebel daran befand, der beweglich war. Meine Freunde standen mir gegenüber, schauten neugierig und wollten wissen, was ich herausgezogen hatte. Die waren ebenso gespannt wie ich. ›Was passiert, wenn du den Hebel ziehst?‹, fragten sie. Das tat ich, ein lauter Knall folgte, das Rohr spuckte Feuer, ich wurde von den Füßen gerissen und sah gar nichts mehr. Ich weiß nicht, wie lange es gedauert hat, bis ich mich von dem Schreck erholt hatte und wieder aufstehen konnte.«

Er stockte abermals, schlug seinen Kopf mit Wucht auf den Brunnenrand, richtete sich benommen auf und warf mit angewidertem Blick die Schusswaffe in den Schacht.

»Die Waffe habt Ihr bis heute behalten, als Erinnerung?«

»Es ist doch nicht die Gleiche! Damals war es eine Bazooka …«, Sancho ballte seine Hände zu Fäusten und öffnete sie wieder, »mit der ich alle auf einen Schlag in die Hölle befördert habe. Diese Knarre habe ich im Baumhaus gefunden. Alles, was sich dort oben nicht hätte befinden dürfen, habe ich soeben in den Schacht geschmissen.«

Winfried beobachtete ihn mit erwartungsvollem Blick und hoffte, noch weitere Einzelheiten zu erfahren, brennend vor Neugier, wie damals die Geschichte ausging.

»So!«, drängte der Knappe zum Aufbruch, »wir haben lange genug an diesem Ort verweilt!«

»Es waren doch nicht mal zehn Minuten …«, setzte der Ritter zum Widerspruch an, richtete sich jedoch sofort auf, als er die eiserne Entschlossenheit in den Augen des Knappen sah.

Nach vielen Kilometern stummen Ritts erreichten sie Donauwörth zum Nachmittag und durchquerten die Stadt. Plötzlich stoppte Sancho vor einem Gebäude, sprang von seinem Esel und bettelte: »Das würde ich mir gerne anschauen!«

»Ihr wollt ein Puppenmuseum besichtigen?«, verdutzt stoppte Winfried sein Reittier mitten im Lauf. »Meint Ihr das ernst?«

»Für mich ist es Nostalgie. Als Junge habe ich immer die Puppen meiner Schwester zerpflückt. Das hat mir unheimlichen Spaß bereitet. Wenn ich schlechte Laune hatte, habe ich auf diese Art Aggressionen abgebaut.«

»Wenn Ihr es wünscht, schauen wir uns eben diese Puppen an.« Winfried stieg ebenso ab, gemeinsam betraten sie das Museum.

Die Dame an der Kasse, die gerade in ein Buch vertieft war, blickte sie durch ihre dicken Brillengläser wortlos an und reichte ihnen zwei Eintrittskarten, demonstrativ mit der Rückseite nach oben haltend, auf der zu lesen war: »Anfassen aller ausgestellten Gegenstände strengstens verboten. Eltern haften für ihre Kinder!«

Im Gebäude schlenderten sie durch die Reihen von Glasvitrinen. Sancho schaute sich auf einer Seite um, Winfried mit aufkommender Langeweile auf der anderen. Kurz verweilten sie vor einem Schaukasten mit der Aufschrift »Puppenherstellung – liebevolle Handarbeit« und folgten dem Rundgang ins obere Stockwerk. Vom Flur der zweiten Etage gingen zwei Türen ab und eine Tafel mit kalligraphischem Text verkündete: »Die wertvollsten Schätze aus hundert Jahren. Unsere historische Puppensammlung.« Sie folgten dem Wegweiser in diesen Raum.

Ein Elternpaar mit zwei Jungen lief vor ihnen. Der größere rammte dem kleineren seinen Ellbogen in die Seite, worauf dieser mit einem lauten Schrei reagierte. Die Eltern drehten sich um.

»Sei einfach mal ruhig, Jonas!«, wies der Vater ihn zurecht, »was sollen die Leute von uns denken?«

Kurze Zeit später wurde der Kleine abermals von seinem Bruder gerammt und brüllte auf. Diesmal herrschte seine Mutter ihn an: »Halt die Klappe, Jonas. Du hast dir zum Geburtstag eine Puppe gewünscht, deswegen haben wir uns entschieden, in das Puppenmuseum zu gehen.«

»Aber nicht sowas für Mädchen!« Er fing an zu plärren. »Ich wollte eine von den Kriegspuppen für das Online-Spiel ›Zombie Apocalypse‹, das jetzt alle aus meiner Klasse spielen. Die Figuren müssen sich über den Gamecube verbinden, nur dann kann man mitmachen.«

»Nein! Auf keinen Fall!« Der Vater blickte ihn scharf an. »Ich habe dir schon hundertmal erklärt, wie schädlich solches Zeug sich auf die kindliche Psyche auswirkt. Schau dich doch mal um, wie lieb diese Puppen sind! Die werden von Psychologen als pädagogisch besonders wertvoll eingestuft, mit denen sind wir Beiden auch aufgewachsen. Ich und eure Mutter Sonja.«

Selig nickten sich die Eltern gegenseitig zu, umarmten sich kurz und betraten nach einem Küsschen den nächsten Raum.

Die Szene mit dem Ellbogenstoß wiederholte sich und das Opfer brüllte erneut.

»Gleich ist Schluss, Jonas!« Der Vater erhob drohend seine Hand. »Wenn du so weitermachst, gehen wir heim und nehmen dir all deine Geburtstagsgeschenke wieder weg!«

»Übrigens, Jonas! Wir haben dir auch etwas für deine Spielebox geschenkt, das hast du noch nicht mal ausgepackt«, setzte die Mutter nach, »und das war richtig teuer. Ein interaktives Bewegungs- und Sportspiel, das uns dein Kinderpsychologe empfohlen hat. Wie hieß das Spiel nochmal, Manfred?«

»Sport for Kids – die Turnvater Jahn Edition. Von Data Müller.« Lächelnd blickte er zu seinem Sohn: »Jonas, du könntest doch mal deine Freunde zu uns einladen und ihr spielt das zusammen in unserem Wohnzimmer. Deinen Schulfreunden täte das gut, die sind alle zu dick und unsportlich. Wie du.«

»Du weißt gar nicht, wie gut wir es mit dir meinen!« Die Mutter hakte sich bei ihrem Mann ein.

In dem Moment, als sie den Kindern den Rücken zuwandten, zwickte der größere Junge seinen kleinen Bruder so heftig, dass dieser zusammenzuckte und vor Schmerzen hysterisch aufschrie.

Der Vater löste sich aus dem Griff, lief rot an, erhob seine Hand und verpasste seinem Sohn eine schallende Ohrfeige. »So! Ich hoffe, es ist das, was du wolltest, für dein Geschrei!« Er schüttelte den Kopf und die Familie setzte sich wieder in Bewegung.

Im Hintergrund hatte Winfried diese Szene länger beobachtet, dessen Puls nun vor Zorn in der höchsten Frequenz ratterte. Er legte einen Schritt zu, holte neben dem hinterlistigen Jungen aus und rammte ihm mit derartigem Schwung seinen Arm in die Seite, dass dieser sich in die Luft erhob und mit voller Wucht in ein Regal krachte. Puppen fielen auf den Jungen herab und er lag benommen darunter.

»Was machen Sie da mit meinem Sohn?«, schrie die Frau entsetzt. Der Mann, zuerst mit bleichem Gesicht, war nun wutentbrannt, baute sich vor Winfried auf und stemmte seine Hände in die Hüften.

»Euer frecher Sohn treibt ein falsches Spiel. Ihn hat die gerechte Strafe ereilt«, klärte Winfried den drohenden Vater auf. Mit den Worten: »Und dies ist für die ungerechtfertigte Ohrfeige!« trat er dem Familienvater kräftig ans Schienbein.

Dieser reagierte mit einem Schmerzensschrei und stieß Winfried zurück, der stolperte und wie ein Käfer auf dem Rücken liegenblieb. In dem Moment griff Sancho ein, sprang dem Mann auf den Rücken, zog an seinen Ohren und rief: »Hü, alter Esel, sei brav zum Ritter! Nimm dies«, und trommelte wild auf den Kopf seines Opfers ein.

Während die Frau sich die Haare raufte und die Szene mit Entsetzen verfolgte, rappelte Winfried sich wieder hoch, zückte seine Streitaxt, nahm Schwung und traf einen Deckenleuchter, der herabfiel und in tausend Teile zersplitterte. Der Ritter erhob seine Waffe erneut, ließ sie über seinem Kopf kreisen und schlug mit Wucht zu, worauf eine reich verzierte Glasvitrine unter dem Angriff zerbarst. Glassplitter häuften sich auf dem Parkettboden.

»Die sind ja total irre«, lachte der größere Junge hysterisch, nachdem er sich wieder aufgerappelt hatte. »Die Typen sind total cool, echt Psycho!«

»Wir könnten dich doch adoptieren«, rief Sancho vom Rücken des Vaters herunter, während er wild auf dessen Kopf einprügelte.

»Nein!«, brüllten seine Mutter und Winfried einstimmig, als plötzlich eine Sirene schrillte.

Die Dame vom Empfang eilte in den Raum und schaute sich entsetzt um. Ihr Blick wanderte über die Bruchstücke der zerstörten Vitrine und zur Lampe, die in tausend Scherben am Boden lag.

»Hört auf! Ihr macht hier alles kaputt! Diese schönen Puppen! Die sind unersetzbar!« Sancho beendete seine Prügelorgie und saß von dem Mann ab. Winfried ließ seine Axt sinken.

»Was habt ihr angerichtet!« Die Dame wurde bleich beim Anblick der im Raum verteilten Scherben und Holzsplitter. »Ich hole jetzt die Polizei!«

»Schnell weg hier!« Sancho griff nach Winfrieds Arm und zerrte ihn zum Notausgang, hastig flüchteten sie zu ihren Tieren, verließen in wildem Galopp die Stadt und überquerten eine Brücke. Weit außerhalb verlangsamten sie ihren Ritt und folgten dem Fluss.

»Ich glaube, wir haben uns verlaufen«, sprach Winfried nach einer Weile.

»Ich habe mich schon seit einer Weile gewundert, warum die Donau jetzt in die umgekehrte Richtung fließt.«

»Ihr hättet dies auch früher sagen können!«, brummte der Ritter ärgerlich, während der Knappe dessen Kritik grinsend zur Kenntnis nahm. »Wir sind irgendwo versehentlich einem Seitenfluss aufwärts gefolgt. Am besten, wir suchen einen Übergang und danach einen Weg zurück zur Donau.«

Als sie eine Brücke gefunden und überquert hatten, geriet eine Kleinstadt in Sichtweite: Rain am Lech. Sie entschieden sich, der Siedlung einen Besuch abzustatten und trabten in der Altstadt am Rathaus vorbei. Der Knappe betrachtete ein Standbild, zügelte seinen Esel, sprang unverzüglich ab und verharrte wie angewurzelt vor der Statue. Verdutzt verfolgte Winfried, wie der Knappe auf die Knie fiel und sich tief verbeugte. Wortlos wartete er, bis sein Begleiter sich wieder aufrichtete.

»Der Ritter von der traurigen Gestalt«, wisperte Sancho ehrfürchtig.

»Den kennt Ihr auch in Spanien?«, fragte Winfried verblüfft.

»Natürlich! Bei uns wird er jedoch in Ritterrüstung dargestellt.«

Ein Bürger, der mitgehört hatte, gesellte sich hinzu und erklärte: »Man hat ihn zeitgemäß mit Musketierhut und Spitzbart verewigt.«

»Genaugenommen trug er eine Bartschüssel als Kopfbedeckung, so wie Barbiere sie verwenden«, korrigierte Sancho den Mann, »auch wenn ihre Darstellung bei diesem Standbild ein wenig missglückt ist. Ich frage mich nur, warum für ihn ein Denkmal an dieser Stelle errichtet wurde.«

»Vor unseren Stadtmauern stellte er sich den Schweden entgegen, als ihr Heer drohte, immer weiter in den Süden vorzurücken. Zu dem Zeitpunkt war der tapfere Mann schon stolze 71 Jahre alt! In diesem Kampf wurde er jedoch schwer verwundet, deswegen wurde hier für den alten Haudegen eine Statue errichtet.«

»Ja, er war ein alter Mann.« Sancho erhob bedeutungsvoll wie ein Oberlehrer den Zeigefinger. »Jedoch was wir für die Wahrheit halten, oder ob uns der eigene Geist in die Irre führen will, liegt immer im Auge des Betrachters. Können wir uns sicher sein, ob das, was wir sehen, nicht ein Trugbild und die Verwirrungen unseres getrübten Verstandes sind? Dieser Mann sah in seinen Wahnvorstellungen eine Bedrohung, die tatsächlich nur eine Herde von Schafen war. Er stürmte in ihre Mitte und veranstaltete ein Massaker.«

»Diese Geschichte kenne ich gar nicht.« Der freundliche Blick des Bürgers wich Irritation.

»Sie ist auch nicht nach meinem Geschmack, weil mir die armen Tiere leid tun. Die anderen Erzählungen gefallen mir besser: wie der alte Mann eine christliche Prozession angriff, gegen vermeintliche Riesen kämpfte – oder die, als er völlig verwirrt war, sich nackt auszog und den ganzen Tag damit verbrachte, sich selbst zu kasteien. Erstaunliche Geschichten für eine Zeit im frühen siebzehnten Jahrhundert, oder?«

»Nichts von alledem wurde in seiner Chronik erwähnt.«

»Die ganzen absurden Szenen, über die man so herzlich lachen konnte … das wurde bei euch alles zensiert?«

»Mich wundert das wirklich«, antwortete der Bürger verdutzt, »ich habe bisher von keiner dieser Taten gehört. Aber wenn ich es mir genau überlege: Zensur lässt sich bei Alledem nicht ausschließen. In dieser Zeit der Gegenreformation wurde vieles aus den Schriften entfernt, man wollte die Helden positiv darstellen. Ihre Verfehlungen und Schwächen wurden weitgehend aus den Schriften getilgt.«

»Dies wird weder dem Helden, noch seinem Schreiber, noch dieser Geschichte gerecht.« Enttäuscht stieg Sancho auf sein Reittier, ließ seinen Kopf hängen und setzte sich in Bewegung.

»Der Held war eigentlich sehr umstritten.« Winfried winkte dem Bürger freundlich zum Abschied und versuchte, seinen Begleiter aufzumuntern. »Einerseits bewunderte man ihn, weil er von Sieg zu Sieg zog. Andererseits legte er viele eroberte Städte in Schutt und Asche und überließ die wenigen Gegner, die überlebten, dem rasenden Mob seiner Soldaten. Weil er eine dicke Spur von Blut hinter sich herzog, gedenkt man andernorts der Bürger, die von seinen Soldaten ausgeraubt und in grausamen Massakern abgeschlachtet wurden.«

»Diese Geschichte kenne ich nicht.« Angewidert schüttelte der Knappe den Kopf. »Die hört sich auch nicht lustig an.«

»Tilly war auch nicht gerade für seinen Humor bekannt.«

»Es war in Rothenburg, wo uns der Name dieses Narren schon einmal begegnet ist, nicht? Man könnte es lustig finden, den Trank um Leben und Tod. Aber ich fand es übertrieben. Selbst für uns war das zuviel.« Sancho kratzte sich nachdenklich am Kinn. »Mir bereitet es Verwirrung, dass in der deutschen Übersetzung sein Name derart anders lautet. Ist Tilly eine Kurzform für Till Eulenspiegel?«

»Nein. Und Ihr treibt mich nun ebenso in Verwirrung.« Winfried trieb sein Ross zu schneller Geschwindigkeit an und murmelte kopfschüttelnd: »Ich vermag euren Gedankengängen nicht mehr zu folgen. Helft mir doch, statt mit euren Gedanken Konfusion zu verbreiten, den Weg zurück zur Donau zu finden, bevor die Nacht hereinbricht.«

Auch bei Dämmerung war noch kein Fluss in Sicht. Winfried hielt, als eine Plakette an einem Gebäude verkündete: ›Kloster Niederschönenfeld‹.

»Schaut, mein Knappe, ein Kloster! Lasst uns hier nach einer Übernachtungsmöglichkeit fragen.«

»Es scheint gegen Einbrecher besonders gesichert zu sein. Alle Fenster sind vergittert.«

Winfried ließ sich von seinem Vorhaben nicht abhalten und sprach einen in Schwarz gekleideten Herrn an. »Werter Herr, gewährt Ihr uns Einlass?«

»Wollt ihr jemanden besuchen?« Skeptisch musterte der Mann die Beiden. »Nennt mir bitte seinen Namen!«

»Wir wollen selbst hinein. Hättet Ihr vielleicht noch freie Betten?«

»Ihr seid seltsame Gesellen«, der Mann lachte, »denn alle wollen hinaus, keiner will freiwillig hinein. Am besten, ihr lest dieses Schild genauer!«

»Justizvollzugsanstalt«, murmelte Sancho. »Alles klar!«

»Und einfach für eine Nacht bleiben, geht nicht?«, hakte der Ritter nach.

»Nein, so einfach ist das nicht. Einer der Insassen muss euch in einer Besucherliste eintragen, und das muss genehmigt werden. Oder ihr müsst etwas angestellt haben. Habt ihr etwas ausgefressen?«

»Das mit dem Ausfressen ist mein zweites Anliegen.« Winfrieds Magen gab ein lautes Knurren von sich.

»Unsere Kantine ist nur zur Mittagsstunde geöffnet. Für unangemeldete Gäste ist sie ebenso wenig zugänglich wie die komfortablen Zimmer unseres netten Gästehauses.« Grinsend blickte der Mann ihnen hinterher, als sie sich enttäuscht abwandten und wieder auf den Weg machten.

»Das muss die Donau sein!«, jubelte der Ritter, als er Rauschen hörte und vor ihnen eine weite Fläche sichtbar wurde, auf der sich Wellen bewegten.

Vor einem Schild stiegen sie ab. Sancho las laut: ›Vogelfreistätte Feldheim‹ und fügte hinzu: »Lieber vogelfrei als im Knast, heute haben wir die Wahl!«

»… und wir sind immer noch am Fluss Lech, steht dort auch!« Verärgert schlug der Ritter seine Faust gegen das Schild. »So weit sind wir vom Weg abgekommen, weil Ihr nichts gesagt habt, wegen des falschen Flusslaufs!«

Der Knappe schreckte bei dem Wutausbruch kurz zusammen und spitzte seine Ohren. »Das Rauschen kommt von dem Bauwerk dort.«

Wenigen Meter weiter standen sie vor einer Staustufe.

»Etwas Besseres als diese Parkanlage am Stauwehr finden wir heute vielleicht nicht mehr.« Der Ritter gähnte. »Wir könnten uns doch hier in die Büsche schlagen.«

Der Knappe schüttelte den Kopf: »Campen ist hier strengstens verboten, das stand auf dem Schild ebenso. Wir müssen weiter.«

Als sie den Punkt erreichten, an den der Lech in die Donau mündete, hob sich die Laune des Ritters: »So weit war die Donau gar nicht entfernt.«

Bei Dämmerung folgten sie noch einige Stunden dem Fluss und kamen in die Stadt Neuburg. Müde hing der Ritter im Sattel, als sie am Residenzschloss vorbeiritten.

»Was ist, Herr Ritter, seid Ihr krank?«

»Nein, nur völlig übermüdet. Diesen Gewaltmarsch halte ich nicht mehr lange durch. Wir sind seit den frühen Morgenstunden unterwegs und haben womöglich hundert Kilometer zurückgelegt, besonders wegen des Umwegs, den wir Euch zu verdanken haben! Ich kann mich gerade noch auf meinem Ross festhalten.«

Als sich die Sonne am Horizont langsam mit einem leuchtenden Rot verabschiedete, trabten die Beiden über gepflegten Rasen und erreichten im grünen Auwald ein Jagdschloss, das von einer Ringmauer umgeben war.

»Hier ist ein guter Platz zum Ruhen.« Winfried stoppte sein Pferd und stieg ab. »Mir reicht's! Genug für heute!«

Sie banden ihre Reittiere an einem Baum, lehnten sich an die Mauer und beobachteten den Erdtrabanten, der hell leuchtend über die Landschaft wachte. Gerade waren sie eingenickt, als ein Knall die Stille durchdrang und ein entsetzlicher Schrei folgte.

»Glaubt Ihr an Geister?«, murmelte Winfried im Halbschlaf.

»Das kam vom Schloss!« Sancho richtete sich auf. Er und der Ritter waren sofort hellwach wie der Mond, der den Park in gespenstisches Licht tauchte. Sie standen auf und warfen einen Blick über die Mauer. »Sancho, schaut! Dort rennt jemand mit einem Revolver aus dem beleuchteten Gebäude und hat seine Kapuze tief ins Gesicht gezogen, damit man ihn nicht erkennt.«

»Er hat gerade jemanden umgebracht und versucht, zu entkommen!«, flüsterten sie fast gleichzeitig. »Los, den schnappen wir uns!«

Sancho kletterte hoch, griff nach der Hand des Ritters und hievte ihn über die Mauer. Sie liefen um die Ecke, hinter der die Silhouette verschwunden war und entdeckten sogleich die dunkle Gestalt, die nun durch ein Fenster ins Schlossgebäude blickte.

»1, 2, 3 – los!« Noch im Lauf zückte Winfried seine Axt und zog dem mutmaßlichen Mörder mit der Breitseite kraftvoll über den Schädel, worauf dieser ohnmächtig vor ihre Füße fiel. Sancho griff nach dessen Beinen, Winfried nach den Armen, gemeinsam schleppten sie ihn zum Eingang des Hauptgebäudes.

»Wir haben den Täter gefasst!«, verkündete Winfried, als sie die Tür zu einem Festsaal mit einem kräftigen Tritt aufstießen und den bewusstlosen Körper hineintrugen. Stille empfing sie. Viele Leute saßen an einer festlich geschmückten Tafel und starrten sie lächelnd an.

»Wir haben ihn gefasst!«, sagte Winfried erneut, in der Hoffnung auf eine Erwiderung.

»Was ist? Habt ihr alle Drogen genommen?«, fragte Sancho, als von der illustren Gesellschaft immer noch keine Reaktion kam.

»Wir haben einen Knall gehört und gesehen, dass er mit einer Schusswaffe herumgelaufen ist.« Winfried hoffte abermals auf eine Regung. »Der muss einen Mord begangen haben.«

Sie legten den Bewusstlosen auf den Boden, als das Licht kurz flackerte. Abrupt wurde es stockdunkel im Saal. Ein Schuss fiel, spitze Schreie folgten und das Licht ging wieder an. Alle starrten auf den Boden. Dort lag nun ein zweiter Mann im Smoking, dessen Kopf blutüberströmt war, rote Tropfen fielen von seiner Schläfe zu Boden.

Todesstille. Winfried ging vorsichtig ein paar Schritte zurück, um sicherzugehen, dass sich hinter seinem Rücken nur noch die Mauer des Gebäudes befand, nahm eine defensive Haltung ein und erhob die Axt, bereit, jeden Angriff in Reichweite seiner Waffe abzuwehren. Sancho platzierte sich neben ihn. Die Leiche am Boden zwinkerte unerwartet, drehte den Kopf und blickte sie verdutzt an. Auf einmal stand sie auf und wischte sich Staub von der Robe.

Dem Auferstandenen sickerte ein Rinnsal von Blut von der Schläfe und durchtränkte sein weißes Hemd. Fassungslos starrte er die Beiden an und fragte: »Was wird hier gespielt?«

»Was gespielt wird?«, wiederholte Winfried verdutzt. »Wir haben draußen einen Knall gehört und jemanden mit einem Revolver herumlaufen sehen, den haben wir gestellt. Möglicherweise hat er jemanden ermordet …«

»Das hat er in unserer Geschichte auch, es ist aber nur ein Spiel für unsere Gäste. Sie wollen ›Die Nacht des Schreckens‹ in unserem Schloss erleben.«

»Ein Mord mit Schaulustigen?«, fragte Winfried fassungslos.

»Heute Abend habt ihr euch selbst übertroffen«, schmunzelte ein Mann im Nadelstreifenanzug, der sich gerade am Buffet bediente, »ich dachte schon, ich wäre der Lösung des Rätsels nähergekommen. Plötzlich ist alles wieder anders.«

Der von den zwei Helden hereingetragene Mann, der sich aufgrund seiner Bewusstlosigkeit zuvor nicht beteiligt hatte, griff sich an den Kopf, blickte auf und sondierte die Lage mit den Worten: »Hä? Wo bin ich?«

»Das hier ist alles nur ein Schauspiel«, erklärte der Mann mit der blutigen Schläfe geduldig den beiden Eindringlingen. »Niemand wurde umgebracht. Wir veranstalten regelmäßig Krimidinner in diesem Schloss. Erst beginnt das Ganze harmlos mit einer Vorspeise. Und bevor der Hauptgang serviert wird, passiert schon das eine oder andere rätselhafte …«

»Und jetzt stehen wir vor einem wirklichen Rätsel«, wurde er von einer korpulenten Dame aus seinem Redefluss gebracht, die zum Buffet gewatschelt war und sich am Nudelsalat bediente.

»Ja, das Rätsel ist«, führte der andere Mann weniger geduldig fort, »was die Beiden hier wollen!«

»Was soll das werden?«, fragte Winfried irritiert, »ein Leichenschmaus?«

»Der ›Leichenschmaus‹ findet erst übernächste Woche statt. Dies ist nur ein Vorgeschmack.«

»Es wird jemand umgebracht, zwei Wochen später verspeist Ihr seine Leiche?« Winfried wurde bleich. »So makaber waren Menschen, wenn ich mich nicht irre, nur in Zeiten der größten Hungersnot.«

»Wir wiederholen nochmal den letzten Akt!« Der Mann im Smoking war wieder bei der Sache: »Dirk, schleiche dich nochmal mit dem Revolver im Garten herum. Und zu euch Beiden: ihr könnt von mir aus bleiben, wenn ihr euch jetzt ruhig in die Ecke setzt und zuschaut – oder ihr geht wieder, wenn euch das Ganze nicht gefällt.«

Der Duft frischer Croissants stieg Winfried in die Nase. Instinktiv griff er nach einem der Gebäckstücke und biss hinein. Blutrote Flüssigkeit spritzte heraus, augenblicklich hielt er inne und beäugte, was aus dem Gebäck ragte. Verdutzt zog er daran, hielt einen abgeschnittenen Finger in der Hand und ließ ihn schockiert fallen. Im diesem Moment stieß die Frau beim Nudelsalat einen Schrei aus und warf die Schüssel vom Buffet, die klirrend am Boden zerbrach, worauf ein Schädel mit blutunterlaufenen Augen herauskullerte und durch den Raum rollte. Gebannt verfolgten alle dessen Fortbewegung. »Ich habe einen Teil der Leiche gefunden!«, lachte die Dame schrill, als sie sich von ihrem Schreck erholt hatte.

»Kommt, raus hier!«, rief Winfried seinem Knappen zu, »schnell, bevor wir ebenso als Leichenschmaus enden!« Sie rannten aus dem Saal, sprangen über die Mauer, banden ihre Reittiere los und irrten im Halbdunkel durch den Park, krochen in ein Dickicht hinein und verbargen sich zwischen den dichten Büschen.

»Ich halte diese Nacht Wache, bis der Morgen graut, denn Ihr braucht den Schlaf«, flüsterte der Knappe und setzte sich neben den Ritter, der gerade versuchte, eine erträgliche Liegeposition zu finden. Unruhig, von Nackenschmerzen geplagt, drehte er sich lange Zeit unruhig hin und her, bis er in einen leichten Schlummer fiel.

Kreuzfahrer auf der Donau

Wie gewohnt wurde Winfried morgens durch Klopfen am Helm geweckt, fuhr mit der Hand zum Kopf, um sich die Augen zu reiben, erinnerte sich jedoch wieder, dass ihn das Visier daran hinderte. Langsam erhob er sich, begab sich träge zu seinem Reittier, einmal mehr benötigte er für den Aufstieg die Unterstützung des Knappen. Stumm ritten sie nebeneinander, Winfried noch erschöpft von dem weiten Ritt des Vortages, sein Begleiter müde durch die lange Nachtwache.

Als sie die nächste Stadt erreichten, wurde Sancho hellwach und seine Augen leuchteten.

»Wisst Ihr, wo wir hier sind?«

»Ja, in Ingolstadt. Wieso?«

»Ist Euch bekannt, wer hier geboren wurde?«

Nach einer Denkpause hellte sich Winfrieds Stimmung ebenso auf. »Ja, es fällt mir gerade ein: Adam Weißhaupt, der Gründer des Illuminatenordens! Ein Verschwörer, der George Washington ermordete, dessen Platz einnahm und danach herrschte über die ganze westliche …«

»Es ist die Geburtsstadt von Frankenstein!«, stoppte Sancho die weiteren Ausschweifungen des Ritters, der es mit enttäuschter Miene quittierte.

»Meint Ihr die Romanfigur, den berüchtigten Doktor Frankenstein oder irgendeinen Adligen ›von Frankenstein‹?«

»Nein, der Doktor wurde in Genf geboren. Das Wesen, das er schuf, erblickte in Ingolstadt das Licht der Welt. Verfasst wurde die Geschichte von einer Autorin aus England. Es ist einer meiner Lieblingsromane. Ein wenig konnte ich mich selbst darin wiederfinden.«

»In dem Doktor, den seine unbändige Gier nach Wissen und seine Fortschrittsgläubigkeit fast in den Wahnsinn trieb? Der rastlos wurde und sich selbst zum Schöpfer ernannte? Das mit dem Wissensdurst, wenn ich mir diesen Kommentar erlauben darf, passt rein gar nicht zu Euch.«

»Ich habe Mitgefühl zu dem Wesen empfunden, das der Doktor erschaffen hatte. Ein Ausgestoßener, ein Unhold, der nicht in das Bild der unversöhnlichen Menschen passte. Zeit seines Lebens wurde er verfolgt, zum Schluss sogar von seinem eigenen Schöpfer, der ihm bis in die Arktis nachsetzte, der auf seiner Jagd jedoch umkam.«

»Was für ein Glück, dass ich Euch nicht erschaffen habe.«

»Sonst wäre Euer Name wohl *Winfried von Frankenstein*.« Nach einem Anflug von Lächeln fuhr Sancho ernsthaft fort: »Die Geschichte endet damit, dass dieses außergewöhnliche Wesen um seinen Schöpfer trauerte und einen Scheiterhaufen errichtete, um sich selbst im Feuer zu opfern.«

»Weil ihm selbst wohl klar geworden war, was er sonst noch angerichtet hätte. Vielleicht ist es auch einfacher: der Autorin waren die Ideen ausgegangen, was er noch alles hätte anstellen können. Ich habe jedoch nur die Verfilmung in Schwarzweiß gesehen. Darin ist der Verlauf der Geschichte anders: keine Arktis, keine Selbstverbrennung.«

»Wie endet der Film?«

»Die Dorfbewohner greifen die Windmühle an, um den Riesen zu töten.«

»Der Kampf gegen die Mühlen, die in seiner Phantasie Riesen sind? Das ist doch eine ganz andere Geschichte. Das war dieser Tilly!«

»Nein! Über Tilly gibt es meines Wissens bisher keinen Film, vermutlich wird es niemals einen geben!«

»Doch, in Spanien! Bestimmt habt Ihr die synchronisierte Fassung gesehen und verwechselt es.«

»So ein Unsinn! Außerdem sind die Hauptfiguren in der Mühle gefangen, als der Mob zum Angriff übergeht und die Mühle niederbrennt.«

»Nein! Es war Tilly, der die Mühle angriff. Der saß nicht darin.« Sancho rollte mit den Augen und brüllte plötzlich: »Das ist ja unglaublich schlecht! Die Geschichte muss von dem erbärmlichsten Dolmetscher der ganzen Welt übersetzt worden sein! Das ist kaum auszuhalten! Jämmerlich, ich erkenne sie fast nicht wieder. Mir wird klar: dazu gehört nun auch nicht mehr viel, sich so einen bescheuerten Namen wie ›Tilly‹ auszudenken!«

»Bitte beendet die Diskussion, bevor ich meinen Verstand verliere! Hört bloß auf mit diesem Tilly!«

Sancho musterte ihn stumm von der Seite.

»Seht Euch lieber diese imposanten Verteidigungsanlagen mit den dicken Mauern und diesen mächtigen Rundturm an«, sprach Winfried ergriffen, als sie die Altstadt durchquerten. »Ein Stadtmuseum befindet sich darin. Das würde ich gerne besuchen, etwas Bildung würde uns jetzt gut tun.«

»Dieses Gebäude sieht aus wie ein Bunker. Ein Spielzeugmuseum ist darin ebenso untergebracht«, bemerkte Sancho beim Blick auf das Schild vor dem Eingang.

»Wir haben hier einige Unikate«, schwärmte die Dame an der Kasse vor, nachdem sie das Museum betreten hatten, »wie den Schwedenschimmel.«

»Was für ein seltsamer Pilz soll das sein? Gedeiht er in den Mauern dieses Gebäudes?« Winfried verzog das Gesicht in Erinnerung an den widerlichen Geruch, der ihm während seines Traums von Dreißigjährigen Krieg in die Nase gezogen war.

»Ich finde das immer lustig – entschuldigt! Wie die meisten Leute liegt ihr mit eurer Annahme daneben, denn eigentlich handelt es sich um das ehemalige Reittier des schwedischen Königs. Ein Exponat aus dem Dreißigjährigen Krieg und das älteste Tierpräparat Europas. Damals hatten die Schweden Augsburg und München eingenommen, begannen Ingolstadt zu belagern, dies wurde jedoch der erste Misserfolg ihres Eroberungsfeldzuges. Die Stadt war damals ausgezeichnet befestigt und nahezu uneinnehmbar.«

»Ihr wisst sehr viel darüber.« Winfried war gerührt.

»Soll ich euch ein wenig herumführen? Heute ist so wenig los, da kann ich meinen Kollegen kurz alleine lassen. Für euch mache ich das gerne. Ihr seht so witzig aus!« Sie verließ die Kasse und führte die zwei Besucher durch die Gänge zu dem sagenhaften Tierpräparat.

»Aha«, murmelte Sancho, »auf diesem Pferd soll der alte Schwede also gesessen haben.«

»Alt wurde er nicht. Seinen 38. Geburtstag erlebte er nicht mehr, dafür wurde er mit 17 Jahren schon König.«

»Dafür hatte er viel Spaß!«

»Wie meinst du das?«

»Der wurde früh König, konnte saufen, Partys feiern, in der Welt umherreisen und wurde am Ende vermutlich durch einen schnellen Tod erlöst.«

»So schnell ging es nicht. Als er von seinen Truppen getrennt wurde und von den Gegnern eingekreist war, wurde er angeschossen. Blut strömte, Knochensplitter ragten aus seiner Rüstung. Ein zweiter Schuss traf ihn in die Leber, er rutschte vom Pferd, blieb am Steigbügel hängen und wurde weit mitgeschleift, bis sein Ross hielt. Von seinen Gegnern eingeholt, wurde er gleichzeitig in den Kopf geschossen und sein Leib mit einem Panzerbrecher durchstochen, einem Schwert, das speziell für den Einsatz gegen Rüstungen entwickelt worden war. Danach plünderte man seine Leiche und ließ ihn nackt auf dem Schlachtfeld liegen.«

»Der war hart im Nehmen.« Der Ritter nickte andächtig, während Sancho die Dame stumm anblickte.

»Vielleicht haben viele ein falsches Bild, welche Aufgaben ein Herrscher innehatte, auch wenn er nicht demokratisch gewählt worden war. Saufen und Partys waren die Ausnahme.«

»Bierjörge«, murmelte Winfried.

»Mit so einem Ruf war man damals schnell gebrandmarkt. Wegen ihrer Stellung waren die hohen Herren ständig unter Beobachtung. Eine Verfehlung, oder wenn sie sich nicht an die Gepflogenheiten hielten – schon kamen Gerüchte in Umlauf. Möglicherweise waren viele nur dem einfachen Volk sehr ähnlich«, gab die Dame zum Besten, während sie die beiden Gäste an Rüstungen vorbeiführte. »Solche Charaktere sind mir sympathischer als die enthaltsamen Eiferer, Kriegsherren ohne Fehl und Tadel, die einer höheren Mission zu folgen glaubten, jedoch ihr Land ins Elend stürzten.«

Neugierig schlurften der Ritter und sein Knappe hinterher, vorbei an Feldschlangen, Musketen und Rüstungen, lauschten ausführlichen Vorträgen über die Rolle der Schweden, die Belagerung von Ingolstadt und den Kriegsherrn Wallenstein, bis die Dame sich von ihnen verabschiedete. »Ich hoffe, euch hat der Vortrag gefallen. Eigentlich arbeite ich nur an der Kasse und es wird Zeit, dass ich meinen Kollegen ablöse.«

»Was für eine mächtige Festung!« Winfried bewunderte, nachdem sie das Museum verlassen hatten und an den Festungsmauern vorbeiritten, die mächtigen Geschütztürme, die bedrohlich auf sie herabblickten.

»Wahrscheinlich hatten es die Leute hinter diesen Mauern wild getrieben und ständig Partys gefeiert.«

»Wart Ihr soeben nicht geistig anwesend? Wir wurden doch eines Besseren belehrt. Das Volk musste sich vor allem verteidigen und es wurde streng kontrolliert, wer eine Stadt betreten durfte und wer nicht. Ich frage mich, ob man die Zugbrücke der Stadt heruntergelassen und jemanden willkommen geheißen hätte, der in Begleitung eines Lakaien wie Euch war.«

»Wenn ja, hätte man uns wohl in den Kerker geworfen. Oder gepfählt. Ich glaube, am wahrscheinlichsten wäre, wir wären geteert und gefedert aus der Stadt gejagt worden!« Sancho lachte, als sie durch das Stadttor hinausritten.

»Warum belustigt Euch dieser Gedanke derart?«

»Nun … schaut! Eine Demo!« Statt einer Antwort, als er eine Menschenmenge mit Transparenten sah, forderte Sancho den Ritter auf: »Kommt, setzen wir uns an deren Spitze und demonstrieren für Freiheit, Herrlichkeit, Brüderlichkeit und Freibier!« Er stieg ab und eilte voran, um sich an die Spitze der Demonstration zu setzen. Winfried zögerte, folgte jedoch.

»Harte Arbeit, kleiner Lohn, wenig Urlaub, welch ein Hohn!«

»Wofür demonstriert ihr?«, fragte Sancho einen der Demonstranten.

»Wir streiken! Für weniger Arbeit und mehr Geld.«

»Schön. Für wie viel weniger und wie viel mehr?«

»Einen Arbeitstag weniger und viereinhalb Prozent mehr Lohn.«

»Ihr demonstriert nur für euer eigenes Wohl? Dann könntet ihr genauso gut zuhause bleiben. Lasst es richtig krachen, Genossen!«, feuerte Sancho sie an und fragte seinen Nachbarn, »könnte ich dein Megaphon benutzen?«

»Ich weiß nicht so recht …«

»Du wirst es nicht bereuen«, versprach er mit unschuldiger Miene, griff nach dem Megaphon des Streikführers und brüllte hinein. »Bürger! Schließt euch uns an! Revolution! Schafft das Geld ab, stürzt die Regierung, brennt diese Stadt nieder! Wir wollen Freibier!«

»Warum sind wir nur noch zu zweit?«, fragte Winfried verdutzt, als sie einen größeren Platz erreichten. Er schaute sich nervös um. »Wo sind all die Leute hin? Die Streikenden, die mit uns marschiert sind?«

»Die hat wohl der Mut verlassen.« Sancho zuckte mit seinen Schultern.

Aus den Nebengassen lösten sich Schatten. Aus allen Richtungen liefen breitschultrige Männer, mit Knüppeln bewaffnet, auf sie zu und schlugen auf sie ein. Dies wurde beobachtete von einem Mann, der einen Eimer mit schwarzer Flüssigkeit herbeitrug, andere näherten sich mit Kopfkissen.

»Ich werde es nicht bereuen hast du gesagt, du Schnösel!«, brüllte jemand.

»Das werde ich auch nicht, wenn wir fertig mit euch sind!«

»Werft sie zu Boden!« Unzählige Hände griffen nach ihnen, schnell waren sie überwältigt. Als er benommen am Boden lag, fühlte Winfried, wie heiße Flüssigkeit über seinen Oberkörper gegossen wurde. Ihm wurde schwarz vor Augen.

Stunden später ritten zwei Gestalten geteert und gefedert aus Ingolstadt.

»Was war das für eine Demo? Woher hatten die plötzlich den Teer?«

»Straßenbauer! Wir wurden von ihnen getauft!« Sancho lächelte.

»Ich finde es peinlich. Das Zeug riecht ekelhaft und klebt. Mir tut jeder einzelne Knochen weh.« Winfried stöhnte und hing schief im Sattel.

»Mir gefällt das.« Der Knappe betrachtete eine Weile den Ritter, der nun wahrhaftig einem reitenden Huhn glich. Als sie die Innenstadt hinter sich gelassen hatten, wehte ihnen Geruch von gebratenem Fleisch entgegen.

»Schaut, ein Hähnchengrill!«, bemerkte Sancho verschmitzt grinsend, als ein Wohnwagen mit heruntergeklappter Theke vor ihnen sichtbar wurde.

Winfrieds Magen knurrte, als ihm der würzige Duft gegrillten Fleisches in die Nase stieg und er zügelte sein Reittier. »Ich habe einen Bärenhunger. Kommt, wir teilen uns solch einen leckeren Gaumenschmaus!«

»Wisst Ihr, dass die Pestepidemie im Mittelalter mutmaßlich durch eine Mutation eines Virus ausgelöst wurde, der vom Geflügel übertragen wird? Die Hühnergrippe, gegen die auch heute noch jede Medizin wirkungslos ist? Es begann mit einem Brathähnchen. Wenig später waren es Tausende, die infiziert waren, halb verweste Zombies, die damals ziellos und desorientiert von Stadt zu Stadt zogen und in Windeseile die Seuche über den ganzen Kontinent verbreiteten ...«

»Es ist gut, schweigt! Fast hätte ich vergessen, wie Ihr dazu steht und wie geschickt Ihr seid, mir jeglichen Appetit auf Fleisch zu verderben.« Winfried stieg von seinem Pferd und marschierte zum Tresen: »Bitte zweimal frittierte Kartoffeln und Krautsalat für uns.«

Dem übergewichtigen Mann triefte Schweiß von seiner fettigen Stirn, als er die Speisen auf Papptellern servierte. Laut schmatzend standen die Gäste an seiner Theke, während der Wirt sie musterte und die einem Hahnenkamm ähnelnde Kopfbedeckung und das Federkleid aufmerksam betrachtete. Er fuhr sich mit der Hand über die verschwitzte Stirn, wischte sie an seinem Wams ab und lächelte:

»Hättet ihr Lust, Flugblätter für mich zu verteilen? Ihr hättet das passende Outfit dazu.«

»Leider bleibt uns wenig Zeit«, wehrte Winfried ab, »wir haben noch viel zu erledigen.«

»Fünfzig Euro, wenn ihr die Flyer überall für mich verteilt.« Er stellte auf seine Theke einen Stapel Zettel mit der Aufschrift: ›Komm zu Hühner-Ingo und die Welt ist Bingo‹ und wedelte mit einem Geldschein.

»Gerne! Wir verteilen das überall auf dem Weg.« Sancho griff nach dem Stapel Zettel und nahm das Geld.

Als sie wieder unterwegs waren, fragte der Knappe neugierig: »Wie findet Ihr den Spruch?«

»Der Text ist fehlerfrei, er reimt sich sogar«, erwiderte Winfried. »Seid nicht so kritisch, das ist sehr viel für jemanden aus seinem Stand ... hinter so einem Stand. Überlegt doch, welcher Anteil der Bevölkerung überhaupt in der Lage ist, sich eigene Texte auszudenken, sie zu Schrift zu bringen und sogar selbst zu vervielfältigen. Vielleicht ist nur jeder zehnte, der am Ende der Nahrungskette steht, dazu in der Lage.«

»Das mit der Nahrungskette ist ein endloser Kreislauf. Die Reste werden wieder an das Zuchtvieh verfüttert. Habt Ihr vorhin den schmutzigen Eimer hinter ihm gesehen? Wo, glaubt Ihr, verrichtet der Mann sein Geschäft?«

»Bitte, hört auf! Ich bin noch nicht fertig mit Kauen!«

Sancho bastelte aus einem der Flyer einen Papierflieger, warf ihn in die Luft und verfolgte seinen Flug, bis er im Straßengraben landete. Er faltete den nächsten Zettel.

»Wir sollten das Zeug doch verteilen«, wies ihn der Ritter zurecht, »dafür hat er uns bezahlt!«

»Das tue ich. Warum, glaubt Ihr, werden die Dinger Flugblätter genannt?«

»Nicht unbedingt für … Hatschi!«

»Was ist los? Fühlt der Ritter sich nicht wohl? Ist er krank?« Der Knappe wendete sein Reittier und blickte Winfried skeptisch an.

»Das Kampieren auf den nassen Feldern, der Mangel an Nahrung, der fehlende Schlaf, das alles setzt mir zu. Ich bin nicht mehr der Jüngste und schnell fängt man sich in unserem Alter eine Erkältung ein.«

»Wenn Ihr den Wirt genauer beobachtet hattet, wird Euch aufgefallen sein, dass er schon die gleichen Handschuhe, mit denen er die Hühnerleichen aufgespießt hatte, auch bei der Zubereitung unserer Mahlzeit getragen hat. Kein Wunder, so leicht lassen sich Viren übertragen. Ich besorge Euch etwas gegen Eure Krankheit. Haltet solange Euer Feldzeichen!«

Er stieg ab, reichte dem Ritter die Standarte, verschwand in einem Spielwarenladen und kehrte mit einer Ratsche in der Hand zurück.

»Hatschi! So ein Ding soll mir bei meiner Erkältung helfen?« Er gab mit skeptischem Gesichtsausdruck den Hahnenstab zurück und verfolgte, wie der Knappe aufstieg und seinen Esel wieder in Trab setzte. »Führt lieber mein Ross. Beim dem Nebel, der mein Visier von innen bedeckt, vermag ich kaum noch den Weg vor mir zu erkennen.«

»Es hilft gegen die Ansteckung.« Der Knappe griff nach den Zügeln von Winfrieds Pferd, vorneweg reitend ließ er die Ratsche laut rasseln und rief: »Haltet Euch fern von meinem Herrn! Die Pest hat in eurer Stadt Einzug gehalten. Unheil reitet durch eure Gassen. Nähert euch nicht, sonst seid Ihr des Todes!«

»Hatschi! Es ist eine Allergie gegen Hühnerfedern oder ein Schnupfen.«

»So fängt es an, so hat es damals auch angefangen. Der schwarze Tod raffte innerhalb weniger Jahre die Hälfte aller Europäer dahin!«, Sancho fuhr sich mit einer dramatischen Geste über den Hals, trieb seinen Esel an und rief: »Flieht, Ihr Bürger. Tod und Verderben halten Einzug in Eure Stadt!«

»Ihr versetzt die Bürger in Angst!«

»Ihr seid der Tod, ich bin das Verderben. Ich meine es nur gut. Sicher wollt Ihr genauso wenig wie ich, dass sich diese armen Bürger mit der möglicherweise todbringenden Krankheit anstecken.«

»Nein, das will ich nicht. Hatschi!«

Sancho ritt voraus und ließ die Ratsche laut knattern. Sie durchquerten die Vorstadt und erreichten bald die grünen Auen der Donau. Enttäuscht ließ er die Ratsche sinken, als sie weder Siedlungen durchquerten, noch einzelne Spaziergänger in Sichtweite kamen. Nachmittags trafen sie auf einen Jahrmarkt, bei dem außer einem Karussell und einer Hüpfburg auch ein Zauberkünstler die Kleinen wie die Großen in seinen Bann zog.

»Kann mir jemand einen Geldschein leihen?« Der Künstler verbeugte sich, hielt seine rechte Hand geöffnet und verharrte in dieser bittenden Geste.

Eine ältere Frau griff in ihre Tasche, reichte einem Kind einen Geldschein und schickte es vor. Das Kind hielt die Banknote in die Höhe, der Künstler griff danach und ballte die Hand zur Faust. Er öffnete seine Hand wieder und präsentierte sie leer. Lächelnd hielt er beide Hände vor sich.

»Habt Ihr das gesehen?«, flüsterte der Knappe, »er hat dem kleinen Jungen sein Geld abgenommen und verschwinden lassen. Das dürfen wir nicht zulassen.«

Winfried nickte, zückte seine Axt und drängte sich durch die Zuschauer.

»Gebt dem armen Jungen sofort sein Geld zurück!«, bedrohlich hielt er dem Künstler seine Waffe vor die Nase. »Sonst werde ich ein anderes Kunststück mit Euch anstellen. Ihr erratet sicher, welches. Ich bin kein Gaukler.«

»Was seid ihr denn sonst?«, fragte der Zauberkünstler vorsichtig, als der Ritter und sein Knappe sich drohend vor ihm aufbauten. Raunen ging durch die Menge. »In Ordnung, ich habe verstanden!« Er ging auf das Kind zu, griff hinter dessen Ohr, zog die Hand wieder hervor und öffnete sie. Darin war der Geldschein zu sehen. »So, seid ihr zufrieden?«

Der Ritter beobachtete, wie der Junge nach der Note griff und zurück zu seiner Großmutter eilte. Er steckte die Axt wieder in ihren Gurt. »Das ist gerade noch gutgegangen«, sprach er und wandte sich zum Gehen.

»Es wäre schlecht für dich ausgegangen, wenn die Kleinen nicht zugegen gewesen wären, denn der Ritter mutet Kindern so ein Massaker nicht zu.« Mit den Worten verabschiedete sich auch der Knappe von dem Künstler.

Ein wenig später erreichten die Beiden einen breiten Strand. Ein helles Gebäude ragte vor ihnen auf und sie zügelten ihre Reittiere.

»Sehr idyllisch, Herr Ritter!«

»Habt Ihr schon von der Weltenburg gehört? Man vermutet, dies ist das älteste Kloster Bayerns.«

»Ein Kloster mit einem Badestrand direkt davor!« Begeistert blickte sich Sancho um, als sie erst das Gebäude, danach den Biergarten passierten und über Kiesstrand ritten. »So etwas Tolles haben wir in ganz Spanien nicht.«

Gemächlich setzten die Beiden den Weg über den Strand fort, bis er abrupt endete und hohe Felswände vor ihnen aufragten, die ihren weiteren Weg versperrten. Sie kehrten um. Als sie erneut das Kloster erreichten, saßen sie von ihren Reittieren ab und sahen sich nachdenklich um.

»Willkommen in der Weltenburg!« Ein Mönch in schwarzer Robe kam auf sie zu und zitierte: »Wahrlich, ich sage dir: ehe der Hahn zweimal kräht, wirst du mich dreimal verleugnen.«

»Wenn der Fuchs beginnt zu predigen, sieh nach den Hühnern!«, murrte Sancho. »Was ist das? Eine Rechenaufgabe?«

»So ähnlich. Ein Bibelzitat, das zu häufigen Fehlinterpretationen verleitet. Es ist nur eine Zeitangabe, denn der Hahn kräht das erste Mal mitten in der Nacht und das zweite Mal bei Einbruch der Morgendämmerung. Heute würde man stattdessen sagen …«

»Was bin ich froh, dass ich nicht in einem Dorf lebe und in der Nacht durchschlafen kann«, fiel der Knappe ihm ins Wort.

»Oder das«, erwiderte der Mönch lächelnd. »Dieser Satz, den Jesus beim Abendmahl verkündete, ist mir spontan eingefallen, als ich euch gesehen habe. Und ich dachte, wenn ihr aus diesem Grund mit dieser Verkleidung herumlauft, kläre ich euch besser auf.«

»Danke! Vielleicht könntet Ihr uns darüber aufklären, wie wir der Donau weiter folgen können?«

»Einfach mit der Fähre den Donaudurchbruch durchqueren«, entgegnete der Mönch auf Winfrieds Frage und warf einen skeptischen Blick auf das Pferd und den Esel. »Aber auf dem Touristendampfer auch die Reittiere mitnehmen? Nein, das ist nicht möglich. Die Alternative wären öffentliche Verkehrsmittel, aber dort werdet ihr das gleiche Problem haben.«

Winfried blickte zu Sancho, dieser zuckte jedoch mit den Schultern.

»Manchmal sollten wir uns Zeit lassen und dem Herrn die Möglichkeit geben, unsere Gedanken zu ordnen.« Der Mönch setzte ein gutmütiges Lächeln auf. »Häufig eröffnet er uns in Zeiten der Muße oder im stillen Gebet einen Weg, der uns zuvor verborgen war. Manchmal passieren Wunder: ein Engel erscheint und weist uns den rechten Pfad. Aber ich will euch nicht mit vielen Worten langweilen. Vielleicht zeigt sich später ein Weg – nach einer Führung durch das Kloster. Hättet ihr Lust?«

Als sie keine Antwort darauf gaben, plapperte der Mönch munter weiter: »Wir beginnen unsere Führung in der Abteikirche, dort könnt ihr die Kunstfertigkeit der Benediktinerbrüder bewundern. Deckenfresken im Barockstil, die das himmlische Jerusalem darstellen und in dieser Weise einzigartig auf der Welt sind. Meine Mitbrüder zeigen euch, wie sie ihr Leben im Einklang mit der Natur in Ruhe und Kontemplation verbringen, mit denen ihr gerne auch den Gottesdienst besuchen dürft. Unsere Führung endet in der Klosterbrauerei. Dort bekommt ihr eine Kostprobe von vielen Biersorten, die meine Mitbrüder selbst brauen. Weiterhin könnt ihr kosten soviel ihr wollt von den edlen Erzeugnissen unserer Schnapsbrennerei …«

Die Augen von Winfried hellten sich sofort auf: »Darauf hätte ich Lust!«

»Wir würden gerne an der Führung teilnehmen!« Sancho, der kurz zuvor zu einem langen Gähnen angesetzt hatte, schloss sich an. »Die Kirche und den Rest können wir überspringen und direkt zur Sache kommen: in die Hofbrauerei und zur Schnapsverkostung.«

»Klosterbrauerei«, korrigierte der Mönch ihn mit gedämpfter Euphorie. »Wenn ihr wollt, kommt mit.«

⚔

Als Winfried Klopfgeräusche am Helm hörte, schreckte er auf, Fetzen von Erinnerungen flogen vor seinem geistigen Auge vorbei. Er versuchte, sich zu entsinnen, wie sie hier hergekommen waren, konnte sich aber nur an wenige Einzelheiten des Besuchs der Klosterschenke erinnern und nicht an das Ende der wilden Zecherei, als er von seinem Knappen an den Füßen aus der Klosterschenke geschleift und am Strand vor dem Kloster abgelegt wurde.

»Was ist los, mein Knappe – droht Gefahr?«

»Bevor der Hahn das zweite Mal kräht …«, sprach Sancho bedeutungsvoll, »diese Worte haben mich darauf gebracht: bevor der Morgen dämmert, ist der passende Zeitpunkt, Vorbereitungen für unsere Weiterreise zu treffen. Erhebt Euch!«

»Wie schrecklich mein Schädel brummt«, seufzte Winfried. Er versuchte, sich die Augen zu reiben, bemerkte jedoch nach einer Handbewegung, dass sein Helm ihn nach wie vor daran hinderte.

»Ihr hättet am Vorabend das letzte Schnapsglas stehen lassen sollen.«

»Das ist einfacher gesagt als getan«, brummte der Ritter, richtete sich mühsam auf seine Beine und erinnerte sich an den Misserfolg des Vortages, als ihr Weg abrupt endete. »Was nun? Ist Euch eine Idee gekommen, wie wir diese unüberwindlichen Felsen bezwingen können?«

»Die Lösung lag direkt auf dem Weg, wir haben sie nur nicht erkannt. Folgt mir!«

»Ich kann nicht erkennen, was dies mit unserer Reise zu tun haben soll«, sprach Winfried irritiert, als sie mit ihren Reittieren durch den Jahrmarkt trotteten. Vor einer Hüpfburg mit Turm und Rutsche hielten sie an.

»Seht Ihr diese Burg? Sie wird uns übers Wasser tragen.«

»Nun offenbart sich mir Euer Vorhaben, jedoch schaudert es mich. Zudem missfallen mir diese Gummifiguren, besonders dieses grinsende Schwammgesicht. Es scheint mir weder standes- noch altersgemäß. Ich würde mich der Lächerlichkeit preisgeben. Seht ihr keine andere Möglichkeit, diese Reise übers Land oder über den Fluss fortzusetzen?«

»Nein. Von allen, die ich in Erwägung gezogen habe, ist diese als Einzige verblieben. Die ganze Nacht zerbrach ich mir den Kopf: wird dies alles hier enden, weil man uns wegen der Reittiere schändlich den weiteren Weg verwehrt? Wird unsere Mission scheitern, weil diese Felsen unüberwindlich scheinen? *Nein,* sagte meine eigene Stimme, als wäre ich selbst vor mir als Engel erschienen und sprach: *Wir müssen unserem Schicksal die Stirn bieten. Und wenn es einen Weg gibt, dem Fluss zu folgen, geschieht dies nur durch eine Tat, die eines tapferen Ritters würdig ist.* Nun liegt es in Eurer Hand, ob wir hier und jetzt aufgeben oder uns der Herausforderung stellen. Wenn Ihr den Mut habt, eine mutige Heldentat zu vollbringen und Eure Mission fortsetzen wollt, durchtrennt mit der Axt diese Seile, damit wir die Burg in Besitz nehmen können.«

»Wenn dies die Tat eines Helden ist, so sei es«, spornte Winfried sich an und benötigte eine Weile, um die Schnüre, mit denen die Hüpfburg befestigt war, zu durchtrennen. Erschöpft durchschnitt er das letzte Seil. »Es ist vollbracht. Auf zu den großen Heldentaten, die alle noch vor uns liegen.«

Der Knappe spannte ein Seil zu den Reittieren und feuerte sie an.

»Hü, Pumuckl! Hü, Nepomuk!« Das Gespann setzte sich in Bewegung, die Paarhufer zogen ihre Last bis zum Donaustrand und knirschend über die Kiesel, bis sie direkt vor dem Wellen der Donau standen.

»Besteigt den Turm, mein Ritter! Ich setze die Burg ins Wasser und klimme hinterher. Für die Tiere ist unten ausreichend Platz. Falls etwas schiefgehen sollte: sie können schwimmen. Ich lasse die Tiere an unsere Burg gebunden, so können sie uns nicht verloren gehen. Und … los!«

Das Gefährt schaukelte sanft auf den Wellen, als die Beiden gemütlich auf dem Turm der Hüpfburg saßen und den beruhigenden Geräuschen des Wassers lauschten, das an den Flanken plätscherte, während die Strömung sie langsam flussabwärts zog. Die Huftiere blickten vom unteren Podest, das durch ihre schweren Gewichte halb unter Wasser lag, mit großen Augen zu ihnen hoch.

Als sie gemächlich die Donau hinabtrieben, griff Sancho in seinen Rucksack. »Schaut, was mir der nette Mönch gestern mitgegeben hat.« Er zog eine Flasche Wein heraus, reichte sie weiter und förderte eine Tüte mit belegten Broten zutage.

»Hättet Ihr auch eines, das mit Schinken oder Wurst belegt ist?«, fragte Winfried vorsichtig, während er die Flasche öffnete.

»Ja, dies habe ich extra für Euch besorgt!«, gutgelaunt reichte er ihm ein Wurstbrot. »Aus Soja. Ich nahm an, Ihr werdet nach so etwas fragen.«

»Nun ja. Es ist essbar. Der Genuss ist«, sprach er mit vollem Mund, »es füllt meinen leeren Magen.«

Nach der Mahlzeit streckten sich beide aus, starrten schläfrig zum Himmel hinauf, betrachteten die Sonne, die langsam dem Zenit entgegenstrebte und genossen das sanfte Schaukeln, während ihr Gefährt von der Strömung zwischen den Felsen hindurchgezogen wurde.

»Mich erinnert dies an die Abenteuer des Odysseus, der bei seiner Fahrt von zwei Ungeheuern, Skylla und Charybdis, bedroht wurde. Sie bewachten die Meerenge, eines der Wesen konnte mit seinem Sog ganze Schiffe …«

Abrupt brach Winfried den Vortrag ab, als ein ohrenbetäubendes Hupen die Idylle beendete. Er richtete sich auf und blickte flussabwärts.

»Ein Linienschiff!«, rief er von Panik ergriffen. »Direkt vor uns! Es wird uns rammen! Wir können nicht ausweichen!«

Das entgegenkommende Schiff verlangsamte seine Fahrt, schwenkte zur Seite und schwamm nur eine Handbreit entfernt vorbei. Abermals ertönte das ohrenbetäubende Signalhorn. Von der Reling starrten Touristen gebannt auf die schwimmende Trutzburg herab, sahen ihre zwei außergewöhnlichen Passagiere und die Reittiere.

»Das war knapp!«, stöhnte Winfried, als das Linienschiff die Fahrt wieder beschleunigte und sich stromaufwärts entfernte, ihre Schwimmburg jedoch mit dem Sog seines Antriebs zum Taumeln brachte. Die Burg torkelte wild, vollführte auf den Wellen ausgelassene Tanzbewegungen und das Unglück brach herein: ihr schwimmender Untersatz geriet in Schieflage, die Huftiere rutschten von der Plattform in den Fluss und versetzten ihre Läufe in wilde Bewegungen, um sich über Wasser zu halten. Winfried glitt seitlich an der Burgmauer herab, konnte aber im letzten Moment nach einer Schnur greifen und klammerte sich nun krampfhaft an ihr fest.

»Hilfe! Sancho, Hilfe!« Verzweifelt, den Tod vor Augen, schlug er mit den Füßen, schnappte nach Luft und schrie: »Ich bin zu schwer mit der Rüstung, ich ersaufe gleich!«

Das Pferd paddelte hektisch mit seinen Läufen, um seine Nüstern über der Oberfläche zu halten, während der Esel mit lautem »I-Aaah« die Notlage bestätigte. Das Gefährt drehte sich im schäumenden Wasser und wurde von einem Strudel festgehalten, den der Antrieb der Fähre hinterlassen hatte.

»Haltet durch, Herr Ritter!«, rief Sancho von oben, brauchte eine Weile, um sich selbst sicheren Halt zu verschaffen und warf ein Seil hinunter. »Greift nach dieser Schlinge und haltet Euch fest. Ich halte Euch über Wasser.«

Das gekenterte Gefährt trudelte in der Strömung, begleitet von verzweifelten Schreien der in Notlage geratenen Helden, bis sich ein blau-weißes Schiff näherte: die Wasserschutzpolizei. Drei Personen auf Deck gestikulierten wild, einer band sich ein Seil um, sprang ins Wasser und kraulte auf die gekenterte Schwimmburg zu. Er befestigte das Seil, das Polizeischiff setzt sich vorsichtig in Bewegung und nahm das Gefährt der Abenteurer in Schlepptau.

Am Ufer warteten bereits Einsatzfahrzeuge der Feuerwehr, das technische Hilfswerk war auch zugegen, ebenso wie mehrere Mannschaftswagen der Polizei, die das Gelände weiträumig absperrten. Alle Einsatzkräfte und viele Schaulustige beobachteten, wie sich das Gespann näherte. Einige Feuerwehrmänner zerrten an den Seilen und bewegten das verunglückte Gefährt an Land, zwei eilten zu Winfried, zogen ihn aus dem Wasser, stützten ihn und setzten den Ritter vorsichtig am steinigen Ufer ab. Sie eilten sogleich wieder ihren Kollegen zu Hilfe, um Sancho und die Reittiere aus der Strömung zu bergen. Während der Ritter und sein Knappe, weitgehend ihres Federkleides beraubt, erschöpft auf den Kieseln am Ufer saßen, sahen sie, wie Einsatzkräfte der Feuerwehr ihre Burg mit einer Seilwinde aus dem Wasser zogen.

Kelheim. Winfried saß im Verhörzimmer einem Polizisten gegenüber, der seinen Blick auf ein Blatt Papier gerichtet hatte. Nach einer Weile blickte der Beamte hoch und begann das Gespräch. »Zuallererst muss ich Sie bitten, Ihren Helm abzunehmen, bevor wir das Verhör beginnen. Es ist wichtig, dass ich meinen Klienten in die Augen sehen kann.«

»Der Helm ist festgewachsen. Ich kann Eurer Bitte nicht folgen.«

Nachdenklich musterte der Beamte ihn. Und nickte verständnisvoll.

»Nun gut, vielleicht wird es auch so gehen. Ihnen wird der Diebstahl einer Hüpfburg vorgeworfen. Und Sie sollen mehrere Verstöße gegen Verkehrsregeln der Wasserstraße begangen haben. Wie wollen Sie sich dazu äußern?«

»Ich beschuldige zwar nicht gerne jemand anderen, aber diese Aktion war die Idee von Sancho, meinem Knappen.«

Der Gesichtsausdruck des Polizisten zeigte, dass die Gedanken in seinem Kopf arbeiteten, jedoch keine Richtung fanden.

»Schön, dann befragen wir am besten Ihren Kollegen«, seufzte er, öffnete die Tür und bat den Ritter heraus.

»Ihre rote Narrenkappe dürfen Sie aufbehalten«, sprach er grimmig zum Knappen, der nun den Raum betrat. »Bei Ihrem Kollegen haben wir die Maskerade auch geduldet«

»Keine Beleidigungen, wenn ich bitten darf!«, reagierte dieser verstimmt und nahm Platz, »man sollte doch voraussetzen, dass auch im ländlichen Bayern unsere Beamten ihre Dienstvorschriften kennen. Im Übrigen: gerade, als ich Sie mit dieser Dienstmütze gesehen habe, kam mir ein Spruch eines Frankfurter Poeten in Erinnerung, wenn ich mir diese Bemerkung erlauben und einen Dichter zitieren darf: ›Jedem Narr gefällt sei Kapp‹.«

Verdutzt musterte der Polizist seinen Klienten. Ärger flammte in seiner Miene auf, legte sich jedoch wieder und wurde ersetzt durch Fassungslosigkeit. Er riss seine Mütze vom Kopf, warf sie entrüstet auf den Tisch, griff nach dem Zettel und begann ruhig, die Zeilen darauf vorzulesen. Er verfolgte die Reaktion seines Gegenübers, der jedoch nur gelangweilt durch ihn hindurchblickte. »Nun wissen Sie, was Ihnen zum Vorwurf gemacht wird.« Er legte das Papier zurück und begann mit der Befragung: »Die Aktion mit der Hüpfburg – wessen Idee war das?«

»Lassen sie mich anders beginnen, werter Inspektor.« Der Verhörte wurde nun putzmunter und erklärte mit dramatischen Gesten: »Wir waren in einer Notsituation. Ross und Reiter wurde das Fortkommen auf ihrer Mission verwehrt – der Knappe erachtete es daher als unabdingbar, für seinen Ritter eine Möglichkeit zu schaffen, die seines Standes würdig ist. Dies habe ich getan. Zu welchem Schluss würden Sie an meiner Stelle kommen, verehrter Herr Polizist? Was ist eines Ritters würdig, wo sollte er sich aufhalten?«

»Ich weiß, worauf Sie hinauswollen: eine Burg. Aber so geht das nicht!«

»Falls Ihnen eine bessere Möglichkeit in den Sinn kommt, wenn der Weg versperrt ist – weil man uns in öffentlichen Verkehrsmitteln zu Schiff und zu Land nicht duldet, so machen Sie einen Vorschlag. Sicherlich halten Sie sich für einen Mann, der mit Intellekt gesegnet ist. Halten Sie Ihr Wissen nicht zurück. Präsentieren Sie eine Lösung, wenn ich bitten darf!«

Der Blick des Beamten wechselte ein paar Mal zwischen Verwirrung und Nachdenklichkeit. Zum Schluss stand er auf. »Ich sollte noch Fragen stellen, aber im Moment weiß ich nicht, wo ich weitermachen soll. Entschuldigt, ich muss den Fall mit meinen Kollegen besprechen.«

Sancho und Winfried warteten im Vorraum, bis sich eine Tür öffnete.

»Wir führen die Befragung in einem größeren Raum durch«, sprach ein Uniformierter zu ihnen, »wir haben uns entschlossen, Polizeipsychologen hinzuzuziehen und einige weitere Kollegen, da der Fall sehr kompliziert zu sein scheint.«

Sie wurden in einen großen Versammlungsraum geführt, der bis zum letzten Platz besetzt war. Einige Polizisten standen sogar und beobachten sie neugierig, als sie eintraten. Vorne an einem Pult wurden sie zwei Beamten gegenübergesetzt, einem Älteren und einem Jüngeren mit Brille.

»Oberkommissar Gruber. Dies ist mein Kollege, Herr Meyer. Ich verlese nun den aktuellen Stand unserer Ermittlungen: Sie haben sich vorgestellt als der Ritter Winfried von Franken und sein Knappe Sancho, die auf einer schwimmenden Burg unterwegs waren, mit der sie gekentert sind.« Der Beamte unterdrückte ein Grinsen. »Dabei sollen Sie die Vorfahrtsregeln missachtet haben.«

»Uns kam diese schwimmende Festung entgegen«, erwiderte Winfried spontan. »Wer hat Vorfahrt? Wer flussaufwärts fährt, oder die Burg, die stromabwärts treibt?«

»Der Talfahrer hat Vorfahrt«, merkte der jüngere Beamte an. »Ich bin bei der Wasserschutzpolizei – die beiden waren doch flussabwärts unterwegs?«

»Ja«, entgegnete der ältere Polizist. »Die Frage ist doch, ob solch ein Transportmittel auf dem Fluss überhaupt zulässig ist. Mich würde es wundern.«

»Ich muss Sie enttäuschen«, wand der andere ein und setzte seine Brille ab, »die Breite, der Tiefgang, das alles ist geregelt. Jedoch nur, wenn das Gefährt motorisiert ist, gibt es genaue Vorschriften, wo man fahren darf und welcher Führerschein benötigt wird. Die Manövrierfähigkeit der Wasserfahrzeuge muss gewährleistet sein …«

»Aha!«, unterbrach der Erste ihn, »die war sicherlich nicht gegeben!«

»Wenn ich etwas weiter ausholen darf, werter Kollege: Fahrzeuge sind Schwimmkörper, die zur Fortbewegung gedacht sind. Eine Hüpfburg dient diesem Zweck grundsätzlich nicht, sie lässt sich auf Wasserstraßen somit in keine Kategorie einordnen. In diesem Fall haben Vorschriften genauso wenig Bestand wie bei Schwänen oder Enten. Es gibt aus rechtlicher Sicht daher nichts einzuwenden und so ein Fall ist vom Gesetzgeber überhaupt nicht vorgesehen. Kommen wir nochmal zurück zu den Vorfahrtsregeln. Wenn jemand kentert, gilt die Regelung: das fahrtüchtige Boot muss ausweichen. Wenn ich eine Kritik äußern darf: lesen Sie doch mal die Gesetze!«

»Bringt mir einen Kaffee!«, stöhnte der verhörende Beamte.

Eine Polizistin trat ein, näherte sich dem Tisch und meldete sich zu Wort. »Dem Mann hat es nicht geschadet.« Sie legte einen Zettel auf das Pult. »Er gab ein Interview für den Sonderbeitrag ›Die gekaperte Burg‹ im bayrischen Regionalfernsehen.« Mit den Worten zog sie sich zurück.

»Danke!« Eine Tasse wurde vor dem Polizisten abgestellt. Er schlürfte von dem frisch gebrühten Kaffee und griff nach dem Papier.

»Es gibt soeben neue Informationen für Sie«, der Beamte verlas den Zettel: »der Besitzer der Hüpfburg wird auf eine Anzeige wegen seines entwendeten Eigentums verzichten, wenn die Beschuldigten sich bereit erklären, für ihn Flyer zu verteilen. Die Kosten für Bergung und Rücktransport der Burg übernimmt er selbst.«

»Das machen wir gerne!« Sancho grinste.

Der Beamte warf erneut einen Blick auf die vor ihm liegenden Papiere. Plötzlich änderte sich sein Gesichtsausdruck und er blickte seine Klienten mit zusammengekniffenen Augen an. »Sie wollten mit dieser Aktion doch sicher für etwas demonstrieren?«

»Sie halten sich wohl für besonders schlau, jetzt wollen Sie wohl mit dem Vermummungsverbot kommen!«, brummte Sancho mit einem Seitenblick zu Winfried. »Aber daraus wird nichts. Den Helm trägt er schon, seit wir uns begegnet sind.«

»Gut, weiter. Was haben wir noch?«, der befragende Beamte warf seinem Kollegen einen forschenden Blick zu.

»Feierabend!« Dieser lachte. »Die Klienten sind in allen Punkten entlastet.«

Als die beiden Berittenen sich zum Aufbruch bereit machten, standen viele Polizisten vor der Station und winkten freundlich zum Abschied.

»Ich hatte die letzten Tage sehr an Euch gezweifelt und immer häufiger befürchtet, Ihr bringt uns ständig in Schwierigkeiten. Aber jetzt scheint es«, sagte Winfried gutgelaunt, »das Volk beginnt uns zu mögen!«

Viele Stunden folgten sie den weiten Schlaufen der Donau, hin und wieder bastelte Sancho einen Papierflieger aus den Zetteln, die ihnen mitgegeben wurden und beobachtete ihren Flug, während dies vom Ritter missmutig betrachtet wurde. Sie ritten bei Einbruch der Dämmerung und durch die Nacht weiter, bis eine Straßenlaterne die Dunkelheit durchdrang.

»Ich hätte nicht erwartet, dass wir in Regensburg erst zur Nachtstunde eintreffen, mein Knappe. Ich habe die Entfernung unterschätzt, es ist kurz vor Mitternacht und wir müssen noch einen Platz für zum Übernachten suchen.« Langsam trabten sie durch die Stadt.

»In der Mitte des Flusses befindet sich eine Insel, zu der diese Steinerne Brücke führt.« Winfried wendete sein Pferd nach links. »Dort können wir unser Nachtlager aufschlagen.«

Sancho zügelte seinen Esel in der Mitte der Brücke. »Schaut, mein Ritter! Dieser Mann kommt mir bekannt vor. Was meint Ihr?«

»Der am Rand steht und auf den Fluss hinabblickt? Ich erkenne ihn nicht.«

»Er ist Komiker. Nicht lustig, aber sehr erfolgreich. Er füllt ganze Stadien.«

»Vielleicht … ja, wenn ich genauer hinschaue. Er benimmt sich jedoch sehr merkwürdig.« Als sie näherkamen, sahen sie, dass der Mann eine Pistole auf seine Schläfe richtete. Der Ritter und sein Knappe hielten.

»Endlich jemand zum Reden, ganz ohne Show!« Der Mann senkte seine Waffe und wischte sich eine Träne aus dem Auge. »Gerade komme ich von meinem Auftritt. Ich muss immer die gleichen Gags vortragen, über die ich selbst noch nie lachen konnte. Dies ist mein Dilemma: mir fallen selbst keine Witze mehr ein. Ich habe einen Knebelvertrag. Von meinem Management wurde ein Resozialisierungsprogramm auf die Beine gestellt, und Straftäter denken sich Witze aus, die ich vortragen muss. Sofort lachen die Leute, wenn sie mich auf der Bühne sehen und denken, ich wäre gut drauf. Beim ersten Wort wird es sofort laut, alle brüllen vor Lachen. So laut, dass sie die Witze gar nicht mehr hören, die ich erzähle!«

»So ist es bei vielen Comedians«, sagte Sancho nachdenklich, »die gute Laune ist nur Fassade.«

»Vor jeder Show brauche ich Kokain, um das Ganze durchzustehen. Wenn die Show vorbei ist, trinke ich zwei Flaschen Schnaps, um wieder herunterzukommen. Nur so überstehe ich jede Nacht. So läuft das seit mittlerweile 10 Jahren.«

»Das ist ja schrecklich! Wie hast du das nur so lange ausgehalten?«

»Das frage ich mich auch. Mir wurden hunderttausend Euro angeboten, damit ich den hier vor allen Leuten zeige.« Er öffnete seine Hose. »Für euch mache ich das gratis.«

»Der ist ja wirklich bescheiden!«, kommentierte Sancho mit Blick nach unten, »dafür würde ich mich schämen.«

Der Mann schloss seine Hose wieder. »Die Leute wollen eben alles von mir sehen. Aber ich habe nichts zu bieten, unten genauso wenig wie oben auf der Bühne. Ich schäme mich für jeden Witz, den ich vortragen muss.«

»Die sind derart schlecht, das kann ich nachvollziehen«, kommentierte der Knappe. »Aber was für dich spricht: du hast sie dir nicht ausgedacht. Meinst du, das hältst du noch zehn weitere Jahre durch? In so einer ausweglosen Situation hätte ich mir schon längst die Kugel gegeben!«

Mit weit geöffneten Augen starrte er Sancho an. Und seine Stimmung hellte sich auf.

»Du hast recht! Alle meine Leute sagen immer: ›reiß dich am Riemen, halte durch, irgendwann wird das wieder, wir brauchen dich!‹ Dabei denken sie nur daran, wie viel Geld sie mit mir verdienen. Warum soll ich für diese Leute noch weiter den Affen machen? Die Lösung ist so einfach! Danke, dass ihr Beiden mir zugehört habt!«

Als sie weiterritten, hörten sie aus dem Hintergrund einen Knall, dem ein Platschen folgte.

»Hätten wir ihn nicht davon abhalten sollen?«, fragte Winfried besorgt.

»Bisher hat den jeder belogen. Es war wichtig, dass mal jemand ehrlich mit ihm spricht, wenn er so leidet. Wir waren bestimmt die Ersten. Hast du nicht gesehen, wie seine Augen geleuchtet haben, welche Last plötzlich von ihm abgefallen ist? Winfried, wir gewinnen immer mehr Freunde!«

»Hoffentlich sind nicht alle neuen Freundschaften so kurzlebig wie diese«, murmelte er. Danach blieb er schweigsam, während sie sich auf der Donauinsel nach einem geeigneten Nachtlager umschauten.

✕

Als sie am nächsten Morgen zwei Stunden ihres Weges geritten waren, hob sich die Stimmung des Ritters. »Wir kommen nach Walhalla!«

»Was meint Ihr?«, fragte der Knappe verdutzt. »Gestern sagtet Ihr, all unsere Heldentaten lägen noch vor uns. Zudem sind die Anforderungen äußerst hoch, in Odins heilige Hallen einziehen zu dürfen. Dieses Recht muss man sich erst auf beschwerliche Weise erwerben.«

»Schaut! Dort, auf der Anhöhe, das ist Walhalla. Schauen wir es uns an?«

»Merkwürdig. Das sieht aus wie auf der Akropolis.« Sancho blickte hinauf und schüttelte verwundert seinen Kopf. »Das interessiert mich tatsächlich. Ich frage mich, was so ein griechischer Tempel in der tiefsten bayrischen Pampa zu suchen hat.«

Sie banden ihre Reittiere an, stiegen die Treppen hinauf zu dem Bauwerk und traten ein. Sie durchschritten die Hallen und betrachteten die zahllosen Statuen und Büsten.

»Ich vermag keinen Sinn in dieser Ausstellung zu erkennen. Dichter und Maler sind wahllos aneinandergereiht neben irgendwelchen Königen und Feldherrn.«

»Es sind Menschen jedweder Profession, die sich ewigen Ruhm erworben haben, mein Knappe. Nur deutsch müssen sie sein, um in diesen Hallen verewigt werden zu dürfen.«

»Und tot! Ich habe genug Tote gesehen. Von mir aus können wir gehen.«

»Hat es Euch nicht gefallen?«, fragte der Ritter enttäuscht, als sie wieder zu ihren Reittieren zurückkehrten.

»Ich hatte Schlimmeres erwartet. Ein Name jedoch fehlt.«

»Es kann leider nicht jeder berücksichtigt werden, der es verdient hätte. Wen genau meint Ihr?«

»Der Name Winfried fehlt.«

Lange Zeit ritten sie stumm nebeneinander her. Sancho warf immer wieder einen Seitenblick zu seinem Mitstreiter, der tief in Gedanken versunken war.

»Warum seid Ihr so still, mein Ritter?«, durchbrach er nach Stunden die Stille. »Ihr schweigt schon eine lange Zeit. Bedrückt Euch etwas?«

»Ich denke an unsere Fahrt auf dem Fluss. Wir hätten zu Tode kommen können!«

»Na und?«, Sancho zuckte mit den Schultern.

»Wie – NA UND? Wären wir ertrunken, unsere Leichen an den Strand der Donau gespült worden … der Gedanke rührt Euch nicht?«

»Euch hätten sie wohl eher mit einem Lastenkran vom Grund des Flusses heben müssen.«

»Nicht mal über ernste Themen wie den Tod kann man mit Euch ein vernünftiges Gespräch führen!«

»Na gut, in Ordnung! Wenn Ihr wollt, dann ist der Tod eben ein ernstes Thema. Habt Ihr Euch Gedanken darüber gemacht, was danach kommt?«

»Eine schöne große Grabplatte … nein! Ein kleines Mausoleum für mich, um den legendären Ritter *Winfried von Franken* zu ehren. Ein Grabmal, das noch viele Generationen später von neugierigen Schülergruppen besucht wird.

Davor mannshohe Marmortafeln, auf denen die Heldengeschichten meines Lebens eingraviert sind, die von meinen großen Taten künden ... die ich jedoch erst noch vollbringen muss, bevor ich das Zeitliche segne, denn bis jetzt wären diese Tafeln leer! Genauso wenig würde es ein Mausoleum oder eine Grabplatte geben. Wie Mozart würde man mich irgendwo anonym verscharren!«

»So schlecht ist das nicht. Im Kopf der Menschen lebt das Vermächtnis des Komponisten weiter, als wäre er noch lebendig. Weit über seinen Tod hinaus weilt sein Geist unter uns. Für mich wäre das auch der letzte Wunsch.«

»Seltsam. Wenn ich dies von Euch höre, kommt mir Frankensteins Monster wieder in den Sinn.«

»Die Leute sollen feiern, auf mich anstoßen und sich besaufen. Ein großes Fass Portwein werde ich meinen Gästen als Nachlass spendieren, damit sie eine große Fiesta am Ende der Welt abhalten. Gerne würde ich mitfeiern und meine Asche dort, wo es am schönsten ist, selbst verstreuen.«

»Mit dem Verstreuen der eigenen Asche, das wird schwierig. Es sei denn, Ihr wollt vorfeiern. Das bringt jedoch Unglück. Genauso unmöglich wird es mit dem Feiern am Ende der Welt. Die Erde ist rund.«

»Das Ende der Welt gibt es«, murmelte Sancho mit verschwörerischer Stimme, »ich war schon dort.«

Nachdenklich ritt der Ritter eine Weile voran, schüttelte jedoch ungläubig den Kopf.

»Wünscht ihr keine würdevolle Rede über Euer Leben, mein Knappe?«

»Nein. Ich bevorzuge etwas Stimmungsvolles. Mein Wunsch wäre eine Sensenmagd, die meine Gäste amüsiert.«

»Eine ... wie bitte? Ihr meint wohl einen Sensenmann. Ein makaberer Wunsch!«

»Nein, keinen Mann. Zuerst sieht es zwar so aus: eine düstere Gestalt in einer schwarzen Kutte nähert sich den Gästen bedrohlich. Dann die Überraschung: sie lässt Robe und Sense fallen und eine attraktive Stripp... ich meine, eine hübsch gekleidete Chica steht an ihrer Stelle, die alle Feiernden mit ihrem Tanz unterhält. Jeder Anflug von Trauer wird von ihren galanten Hüftschwüngen vertrieben wie ein scheues Reh, das vor Wölfen flieht.«

»Also keine würdevolle Grabrede«, murrte Winfried und schwieg.

Sie folgten der Donau weiter flussabwärts und näherten sich am frühen Nachmittag der Stadt Wörth.

»Hungersdorf heißt diese Siedlung«, las der Ritter. »Sehr passend. Mein Magen knurrt!«

»Auch ich würde eine Mahlzeit gutheißen. Machen wir eine Pause.«

Von der Ferne war Musik zu hören, als sie durch den Ort wanderten, sie gingen ihrer Quelle entgegen. Nachdem sie um eine Ecke gebogen waren, fanden sie einen überfüllten Hof, in dem ein Akkordeonspieler musizierte und ein traditionell gekleideter Bursche fröhlich zu den Klängen jodelte.

»Seht, Sancho. Ein Biergarten! Alle Tische sind belegt, aber diese Bayern sind ein geselliges Volk. Man kann sich zu einer Gruppe dazusetzen und an ihren Stammtischgesprächen teilnehmen. Es würde mir Freude bereiten.«

»Dürfen wir?«, fragte er an einem Tisch in die Runde. Alle nickten.

Eine Weile beobachteten der Ritter und sein Knappe ihre Tischnachbarn, die sich mit ihren Smartphones und Tablets beschäftigten. Das Einzige, was die Stille durchbrach, war permanentes ›Klick, Klick, Klick‹.

»Kommuniziert Ihr gar nicht miteinander?«, fragte Winfried verwundert seinen Sitznachbarn.

Dieser zeigte ihm kurz sein Display mit dem Wort *doch* und fuhr fort, auf seinem Gerät zu schreiben. ›Klick, Klick, Klick‹.

»Ja, aber … warum sprecht Ihr nicht miteinander?«

Der Angesprochene bemerkte, dass er immer noch entgeistert angestarrt wurde und hielt vor Winfrieds Nase sein Display, auf dem nun zu lesen war: *Wir schreiben hier miteinander. Unser Kollege Günther ist heute in München und remote dabei. Klinkt euch einfach mit euren Smartphones bei uns ein. Installiert die ›Wurzel's App‹ und geht in den Chatroom ›Klausi's Stammtisch‹.* Er zog sein Gerät zurück, nahm einen Schluck aus seinem Maßkrug und tippte weiter.

Das Gejodel endete und die Musiker riefen: »Wir holen unsere Gitarren, sind in fünf Minuten wieder da und bringen Stimmung mit!«

Winfried griff sich Notizblock und Stift vom Biertisch und schrieb darauf: *Wir haben beide keine Smartphones. Wir könnten doch direkt miteinander reden?!* und reichte es seinem Nachbarn, der die Nachricht las und auf seinem Gerät tippte, während ein Kellner erschien und den bayrischen Gästen Bratwürstel mit Sauerkraut servierte. Sancho verschränkte die Arme, während Winfried der Anblick der reichlich gedeckten Teller das Wasser im Mund zusammenlaufen ließ. Nach einem Bissen zeigte sein Nachbar ihm erneut einen Text auf seinem Display: *Und der Günther kann mitreden, obwohl er gar nicht am Tisch sitzt. Das Tolle ist: wir können später nachschauen, wer was gesagt hat und es gibt darüber keine Diskussionen. Schreiben ist außerdem nicht so aggressiv wie Reden. Der Dietrich, der gegenüber sitzt, das ist der neben deinem Kumpel. Vielleicht kann er euch sein Zweitgerät borgen … @Dietrich: ok?*

Der Angeschriebene reagierte sofort und reichte Sancho ein Tablet, der anfangs das Display desinteressiert betrachtete, dann jedoch begann, etwas zu tippen. Die Leute am Tisch starrten derweil auf ihre Geräte und nahmen bald einen zunehmend verärgerten Gesichtsausdruck an. Nach einer Weile wurde einer nach dem anderen bleich, entsetzte Minen starrten auf ihre Displays und warfen zwischendurch vorsichtige Seitenblicke zum Ritter. Sancho schüttelt sich plötzlich laut vor Lachen, verdutzt griff Winfried nach dem Gerät seines Nebenmanns und las die letzten Zeilen auf dem Display:

… daher Vorsicht: wir sind zwei entlaufene Gewaltverbrecher! Ab jetzt seid ihr alle am Tisch unsere Geiseln! Keiner steht auf und entfernt sich, sonst dreht mein Kollege mit der Streitaxt durch und zerlegt jeden von euch zu Schnitzeln. Schaut ihm auf keinen Fall direkt in die Augen! Er fühlt sich sonst provoziert und verliert sofort die Kontrolle. Letztes Mal hat er sich erst wieder beruhigt, nachdem er jeden außer mir mit seiner Axt zerstückelt hatte.

»Das finde ich nicht witzig, Sancho!«, entrüstete sich Winfried.

»Aber dass sie getötete Tiere essen, das findet Ihr in Ordnung?«, sprach der Knappe mit einem angewiderten Blick auf die Schweinswürste im Saitling, stand auf und schrie: »und dazu noch im Darm!«

»Lebt denn der alte Holzmichel noch?«, riefen die Musiker, die soeben wieder erschienen waren und zu spielen begannen.

»Die Leichen der Tiere verarbeitet man zu Brei und füllt alles …«, Sancho lief rot an und brüllte: »in ihr eigenes Verdauungsorgan! Dort mischt es sich mit Resten von Fäkalien, so infizieren sich die Leute, die so was essen, ständig!«

Ein Gast am Tisch, der gerade seinen Maßkrug angesetzt hatte, hustete und spuckte sein Bier zurück, während ein anderer, der eben noch genüsslich an seiner Mahlzeit gekaut hatte, sich verschluckte, grün anlief und sich auf den Biertisch übergab.

»Kommt mit, wir gehen!« Winfried riss seinen Kameraden von der Tafel weg und zerrte ihn zum Ausgang des Biergartens.

»Jaja, er lebt noch!«, waren die letzten Worte der Musiker zu hören, als Winfried, gefolgt von seinem Knappen, zu den Reittieren preschte.

»Warum regst du dich immer so auf?«, stellte Winfried seinen Begleiter zur Rede. »Sie wollten nur ein paar Würste essen. Menschen haben schon immer Tiere getötet, um zu überleben.«

»Das ist etwas Anderes! Heutzutage bestellen die Leute einen Teller der sterblichen Überreste, sind häufig schon vorher satt und lassen die Hälfte der ermordeten Tiere zurückgehen. Wenn die armen Viecher wenigstens eine Zeitlang lebenswert verbringen könnten, bevor sich diese verfetteten Typen laut schmatzend über ihre Leichenteile hermachen! Damit sie zu ihrem Vergnügen kommen, züchten sie Lebensformen mit dem einzigen Lebenszweck, zum Sterben in engen Käfigen gehalten zu werden – und wie hier nach dem Ableben in ihrem eigenen Ausscheidungsorgan zu landen! Das ist doch entwürdigend, seid Ihr anderer Meinung?«

»Mit dieser Sichtweise, ja«, kommentierte Winfried nachdenklich. »Da Ihr Tiere so sehr schätzt, glaubt Ihr an die Reinkarnation? Wenn Ihr im Sinne des Buddhismus glaubt, dann strebt fast alles, was Ihr tut, dem Zweck zuwider, ein gutes Karma zu pflegen. Fürchtet Ihr Euch denn nicht davor, als niedere Lebensform wiedergeboren zu werden?«

»Nein. Ich glaube nicht daran. Dennoch würde es mir gefallen, als Taube oder Möwe wiedergeboren zu werden und umherzufliegen. So könnte ich Mist auf die Köpfe der Menschen verteilen. Zugegeben, dies unterscheidet sich nicht wesentlich von dem, was ich in meiner jetzigen Lebensform tue. Was unsere Gesellschaft im großen Stil tut.«

»Ich glaube, ich erspare mir, Euch nach dem Sinn des Lebens zu fragen …«

»Ihr fragt nach dem Sinn des Lebens und habt gleichzeitig keine Skrupel davor, Lebewesen zu züchten, um sie zu töten und zu fressen?« Abrupt fuhr Sancho aus seiner Haut. »Wie dreist ist das denn? Als Mensch kann man sich etwas ausdenken und sagen: ›Das, was ich tue, finde ich so toll, das ist für mich der Sinn des Lebens‹. Während man gewissenlos Leben zerstört!«

»Ich hätte die Frage einfach nicht stellen sollen.« Winfried stöhnte.

Als sie am flachem Ufer der Donau entlangritten, begann Sancho fröhlich zu singen: »Was sollen wir essen, sieben Tage lang, was sollen wir essen …«

Was Winfried in Gedanken kommentierte: *Ist das furchtbar! Wir hätten uns mit Nahrung versorgen können, daraus ist jedoch wieder nichts geworden und jetzt singt der vom Essen. Mein Hunger bringt mich noch um!* Er fühlte, wie seine Kräfte schwanden. Unendliche Müdigkeit drohte, ihn zu übermannen.

»Fühlt Ihr Euch nicht gut, Herr Ritter? So, wie Ihr im Sattel sitzt und Euer Pferd führt, bietet Ihr einen bedauernswerten Anblick. Man könnte meinen, es wäre ein Slalom-Reitwettbewerb.«

»Mir geht es miserabel.«

»Was fehlt Euch denn, in dieser vollkommenen Freiheit, der wunderbaren Natur? Nach vielen Regentagen strahlt die Sonne auf uns herab, als wäre der jüngste Tag angebrochen. Sie hält uns in ihrem warmen Licht geborgen, der Fluss neben uns plätschert wie ein nie enden wollendes Gebet. Um uns herum schwirren farbenfrohe Schmetterlinge, suchen sich die schönsten Blumen, saugen sich mit Nektar voll und schweben hinfort. Im dichten Gras wandern Entenfamilien, ihre Kinder planschen fröhlich im Wasser, Fische lassen sich von der Strömung treiben, während zwei Reiter sich an dieser wunderbaren Idylle ergötzen …«

»Davon kann ich nicht leben«, unterbrach Winfried die Tagträume seines Knappen seufzend, »zunehmend befürchte ich, die Gestalt der alten Kreuzritter anzunehmen und zu einem der Skelette zu werden, mit denen man die Gruft so mancher Kirche schmückt. Wenn ich auf dieser Mission vorzeitig umkomme, wird es der Hungertod sein!«

»Ich kann uns etwas Nahrung aus dem Fluss besorgen. Würdet Ihr mir Eure Streitaxt leihen?« Der Knappe zügelte sein Reittier und stieg ab.

»Ihr könnt es gerne versuchen.« Winfried zog seine Waffe, reichte sie ihm, glitt vom Pferd und setzte sich ins Gras. Er betrachtete belustigt, wie sein Begleiter durch das seichte Wasser watete. »Ich frage mich nur, wie Euch das Kunststück gelingen sollte, einen Fisch mit der Axt zu fangen.«

»Ich hatte nicht vor, unschuldige Lebewesen zu töten!«, entgegnete Sancho barsch. Er tauchte die Streitaxt einige Male in den Schlamm und setzte sie als Hebel ein, zog kraftvoll an einem Bündel Schilf, riss es aus dem Schlamm und kehrte gutgelaunt zurück.

»Dies ist nahrhaft und gesund!« Stolz hielt er ein Bündel Schilfpflanzen in die Höhe.

»Und … das sollen wir essen?«

»Ja. Die Wurzeln sind leicht faserig, aber wenn man sie richtig zubereitet, ergeben sie ein reichhaltiges Mahl.« Der Knappe reinigte die Wurzeln, zerkleinerte sie mit der Axt, reichte seinem Begleiter eine Handvoll Fasern und bediente sich selbst an dem Kraut.

»Man kann auch überleben, ohne zu töten«, nuschelte er mit vollem Mund, als sie an dem Wurzelgericht aus Schilf kauten.

»Manchmal wäre ich bereit, dafür zu töten«, kommentierte Winfried und betrachtete die Schneide seiner Waffe. In diesem Moment entdeckte er einen fetten Käfer beim unbeholfenen Versuch, einen Grashalm emporzukrabbeln. Als er sich unbeobachtet fühlte, griff Winfried nach dem Insekt, steckte es gierig in seinen Mund und zerkaute es genüsslich.

Sancho saß am Ufer und summte fröhlich: »Was sollen wir essen, sieben Tage lang, was sollen wir essen …«, sammelte Grashalme und kürzte sie in verschiedenen Längen, bis er eine Panflöte aus Halmen zusammengestellt hatte. Er setzte sie an seine Lippen und flötete die Melodie weiter.

Winfried beobachtete das Treiben seines Begleiters eine Zeitlang. Ermattet ließ er sich auf die Wiese sinken. Kurz darauf war ein Schnarchen zu hören, dem der Helm einen metallisch scheppernden Klang verlieh.

✕

Er war im Turm einer Mühle gefangen. Ein Mob aus verlotterten Soldaten, angeführt vom Feldherrn Tilly, näherte sich mit brennenden Fackeln. Vor dem Gebäude versammelte sich der Pulk, die Männer erhoben Fackeln und starrten mit feindselig blitzenden Augen zu ihm hinauf. Der Blick durchs Fenster offenbarte ihm ringsum nur Schwärze und verbranntes Land, am Fuß des Gebäudes eine Horde finsterer Gestalten, die mit der Belagerung begannen. Ein Bollerwagen rumpelte zwischen ihnen hindurch, gezogen von Mutter Courage. »Blumen! Wer will frische Blumen kaufen?« Dutzende mit Lanzen bewaffnete Ritter stürmten auf das Tor der Mühle zu, das krachend zerbarst. Feuer züngelte durch den Holzboden, Winfried wurde von den Flammen eingeschlossen. Die Atemluft war stickig und heiß, sein Gesicht von Schweiß getränkt, seine Augen quollen durch unerträgliche Hitze hervor. Unbarmherzig brannte die Sonne vom wolkenlosen Himmel, stand schon hoch am Firmament, kein Lüftchen regte sich.

Winfried richtete sich auf und holte tief Luft.

»Hier in der Sonne wird mir zu heiß unter meinem Helm«, rief er seinem Knappen zu, der einige Meter entfernt am Ufer saß und seinen Blick auf das vorbeifließende Wasser und die umherschippernden Wasservögel gerichtet hatte, »und erneut plagte mich ein Albtraum. Wir sollten sogleich losreiten!«

Kurz nach ihrem Aufbruch überquerten sie die Brücke nach Straubing. Als sie die Stadtgrenze erreichten, stoppte der Knappe unvermittelt seinen Esel und betrachtete einen Wegweiser.

»Wenn Ihr an die Schöpfung oder an den Wert des Lebens auf diesem Planeten glaubt«, Sancho wies auf das Schild, »dann sollten wir uns dies ansehen. Wir könnten Einiges von den Tieren lernen.«

»Ein Streichelzoo? Was wollt Ihr dort? Sind wir nicht zu alt dafür?«

»Umgekehrt könntet Ihr genauso fragen, ob manche Tiere nicht zu alt für Kinder sind. Beispielsweise uralte Schildkröten oder Papageien.«

»Na gut, bevor Ihr erneut eine längere Diskussion beginnt, bei der Ihr sowieso den längeren Atem zu haben scheint, gehen wir einfach dorthin!«, gab Winfried nach, »es wird uns sicher nicht schaden.«

Nachdem sie den Tierpark betreten hatten, beobachteten sie einen Tiger, der gelangweilt von einem Ende des Käfigs zum anderen wanderte, kurz stoppte, sie anfauchte, sich umdrehte und seine sinnlose Beschäftigung in endloser Wiederholung fortsetzte.

»Warum muss er seine Zeit in Gefangenschaft sinnlos vertreiben, während wir, die primitiveren Wesen, seine Lebensgrundlage zerstören?«

»Diese Wildkatze ist wirklich nicht besonders gut gelaunt. Aber im Büro tun wir ja auch nichts anderes. Schaut, dort sind lustige Affen!«, forderte Winfried ihn zum Weitergehen auf.

Bei den menschenähnlichen Insassen beobachteten sie, wie einige der Primaten auf einem Ast saßen und gähnten. Ein Affe stand auf, kletterte zu seinen Artgenossen hoch und wurde dabei von einigen Kindern beobachtet.

»Wenn diese Kinder erwachsen sind, werden sie genauso Damen in einem Strip-Lokal beobachten, die eine Stange hochklettern und wieder herunterrutschen. Wie diese Affen.«

»Es gibt noch andere Tiere«, sagte Winfried genervt. Sie wanderten durch den Tierpark und verweilten vor einem kleinen Gehege mit einer Gruppe Erdmännchen. Einige standen aufrecht und drehten ruckartig ihre Köpfe. Von Zeit zu Zeit verschwand ein Tier in einer Höhle und erschien wieder.

»Habt Ihr Euch nicht manchmal gefragt, warum diese Tiere weggesperrt sind und sich begaffen lassen müssen, während wir frei herumlaufen?«

»Vielleicht sind sie einfach interessanter als wir.« Winfried bemerkte, wie sie von Kindern, die zuvor die kleinen Säugetiere beobachtet hatten, voller Neugier angestarrt wurden. Er forderte den Knappen nervös auf: »Kommt, gehen wir weiter.«

Nachdem sie weitere Gehege passiert und das Verhalten verschiedener Tiere traurig zur Kenntnis genommen hatten, fiel ihnen plötzlich eine große Menschenansammlung auf. »Dort scheint es etwas Besonders zu geben!« Sancho ging voran, sie gesellten sich zu den Beobachtern und erkannten, was deren Aufmerksamkeit erregt hatte: ein sprechendes Schwein.

»Dankeschön für den leckeren Mais. Wie lieb ihr Kinder seid.«

»Wo hast du gelernt, zu sprechen?«, fragte ein kleiner Junge.

»Alle Tiere können sprechen«, antwortete das Schwein, betrachtete die Zuschauer aus seinen kleinen Augen und kaute auf einem Maiskolben. »Nur verstehen die Menschen meine Sprache nicht. Deswegen habe ich mich dazu entschieden, eure Sprache zu lernen.«

»Faszinierend!«, kommentierte Winfried nach einer Weile, als das Schwein eine Sprechpause einlegte. Er sah, wie ein Mann im blauen Anzug einen Holzschuppen neben dem Gehege verließ und sich mit ruhigen Schritten entfernte. Als er sich zu Sancho umdrehte, war dieser jedoch verschwunden. Verdutzt schaute er sich um und konnte ihn nirgends entdecken. In dem Moment begann das Schwein wieder zu sprechen.

»Ich bin hier gefangen. Ich werde gequält.«

»Papa«, rief ein Junge, »das Schwein spricht wieder!«

»Jeden Tag muss ich hinter dem Zaun stehen und Eure dummen Gesichter betrachten. Vor wenigen Tagen waren wenigstens noch meine Freunde hier.«

»Noch mehr Schweine?«, fragte der Junge neugierig, »wo sind die jetzt?«

»Hinten im Biergarten. Ihr werdet sie sehen, wenn ihr dort ein Kinderschnitzel bestellt.«

»Was willst du damit sagen?«, fragte ein Vater entgeistert, »was soll das?«

»Sie wurden alle umgebracht. Vor drei Tagen kamen Männer mit Äxten. Erst haben wir nichts Böses gedacht und uns fröhlich im Schlamm gewälzt. Plötzlich haben sie meine Freundin gepackt, dort auf den Baumstumpf gelegt und ihr mit der Axt den Kopf abgeschlagen. Danach kamen die Kleinen dran. Eines nach dem anderen haben sie geköpft. Die Leute wollen Schnitzel essen, deswegen mussten meine Freunde sterben!«

Mit traurigen Gesichtern hörten die Kinder dem Schwein zu, einige begannen zu weinen.

»Raus hier, aber schnell!« Der Mann im blauen Anzug war zurückgekehrt und stand nun aufgeregt vor der Tür des Schuppens. »Zutritt nur für Mitarbeiter! Verschwinde, du Witzbold!«

Sancho verließ fröhlich die Hütte. »Man muss sie so früh wie möglich aufklären, wie wir Menschen mit Tieren umgehen«, sprach er zu Winfried, als sie den Tierpark verließen und zur Stadt zurückkehrten.

»Dieser Turm ist wohl ein Überbleibsel einer alten Stadtmauer.«

Ein älterer Spaziergänger, der sie als Fremdlinge erkannt hatte, hielt inne und wurde redselig: »Dies ist der Agnes-Bernauer Turm, ein Wahrzeichen Straubings. Die Legende erzählt: Albrecht, der Erbe des Herzogs, soll einer Badnerin verfallen sein und ihr in aller Heimlichkeit das Ja-Wort gegeben haben. Die Hochzeit im 15. Jahrhundert war nicht standesgemäß, was den Herzog zum Handeln zwang.«

»Wie reagierte er?«

»Er lockte seinen Sohn unter einem Vorwand aus der Stadt, derweil ließ er seine Partnerin in der Donau ertränken.«

»Schreckliche Zeiten. Wie ist der Sohn darüber hinweggekommen?«

»Ein Jahr später hatte er sich mit seinem Vater ausgesöhnt und heiratete standesgemäß eine Herzogin. So war es damals. Besitz und Stand waren für die Adligen heilig.«

Sie verabschiedeten sich von dem Mann und setzten bis in den späten Nachmittag ihren Weg ohne große Vorkommnisse an der südlichen Seite der Donau fort, ließen die Stadt Deggendorf am anderen Ufer vorbeiziehen, während der Ritter stark schwitzte und dem Knappen erschöpft hinterher trabte.

»Was ist los? Seid Ihr krank?« Der Knappe, der die schweren Atemzüge hinter sich bemerkte, griff in seine Tasche und hielt die Ratsche in die Höhe.

»Ich fühle mich nicht wohl, glaube jedoch nicht, dass ich ernsthaft erkrankt bin, also packt die Ratsche wieder ein. Mir ist unter dem Helm so heiß, dass mein Schädel brennt. Heute komme ich nicht mehr weit in dieser Hitze.«

»Nun gut.« Enttäuscht ließ der Knappe das Instrument sinken. »Suchen wir uns eine Aue für unser Nachtlager.«

Die Reittiere machten sich munter über das Grün her, rupften Grasbüschel um Grasbüschel heraus, tauchten ihr Maul ins Wasser und mampften am Flussufer, während sie neidisch von Winfried beobachtet wurden.

»Ich verhungere«, seufzte er.

»Es befindet sich hier kein Schilf«, brummelte Sancho, als er am seichten Ufer entlang stapfte und jedes der Gewächse genau inspizierte. »Nichts, was hier sprießt, ist für einen Menschen verdaulich. Wie schade. Wir haben keinen so widerstandsfähigen Magen wie unsere grasenden Freunde, sonst könnten wir uns auf dieser Wiese den Magen vollschlagen.«

»Schaut, in dem brackigen Wasser«, jammerte Winfried, »diese leckeren Fischlein, die darin planschen! Sie sind zahllos, es würde doch niemandem auffallen, wenn eines fehlt. Ich habe einen mörderischen Hunger! Nur eine Ausnahme, bitte! Nur einmal etwas nicht vegetarisches!«

»Lasst mich nachdenken. Ja, ich habe eine Idee!«, euphorisch richtete sich Sancho auf. »In dem Fall habe ich auch keine Bedenken. Leiht Ihr mir kurz Eure Waffe?«

»Etwas nicht vegetarisches? Und es macht Euch nichts aus? Wunderbar!« Winfried konnte es nun nicht schnell genug gehen, einen leckeren Fisch zwischen seine Kiemen zu bekommen, so reichte er dem Knappen bereitwillig seine Axt und wartete gespannt, wie dieser auf Fang gehen würde.

»Auf unseren Streifzügen durch die Wildnis …« Der Knappe ließ sich im Schneidersitz zu Boden sinken und fing an, von seinen Jugendtagen zu schwelgen: »Wir waren vier Freunde, die durch dick und dünn gingen und in den entlegensten Urwäldern umherzogen. Dort, wo nie zuvor ein Mensch gewesen war, streiften wir wie wilde Eingeborene umher. Einmal befanden wir uns im tiefsten Dickicht, irrten ewig durch das Unterholz, fanden nicht mehr heraus und wussten nicht mehr, woher wir gekommen waren, wie lange wir schon unterwegs waren und bald auch nicht mehr, wie wir dort überleben sollten. Eines Tages waren wir rasend vor Hunger, bereit, alles zu essen. Wirklich alles. Aber wir fanden nichts. Keine einzige essbare Frucht, nicht eine Kastanie, egal wie lange wir suchten und die Wildnis durchkämmten. Die Not machte uns erfinderisch und brachte uns auf eine Idee.«

Winfried beobachtete aufs Äußerste gespannt jede Bewegung des euphorischen Knappen. *Welche Lösung wird er nun aus dem Hut zaubern? Wird er in der Erde buddeln und Käfer ausgraben, Regenwürmer, oder fette Maden? Heute ist mir alles recht, was meinen Magen füllt. Selbst Würmer sind nahrhaft. Man muss sie als Ganzes schlucken und darf nicht darauf herumkauen. Sonst wird's ekelhaft.*

Der Knappe winkelte seine Beine an, drehte die linke Fußsohle nach innen und begann, vorsichtig an seinem Fuß zu schaben. Bedeutungsvoll hielt er ein Stück Hornhaut in die Höhe, steckte es in den Mund und kaute. Er setzte die Schneide nochmals als Hobel an, entfernte ein weiteres Stück Haut von seiner Fußsohle und ließ sie sich ebenso munden.

»Es schmeckt ein wenig salzig und nach Milchsäure. Wie Käse. Trocken wie Parmesan, nur etwas zäher.« Lächelnd gab er Winfried die Axt zurück.

Fassungslos nahm dieser die Waffe entgegen, wischte die Schneide im Gras ab und schüttelte sich vor Ekel. *Jetzt hätte ich Alles gegessen, Alles! Nur nicht SOWAS! Meine Axt ist entweiht!*

»Vielleicht sollte ich ein Kochbuch herausbringen«, dachte Sancho laut, »mit dem Thema ›Leben, ohne zu töten‹. Rezepte für vegetarische Gerichte und Survival-Guide in einem.«

Winfried war trotz brennendem Hunger der Appetit vergangen. *Lieber esse ich Schuppen – aber nicht die von seinem Kopf!* Während der Knappe sich am Ufer niederließ und Selbstgespräche führte, richtete der Ritter sich müde und hungrig einen Platz im Gras her und legte die Waffe neben sich. Die Sonne versank am Horizont, Dunkelheit legte sich über das Land.

Ärger stieg in ihm hoch, Winfried fand keine Ruhe und tastete beständig in der Dunkelheit nach der Axt, die neben ihm lag. *Ich drehe durch, gleich drehe ich durch!* Ihm platzte der Kragen. *Ich bringe dich um! Jetzt bringe ich dich um!* Er versuchte, nicht das geringste Geräusch zu verursachen, reduzierte seine Bewegungen aufs Nötigste und hob langsam, geräuschlos seine Hand. *Ich muss mich vorsichtig nähern.* Er spitzte seine Ohren und lauschte, seine Augen wanderten die Schatten ab. Ohne seinen Kopf zu bewegen, schätzte er ein, wohin der Schlag gehen musste. *Der erste Treffer muss den sofortigen Tod herbeiführen. Keine Flucht, sonst geht der Ärger von neuem los.* Langsam hob er seinen Arm und beobachtete die Schatten im Mondlicht. *Gleich stirbst du, Abschaum!* Winfried atmete gleichmäßig und wartete auf den richtigen Moment. Einem Impuls folgend, setzte er seine volle Kraft in den Schlag: Whack! *Das hat gesessen! Ich habe dich erwischt, deinem Leben ist ein Ende gesetzt! Aus, vorbei, endlich habe ich meine Ruhe!* - sprach er lautlos und siegessicher, als eine Fontäne des roten Lebenssaftes nach allen Seiten spritzte. Stumm stieß er einen Jubelschrei aus, während pulsierend Blut emporströmte. *Aus! Erledigt! Du bist vernichtet!*

Frisches, warmes Blut war der köstliche Saft, der die Wesen der Nacht anlockte: durstige Kreaturen, die sich jede Nacht aufs Neue ihre Opfer suchten, Blut war ihre einzige Nahrung. Der Geruch des ausströmenden Lebenssaftes lockte unzählige Wesen an, die im Flug mit schrillem Sirren herabsanken. Dutzende blutdürstiger Wesen fanden den Tatort, stürzten sich auf ihr Opfer, senken ihre Rüssel hinein und saugten frisches Blut. Immer mehr dieser durstigen Wesen folgten.

»Sancho, ich halte es nicht mehr aus! Ich will weg hier! Diese entsetzlichen Mücken treiben mich in den Wahnsinn, sie saugen mich aus!«

»Morgen suchen wir uns einen besseren Platz«, brummte dieser im Halbschlaf und drehte sich zur anderen Seite. »Schaltet einfach Eure Gedanken aus. Ihr müsst Euch vorstellen, sie wären nicht da. Meditation nennt sich das. Es ist ganz einfach, wenn man verstanden hat, wie es funktioniert.«

»Wie wäre es, wenn wir uns morgen ein Zelt besorgen würden?«

»Versucht, zu schlafen! Wir vier Jungs hatten damals auch kein Zelt, als wir die Nächte in den Wäldern verbracht haben.«

✕

Ein weiterer Morgen, ein weiterer Tag. Sie wechselten auf die Nordseite der Donau und folgten den weiten Schleifen des sanft dahinplätschernden Flusses ohne große Vorkommnisse. In Vilshofen kam Wind auf und vertrieb die Hitze, der Fluss nahm an Fahrt zu, bis sie Passau erreichten und sich im Einkaufsviertel der Altstadt wiederfanden.

»Noch eine dieser Shopping-Malls. Gigantische Verkaufszentren, die in den letzten Jahren wie Pilze aus dem Boden geschossen sind!« Entsetzt beobachtete Winfried die hektischen Menschen, die wie ferngesteuert in das riesige

Bauwerk aus Stahl und Glas hineineilten und mit Einkaufstüten bepackt wieder hinaushetzten. Eine Gruppe von Junggesellinnen zog die Straße entlang. Die Anführerin stoppte, drehte sich auf dem Fuß, riss ihre Arme in die Höhe und löste bei ihren Begleiterinnen ein lautes Kreischen aus. Die Gruppe zog weiter. Wie ein Weihnachtsbaum mit Einkaufstüten behangen, sodass nur noch ihr Kopf herausblickte, verließ eine Frau hastig das Einkaufscenter und eilte, ihren Blick eisern zu den Auslagen hinter dem Schaufenster gewandt, den Trottoir entlang. Plötzlich brach sie zusammen. Sanitäter eilen herbei und versuchten, sie mit einem Defibrillator wiederzubeleben. »Exitus!«, stellte ein hinzugerufener Notarzt kurz darauf fest und blaffte: »Schon die Dritte in dieser Woche. Tod durch Shoppen! Diesmal brauchen wir einen Container, um sie mit ihren ganzen Einkäufen unter die Erde zu bringen!«

Winfried und Sancho blickten dem Leichenwagen hinterher. Plötzlich, als hätte er sich teleportiert, stand ein kleiner Mann in orangefarbener Kutte mit kahlrasiertem Haupt vor ihnen und strahlte sie an: »Hare, Hare!«

»Glatze, Glatze!«, erwiderte Sancho spontan.

»Was meinst du?«

»Ich habe Haare, du nicht!«

»Ach so, ich verstehe. Das ist ein Zeichen meiner Demut. Darf ich dir ein paar Bücher schenken? Gegen eine Spende natürlich. Es wird dich glücklich machen. Oder du mit dem Helm?« Der Mann reichte Winfried einen Stapel Bücher und blickte ihn erwartungsvoll an.

»Das hört sich im ersten Augenblick gut an, aber wenn's eine Sekte ist, bin ich skeptisch …«

»Darf ich euch eine Geschichte erzählen?« Der Mann lächelte. »Früher war ich in einer Sekte gefangen, in der sich alles ums Geld drehte. Immer mehr und mehr brauchte ich von allem. Mein Lebensinhalt bestand aus Konsum, Gier, Sex, Tabak, Alkohol und viel schlimmerem wie Koks oder Heroin.«

»Das ist ja heftig. Was für eine schreckliche Gemeinschaft war das?«, fragte Winfried bestürzt. »Furchtbar! Wo bist du dort hineingeraten?«

»Es ist das, was ihr gerade seht! Die Leute mit den Einkaufstüten. Schuhe, Kleidung, viel mehr als sie benötigen, obwohl sie schon Alles haben. Sie tragen freiwillig Werbung für Marken, um noch weitere Opfer anzulocken. Schaut, den Süchtigen mit der Schnapsflasche, oder den dort, der einen Joint raucht. Früher war ich auch so. In diese Sekte wurde ich hineingeboren. Ist das nicht ein Unglück? Diesem Leben im Rausch habe ich entsagt.«

»Ach so.« Winfried nickte. »Unsere Gesellschaft meint Ihr. Im Gegensatz zu denen werdet Ihr doch ausgenutzt, weil irgendein Guru sich finanziell bereichern will und Tempel errichtet, um seine Eitelkeit zu befriedigen.«

»Meint ihr? Schaut euch den riesigen Konsumtempel mit seiner protzigen Glasfassade an! Dagegen sind unsere Tempel äußerst bescheiden.«

»Wofür«, mischte sich der Knappe neugierig ein, »tragt ihr diesen Zopf?«

»Am Ende unseres fleischlichen Daseins werden wir im See des ewigen Feuers schwimmen, Gut wie Böse. Dort entscheidet Gott, unser Richter, wer ein gutes Leben geführt hat, trifft seine Wahl, sucht ein paar von uns heraus und zieht die Glücklichen aus den Flammen.« Der Mann zeigte auf seinen Hinterkopf mit den wenigen verbliebenen Haaren. »An diesem Zopf!«

»Winfried, leih' mir kurz deine Axt«, flüsterte Sancho und lupfte die Waffe aus dem Gurt, während der Ritter neugierig dem Vortrag weiter zuhörte.

»Wir widmen unser Leben der guten Sache. Unser Ziel ist, den Frieden in der Welt herzustellen, wir gehen mit Allen friedlich um. Daher versuchen wir, andere aus dieser Gosse des zügellosen Konsums zu befreien und von unserem glücklichen Dasein zu überzeugen. Wir sind glücklich, weil …«

Im Moment der Ablenkung war Sancho hinter den Mann geschlichen, griff nach dessen Haarbüschel und schnitt es flugs mit der Axt ab.

»Was macht ihr da?«, fragte der Mann schockiert und drehte sich um.

»Ich war neugierig auf die Reaktion. Lustig, oder? Sollte ein Spaß sein …«

»Warum? Wir sind friedliche Menschen. Wir tun niemandem ein Leid an, verbringen unsere Zeit im Gebet und mit Gesang. Wir lieben jedes Lebewesen und sind der Ansicht, dass man keine Tiere töten darf. Daher tragen wir kein Leder und gehen lieber barfuß durch die Welt, als mit Schuhen aus Tierhaut. Wir sind Vegetarier.«

Sanchos Grinsen verwandelte sich. Wortlos und traurig blickte er auf das Büschel Haare in seiner Hand und hielt es dem Mann mit schuldiger Miene entgegen: »Das tut mir leid. Vielleicht kann man es wieder annähen.«

»Das wächst von alleine nach. Mit dem Glücklichsein, überlegt es euch doch mal. Es ist nie zu spät, sich zu ändern.« Der Mann mit der orangenen Kutte zog von dannen und sang sein Mantra »Hare, Hare!«. Nachdenklich blickten sie ihm nach, bis er außer Sichtweite war.

»Mein Knappe, mir gefällt nicht, wie Ihr mit dem Volk umgeht«, kritisierte Winfried seinen Knappen scharf.

»Vielleicht sollten wir auch eine Sekte gründen und andere von unserem Lebensstil überzeugen. Dem Luxus entsagen und ein Leben als Vegetarier führen. Und Ihr, mein Ritter, werdet der Oberguru.«

»Wie man sein Leben führt, sollte jeder für sich entscheiden«, sprach Winfried, als sie die Reittiere bestiegen und zum Donauufer trabten. »Wenn es bei uns schon an den Grundprinzipien an einer Einigung scheitert, könnte höchstens jeder seine eigene Glaubensgemeinschaft ins Leben rufen.«

»Und wir führen Krieg gegeneinander wegen unserer Prinzipien. Genaugenommen hetzen wir die Jünger auf, damit sie sich wegen unserer Ideologien gegenseitig die Schädel einschlagen.«

»Was sollte denn Eure Glaubensgrundlage werden?«, murrte Winfried.

»Ich lasse mir schon etwas einfallen. Irgendwelche Sprüche, die von den Jüngern ständig rezitiert werden müssen. Wer sich nicht dran hält, für den gründe ich …«, die Augen des Knappen weiteten sich, begannen zu leuchten und nahmen einen Ausdruck von Irrsinn an, »eine Geheimpolizei! Eine Art Stasi, die aufpasst, dass keiner aus der Reihe tanzt. Die unfolgsamen Leute werden zu mir gebracht und gefoltert!«

»Ich kann mir nicht vorstellen, dass sich da jemand freiwillig anschließt!«

»Oder sie fügen sich selbst Schmerzen zu, bestrafen sich und malträtieren ihren blanken Oberkörper mit der Gerte, bis Blut fließt.« Sancho, mit weit aufgerissenen Augen, wie in Trance, schwelgte: »Dreimal täglich! Tausende Flagellanten, Anhänger von Sancho's Selbstkasteiungs-Sekte ziehen durch die Straßen und rezitieren meine Psalmen.«

»Sagt mal ehrlich!«, versuchte Winfried, den Knappen aus seinen wilden Phantasien zu reißen, »denkt Ihr wirklich so? Nicht ernsthaft würdet Ihr Euch einbilden, nur einen Menschen zu finden, der verwirrt genug unter seiner Haube wäre, sich so einem Wahnsinn bereitwillig zu unterwerfen?«

Sancho nahm wieder einen normalen Ausdruck an, als wäre er aus einem Traum erwacht. Er senkte seine Stimme. »Einen Versuch wäre es doch wert. Entweder, das wird der größte Reinfall seit der Immobilienblase, oder ich entdecke eine neue Marktlücke. Das weiß man vorher nie. Ich gründe eine Sektenmission! In Spanien gibt es diese Geisterdörfer, nicht fertig gestellte Immobilienparks, in Beton gegossene Träume, die man für ein Appel und Ei erwerben kann. In letzter Zeit sind allerorts diese militant-religiösen Spinner unterwegs, denen man sofort ansieht, wie sie vor Aggression und Fanatismus fast platzen und vollkommen in sich gekehrt sind, fast über ihre eigenen Füße stolpern, sich im nächsten Moment wieder aufrappeln, irgendeinen Passanten beschimpfen, dass er ihre religiösen Gefühle verletzt hätte und sofort ihr Messer ziehen. Leute, die verkünden, sie wären zu Allem bereit, um sich und den Rest der Welt für ihren Glauben zu opfern, alle ins Verderben zu stürzen.

Da könnte sicher der Eine oder Andere für mich abfallen, in meine Sekte eintreten und mich als Guru verehren …«

»Nein!«, unterbrach Winfried ihn unwirsch, nachdem er mit Entsetzen verfolgt hatte, wie der Knappe abermals in einem Redeschwall tiefrot angelaufen war. »Kommt wieder zu Euch und atmet tief durch! Derart irre zu sein, ist nochmal eine ganz andere Hausnummer! Bevor sie in solch eine Sekte wie Eure eintreten, würden selbst die fanatischsten Irren wieder zur Besinnung kommen.«

»Schade!«, murmelte Sancho und ließ seinen Kopf hängen.

»Vielleicht sollte jeder seine eigene Glaubensgemeinschaft gründen. Nur für sich alleine. Man muss die Welt doch nicht immer mit jedem Unsinn missionieren, der einem gerade in den Sinn kommt. Darum geht es ja nicht beim Glauben. Jeder sollte es so halten wie er will.« Winfried fiel in philosophische Gedanken. »Ideologien sind es, die zur Versklavung von Menschen verbreitet werden, weil sich jemand Macht aneignen will. Ich frage mich, ob es auf dieser Welt Religionen gibt, die nicht das Ziel verfolgen, sich wie eine infektiöse Krankheit auszubreiten.«

»Ich kenne keine einzige«, entgegnete Sancho schulterzuckend. »Hätten sie sich verbreitet, wäre es wohl ein Paradoxon.«

»Immer wieder frage ich mich, was eigentlich meine eigene Mission ist. Sicher nicht, Unheil in alle Welt zu tragen.«

»Das würde ich nicht ausschließen. Früher schickte man Leute wie uns in den Kreuzzug.«

»Welche wie uns? Das verstehe ich nicht.«

»Leute, die in Europa ständig Ärger verursachten. Um Ruhe vor ihnen zu haben, entsandte man sie mit der Hoffnung auf Nimmerwiedersehen in die Ferne. Das, was heute die Arbeitsagentur erledigt, war früher die Aufgabe des Papstes: Arbeitslosigkeit zu bekämpfen, Unruhestifter in den Kreuzzug zu schicken oder das Problem der Überbevölkerung durch das Zölibat zu regeln. So gesehen, war die mittelalterliche Pest ein Glücksfall. Sie löste das Problem schnell und einfach.«

»Was den Ärger angeht, ist etwas Wahres dran. Bei den ersten Kreuzzügen waren es die Normannen, zum Christentum bekehrte Wikinger, die Europa in Angst und Schrecken versetzten. Im Gegensatz zu denen sind unsere Ziele jedoch ehrenhaft, mein Knappe.«

»Welche Ziele?«

»Die sind mir derzeit noch unbekannt. Nur weiß ich um die Aufgabe, es herausfinden. Aber nicht mehr heute. Wir müssen eine Unterkunft suchen.« Winfried sprach sogleich einen Passanten an: »Entschuldigt, wisst Ihr, ob in diesem Ort eine Herberge zu finden ist?«

Der Mann wies kurz zu einer Burg auf der anderen Seite der Donau und ging seines Weges.

»Eine Burg!« Winfried trieb sein Pferd voran. Sie überquerten die Brücke, ritten durch einen Tunnel und fanden sich vor einem steilen Anstieg wieder. Der Esel des Knappen bockte.

»Wir müssen absteigen.« Sancho glitt von seinem Reittier. »Diese Steigung machen unsere Tiere nicht mit.«

Zu Fuß nahmen sie den steilen Anstieg in Angriff. Winfried, der ebenso abgestiegen war, packte sein Ross am Zügel und stieg schwer atmend dem Knappen hinterher. Nach einer Biegung wurde der Weg noch deutlich steiler. »Sind wir bald oben?« Er keuchte und kämpfte sich in seiner Rüstung immer träger voran, setzte einen Fuß vor den anderen und erklomm die letzten Meter bis zum Burgtor auf allen Vieren.

»Willkommen in der Jugendherberge Passau. Ja, wir haben noch Betten frei«, begrüßte der Verwalter den Knappen freundlich, während Winfried im Hintergrund noch dabei war, sich langsam und schwerfällig aufzurichten. Nach dem Ausfüllen eines Formulars wurde der Herbergsvater redselig und nach einem kurzen Blick zum Ritter berichtete er über die Geschichte der Festung: »Wisst ihr, dass diese Zwingburg niemals eingenommen wurde? Fast sechs Jahrhunderte war sie der Sitz des Fürstbischofs, der über das weite Land gebot. Es kamen Zeiten, in denen die Bürger unten in Passau sich von ihm ausgenutzt fühlten. Mehrfach unternahmen sie den erfolglosen Versuch, dieses Bollwerk zu erstürmen.«

»Bekommt man hier etwas zu essen?«, fragte Winfried dazwischen, der sich mittlerweile mit wackligen Beinen aufgerichtet hatte.

»Für das Abendessen seid ihr leider zu spät. Dafür müsst ihr nochmals in die Stadt hinunter. Schlafen könnt ihr dort oben«, der Herbergsvater zeigte zu einem Gebäude, welches die Festung überragte. »Im obersten Stockwerk der Burgveste. Dort habt ihr eine tolle Aussicht auf Passau!«

Sancho blickte in die angedeutete Richtung zur steilen Rampe, die zum Burgplateau führte, während im Hintergrund plötzlich ein lautes Scheppern zu hören war.

»Entschuldigt meinen Kollegen!«, erklärte der Knappe, als er die Ursache des Lärms erkannte und den Ritter sah, der regungslos auf seinem Rücken liegend alle Viere von sich streckte. »Der ist heute nicht in Form.«

✕

Weiße Gestalten huschten umher. Schattenwesen befestigten Instrumente und entfernten sie wieder, rüttelten an seinem Helm, flüsterten. *Bin ich im Himmel, seid Ihr Engel?* - entwickelte Winfried Worte, die er mit dem Mund formen wollte, ihn jedoch nicht verließen. So stellt er die Frage an sich selbst. *Kreuzritter in weißen Gewändern? Warum verbergt Ihr das Kreuz der Templer, das in der Farbe der Morgenröte auf Euren Roben prangt? Zu welcher Seite gehört Ihr, Freund oder Feind?* Die Gestalten bildeten einen Kreis, flüsterten, verbanden sich zu einem Punkt von gleißender Helligkeit und flitzten davon. Die Luft flimmerte, schleierhafte Flammen schlugen aus seinem Körper, ohne dass er Hitze empfand. Sein Geist löste sich vom Fleisch und er schwebte empor. Helligkeit trennte sich von Dunkelheit, Schwarz von Weiß. Das Leuchten verschwand in der Ferne. Schwärze umgab ihn.

Seine Empfindungen kehrten zurück, grelles Licht schmerzte in Winfrieds Augen. Er hob seinen Kopf, blickte umher und sondierte die Lage: er lag auf einem Bett und wurde beobachtet von seinem Knappen, der zu seiner linken Seite saß. Dessen Mundwinkel formten ein Lächeln, als er die Lebenszeichen seines Ritters bemerkte.

»Wo bin ich?«

»Im Aufwachraum. Ihr seid gestern Abend ohnmächtig geworden.«

Die Tür öffnete sich. Ein Mann in weißem Kittel, mit grauem Bart und Brillengläser der Gattung Panzerglas auf der Nase, trat herein.

»Ah, es geht Ihnen gut«, plapperte er nervös, »nun können wir uns um Ihr nächstes Problem kümmern. Wir haben versucht, den Helm von Ihrem Kopf zu lösen, das ist uns leider nicht gelungen. Daher werde ich jetzt einen Schlosser kommen lassen – er wird seine Geräte mitbringen, wohl eine Metallsäge. Egal, er wird schon die passenden Werkzeuge dabeihaben, um Sie von Ihrem Kopf zu befreien … ich wollte sagen: um das, was sie tragen, abzutrennen. Nun … wir machen uns große Sorgen. Ich denke, wir müssen Sie noch eine Weile hier behalten, um herausfinden, was mit Ihnen los ist.« Der Weißkittel verschwand. Schockiert richtete Winfried seinen Oberkörper auf.

»Was wollte der Mann?«

Besorgt blickte Sancho den Ritter an. Von einem Augenblick zum nächsten wurde er ernst. »Wie ihr gehört habt. Dieser Irre hat vor, Euch zu foltern. Wir müssen fliehen, sonst droht Eure Mission zu scheitern!«

Kurz darauf waren sie wieder unterwegs und befanden sich an der Grenze zu Österreich. Der Ritter hielt einen Moment inne, atmete tief ein und schritt würdevoll darüber hinweg. Ein Blumenladen begrüßte sie mit der Aufschrift ›Willkommen in Österreich.‹

»Ich hatte eine außergewöhnliche Grenzerfahrung, mein Knappe. Nicht soeben, sondern heute früh. Bevor ich erwachte, befand ich mich inmitten von weißen Gestalten. Ich glaube, ich hatte ein Nahtod-Erlebnis. Nun fange ich an, mir Fragen zu stellen und zu zweifeln. Was mache ich hier eigentlich, wohin gehe ich, wohin soll das Ganze führen? Vielleicht ist dies ein Irrtum und ich bin kein Ritter, sondern … verwirrt? Erinnerungen kamen hoch und ich wurde mir bewusst, dass es eine Vergangenheit gab, in der ich kein Ritter war. Ich wachte morgens auf, schindete viele Stunden in sinnloser Beschäftigung, kehrte nach Hause zurück, legte mich Schlafen, erwachte Stunden später und folgte weiter dem alltäglichen Trott.«

»Ich bin sicher: was Ihr jetzt tut, ist das Richtige! Wollt Ihr denn in Euer altes Leben zurückkehren und Euch wieder dem ganzen Irrsinn zuwenden? Umkehren, zurück in das Bürgertum und die Rotationen auf Eurem Bürostuhl zählen? Erneut ein geistloses Leben führen und Befehle empfangen von Leuten, die befördert wurden, aber nicht mal mit sich selbst zurechtkommen?«

»Nein! Dorthin führt mich kein Weg mehr, selbst wenn der Teufel selbst erscheinen würde und mir ewiges Seelenheil anböte, wenn ich zurückkehrte. Genauso könnte ich mich vor den nächsten Laster stürzen und mein Leben beenden.« Ein Sattelzug brauste vorbei. Winfried blickte ihm nach, bis das Fahrzeug außer Sichtweite war.

Kreuzfahrer im Habsburgerland

»Wie einfach konnten wir diese Grenze überqueren! In ehemalige Wachposten sind Blumenläden eingezogen, die Schlagbäume gewichen und bunte Wiesen schmücken nun das Areal zwischen diesen Ländern. Dies war nicht immer so, werter Knappe! Könnte die Erde sprechen: was würde sie uns aus vergangenen Jahrhunderten berichten über glorreiche Schlachten, die auf ihrem Boden ausgetragen wurden, was würde sie uns erzählen über Kämpfe zwischen stolzen Rittern ...«, schwelgte Winfried, nachdem sie die Grenze zu Österreich hinter sich gelassen hatten.

»Die Erde kann nicht sprechen. Das konnte sie noch nie.«

»Stellt Euch einfach vor, sie könnte es. Nutzt Eure Phantasie. Was würde sie uns, den Menschen, mitteilen?«

»Sie würde sich wohl beklagen und laut schreien: Verschwindet von mir! Ihr zerstört mich, ihr Armleuchter.«

Winfried schüttelte verdutzt den Kopf. »Glaubt Ihr nicht, wir Menschen sind etwas Besonderes?«

»Nein. Wieso?«

»Wir besitzen ein mächtiges Gehirn, haben ein modernes Gesellschaftswesen entwickelt, sind in der Lage, große Bauwerke zu erschaffen, können uns anpassen und haben den ganzen Planeten besiedelt. Wir überwinden jedes Hindernis, haben gelernt zu fliegen und verfügen über eine kollektive Intelligenz. Ein jeder spezialisiert sich auf seine besonderen Fertigkeiten.«

»Wie Ameisen auch, Herr Ritter. Sie errichten Königreiche, führen Krieg gegeneinander, errichten mächtige Paläste und einige können sogar fliegen. Die Vögel überleben in der Wüste genauso wie auf dem antarktischen Packeis. Jedoch ohne den Planeten kaputtzumachen.«

»Ich glaube schon, dass wir den Ameisen viele Entwicklungsstufen voraus sind. Wir tun uns zwar häufig schwer, sind jedoch in der Lage, globale Probleme zu lösen.«

»Das glaube ich nicht. Wir vermehren uns endlos und werden zunehmend Irre. Die Lage unserer Gesellschaft wird sich weiter zuspitzen. Gläubige kämpfen gegen Andersgläubige, Reiche gegen Arme, Junge gegen Alte, Lohnsklaven gegen Arbeitgeber, Touristen gegen Terroristen – am Ende laufen alle gleichzeitig Amok, ein Supergenie entwickelt eine Wunderwaffe und Wumms!« Der Knappe beendete seinen Vortrag, den er wild mit den Armen rudernd in einem Atemzug gehalten hatte. Und atmete tief durch.

»Wumms! … und?«, fragte Winfried nach einer längeren Pause. »Alle Individuen sind beteiligt?«

»Bevor die Erde pulverisiert wird, sollten wir dem zuvorkommen und Lebewohl sagen. Finde ich.«

»Ihr neigt zur Theatralik, mein Knappe! Vielleicht habt Ihr bessere Ideen, wie man das Zusammenleben unter Menschen verbessern und das eine oder andere Problem in unserer Welt lösen könnte.«

»Ich erinnere mich an die Schulzeit, als es darum ging, einen Aufsatz zu schreiben. Die Frage war: ›Wie lösen wir das Welthungerproblem‹. Ich hatte eine Antwort parat, die das Problem auf einen Schlag lösen würde.«

»Welche?«

»*Kannibalismus*. Dafür bekam ich die schlechteste Note. Das Ergebnis war dem Lehrer wohl nicht genehm.«

»Vielleicht war Euer Aufsatz zu kurz. Es wurde vermutlich mehr als ein Wort erwartet.«

»Warum kompliziert, wenn die Lösung so einfach ist? Spinnen verhungern nicht und sind uns mit ihrer Schläue überlegen, denn sie fressen sich gegenseitig, wenn ihre Nahrung zur Neige geht. Trivial und genial. Fast alle Lebewesen sind uns in ihrer Entwicklung voraus. Benennt doch eine Sache, von der Ihr meint, darin wären wir besser. Ich könnte Euch sicher zu jedem Thema eine Tierart nennen, die uns darin überlegen ist.«

Winfried ritt eine Weile stumm und in Gedanken vertieft. *Kommunikation und Musik, das wäre es … nein – dann argumentiert er mit den Vögeln und ihrem Gezwitscher. Den Delphinen oder Heuschrecken. Dass wir auf zwei Beinen laufen? Nein, Wüstenspringmäuse und Kängurus tun dies ebenso. Unsere Kunst? Nein, dann kommt er mit den malenden Affen. Und bei Geldanlagen haben die Primaten in einer Studie bewiesen, dass sie besser sind als ihre menschlichen Kollegen.*

»Hoffnung!«, brach er endlich sein Schweigen. »Das sagte … irgendwann mal irgendjemand. Hoffnung ist, was uns Menschen zu Menschen macht und uns von den anderen Wesen unterscheidet.«

»Grandioses Zitat! Nur, was haben die eingesperrten Tiere und die letzten ihrer Art davon, die von uns noch nicht ausgerottet wurden?«

Gegen den Knappen komme ich einfach nicht an. Eigentlich sind seine Argumente nur dummes Zeug. Dennoch hat er irgendwie immer Recht. Stumm schluckte Winfried seinen Ärger hinunter.

Lange setzten die Gefährten ihren Weg schweigend durch Österreich fort, bis sie Engelhartszell erreichten, von ihren Reittieren absaßen und am Zügel weiterführten. Auf einem Marktplatz mit bunten Ständen wurde neben üblichem Nippes für Touristen auch allerlei Wunderliches angeboten.

»Schaut, was die hier verkaufen!« Sancho griff nach einem kleinen Gefäß. »Was für exotisches Zeug! Murmeltiersalbe. Und hier: energetisch aufgeladenes Heilwasser. Wenn Ihr an Zaubertränke glaubt …«

»Ihr seid nicht gezwungen, es zu kaufen«, brummte Winfried. »Ihr könntet es Euch aber auf den Kopf schmieren oder Euch damit einreiben, vielleicht hilft es dabei, klarer zu denken.«

»Der Ritter hat wohl einen schlechten Tag!« Murrend stellte Sancho das Fläschchen zurück und folgte seinem Herrn, der wenig später seinen Gang verlangsamte, als ein Holzhäuschen in Sicht kam, auf das in bunter Schrift *Kaminwurz'n* gepinselt war. Energisch schob der Knappe seinen Herrn am Stand vorbei, an dem geräucherte Fleischwaren und Würste feilgeboten wurden. Bald weckte erneut etwas das Interesse des Ritters. Neugierig betrachtete er bunte Fläschchen, die ein Mann in Kutte anbot.

»Seid's gegrüßt! Wollen die gnädigen Herrn von unseren Klosterlikören kosten?«, sprach er freundlich und präsentierte seine Auslage. »Dies nennt sich ›Graue Eminenz‹, ein köstlicher Eierlikör mit Mohn, der von mir und meinen Klosterbrüdern zubereitet wird. Oder mögt's vielleicht von dem roten Beerenlikör kosten? Der würde sogar farblich zu eurem Kopfschmuck passen. Beerenfrüchte absorbieren schädliche Stoffe im Gehirn, das wurde von Forschern aus Übersee und Europa unabhängig bestätigt. Früchte fördern die Denkfähigkeit«

»Ein Schluck wird nicht schaden. Wenn es das Gehirn reinigt, wäre es sicher auch gut für meinen Knappen«, kommentierte Winfried mit einem giftigen Seitenblick zu seinem Begleiter. Sie nahmen zwei Becher entgegen und leerten diese schlürfend.

»Wir stellen nicht nur Liköre her. In der Klosterbrauerei brauen wir auch seit Jahrhunderten unser eigenes Bier. Seid's Fremde? Dann solltet ihr unbedingt unsere Stiftskirche anschauen. Ein wahres Wunder im Rokoko-Stil.«

»Euer Likör ist sehr schmackhaft, wir nehmen eine Flasche mit. Und Ihr habt meine Neugier auf Euer Gotteshaus geweckt. Gebt den Trank meinem Knappen, wir begeben uns sogleich ins Gotteshaus.«

Winfried ging voraus, trat andächtig in die Kirche und blickte empor zu den Deckenmalereien. Er gab einen Laut der Bewunderung von sich, als er von dem Innenraum mit weißgetünchten Säulen und Schnitzwerk in künstlerischer Perfektion überwältigt wurde. Mittlerweile hatte er sich sogar an die Sicht durch das Plexiglas-Visier seines Helmes gewöhnt. Sancho, von der Szene wenig beeindruckt, öffnete die Flasche und nahm einen Schluck Likör zu sich, während der Ritter sich nach links wandte und in eine Nische trat. Ein Altarbild stellte eine biblische Szene dar, dies war umrahmt von Säulen aus edlem Marmor. Er senkte seinen Blick und starrte auf einen goldbeschlagenen Glaskasten. Plötzlich wurde er kreidebleich und zitterte.

»Was ist, mein Ritter? Ihr seht aus, als hättet Ihr einen Geist gesehen.«

»Mein Spiegelbild! Entsetzlich! Mittlerweile bin ich restlos abgemagert und dem Tode nah. Ich sehe furchtbar aus!«

Sancho stutzte und betrachtete ratlos seinen Begleiter. Sein Blick wanderte zum Glaskasten, in dem ein Skelett lag. Er lachte auf. »Dies ist nicht Euer Spiegelbild, Herr! Es ist irgendein Heiliger, der vor vielen Jahrhunderten, möglicherweise aufgrund von Trunksucht und Völlerei sein Leben gelassen hat. So sind die Katholiken, nach ihrem Ableben werden ihre mumifizierten Leichen zur Schau gestellt. Eine Tradition aus uralten Zeiten. Vielleicht … ist dies sogar ein Kreuzritter!«

»Der jedoch frühzeitig während seines Kreuzzuges am Hunger verendet war, lange bevor er sein Ziel erreicht hatte! Nein, so will ich nicht enden, nicht bevor ich diese Mission zum glorreichen Abschluss gebracht habe.«

»Reißt Euch zusammen, beruhigt Euch! Nehmt etwas von diesem Likör, es wird Euch gut tun. Ein Schluck des guten Geistes vertreibt den bösen Geist.«

Der stärkende Trank besänftige Winfried. Sie ließen die Kirche hinter sich, bestiegen ihre Reittiere und folgten der Bundesstraße, die entlang der Donau nach Osten führte. Dicht an ihnen brausten Schwertransporte vorbei, die sich wie Perlen an einer endlosen Kette reihten.

»Ich bin schon fast taub! Der Radau bringt mich zum Wahnsinn!«, schrie Winfried gegen den Lärm an, »wir sollten bei nächster Gelegenheit den Versuch wagen, auf die nördliche Seite des Flusses zu gelangen! Dort scheint es friedlicher zuzugehen!«

»Ganz Eurer Meinung! In der Ferne sehe ich schon eine Brücke.«

Am Nordufer begegneten sie vor allem Radfahrern. Später wurde neben der Straße ein Wanderweg sichtbar, der links abzweigte.

»Dieser Pfad führt hinauf zu einer Burgruine namens Haichenbach, wenn wir dem Wegweiser glauben können, Herr Ritter. Wäre dies nicht ein guter Ort zum Übernachten?«

Winfried blickte hinauf und schüttelte den Kopf. »Ich fürchte, Ihr habt Euren Verstand verloren, falls Ihr jemals mit so etwas gesegnet wart. Diesen steilen Anstieg kann weder ich in meinem Zustand, noch mein Ross mit Reiter bewältigen. Folgen wir dem Fluss und suchen etwas in Ufernähe.«

In einer langen Linkskurve zügelten sie ihre Reittiere. Winfried sah nach rechts, nach links und stellte fest, dass die Donau auf beiden Seiten gemächlich vorbeizog. »Was ist das? Sind wir in einer Sackgasse gelandet?«

»Der Fluss fließt in die gleiche Richtung zurück«, bestätigte Sancho, »es ist eine Schlaufe. Ich fürchte, dies war riesiger Umweg. Der Pfad über den Berg wäre eine Abkürzung gewesen.«

»Warum hat dieses Volk den Fluss nicht begradigt? Können österreichische Ingenieure so etwas nicht?«. Winfried gähnte. Sie trieben ihre Reittiere voran, bis eine Gebäudegruppe vor ihnen auftauchte. »Schaut, was hier angeschrieben ist: Fremdenzimmer.«

»Lest, was der Hinweis darunter besagt: belegt. Wir müssen weiter.«

Wenig später wies ein Schild erneut einen steilen Pfad hinauf, mit der Beschriftung: ›Burgruine Haichenbach‹. Winfried seufzte.

»Wir befinden uns abermals in der Nähe der Ruine. Jetzt auf der anderen Seite. Jedoch erscheint es mir heute aussichtslos, noch eine bessere Unterkunft zu finden. Wir befinden uns in einer Zwickmühle, lieber Knappe! Ich sehe mich weder in der Lage, den Weg fortzusetzen, noch bin ich imstande, diesen mühsamen Anstieg zu bewältigen! Mein Reittier kann mich dort nicht hinauftragen. Wie stellt Ihr Euch dies vor, was hattet Ihr gedacht? Was soll der von Hunger verzehrte Ritter tun, der, wie Ihr seht, das Ende seiner Kräfte erreicht hat?«

Sancho schloss die Augen und ließ seine Gedanken eine Weile arbeiten. »Ich habe eine Lösung, mein Herr!« Er lächelte breit. »Euer Ross kann Euch nicht alleine hinauftragen, jedoch besitzen wir zwei der kräftigen Tiere und Ihr habt einen Begleiter, der mit Schläue gesegnet ist. Steigt ab, reicht mir Euer Gepäck!« Nachdem er Winfrieds Axt und dessen Bagage am Rücken des Esels befestigt hatte, zog er sein Seil hervor, wickelte es dem Ritter um die Hüfte und band die beiden Enden an die Reittiere. Auf sein Kommando: »Hü, Pumuckl! Hü, Nepomuk!« setzten sich die Tiere in Bewegung und zogen den Ritter, der mit seinem Körper eine Schneise in den Trampelpfad kerbte, und diese Tortur ohne Unterlass mit Schmerzenslauten begleitete.

»Reißt Euch zusammen, Herr Ritter! Erinnert Ihr Euch nicht an die großen Recken, die ihre Heldentaten weit vor unserer Zeit vollbrachten?«, versuchte Sancho in seinem Herrn neuen Ehrgeiz zu wecken. »Denkt an den tapferen

Odysseus, der in der Schlacht um Troja rund um die Stadt geschleift wurde. Er war ebenso am Pferd angebunden, dennoch war er tapfer und gab keinen Laut von sich.«

»Es war ni-nicht Oddy-dysseus«, korrigierte Winfried mit einer Stimme, so holprig wie der Pfad unter ihm. »Au! Es wa-war die Leiche von Hek-Hektor, die von Achilles' Streitwagen ge-gezogen wu-wurde. Hek-Hektor war aber tot und ko-konnte des-deswegen nicht kla-klagen!«

Sein Begleiter entgegnete nichts und trieb die Tiere munter vorwärts.

»Tatsächlich, Ihr habt die besseren Argumente«, brach er nach einer Weile sein Schweigen. »Ihr habt Recht, Ausnahmsweise. Ich gebe nach. Ihr dürft mit Fug und Recht wehklagen.«

»Da-Das ist ja mal schö-schön dass ich ei-einmal Re-Recht habe, Aua, Au!«

Als sich die Burgmauern vor ihnen erhoben, löste Sancho das Seil von den Reittieren und befreite den Ritter, der jedoch im Staub liegenblieb. »Wollt Ihr Euch nicht erheben? Wollt Ihr diese Burg nicht in Besitz nehmen?«

»Ich nehme heute gar nichts mehr in Besitz. Ich kann mich nicht rühren, mein Körper ist völlig zerschunden. Ich will nur noch hier liegenbleiben und schlafen. Bevor meine Sinne schwinden und falls ich morgen nicht wieder aufwachen sollte, hört nun meinen Wunsch: Sorgt für ein würdevolles Grab, wenn ich an diesem Ort sterbe!«

Der Knappe ließ sich neben ihm nieder und nickte besorgt. »Seid beruhigt. Falls es soweit kommen sollte, werde ich mich um Alles kümmern. Erholt Euch, morgen wird ein anderer Hahn krähen.«

✕

»Guten Morgen«, Sancho kniete neben dem reglos am Boden liegenden Ritter und stieß ihn sanft an. »Seid Ihr noch am Leben oder muss ich Euch nun beerdigen?«

Träge hob Winfried den Kopf. Nur mit Unterstützung durch den Knappen gelang es ihm, sich auf die Beine zu stellen. Dieser ging voraus und führte die Reittiere von der Burghöhe hinunter, während sein Herr auf wackeligen Füßen hinterher trottete und lamentierte: »Es ist nun offensichtlich, warum die ersten Kreuzfahrer damals halb verhungert in Ungarn einfielen und auf ihrem Weg bis Byzanz jede Ortschaft plünderten und brandschatzten. Sie kämpften um ihr nacktes Überleben, sie hatten keine andere Wahl.«

Als sie das Ende des Pfades erreicht hatten, stiegen sie auf ihre Tiere und folgten der Donau stromabwärts. Bald fiel ihnen in der Ferne ein Wanderer auf, der ein zerrissenes braunes Gewand trug und einen Beutel über seine Schulter geworfen hatte.

»Schaut, der mit der braunen Kutte. Ein zu groß geratener Stollenwichtel mit Hutzelbart. So einen abgerissenen Penner habe ich noch nie gesehen!« Sancho lachte.

»Mäßigt Euch, beleidigt den armen Mann nicht! Er ist sicher einer dieser Menschen, die von einem schweren Schicksalsschlag getroffen wurden.«

Sie holten ihn ein und musterten erstaunt seine auffällig breitschultrige und hochgewachsene Gestalt. Diese lächelte zu den beiden Reitern hinauf und sein Blick wanderte über ihr ungewöhnliches Outfit.

»Grüß Gott die Herrn! Wer oder was seid's denn?« Er beschleunigte seine Schritte, um mitzuhalten.

»Dies ist mein Herr, Ritter Winfried von Franken, und ich bin sein Knappe Sancho.«

»Freut mich, euch zu begegnen. Ich bin der Kirchbichler Karl. Karli der Mönch. Nennt's mich ruhig Bruder Karli. Was macht's, wo kommt's her?«

»Nenn' mich einfach Knappe«, bot Sancho im Gegenzug an. »Wir kommen aus Frankfurt.«

»Und nennt mich einfach *Herr Ritter*«, schloss sich Winfried an. »Wir sind unterwegs nach Osten, auf dem Weg der Kreuzfahrer.«

»Was ist euer Ziel, ihr tapferen Recken?«

»Stell dir biblische Gestalten vor«, meldete sich Sancho wieder zu Wort, »wie Abraham. Nicht dieser Typ, der mit den Schlümpfen gesungen hat, sondern der aus dem Alten Testament. Der Greis wusste auch nicht wohin er wollte, kam aber irgendwo an und zeugte unzählige Nachkommen.«

»Aha, seid's Pilger wie ich. Aussteiger, die alles hinter sich lassen wollen und irgendwann merken, dass sie trotzdem die gleichen armseligen Kreaturen bleiben.«

»Wurdest du als Mönch geboren oder bist du es freiwillig geworden?«

»Ich habe mich dazu entschieden. Das ist eine lange Geschichte. Vor langer Zeit war mein Lebensinhalt, Leute übers Ohr zu hauen. Makler war ich, als die privaten Rentenversicherungen eingeführt wurden, man dicke Geschäfte machte und noch dickere Autos fuhr. Ich war als Verkäufer außergewöhnlich talentiert. Die Leute, die hereingelegt habe, waren stolz darauf, was für einen tollen Deal sie mit mir gemacht haben. Ich war eben Profi und sie wurden immer gieriger. Alle haben mir die Verträge regelrecht aus der Hand gerissen, bald kam ich mir wie ein Schweinehirt vor, der im Stall mit Leckerbissen um sich wirft. Die Leute haben jedes Versprechen gefressen wie Mastschweine. Die Versicherungen haben sich verkauft wie *geschnitten Brot* … was ist daran so lustig, Herr Knappe?«

»Dieses Sprichwort! Konserviertes Brot aus der Tüte! Ihr habt das falsch übersetzt. In Spanien sagt man: etwas verkauft sich wie heißes Brot. Wie leckeres, heißes, knuspriges, duftendes, ofenfrisches Brot, das man gerade aus der Ofen genommen hat, das einem die Sinne betört und auf der Zunge schmilzt. Mit leckerer Butter bestrichen, die langsam zerläuft …«

»Was war das? Verfolgt uns ein wilder Hund?«, erschrocken blickte der Mönch um sich, »was hat hier gerade so laut geknurrt?«

»Es war mein Magen. Ich habe seit Tagen nichts Rechtes an Nahrung zu mir nehmen dürfen«, stöhnte Winfried.

»Mein Herr neigt zur Völlerei. Ständig redet er über das Thema Essen.«

»Ich habe etwas für dich«, der Mönch griff in seinen Beutel, entnahm einen halben Laib Brot und warf es hoch zu Winfried, der es freudestrahlend auffing und sogleich seine Zähne hineinschlug.

»Umd fie ging die Gefichte weiter, Mönf?«, fragte er mit vollem Mund.

»Ich habe endlos Geld gescheffelt, mir jedes Jahr einen neuen Rennwagen zugelegt, um zu protzen. Mit diesen Ungetümen war ich jedes Wochenende mit heulendem Motor und quietschenden Reifen in meiner Stadt unterwegs, bin die Hauptstraße entlang gefahren, immer nur hin und her. Die ganze Nacht. Die Anwohner waren genervt und nacheinander ließen sie ihre Rollos herunter. Ich war stolz, ich wurde wahrgenommen.«

»Allef lief für Euf gut, warum feid Ihr nift babei geblieben?«

»Ich habe zu viel geprotzt, mich gefühlt wie ein Gott und gedacht, ich wäre unsterblich. Dann wurde bei mir eingebrochen. Es war nicht schlimm, nur ein paar Sachen wurden geklaut. Aber bald bekam ich Panikattacken und es folgten schlaflose Nächte. Ich fing an, Bodybuilding zu betreiben wie ein Wahnsinniger. Ich wollte nicht wehrlos sein, schluckte dieses Zeug, das man den Mastrindern spritzt und bekam einen Körper wie ein Titan.«

Sancho musterte den Hünen und nickte. »Den hast du tatsächlich.«

»Früher war ich stolz und habe damit angegeben. Aber was auch immer diese mächtigen Hände zu schaffen vermögen: es ist doch so viel geringer als das, was Gott mit seinen zu tun vermag.«

»Keine Ahnung. Was vermag er denn zu tun?«, fragte Sancho kritisch.

»Solche Fragen stellte ich mir auch. Genau das ist es, was jeder selbst herausfinden muss.«

»Aha. Und wie?«

»Den Einbrechern war ich, als ich geläutert war, unheimlich dankbar. Sie hatten mir die Augen geöffnet. *Bin ich etwas Besseres als sie?* fragte ich mich und mir wurde klar: ich bin auch nur ein Dieb, habe es im Gegensatz zu ihnen jedoch nicht nötig. Kurzerhand habe ich mich entschlossen, dieses erbärmliche Leben zu beenden und raste mit meinem nagelneuen Ferrari gegen einen Baum.«

»Selbstmord ist nicht immer eine Lösung.« Sancho schüttelte den Kopf.

»Das war nicht meine Absicht. Ich war angeschnallt, der Wagen mit Airbag ausgestattet und ich wusste, dass mir nichts passieren würde. ›Mach kaputt, was dich kaputt macht‹, war meine Devise. Auf die Schnelle wollte ich mich von allem Materiellen lossagen. Dies ist Vergangenheit. Jetzt bin ich Pilger und ziehe durchs Land, besuche die Wallfahrtsorte und tue Buße.«

Während des kurzweiligen Dialoges war die Zeit wie im Flug vergangen. Sie hatten viele Kilometer zurückgelegt und die Gruppe erreichte Linz. Das satte Grün des Schlossparks zog die Reittiere magisch an, Ritter und Knappe stiegen ab und ließen sie grasen.

»Wenn's verweilen wollt, sag' ich schon mal Adieu«, verabschiedete sich der Mönch, »ich gehe ein Stück weiter und quartiere mich im Dom ein.«

»Man kann im Dom übernachten?«

»Oben im Turm befindet sich ein Bett und eine Bibliothek zum Lesen. Die *Eremitenstube*. Leider findet dort nur eine Person Platz, zudem wäre es wohl sehr schwierig, eure Reittiere dort hinaufzutragen. Gehabt Euch wohl. Vielleicht kreuzen sich unsere Wege wieder.«

»Wie kann man so krank im Hirn sein?«, flüsterte Sancho, als der Mönch außer Hörweite war.

»Der Weg zur Selbsterkenntnis ist oft ein steiniger. Lassen wir unsere Tiere hier in Ruhe grasen und nehmen diesen Palast in Augenschein - dort stehen einige Leute, wir könnten uns ihnen sicher anschließen. Danach begeben wir uns auf die Suche nach einer Trinkhalle.«

Sie gingen zu der Gruppe, einer Führung für Schüler und stellten sich in die hintere Reihe.

»Dies ist das Friedrichstor«, hörten sie eine Dame. »Die Inschrift ›AEIOU‹ ließ Friedrich der Dritte, der erste Kaiser des Heiligen Römischen Reiches aus dem Geschlecht der Habsburger anbringen. Man vermutet, dies stehe für den Slogan: Alles Erdreich ist Österreich untertan.«

»Wir befinden uns hier über dem Mittelpunkt der Erde!« Sancho lachte. »Ein klarer Fall von Größenwahn des Regenten eines Zwergstaats.«

»Österreich war zu Zeiten der Habsburger eine Weltmacht«, zischte Winfried zornig, »und sei still, wir müssen nicht ständig auffallen.«

»Müsste es nicht heißen: Ö-Ü-Ä, Österreich über Älles?« Sein Knappe zog jeden Buchstaben lang, worauf sich die Schüler zu ihm umdrehten und laut lachten, als er dies durch Grimassen untermalte.

»Ich bin hier die Führerin! Darf ich die gnädigen Herren im Hintergrund um Ruhe bitten?« Die Frau warf einen stechenden Blick in ihre Richtung.

»Amen!«, konstatierte Sancho. Einige Schüler kicherten.

»Darf ich weiter vortragen? Danke! Kaiser Friedrichs größter Erfolg war, dass er jeden seiner politischen Konkurrenten überlebte. Er studierte Astrologie, Alchemie, Magie, Mystizismus. Einige mutmaßen daher, AEIOU sei eine magische Formel.«

»Die österreichischen Katholiken sind wohl so abergläubisch wie religiös«, murmelte Sancho.

»Vielleicht hatte Friedrich sogar den Stein der Weisen entdeckt«, setzte die Dame ihren Vortrag fort, »und wusste, wie man Blei in Gold verwandelt.«

»Oder er konnte Geld aus Unfug machen, wie mit Murmeltierextrakten und Wunderwassern«, kommentierte Sancho unverdrossen.

»Ihr da hinten! Wollt ihr uns beleidigen?« Die Dame blickte sie entrüstet an und stemmte ihre Hände in die Hüften. »Ihr Witzbolde in der hintersten Reihe! Jetzt tauschen wir einmal unsere Rollen. Ihr macht diese Führung weiter und ich kommentiere.«

»Ihr kennt Euch doch aus mit den Habsburgern?« Erwartungsvoll blickte der Knappe seinen Ritter an, der jedoch verschämt den Kopf einzog und einen Schritt zurückging, während die Dame sie herausfordernd anstierte. Es folgte ein Moment der Stille, als würde sich ein Unwetter ankündigen. Sancho gab sich einen Ruck. Er stellte sich vor die Gruppe, räusperte sich und lächelte gequält.

»Also. Hier steht das Schloss«, murmelte er unsicher, »und da drin haben sie gewohnt.«

»Aha, interessant«, kommentierte die Führerin, »und wie haben die Leute in diesem Schloss gelebt? Nun, ich höre!«

»Tagaus, tagein haben sie darin gelebt«, fuhr der Knappe nervös fort, »und da haben sie alles Mögliche getan. Was die Adligen eben so tagaus, tagein getan haben.«

»Und worin unterschieden sich diese Adligen von uns?«

»Der Häuptling wurde nicht gewählt. Jeder Erbe folgte dem anderen, egal ob er dafür geeignet war oder nicht. Hauptsache, es gab jemanden, der die Erbfolge antreten konnte. Solange er lebte und nicht für geisteskrank erklärt wurde - was wegen der Inzucht unter den Adligen häufiger vorkam – hatte man ihn für diesen Job als geeignet befunden.«

»Aha, das hört sich nach Kritik an. Was hättet ihr Beiden denn in der Rolle dieser Herrscher getan?«

»So kann ich mich nicht konzentrieren!«, maulte Sancho, »ich könnte alle Geheimnisse der Habsburger enthüllen und viele spannende Geschichten erzählen, wenn ich nicht immer unterbrochen würde!«

»Ihr seht es also ein. Das ist schön!«, kommentierte die Führerin scharf, »wer seid ihr Beiden überhaupt? Seid ihr einem Maskenball entlaufen?«

»Wir sind auf einer Mission«, schaltete Winfried sich ein und versuchte, die Situation mit einer beherzten Ansprache zu retten. »Wohin es geht, ist unbekannt. Wir suchen nach Zeichen. Ich bin als Kreuzritter aufgebrochen, unterwegs hat sich dieser Knappe dazugesellt, der mir jedoch mehr zur Last fällt, als er von Nutzen zu sein scheint. Dennoch sind wir auf dem Weg, um dieses Rätsel zu lösen. Denn die Welt von Morgen wird vielleicht nicht mehr die heutige sein. Elend sahen wir auf der einen, Protz auf der anderen Seite. Heute wird verschwendet, was uns morgen fehlt. Wenn wir etwas ändern können, wollen wir dies tun, sofern es in unserer Macht steht.«

»Ihr seid unterwegs, irgendwohin?«, fragte die Führerin schmunzelnd.

»Mit Sancho, meinem Knappen, folge ich dem Weg der alten Kreuzfahrer in den Nahen Osten. Dorthin, wo alle fliehen, begeben wir uns, denn eines Nachts erreichte mich die Botschaft: ›über den Jordan‹. Es ist der einzige Anhaltspunkt. Dort wartet ein großes Geheimnis auf uns und seine Lösung. Die ganze Welt steht uns offen, dennoch ist sie uns irgendwie verschlossen.«

»Ihr sprecht in Rätseln.«

»Unsere Zukunft ist bedroht und die Menschheit steht vor dem Abgrund. Als Ritter wurde mir diese Mission aufgebürdet. Ich muss nun den entscheidenden Schritt vorwärts wagen … oder besser seitwärts. Wie auch immer«, entgegnete Winfried mit sehnsüchtigem Blick in die Ferne.

»Interessant!« Die Führerin nickte. »Ein stolzer Ritter auf Mission. Und warum hat sich der Knappe ihm angeschlossen?«

»Weil … wir Menschen einfach neugierig sind«, erklärte Sancho, »wie Ameisen. Wenn ihnen ein Weg aussichtslos erscheint, suchen sie einen Weg drumherum.«

»Seid ihr Sozialforscher oder Psychologen?«

»Nein«, entgegnete Winfried, »wir wollten nur kurz hier zuschauen und uns danach etwas zum Trinken besorgen.«

»Gerade dachte ich noch, dies würde sich zu einem tiefsinnigen philosophischem Diskurs entwickeln«, hörten sie die Dame im Hintergrund, als sie ihres Weges zogen.

»Wie Ihr seht, ist dieses Land reich an Schlössern, Klöstern und Kirchen. Man widmet sich auch der modernen Kunst«, sprach Winfried in der Hoffnung auf ein niveauvolles Gespräch mit seinem Begleiter.

»Angestaubter Habsburger Protz!« Der Knappe gähnte. »Und die ganzen modernen Malereien sind nur üble Schmierereien.«

»Mit dieser Einstellung werdet Ihr in diesem Land nichts finden, was Euch gefällt, fürchte ich.«

»Wohl nicht … Moment!«, der Knappe blieb plötzlich stehen und starrte in das Fenster einer Bierstube, in dem eine junge Blondine in engem Dirndl ein halbes Dutzend Maßkrüge trug. »Doch, ich habe etwas entdeckt, folgt mir!«

Im Gasthaus starrte Sancho beständig der Kellnerin hinterher, die mit wippendem Busen eifrig Bierkrüge an ihnen vorbeischleppte. Unvermittelt blieb sie an ihrem Tisch stehen. »Was starrt's mich die ganze Zeit so an? Seid's narrisch?«

»Zwei Maßkrüge, bitte«, bestellte Winfried eilig, während Sancho sie mit offenem Mund anstarrte.

»Was wünscht's denn? Laternmaß, Schneemaß, normale Goasmaß oder an scharfe Goasmaß?«

»Bitte … zwei von den Letzteren.«

»In Ordnung, ich bring's geschwind!«

»Benehmt Euch und begegnet dieser Dame, wie es sich geziemt!«, zischte Winfried seinem Knappen zu, als die Bedienung außer Hörweite war.

Sancho zuckte zusammen, als ob er aus einem Tagtraum erwacht wäre. Er schwärmte: »Was für eine Braut! Langsam gefällt es mir in diesem Land!«

»Ihr könnt ja hierbleiben. Und ich ziehe alleine weiter.«

»Nein! Als Knappe habe ich Euch die ewige Treue geschworen und werde Euch folgen, wohin auch immer Ihr gehen werdet, werde Euch beschützen, welch Ungemach Euch drohen möge und werde sittsam …«, plapperte der Knappe hastig und stoppte jäh, als die Kellnerin zwei volle Krüge auf den Tisch stellte und sich dabei weit vornüberbeugte. Wie von einem Magneten angezogen, starrte er in ihren Ausschnitt. Kopfschüttelnd entfernte sich die Dame.

Als Sancho sich wieder gefasst hatte, erhob er seinen Maßkrug. »Auf unser weiteres gemeinsames Abenteuer!«

»Ein Abenteuer? Nein, dies ist eine ernsthafte Mission.« Grimmig packte Winfried seinen Krug, nahm einen tiefen Zug und ächzte. »Wirklich scharf, dieser Trank.«

»Die ist wirklich scharf«, Sancho senkte seinen Krug und gaffte verträumt der Kellnerin nach. Auf Winfrieds Räuspern rückte er seinen Blick zurecht. »Dieses Zeug, wollte ich sagen!«

Eine halbe Stunde später zog das ungewöhnliche Paar schwankend durch die Linzer Innenstadt. Unvermittelt blieb der Knappe vor einem Plakat stehen, grinste breit, zückte seinen schwarzen Stift und betrachtete das abgebildete Gesicht.

»Egal was ich mir ausdenke, dieses Gesicht ist schon perfekt.« Er verstaute seinen Filzmaler wieder. »Da kann man nichts verunstalten. Dieses Grinsen, diese Segelohren … besser könnte ich es auch nicht malen.«

»Dann lasst es doch einfach!«

»Was ist das überhaupt für ein Typ? Rick Money's Show, das Geheimnis des Erfolg's«, zitierte Sancho lachend. »Habt Ihr schon mal was von diesem Kobold gehört?«

»Er scheint mir nicht unbekannt zu sein, wenn meine Erinnerung mich nicht zum Narren hält. Ich glaube, ich war einmal bei seiner Veranstaltung.«

»Schaut, heute Abend findet diese Show statt«, die Augen des Knappen leuchteten. »Die sollten wir uns auf keinen Fall entgehen lassen.«

Gemächlich trotteten sie durch die Fußgängerzone, betrachteten eine Weile einen Karikaturenmaler, hörten danach einer Gruppe von Musikern zu und erreichten einen Platz, auf dem einzelne Artisten Kleinkunst präsentierten. Vor einer Fassade saß ein Künstler, vor dem sich Wagen in der Größe von Streich-holzschachteln wie von Geisterhand bewegten.

»Man sieht sie nicht, sie sind sehr klein. Dies ist ein Flohzirkus. Kennt Ihr das auch in Spanien? Ich finde es recht amüs …«, Winfried unterbrach sich. »Ist dies für Euch Tierqälerei?«

»Im Prinzip ja …«, sprach Sancho nachdenklich. Er ging ein paar Schritte vorwärts und flüsterte dem Mann etwas zu, worauf dieser nickte und ihm eine kleine Tüte aushändigte. Er kehrte wieder zu Winfried zurück.

»Was habt Ihr von ihm erworben, mein Knappe?«

»Eine Überraschung! Mehr verrate ich nicht.«

Abends stand eine lange Schlange von Wartenden vor der zentralen Linzer Veranstaltungshalle, ein großes Plakat über dem Eingangsportal verkündete: ›Rick's Show ist leider ausverkauft!‹

»Wir kommen nicht mehr hinein, mein Knappe. Gehen wir wieder.«

»Ach was! Ich habe schon eine Idee. Kommt mit!« Sancho wanderte an der Schlange entlang, blieb bei einer älteren Frau im Rollstuhl stehen und sprach sie an. Die Dame nickte begeistert, kurzerhand schob Sancho sie an allen Wartenden vorbei und bis zum Eingang, gefolgt von Winfried. Dort hielt sie dem Security-Angestellten ein Ticket entgegen. Dieser nickte, stoppte jedoch ihre Begleiter. »Habt ihr auch Eintrittskarten?«

»Was für eine Frechheit, was soll das? Fragt ihr, wenn's brennt, auch die Feuerwehr, ob sie Karten haben? Wir sind Ehrenämtler und kümmern uns um die alte Dame. Seht ihr die Jacke meines behelmten Kollegen? Dies ist das Zeichen der Malteser.«

Der Türsteher zuckte ratlos mit den Schultern und trat beiseite. Nach dem Betreten des Gebäudes verabschiedete sich der Knappe von der Dame, die sich kurz bedankte und ihres Weges rollte.

»Jetzt sind wir drin, haben aber keine Sitzplätze. Was nun, mein Knappe?«

»Sehen wir uns einfach ein wenig hier um. Schaut, der Bühneneingang.« Schnurstracks ging Sancho durch eine Tür und orientierte sich kurz. »Die Box! Von dort haben wir einen direkten Blick auf die Bühne.«

Sie kletterten in die Souffleur-Nische und warteten. Als das Licht langsam gedimmt wurde, war ein Klopfen an der Seite ihrer Box zu hören. Ein junges Mädchen blickte hinein. »Was habt ihr Beiden hier zu suchen? Dies ist mein Platz, ich bin die Souffleuse!«

»Moment, ich regle das!« Der Knappe beugte sich hinaus und sprach mit gedämpfter Stimme: »Nicht so laut! Die Show fängt gerade an. Wir sind die neuen Souffleure. Der Typ hat dir gekündigt, hat er das nicht gesagt?«

»Wie? … Was?« Sie riss ihre Augen weit auf. »Davon … weiß ich nichts!«

»So ist es in diesem schnelllebigen Gewerbe. Heute Job, morgen arbeitslos. Abitur, Studieren, Promovieren, Praktikantenjob, Leiharbeit, Putzen gehen, danach auf der Straße leben und auf den Strich gehen. So läuft Karriere heutzutage. Jeder ist seines Schmiedes Glück, so wie der Typ sagt. Verstehst du? Husch, husch, ins Körbchen. Verschwinde, das ist jetzt unser Platz!«

Aschfahl im Gesicht, mit hängendem Kopf zog das Mädchen von dannen. Trommelwirbel setzte ein, wurde lauter und endete mit einem lauten Knall. Die Bühne erstrahlte hell und im gleißenden Scheinwerferlicht stand: Rick!

»Es ist wundervoll in eurer Stadt! Ich bin über den ganzen Globus gereist, nirgendwo jedoch gefällt es mir so gut wie bei euch, in dieser Stadt, in …«, aus der Souffleur-Nische war Flüstern zu hören und das Bühnenmännchen verkündete laut: »In Tokio! Bei euch Tokioten bin ich am liebsten!«

Statt der erwarteten Freudenrufe folgte Getuschel unter dem Publikum. Verdutzt musterte der Erfolgsprediger die Zuhörer in den vorderen Reihen. Schnell setzte er ein Lächeln auf und setzte seine Show fort. Unbemerkt von allen Zuschauern landete eine kleine Tüte vor seinen Füßen.

»Was ist das Geheimnis des Erfolgs? Ihr müsst euch gut verkaufen!« Rick zuckte plötzlich zusammen, fuhr reflexartig mit der Hand zum Schritt und begann damit, sich dort intensiv zu jucken. »Einfach gut verkaufen, das ist das Geheimnis des Erfolgs«, plapperte er hastig, zog einen Schuh aus, kratzte sich unter der Socke und schlüpfte zurück in seine Fußbekleidung. »Schauen Sie mich an. Ich habe es geschafft!«. Seine Hand glitt in die Hose und er kratzte sich so intensiv, dass die Geräusche verstärkt durch das Mikrophon bis in die hintersten Reihen zu hören waren. »Warum müssen Sie sein wie ich?« Er zog die Hand aus dem Hosenbund und hüpfte auf der Stelle. »Was ist das Wichtigste im Leben? Nun, wisst ihr es?«

Raunen ging durch das Publikum. Geflüster aus der Souffleur-Ecke folgte.

»Staubsauger verkaufen und Saufen, das ist der Sinn des Lebens! Nein, ich meine …«. Er hielt inne, lief rot an und bedeckte sein Gesicht mit den Händen. Einen Augenblick später setzte er wieder seinen glückseligen Gesichtsausdruck auf. »Geld verdienen! Genau das wollte ich sagen.«

Ein Moment der Stille folgte statt des erwarteten Applauses. Man hätte einen Floh husten hören können, wenn einer von ihnen gehustet hätte.

»Nun verrate ich euch mein größtes Erfolgsgeheimnis. Nur gut zuhören müsst ihr. Wem könnt ihr trauen? Spitzt die Ohren … Autsch!«. Sein Lächeln wich einem schmerzverzerrten Gesichtsausdruck, er griff an sein linkes Ohr.

Winfried warf einen Blick zu seinem Nachbarn und bemerkte, wie dieser eine kleine Metallkugel in seine Schleuder einlegte, mit äußerster Kraft das Gummiband spannte und auf das andere Ohr des Männchens zielte. Blitzartig griff er nach der Schleuder und riss sie dem Knappen aus der Hand. »Halt! Beendet dieses durchtriebene Spiel! Ihr seid es, der hinter diesem Spuk steckt. Welche Schande, ihr solltet Euch schämen!«

Die Bühne wurde verdunkelt, Lichter in den Zuschauerreihen flammten auf und eine Durchsage folgte. »Wir unterbrechen die Show für eine Pause. Wir empfehlen Ihnen, sich in den Vorraum zu begeben. Dort hat unser Service ein kleines Buffet mit Köstlichkeiten bereitgestellt, zu denen Sekt ausgeschenkt wird.«

Der Saal leerte sich, der Ritter und sein Knappe hangelten sich aus ihrem Versteck, schlichen zum Bühnenausgang und drängten sich nach einem kurzen Aufenthalt am Buffet an der Menge vorbei durch das Portal hinaus. Vor dem Gebäude stellte Winfried seinen Knappen zur Rede.

»Was sollte diese Niedertracht?«

»Der Kerl ist ein Gauner und nimmt die Leute aus.«

»Klagt ihn an, aber lasst andere über ihn richten!«

»Solchen Betrügern kommt man mit rechtlichen Mitteln nicht bei. Bringt man sie vor Gericht, kommen sie immer mit einem Freispruch davon.«

»Das soll nicht Eure Sorge sein. Das Volk will ihn sehen, er unterhält es. Er mag nicht die ehrlichste Haut sein, dennoch ist er so etwas wie ein Gaukler.«

»Vor dieser Warte aus gesehen, in Ordnung. Lassen wir dem Mann seine Narrenfreiheit. Wenigstens wurde die Show durch mein Eingreifen ein wenig lustiger.«

Winfried schüttelte distanziert den Kopf und sie begaben sich zurück zum Schlosspark. Der Ritter ließ sich müde neben den Reittieren ins Gras sinken, der Knappe zog die Panflöte hervor und spielte darauf. Als er lautes Schnarchen hörte, verstaute er sein Instrument und begab sich ebenso zur Ruhe.

✕

Im Morgengrauen erreichten sie den Linzer Hauptplatz und sahen von Ferne schon eine bekannte Silhouette vor einer Säule stehen. Als die Gestalt bemerkte, dass sich klappernde Hufen näherten, wandte sie sich um und lächelte.

»Ach ihr seid's, die zwei Reiter der Apokalypse.«

»Guten Morgen, Karli.« - »Seid gegrüßt, Bruder Mönch!«

»Kennt's so etwas? Steigt's ruhig ab und schaut's Euch genauer an. Dies ist eine Pestsäule. Sie steht für die Befreiung des Volkes von Krieg, Feuer und von der Pest. Die Schutzheiligen sollen uns vor den Geißeln der Menschheit bewahren. Und? Fällt Euch etwas auf? Was ist es, das fehlt?«

Die Befreiung des Ritters von seinem Knappen, dachte Winfried.

»Überlegt ein wenig. Wovor fürchten sich die Menschen am meisten?«

»Vor sich selbst?«

»Du denkst wohl politisch und an die Uneinigkeit der Menschen, werter Knappe. Aber so vielfältig wir äußerlich sind, so ähnlich sind wir uns doch innerlich. Glaubst du an irgendwelche Ideologien?«

»Ich habe meine eigenen Ansichten. Würde ich eine Partei gründen, würde man sie sofort verbieten, sobald ich mein Parteiprogramm veröffentliche. Obwohl es alle Probleme der Menschheit auf einen Schlag lösen würde.«

»Das wäre alles andere als schlimm. Ich würde dich sofort wählen. Was würde in deinem Programm denn drin stehen?«

»Der Bau einer gigantischen Arche, in der die ganze Menschheit Platz findet. Dies wäre meine Vision, Bruder Karli.«

»Und dann? Alle Menschen sitzen in einem Boot und warten auf die Flut? Aha, jetzt wird mir klar: deine Idee ist, mit dieser Arche zu einem neuen Planeten zu fliegen und ihn zu besiedeln.«

»Nein, wir versenken sie im Pazifik.«

»Wie bitte? Ich habe mich wohl verhört!« Der Mönch starrte den Knappen mit offenem Mund an.

»Darum habe ich keine Partei gegründet. Die Menschen sind nicht bereit, solchen visionären Ideen zu folgen.«

Der Mönch drehte sich kopfschüttelnd um und setzte sich in Bewegung, der Ritter und sein Knappe folgen. Als sie das Stadtzentrum hinter sich gelassen hatten, erhoben sich die Türme eines Industriegebietes, aus denen graue Wolkentürme in die Höhe wuchsen.

»Ihr könntet hier die Brücke überqueren und auf die linke Seite der Donau wechseln. Es ist kürzer und führt über Mauthausen. Ich jedoch wende mich nach Süden zum Stift Sankt Florian. Es ist ein kleiner Umweg. Wollt ihr euch das Stift vielleicht anschauen?«

»Nein Danke! Ich habe selbst einen Stift«, sprach der Knappe abwehrend.

»Ich komme mit zu dem Stift«, stimmte Winfried spontan zu.

»Wieso das denn nun, Herr Ritter? Fürchtet Ihr Euch davor, was Euch in Mauthausen erwarten würde?«

»Ja!«, sagte Winfried knapp und ergänzte in Gedanken: *und zwar davor, wieder alleine mit Euch unterwegs und ständig Ärger ausgesetzt zu sein.*

Sancho revidierte seine Entscheidung abrupt und gesellte sich zu dem Mönch. »Was werden wir bei diesem Stift finden?«

»Ein Barockkloster zu Ehren des heiligen Florian. Es wurde in der Nähe des Ortes, an dem er den Tod fand, ihm zu Ehren errichtet. Er ist der erste österreichische Märtyrer und Schutzpatron der Feuerwehr.«

»Heiliger Sankt Florian, verschon' mein Haus, zünd and're an. Das ist sein Spruch?«

»Nein, Herr Knappe, das hat sich jemand Anderes ausgedacht.«

Sie schritten an der weiß-gelblichen Fassade des Stifts vorbei, während der Mönch die beständigen Kommentare des Knappen: »Was für ein Protz« und »die haben wohl zu viel Geld« geflissentlich überhörte. Sie betraten die Basilika. Über ihnen spannte sich ein rundum bemaltes Gewölbe mit zahllosen Schnitzereien aus Marmor.

»Sehr bunt«, murmelte Sancho. »Da steckt wohl viel Arbeit dahinter.«

»Schaut, dieses Deckenfresko über uns!«, der Mönch erhob seine Hände. »Dies stellt den Tod des Märtyrers dar, der im Fluss ertränkt wurde.«

Vielleicht könnte ich auf die Art auch den Knappen loswerden, dachte Winfried.

»Er war römischer Offizier und führte eine Einheit zur Feuerbekämpfung. Sankt Florian bekannte sich offen zum Christentum, so lebte er zu Zeiten des römischen Kaisers Diokletian sehr gefährlich. Eines Tages wurde er verhaftet und sollte am Marterpfahl verbrannt werden.«

Vor Winfrieds Augen tauchten Visionen des Knappen auf einem lichterloh brennenden Scheiterhaufen auf.

»Doch er drohte seinen Schergen: würden sie ihn verbrennen, würde er mit den Flammen direkt zum Himmel aufsteigen. So entschied man sich für die umgekehrte Richtung, zerrte ihn zum nächsten Fluss und band ihm einen Mühlstein um den Hals. Als die Vollstrecker kurz davor waren, ihn von der Brücke in die Enns zu stoßen, begann er zu beten. Ehrfürchtig zogen sich die Henker zurück, jedoch rannte ein Mann plötzlich auf ihn zu und warf ihn mitsamt des Steins in den Fluss.«

Der mächtige Kampfmönch bräuchte keinen Mühlstein. Mühelos könnte er den Knappen mit seinen mächtigen Pranken unter Wasser drücken, ohne dass der Wicht eine Chance hätte.

»So war es zur Zeit der Christenverfolgungen.«

»Wie unter Kaiser Nero …«

»Nein, im Gegensatz zur Spätkaiserzeit gab es in diesen frühen Jahren des römischen Reiches nur gelegentlich Ausschreitungen unzufriedener Bürger gegen Christen. Die Mehrheit gab sich jedoch tolerant und verurteilte dies als Verbrechen. Offensichtlich wollten gewisse Kreise den römischen Kaiser Nero als grausamen Herrscher darstellen und dichteten ihm alles Mögliche an. Heute zweifelt man jedoch an den Geschichten. Warum wurde er so verunglimpft, fragt ihr euch sicher. Er handelte nicht so, wie es sich einem Kaiser geziemte, zog nicht in den Krieg, um Heldentaten zu vollbringen, sondern widmete sich ganz anderen Dingen. Er wandte sich den schönen Künsten zu und ließ prächtige Gebäude von revolutionärer Architektur errichten, die ihrer Zeit weit voraus waren. Meiner Auffassung nach hatte Kaiser Nero Ähnlichkeit mit Ludwig dem Zweiten von Bayern. Beide hatten Schwierigkeiten, ihren täglichen Amtsgeschäften nachzugehen, die intensive Bautätigkeit führte zu einer ständig leeren Staatskasse. Nun zurück zum römischen Reich: die beiden mächtigsten Institutionen im Staat waren Kaiser und Senat. Sie konkurrierten miteinander, regelmäßig entwickelten sich Machtkämpfe. Einige Senatoren widmeten sich der Geschichtsschreibung, wie Tacitus, ein begnadeter Schriftsteller. Jedoch sind seine Berichte nach heutigen Kenntnissen nur bedingt glaubwürdig, da er grundsätzlich alle römischen Kaiser in ein schlechtes Bild rückte.«

»Wie in der heutigen Presse. Fast alle positiven Artikel sind bezahlte Werbung, negative Presse bedeutet: jemand wollte nicht zahlen.«

»Möglich, Herr Knappe. Die Römer liebten wie die heutigen Menschen phantasievolle Klatschgeschichten. Sicher war kaum ein Kaiser derart verrückt, wie er dargestellt wurde – selbst Caligula, der im Wahn sein Pferd zum Senator ernannt haben soll.«

»Vielleicht war er vernünftiger als die anderen und das Pferd war ihnen geistig überlegen?«

Den Unsinn würde ich Sancho auch zutrauen, kommentierte Winfried stumm.

»Nein, Herr Knappe. Die Aktion muss man im historischen Kontext sehen: ständige Querelen zwischen ihm als Herrscher und dem feindlich gesinnten Senat zehrten an seinen Nerven. Es war offensichtlich, dass er den alten Männern im Rat zeigen wollte, wie wenig er von ihnen hielt. So weist die Ernennung eines Pferdes zum Senator nicht unbedingt auf Schwachsinn hin, eher auf politisches Unvermögen. Um einen Vergleich zu wagen: stellt euch einfach so eine Art George W. Bush der Antike vor.«

»Fast hatte ich begonnen, diesen Caligula sympathisch zu finden«, Sancho spuckte angewidert auf den Boden.

»Zweifel sind bei allen historischen Schriften angebracht. Man muss sich zuerst Gedanken machen, welchen Zweck der Verfasser verfolgte. Manche Geschichtsschreiber wollten ihre Zeit in einem guten Licht darstellen und aufwerten, indem sie die Vergangenheit schlechtredeten. Wie man heute vom dunklen Mittelalter mit unermesslichen Grausamkeiten erzählt: wie Menschen an Pferde gebunden wurden, um sie in vier Teile zu reißen.«

Das wäre es vielleicht … man könnte den Knappen an Nepomuk und Pumuckl binden und die Tiere so lange an ihm zerren lassen, bis er Vernunft annimmt …

»Womöglich herrschten in der Neuzeit schlimmere Zustände als in den sogenannten dunklen Jahrhunderten. Diese wurden so bezeichnet, weil man über unsere frühmittelalterliche Vergangenheit so gut wie nichts weiß … Hallo? Ritter, was ist mir dir? Du bist so schweigsam und geistig abwesend. Geht es dir gut?« Der Mönch atmete tief ein und schrie: »Aufwachen! Feuer! Es brennt!«

»Wie? Was ist los?« Winfried wurde abrupt aus seinen Gewaltphantasien gerissen.

»Du hast die ganze Zeit geträumt und diese Malereien angestarrt, als ob du darin eingetaucht wärst.«

»Ich habe die Zeichnungen bewundert, weil sie so unglaublich realistisch sind«, entgegnete Winfried ausweichend. »Ich habe mich in die eine oder andere Szene hineinversetzt gefühlt.«

»Dann ist ja alles in Ordnung. Auf geht's, Pilger! Folgen wir wieder unserem Pfade«, der Mönch öffnete das Portal und führte sie hinaus ins Licht, wenig später überquerten sie die Enns. »Wir müssen uns einfach nach Osten halten. Der mächtige Strom ist so freundlich, uns mit seinem Lauf entgegenzukommen.«

Einige Kilometer später erreichten sie tatsächlich die Donau. Winfried setzte langsam einen Fuß vor den anderen. »Ich bin erschöpft und meine Füße schmerzen. Nehmt es mir nicht übel, wenn ich aufsteige und reite.«

»Tut euch keinen Zwang an, meine Herren, und erklimmt wieder eure Reittiere. Ich bin es gewohnt, weite Wege zu marschieren. Herr Ritter, was ich dich schon die ganze Zeit fragen wollte: warum nimmst du nicht einfach diese Sturmhaube ab und machst es dir leichter? Musst du tagaus, tagein dein Angesicht verbergen?«

»Wie gerne würde ich diesen Helm abnehmen. Ich fürchte jedoch, ich werde ihn bis ans Ende meines Lebens tragen müssen.«

»Ihr seid wirklich zwei seltsame Gestalten. Einem Paar wie euch bin ich noch niemals zuvor begegnet.« Der Mönch summte eine fröhliche Weise und marschierte neben den zwei Reitern. Der Fluss zog links von ihnen gemächlich seines Weges, rechts entwickelte der Wald eine herbstliche Farbenpracht von rotgelbem Glanz, bis der Weg in eine Brücke mündete und über einen Seitenarm der Donau führte.

»Wisst ihr, dass die Donau seinerzeit eine Grenze war, welche die zivilisierte Menschheit von den wilden Menschen jenseits des Flusses trennte?«, fragte er in die Runde, als sie die Brücke überquert hatten und eine Siedlung in Sicht kam. Bedeutsam breitete er die Arme aus. »Um Missverständnissen vorzubeugen: an dieser Stelle trennt der mächtige Strom zwar ebenso die Bundesländer Niederösterreich und Oberösterreich, jedoch wollte ich aus der Antike erzählen, in der die Gegensätze viel gravierender waren. Auf der einen Seite herrschten Reichtum und Wohlstand, entwickelten sich moderne Städte, auf der anderen Seite lebten die Markomannen, ein germanischer Stamm. Einfache Menschen, die in Hütten hausten, von der Jagd lebten und sich von dem ernährten, was die Natur hergab. Das Römische Reich endete an diesem Fluss. Um die natürliche Grenze zu verstärken, bauten die Römer entlang der Donau einen Limes.«

»Also bauten sie diesen Wall, um die Völker jenseits des Flusses vor ihrem verschwenderischen Lebensstil zu bewahren. Dem Leben, das darin bestand, Orgien zu feiern, Wälder abzuholzen, in Geldgier zu schwelgen und Kriege zu führen, während die Zivilisation auf der anderen Seite einen umweltverträglichen Lebensstil führte.«

»Eigentlich, Herr Knappe, war der Limes als Verteidigungswall in die umgekehrte Richtung gedacht. Dein philosophischer Ansatz wäre natürlich eine Diskussion wert!« Bruder Karli lachte.

»Vielleicht war es wie bei den Indianern, die friedlich lebten, bis Weiße auftauchten, alles planierten und Männer mit dröhnenden Kettensägen den Urwald kahlrasierten. Meine Heimat Spanien soll weitgehend grün gewesen sein, bevor die Römer eingedrungen sind und alles abgeholzt haben.«

»Die römische Zivilisation hatte auch Schattenseiten«, sprach der Mönch nachdenklich. Wenig später zeigte er auf eine Ansammlung von Steinen, die in rechteckiger Form angeordnet waren. »Hier in Wallsee hatte man Spuren der Römer gefunden, an dieser Stelle wurde sogar ein Kastell ausgegraben.«

»Und was soll daran besonders sein?«

»Dies sind nur Grundmauern, das Fundament. Man muss sich darunter ein mächtiges Gebäude vorstellen.«

»Darunter? Was würde man finden, wenn man tiefer gräbt? Aha! Der römische Kaiser ließ hier einen Bunker errichten und alles, was sich darüber befand, wurde weggebombt. Die Tradition hatte wohl eine spätere Diktatur von den Römern übernommen …«

»Es reicht, Knappe!«, unterbrach ihn der Mönch unwirsch, »deine Gedankengänge haben sich so weit von der Realität entfernt, dass sie fast paranoide Züge annehmen.«

»Also haben die Römer keine Bunker gebaut und sich nicht unter der Erde verschanzt?«

»Nein! Höchstens die Urchristen, die sich in Katakomben versteckten, da die Ausübung ihrer Religion nicht öffentlich geduldet wurde. Nochmals: die Römer haben keine Bunker errichtet!«

»Es war ja nur eine Frage. Aber warum, wenn die Römer so großartige Baumeister waren, konnten sie nur Mauern von zwei Steinen übereinander errichten, während die Pharaonen, die viel früher gelebt haben, wesentlich mehr zustande gebracht haben?«

Ärgerlich ballte der Mönch seine Hände zu Fäusten und atmete scharf ein.

»Ich kenne das zur Genüge«, meldete sich Winfried mit dünner Stimme, »der Knappe meint, ständig Recht zu haben und hat immer das letzte Wort.«

Der Mönch nickte wortlos und ließ die Luft pfeifend aus seiner Lunge entweichen. Sodann blickte er mit besorgtem Gesichtsausdruck zum schräg im Sattel hängenden Ritter. »Was ist mit dir? Du siehst völlig erschöpft aus.«

»Ich bin am Ende meiner Kräfte. Wir haben unzählige Kilometer zurückgelegt und sollten uns um ein Nachtlager kümmern.«

»Leider, meine Herren, existiert in der Nähe kein Kloster, das uns beherbergen könnte.«

»Bevor wir die Brücke überquert haben, am Ufer der Halbinsel, dort wäre doch ein guter Platz zum Nächtigen«, schlug Sancho vor und traf bei den Anderen auf sofortige Zustimmung. Nachdem sie einen Platz ausgewählt hatten, setzten sie sich in einen Kreis, während im Hintergrund die Huftiere das Gras der üppigen Flussaue verkosteten. Der Mönch zog eine Flasche Bordeaux aus seinem Beutel, entkorkte sie und füllte drei Plastikbecher.

»Warum wart Ihr früher so wild auf die klingende Münze, Mönch?«, fragte der Ritter nach dem ersten Schluck Wein.

»Ich bin im Heim aufgewachsen. Mir fehlte das Gefühl der Geborgenheit, das man entwickelt, wenn man in einer Familie aufwächst. Ich und die anderen Heimbewohner hatten jede Gelegenheit genutzt, um zu klauen. Egal was. Es waren nicht mal wertvolle Sachen. Häufig waren es Schuhe, die wir aus den Regalen vor den Schuhgeschäften mitgehen lassen haben.«

»Das war möglicherweise nicht allzu schlau«, redete Sancho dazwischen, »denn dort, wo sie jeder einfach mitnehmen kann …«.

»… werden immer nur die rechten Schuhe hingestellt«, setzte der Mönch den Satz fort, während er Käse und einen Brotlaib hervorzog, zwei Kanten abschnitt und sie seinen Nachtgesellen reichte. »Du hast es richtig erkannt, Herr Knappe! Primär ging es nur ums Ansammeln von Schätzen, meistens ohne Nutzen. Wer hat, der hat – das war unser Motto. Wir fragten nicht nach dem Sinn. Wir hatten, was andere nicht hatten, das gab uns ein Gefühl der Sicherheit. Als ich älter wurde, genügte mir das Klauen kleiner Dinge nicht mehr. Ich wollte an das große Geld. Egal wie. Ich spielte mit den Gedanken, eine Bank zu überfallen oder Drogen im großen Stil zu importieren und den

Markt damit zu überschwemmen. Aber ich kam zum Schluss: auf diese Weise an Geld zu kommen, wäre mit Risiko verbunden. Die erworbenen Einkünfte hätte ich möglicherweise wieder abgeben müssen. Bald fand ich heraus, dass mir Möglichkeiten offenstanden, die Leute systematisch und auf völlig legale Art auszuplündern.«

»… und ihnen teure Versicherungen anzudrehen.« Sancho streichelte die Schnauze des Esels, der sich gerade in die Mitte der Gruppe gedrängt hatte und auf den Beutel des Mönchs starrte. »Wir sind also in der Zeit angekommen, bevor du Mönch wurdest.«

»Man musste die Leute anfüttern und ihr Vertrauen wecken.« Karli zog eine Karotte aus dem Beutel und hielt sie dem Esel vor die Schnauze, der sie gierig aus seiner Hand schnappte. »Ich hatte einen Instinkt dafür entwickelt, wo etwas zu holen war. Wie dieses Tier den Geruch der Möhre wahrgenommen hat, konnte ich riechen, wo sich ein Geschäft lohnt. Geld stinkt nicht, wie schon der römische Kaiser Vaspasian …«

»Es stinkt hier doch irgendwie«, meldete sich Winfried naserümpfend zu Wort, »es riecht nach Sch…«

»Das Reittier deines Knappen!« Der Mönch lachte herzlich auf, »es hat soeben eine schwere Last neben dir abgeladen. Dies ist der Lauf der Natur!«

Fluchend erhob sich Winfried, ging einige Schritte und ließ sich in weiter Entfernung nieder. Er schlang Brot und Käse hinunter und murmelte müde: »So, ich klinke mich an dieser Stelle aus und begebe mich zur Nachtruhe.«

Nach einer Weile verstummten die letzten Gespräche, auch Sancho ließ sich zu Boden sinken. Spät in der Nacht, wenn der Mond die Dunkelheit durchbrach und rätselhafte Schatten auf das Naturschutzgebiet zeichnete, setzten allmählich geheimnisvolle Geräusche der Nacht ein, verdächtiges Rascheln in den Gebüschen, schaurige Rufe von Waldkäuzen, nahezu lautloses Flapp-Flapp von Fledermausflügeln.

In dieser Nacht jedoch nicht, denn jegliches Geräusch der Nachttiere wurde durch lautes Schnarchen übertönt, das einem Streit zwischen Raubkatzen glich und vom Wind weit über die Auen getragen wurde. Der Mönch verharrte lautlos die ganze Nacht aufrecht sitzend.

✕

Als die Finsternis wich, tauchte die aufgehende Sonne die Landschaft in ein rötliches Flammenmeer und erweckte drei Wesen zum Leben, die in das Naturschutzgebiet passten wie eine Eisenkugel an den Fuß eines Marathon-Läufers. Sancho streckte die Glieder, gähnte und reckte den Kopf. Er sah den sitzenden Mönch und starrte ihn verblüfft an. »Schläfst du nie?«

»Doch, jedoch nur zur Hälfte. Ich habe mir diesen Trick von den Tieren abgeschaut, als ich mich in Askese übte. Unter anderem habe ich Hunde beobachtet und von ihnen gelernt. Die eine Gehirnhälfte schläft des Nachts, während die andere wacht. Nun denn, ich habe lange genug verweilt und brauche jetzt Bewegung. Nur die Toten verharren ewig.« Er sprang auf, warf sich sein Bündel über die Schulter und stapfte von dannen. Der Knappe blickte dem Mönch nach, einer mächtigen Silhouette, die sich gegen die rot glühende Sonne abzeichnete und schrumpfte, bis sie zu einem winzigen Punkt wurde. Er stellte sich vor, wie der Punkt am Schluss in den glühenden Himmelskörper tauchte und zischend verglühte. Jedoch verschwand dieser nur lautlos hinter dem Horizont. Im Morgenlicht wandelte sich das glühende Rot in ein buntes Farbenmeer, silbrige Tautropfen glänzten auf den Gräsern, Wärme breitete sich über dem Lager aus.

Als die ersten Sonnenstrahlen auch Winfried erreichten, schimmerte sein Helm silbrig grell. Er wurde aus seinen Träumen gelupft, hob seinen Kopf und sah in alle Richtungen.

»Wo ist der Mönch?«

»Er hat die ganze Nacht nicht geschlafen. Bei früher Morgendämmerung ist er aufgestanden und hat uns verlassen, Herr Ritter.«

»Hat er sich nicht verabschiedet?«, mit einem Ruck richtete sich Winfried auf. »Hat er wenigstens gesagt, wo er hinwollte?«

»Weder das eine, noch das andere.« Sancho zuckte mit den Schultern und kraulte seinen Esel hinter den Ohren. »Dafür stehen Pumuckl, Nepomuk und Euer Knappe treu an Eurer Seite.«

Wenig später folgten sie auf dem Rücken ihrer Reittiere dem Lauf des Flusses. Die Stimmung war gedrückt, Ritter und Knappe legten schweigend Kilometer für Kilometer hinter sich, von dem Mönch fehlte jedoch jede Spur. Während sie unermüdlich ohne Pause der Donau folgten, zogen die Städte Grein und St. Nikola auf der gegenüberliegenden Seite vorbei, bis sie am späten Nachmittag eine braune Kutte in der Ferne ausmachten. Ihre Miene hellte sich auf, sie verringerten die Distanz zu dem Wanderer, der das Klappern ihrer Hufe vernahm, innehielt und sich umdrehte.

»Einen wunderschönen Nachmittag, stolze Recken!«, grüßte der Mönch freundlich, »ich dachte, da ihr beritten seid, würdet ihr mich irgendwann einholen, jedoch nahm ich an, dies würde früher geschehen. Schaut euch dieses Stauwerk von Persenbeug an. Früher wurden die Stromschnellen an dieser Flussenge aufgrund ihrer wilden Strudel gefürchtet. Mit der mächtigen Stauanlage wurde der Fluss jedoch gezähmt. Kommt mit zur anderen Seite, ich will euch etwas zeigen!«

Ritter und Knappe stiegen ab und folgten dem Mönch über die Schleuse. Auf der gegenüberliegenden Seite hielt Bruder Karli wieder inne.

»Seht dieses Kunstwerk, es stellt den Nibelungenzug dar.« Er deutete auf ein Relief. »Wir wandeln hier auf historischen Pfaden: auf der Straße der Nibelungen!«

»Die Nibelungen in Österreich?« Kritisch betrachtete Winfried das Bildnis. »Dies ist absurd. Das Volk der Nibelungen lebte in unserer Heimat und nicht weit von Frankfurt. In Worms. Außer Siegfried, der ist aus Xanten, ein Ort westlich von unserer Heimat, direkt an der französischen Grenze …«

»Eine Geschichtsfälschung der Habsburger!« Sancho fuhr aus der Haut. »Sie schmückten sich wohl gerne mit den Federn fremder Helden, weil sie selbst keine zustande gebracht haben!«

»Federn fehlen euch noch zu eurer Kopfbedeckung!« Der Mönch lachte. »Warum echauffiert ihr euch so? Die Heldentaten der Nibelungen führten letztendlich zu ihrem Ruin. Der Sage nach haben sie sich zum Schluss alle gegenseitig umgebracht.«

»Da habt Ihr recht. Dennoch sind diese Ritter ein Vorbild aufgrund ihrer Tapferkeit«, wand Winfried ein. »Besonders Siegfried, der einen Drachen tötete.«

»Und Drachen gibt's? Euch kann man wohl alles erzählen.« Der Mönch spannte seine Muskeln an, baute sich drohend vor ihnen auf und sah sie mit stechendem Blick an. »Ich habe auch einen von ihnen getötet! Mit meinen bloßen Händen – wenn es Drachen gibt.«

»Ich bin kein Drache!«, reagierte Sancho schnell.

»Ich auch nicht«, murmelte Winfried und wich dem scharfen Blick aus.

»Das ist also geklärt. Diese Region nennt sich Nibelungengau.« Grinsend schritt der Mönch voran. »Und glaubt nicht alles, was man euch erzählt.«

»Unsere Branche lebt davon, dass andere glauben, was man behauptet, zu glauben«, kommentierte Sancho. »So läuft es in unserem Geschäft.«

»Das kommt mir doch bekannt vor. Schwatzt ihr gutgläubigen Menschen Versicherungen auf, wie ich damals? Oder arbeitet ihr im Marketing? Vielleicht gar im esoterischen Bereich?«

»Finanzprodukte!« Sancho senkte verschämt das Haupt.

Der Mönch sog die Luft scharf ein und atmete sie pfeifend aus. »Aha. Ich verstehe. Alles basiert auf Glauben. Und letztendlich steckt hinter dem Ganzen nichts. Wollt ihr wissen, was meine Lebensphilosophie ist? Kommt näher und spitzt eure Ohren!«

Sie folgten der Aufforderung und traten vor den Mönch, der ohne Vorwarnung ihre Köpfe mit seinen Pranken laut scheppernd gegeneinander schlug.

»Aua!« … »Was sollte das?«

»Das sollte ein Scherz sein! Ein Spaß. Oder … hat jemand von euch etwas dagegen?«, der Mönch lachte schallend.

»Das war gerade nicht nett!« Der Knappe ballte seine Hände zu Fäusten, verglich sie mit denen des Mönchs, öffnete sie wieder und atmete ruhig. »Na gut, Bruder Karli. Dann bist du eben ein lustiger Mönch!«

»Ich war sicher, ihr versteht Spaß. Weil ihr einen Kopfschmuck tragt wie ein Haudidl.«

Winfried, der spontan den Griff seiner Axt umklammert hatte, senkte seine Hand wieder. *Ein einsamer Wandermönch, der provoziert und Lebensweisheiten vermittelt … könnte dies eine Botschaft sein? Alles mag einen Sinn haben. Bisher offenbart sich mir des Rätsels Lösung jedoch nicht.* Lange Zeit grübelte Winfried. Seine Gedanken liefen ins Leere.

»Dieses Bauwerk, das dort oben thront, ist das Schloss Persenbeug. Dort wurde Karl der Erste von Österreich geboren. Dieser Kaiser und der letzte Monarch von Österreich wurde zu einer tragischen Figur, denn mit ihm endete die Monarchie der Habsburger. Danach wurde jegliche Verwendung von Adelstiteln im Land verboten.«

»Es ist doch nicht tragisch, das er den Weg in die Demokratie eröffnete?«

»Nicht freiwillig, Herr Knappe, denn es war wohl kaum sein Verdienst, weil er bis zuletzt versuchte, seinen Stand zu verteidigen. In seinem schon verlorenen Krieg gegen Italien rief er das Deutsche Reich zu Hilfe, diese Verbündeten griffen zu ihrem ultimativen Mittel: Giftgas.« Der Mönch breitete bedeutungsvoll seine Arme aus. »Dennoch wurde dieser österreichische Kaiser vom Papst seliggesprochen.«

Ritter und Knappe starrten ihn mit offenem Mund an.

»Da staunt ihr. Es war eben eine Art Verschwörung. Eine national-religiöse Gruppe setzte sich mehr als ein halbes Jahrhundert lang vehement für die Seligsprechung ein. Endlich fanden sie einen schwachen Papst, der von Alter und Krankheit so schwer gezeichnet war, dass er ihrem Ersuchen nachgab. Johannes Paul II war bekannt dafür, so viele Menschen selig- und heiliggesprochen zu haben wie keiner seiner Vorgänger. So ein Brimborium kostet Zigtausende Euro, die Vatikanbank profitiert direkt davon. Später hatte der Papst offensichtlich seinen Fehler erkannt.«

»Hat er die Seligsprechung zurückgenommen?«

»Nein, so etwas ist nicht möglich. Er hat den Bischof rausgeschmissen und das Priesterseminar geschlossen. Da war noch einiges an illegalen Sachen passiert … darauf will ich jetzt aber nicht eingehen.«

»Besser, dieser alte Mann mit Mütze wäre rechtzeitig in Rente gegangen. Wie sein Nachfolger.«

»Papst Benedikt hatte wohl die Tragödie aus direkter Nähe mitbekommen und sich entschieden, nicht wie sein Vorgänger zu enden.«

Wenig später hielt Bruder Karli in dem Ort Marbach, erhob seine Pranke und zeigte nach links. »Ich gehe hinauf zum Maria Taferl, dort befindet sich eine Wallfahrtskirche. Ist ums Eck, von dort hättet ihr einen wunderschönen Blick auf das Donautal. Wollt ihr mitkommen, muntere Kampfgesellen?«

»Ich komme mit, mein Knappe kann von mir aus dem Weg am Donauufer weiter folgen.«

»Ich stehe Euch treu zur Seite, egal wo auch immer Ihr hingehen mögt. Das habe ich Euch doch geschworen!«

Winfried ließ brummend sein Pferd in langsamen Trab fallen. Nachdem sie den Hügel erklommen hatten, banden sie ihre Reittiere vor der Kirche an und traten ein. Der Mönch fiel neben ihnen auf die Knie, schlug ein Kreuz und blickte ehrfürchtig zu einer bunten Holzfigur empor.

»Die Muttergottes! Dies ist ein Original aus dem 15. Jahrhundert.«

»Der Isis-Kult hat sich wohl überall verbreitet«, kommentierte Sancho.

»Isis? Diese Terrormilizen?«, irritiert erhob der Mönch sich wieder, »was sagst du da, Knappe?«

»Hört auf, alle Leute zu reizen!«, zischelte Winfried.

»Die Muttergottes ist die altägyptische Gottheit Isis, die sich sogar bei uns in Spanien etabliert hat.«

»Altägyptisch? Interessant.« Der Mönch zog nachdenklich die Stirn kraus. »Ich habe mich schon immer gewundert, warum sie als Göttin verehrt wird. Aus der Bibel stammt es nicht, trotzdem verehren wir Katholiken Maria mehr als alle anderen. Sie trägt vielerlei Namen. Die Schmerzhafte, die Tugendhafte, die Barmherzige, die Gnadenreiche … wenn du ein Problem hast, gehst du hin und teilst deine Sorgen mit der Dame. Für fast jedes Anliegen gibt es einen Wallfahrtsort. Nun, wollt ihr das Heiligste an diesem Ort sehen? Es befindet sich direkt vor dem Gebäude.«

Sie verließen die Kirche und standen vor einem aus Stein gefertigten Tisch.

»Dies ist Maria Taferl. Man berichtet von Wunderheilungen und Heiligener-
scheinungen an diesem Stein. Hierher kommen die Pilger.«

»Ich habe auch eine Idee, was heute Nacht an diesem Ort erscheinen wird«,
murmelte Sancho leise, diabolisches Grinsen breitete sich über sein Gesicht,
zufällig beobachtet von dem Ritter, den in dem Moment Panik ergriff. *Wir
müssen so viele Kilometer wie möglich zwischen diese heilige Stätte und uns bekommen. Vor allem zwischen den Knappen und dieses Dorf.* Obwohl er dessen Gedanken nicht lesen konnte, bekam er eine Vorahnung, was die frommen Bürger
nach einem grandiosen Streich des Knappen mit ihnen anstellen werden. Er
wurde kreidebleich und sah vor seinem geistigen Auge einen Mob aufge-
brachter Menschen, die mit brennenden Fackeln bewehrt und mit Heugabeln
bewaffnet waren und sie durch den Ort hetzten. Er band sein Pferd los und
forderte mit einem Wink den Knappen auf, zu folgen.

»Was hast du denn?«, rief der Mönch, als Winfried davontrabte.

»So eine Leuchterscheinung in der Nacht, Maria, die das Ende der Welt verkündet«, schwadronierte der Knappe und schloss zum Ritter auf, »dann wäre
hier endlich mal was los. Vielleicht Flagellanten, die durch das Dorf ziehen
und sich dabei selbst kasteien. Voran einer, der ein riesiges Kreuz schleppt.«

»Nein, das wäre nicht lustig gewesen.« *Im Morgengrauen zieren den Ort zwei
gepfählte Gestalten, deren Köpfe seitlich hängen. Leblos werfen sie im Schein der
Fackeln lange Schatten …* Winfried schauderte bei dieser Vision. *Wir sind gerade
noch rechtzeitig davongekommen.*

»Wie wäre es: eine Maria, die verkündet, man dürfe keine Tiere töten …«

Der Mönch holte sie mit einem Spurt ein und rief: »Was hattet's, Herr Ritter,
warum plötzlich so eilig?«

»Ich hatte eine Vision.«

»Tatsächlich? Magst' davon erzählen?«

Abwehrend schüttelte Winfried den Kopf.

Der Mönch nickte verständnisvoll und wies auf das Symbol einer Jakobsmu-
schel am Wegesrand. »Es gibt hier einen schönen Weg, der nach Spanien und
bis zur Stadt Santiago de Compostela führen würde. Wenn wir uns jedoch an
diesen Symbolen in umgekehrter Richtung orientieren, gelangen wir zum
Schloss Artstetten.«

Während sie der Landstraße folgten, die an abgeernteten Feldern vorbeiführte, brach die Abenddämmerung herein. Bauernhäuser kamen in Sicht, eine
kleine Ortschaft, danach wiesen Muschelsymbole den Weg über Feld- und
Waldwirtschaftswege, bis sich blaue Zwiebeltürme am Horizont in die Höhe
reckten. Der Feldweg endete, sie trabten über kurzgeschorenen Rasen und

hielten am Fuß einer Treppe. Reich verziertes Mauerwerk erhob sich vor ihnen, sie stiegen von ihren Reittieren und erklommen Stufen, die vor einem Schloss im Barockstil endeten. Der Mönch ging voran, drückte kräftig gegen die Eingangspforte und ließ enttäuscht seine Arme sinken. »Verschlossen. Ich habe es befürchtet. Für eine Besichtigung sind wir zu spät.«

»Wir könnten doch hier im Park unser Nachtlager errichten und morgen wiederkommen.« Winfried gähnte.

»Im Schlosspark?« Der Mönch musterte vom obersten Absatz der Treppe die grüne Anlage mit den vereinzelten Baumgruppen. Er lächelte, als er etwas dunkelgrün zwischen dem Blattwerk hindurchschimmern sah. »Wir können uns hier sogar frisch machen.« Er lief die Treppe hinab, riss sich die Kutte vom Leib und sprang nackt, wie Fitnessstudio und Cocktails aus Hormonpillen ihn schufen, in den See, sodass eine hohe Fontaine in alle Richtungen spritzte. Als sich das Nass beruhigt hatte, erschien sein mächtiger Körper wieder an der Oberfläche und er streifte einige Tangflanzen ab, während Sancho und Winfried ihn skeptisch vom Rand betrachteten.

»Springt doch hinein! Wollt ihr euch nicht ein wenig frischmachen?«

»Da du schon im See badest, ist darin kaum Platz für eine weitere Person«, sprach Sancho mit skeptischem Blick auf das dunkelbraune, leicht grünlich schimmernde Nass, dessen Undurchsichtigkeit mögliche Monster unter der Wasseroberfläche vor dem menschlichen Auge verbergen könnte.

»Ich wäre in der Rüstung viel zu schwer«, erklärte Winfried ausweichend und angewidert von dem trüben Brackwasser, »sie würde mich sofort an den Grund des Gewässers ziehen.«

»In diesem Tümpel besteht keine Chance, zu ertrinken!« Der Mönch lachte und richtete sich auf, sodass das Wasser nur noch bis zu seinem Bauchnabel reichte. »Ein Bad würde euch nicht schaden, denn ihr verbreitet einen recht dezenten Geruch. Aber ich vermute, ihr seid wasserscheu, ihr zwei Helden!«

Nach dem ausgiebigen Bad und nachdem der Mönch seine Kutte wieder angezogen hatte, erkundeten sie kurz das Gelände und ließen sich unter einer Gruppe herbstblonder Laubbäume auf weiche Blätter sinken. Bald war lautes Grunzen zu hören, welches die Bewohner des naheliegenden Dorfes auf Wildschweine im Schlosspark tippen ließ. Nur der Mönch, der seine halb aufrechte Sitzhaltung für die Nacht eingenommen hatte, wusste, dass es seine Begleiter und keine Wildtiere waren.

✕

Ritter und Knappe wurden durch lautes Trampeln geweckt. Sie blickten auf und sahen den Mönch, der unermüdlich im Kreis ging und kraftvoll aufstampfte. Die Morgensonne hangelte sich am Horizont empor.

»Hast du ein Problem mit dem Kreislauf, Bruder Karli?« Der Knappe rieb sich den Schlaf auf den Augen, der Ritter ließ seine Glieder knacken.

»Nur Tote ruhen ewig, wir jedoch sind lebendig. Erhebt euch, Gesellen! Da ihr wach seid, macht euch bereit, wir wollen dieses Schloss besichtigen!«

Die Hand des Knappen fuhr durch das Herbstlaub in der Hoffnung, einen Stein herauszufischen, blieb jedoch erfolglos. Er warf eine handvoll Erde in Richtung des Mönches, die in das Laub fiel und hindurchrieselte.

»Soll ich euch wachrütteln?« Drohend baute sich der mächtige Bruder vor ihnen auf, stapfte mit schweren Schritten vorwärts und schnappte sich die Hand des Knappen. Er lupfte ihn in die Höhe, als wäre dieser eine Feder und stellte im Anschluss den Ritter auf seine Füße.

»Einen kräftigen Händedruck hast du, Karli«, lobte Sancho widerborstig und renkte seinen rechten Arm wieder ein, Winfried bog mit lauten Schmerzenslauten seine Wirbelsäule zurecht. Nach der Physiotherapie klopften sie sich die Reste von Blättern aus der Kleidung. Als der Mönch ihnen einen fragenden Blick zuwarf, wagte keiner ein Wort des Widerspruchs. Er schritt voran und sie folgten ihm über die Treppe zum Schloss.

Sie betraten die ehrwürdigen Hallen des Prachtbaus und durchschritten die Räume in Barockstil in der kürzestmöglichen Zeit. Der Knappe, der nicht müde wurde, die Standesunterschiede permanent zu kritisieren und immer wieder darauf hinwies, wie sehr die armen Bauern leiden mussten, damit sich die Herrschaften diesen Luxus gönnen konnten, Winfried, der sich eher in Burgruinen zuhause fühlte und in den bunt tapezierten Räumen nicht wirklich Begeisterung empfand, zuletzt der Mönch, der den Versuch, sie für das barocke Kleinod zu begeistern, schnell aufgegeben hatte. In der Stiftskirche des Schlosses stiegen sie in die Gruft hinab, standen vor zwei Sarkophagen und der Mönch plauderte über die Geschichte der Grabstätte.

»Hier ruht Franz Ferdinand, der in Sarajevo bei einem Attentat ums Leben kam. Er wurde hier beigesetzt. Man wollte ihm nicht die Würde zukommen lassen, in der Kapuzinergruft von Wien beigesetzt zu werden, weil …«

»… die Gruft nur für Kapuzineraffen zugelassen ist?«, plapperte Sancho dazwischen.

»Nein! Dort wurden normalerweise die österreichischen Kaiser bestattet. Ich ersuche euch höflichst, diesen geweihten Stätten mehr Respekt entgegenzubringen!«, knurrte der Mönch mit gedämpfter Stimme. »Zurück zum Thema.

Der Thronfolger Franz Ferdinand heiratete nicht standesgemäß, daher wurde ihm nicht die höchste Ehre bei seiner Bestattung zuteil.«

»Als ob das einen Leichnam noch interessieren würde?«

»Wie? … nun, egal. Durch den Anschlag auf das Leben dieses Mannes wurde der Erste Weltkrieg ausgelöst. Zumindest wird das von Historikern so postuliert. Über viele Jahrhunderte standen die Staaten am Balkan unter der Herrschaft von Österreich, jedoch entwickelten sich in der Spätphase der Königlich-Kaiserlichen Monarchie starke Unabhängigkeitsbestrebungen. Mit dem Tod dieses Thronfolgers begann sogleich der Zerfall des Großreichs Österreich-Ungarn, es entstand ein Machtvakuum. Die anderen europäischen Herrschaftshäuser wollten sich daraufhin die abgefallenen Ländereien als Kolonien einheimsen – möglich, dass die europäischen Monarchien sogar ihre Herrschaftssysteme in Gefahr sahen, sollten die Separatisten gewinnen. Weil womöglich alles ins totale Chaos abdriften würde, wenn sie in dieser kritischen Situation nicht Stärke zeigten.«

»Wie Hunde, die sich um den letzten Knochen streiten«, sagte der Knappe.

»Bald brannte der ganze Kontinent, in wechselnden Bündnissen stritten die Herrschaftshäuser gegeneinander«, endete der Mönch seine Ausführungen mit düsterer Stimme, als sie aus der dunklen Gruft hinaustraten. Blinzelnd verharrten sie in der grellen Sonne.

»Wie im Dreißigjährigen Krieg«, bemerkte Winfried, dessen Augen sich unter dem Visier zuerst an die Helligkeit angepasst hatten.

»Mit Helden wie Tilly.« Der Knappe grinste.

»Welcher Tilly? Dieser Name ist mir bisher unbekannt.« Der Mönch blickte fragend zu Sancho, während sie die letzten Stufen zum Park hinabstiegen.

»Er ist sozusagen der Nationalheld Spaniens. Die legendäre Figur ist nun wieder auferstanden und steht lebendig und in voller Rüstung vor uns.« Er verbeugte er sich tief vor Winfried.

»Hört nicht auf ihn! Mein Knappe redet bisweilen wirres Zeug!«

Der Mönch sah zu Winfried, der murrend auf sein Pferd stieg, zurück zu Sancho, der sich wieder aufrichtete und seinen Esel erklomm. Er musterte den Ritter abermals und lachte schallend. »Ihr seid die lustigsten Gesellen, denen ich jemals begegnet bin!« Er fasste sich wieder, wischte Freudentränen aus seinen Augen und folgte den Reitern in schnellem Trott, bis sie die Flussebene erreichten. Gegenüber erhob sich über den Felsen das mächtige Benediktinerkloster Stift Melk, zu dem sie neugierig emporschauten. Danach wandte sich der Ritter an den Mönch.

»Was ist Euer nächstes Ziel?«

»Nun, während ihr weiter der Donau folgt, werde ich bald Lebewohl sagen müssen. Ich werde mich über die Via Sacra in den Süden begeben und dort den wichtigsten Wallfahrtsort Österreichs aufsuchen. Mein Ziel ist die Basilika Mariä Geburt in Maria Zell, dort wird meine Sühnereise enden.«

»Seltsam«, wunderte sich Winfried, »wie die Österreicher diese biblische Figur ausgeschlachtet haben.«

»Dies ist wahr. Zu dieser Frau gibt es so gut wie Alles«, lachte der Mönch herzlich und wurde im nächsten Moment wieder ernst. »Sie ist eben die unzweifelhafte Reinheit in Person.«

»Hat sie ihrem Mann gegenüber zumindest so behauptet.«

»Was willst du damit andeuten, Herr Knappe?«

»Wer weiß … zumindest hatte sie einen nichtehelichen Sohn. Wenn man der Bibel glauben schenken darf.«

»Das kann man wohl. Nun, ein Stück werde ich noch mit euch pilgern, bevor sich unsere Wege trennen.« Eine Stunde später warf er regelmäßig einen Blick zum gegenüberliegenden Ufer, bis in der Höhe zwischen den Bäumen ein Gemäuer zu erkennen war. Er gab seinen Begleitern ein Signal, für einen Moment ihr Tempo zu verringern und zeigte in die Ferne.

»Schaut! Dort gegenüber thront die Ruine Aggstein. In der ehemaligen Burg herrschte im späten Mittelalter der berüchtigte Jörg Scheck vom Wald, der nach der Legende seine Gefangenen auf dem Vorsprung einer Felsnadel aussetzen ließ. Von dort gab es kein Entrinnen. Seine Opfer hatten somit die Wahl, sich entweder in den Tod zu stürzen oder zu verhungern.«

»… zu verhungern«, wiederholte Winfried wie ein Echo.

»Kommt, ich will euch noch etwas zeigen«, der Mönch führte sie einen Seitenweg hinauf und verharrte vor einer Steinskulptur. »Dieser Ort rückte hundert Jahre zuvor in das Zentrum des Weltinteresses, als man eine kleine Statuette im Kalkstein fand. Ein Meisterwerk steinzeitlicher Kunstfertigkeit. Die Venus von Willendorf!«

»Kunstfertig? Das ist ein hässliches Ding!«, der Knappe stieg ab und sah zu der Figur hinauf. »Entsetzlich fett! Dagegen ist das Michelin-Männchen mit seinen Schwimmreifen der reinste Adonis!«

»Vielleicht hatte sie ja einen guten Charakter«, warf Winfried ein.

»Oder der Schnitzer wollte seine Kinder warnen: bald werdet ihr genauso aussehen, wenn ihr euch nur von Fleisch ernährt«, fügte Sancho eine weitere Idee hinzu. »Wieso bezeichnet man das Ding als Statuette? Dieses Ungetüm ist fast so groß wie ich.«

»Es ist nur eine überdimensionale Nachbildung. Das Original besitzt nur ein Zehntel dieser Größe. Schönheit ist Ansichtssache, meine Herren. In Indien gilt heutzutage noch so eine Figur als Ideal. Wer einen Körper mit Schwimmringen vorweisen kann, zeigt, dass er sich viel leisten kann. Dicke Autos, einen Palast, einen eigenen Harem. Mittel gegen Diabetes, die ein Mensch mit so einer Figur dann eben braucht. Zurück zu der Steinzeitfrau: damals gab es zwar noch keine Autos und mit einem Harem wäre sie womöglich schlecht bedient. Dennoch: attraktiv war …«

»… wer sich etwas zu essen leisten konnte.« Winfrieds Bauch machte sich laut grummelnd bemerkbar.

»Ich sehe, ihr habt wenig übrig für die Meilensteine der Kultur.«

»Ich habe einen Sinn für Ästhetik«, sprach Sancho stolz.

»Und ich habe Hunger«, murrte Winfried.

»Es wird sowieso Zeit, sich zu verabschieden.« Der Mönch seufzte. »Bevor ich mich zum Wallfahrtsort Maria Zell begebe, wandere ich noch zur Abtei Maria Laach empor, die auch unter dem Namen ›Unserer Lieben Frau sechs Finger‹ bekannt ist.«

»Das wird ein Resultat von Tschernobyl sein.« Der Knappe lachte. »Wir kommen der Ukraine näher. Oder findet dort das Mutantenstadl statt?«

»Nein, es ist ein Bildnis Marias. Der Künstler hatte aus unerklärlichen Gründen an ihrer rechten Hand sechs Finger gemalt, viele Jahrhunderte vor der Atomkatastrophe.«

»Also, zumindest ist es eine Mutation, wenn sie an beiden Händen insgesamt neun Finger hat.«

»Neun?« Der Mönch lächelte. »Das stimmt nicht. Rechne nochmal nach.«

Sancho blickte auf seine Finger und murmelte Zahlen. »Na gut: sie hat also zusammengerechnet acht Finger.«

»Noch ein Versuch!«, mischte Winfried sich ein. »Fünf plus sechs, ergibt in der Summe wieviel? Versucht es erneut. Oder könnt Ihr nicht rechnen?«

»Was soll denn DAS jetzt? Wollt ihr STREIT?«, brüllte Sancho sofort. »Was seid ihr für elende Rassisten! Nur weil man sich beim Zählen mal vertut, wird die Gelegenheit gleich ausgenutzt! Hemmungslos verbündet ihr euch, um mir in den Rücken zu fallen! Die ganze Zeit habt ihr darauf gewartet, und jetzt, wo ihr meine kleine Rechenschwäche bemerkt, tretet ihr feige aus dem Hinterhalt. Rassistenpack, Elendes! Euch sollte man auch so behandeln! Ihr solltet euch schämen! Erbärmliche Nazischweine! Faschisten!«

Sie warteten Sanchos' Schimpftirade ab, bis ihm die Luft ausging. Bruder Karli legte ihm seine Rechte auf die Schulter und sprach besänftigend auf ihn ein: »Jeder hat besondere Fähigkeiten, die Gott ihm gegeben hat.«

»Es ist eben einfacher, eine Nationalhymne zu dichten, als zwei Zahlen zu addieren«, klagte Sancho, nachdem er wieder zu Luft gekommen war.

›Wein, Weib und Gesang‹ Das würde der Knappe tatsächlich zustande-bringen …

»Es ist an der Zeit, sich zu verabschieden.« Der Mönch breitete seine Arme aus, schloss Winfried fest in seine Arme und klopfte ihm mit seinen riesigen Pranken freundschaftlich auf den Rücken. »Mach's gut, mein Held.« Danach umarmte er den Knappen zum Abschied. »Pass gut auf deinen Ritter auf!«

»Das werde ich, Bruder Karli. Versprochen!«

»Alles Glück auf euren Wegen. Möge Gott euch beschützen!«

Schweigend verharrte Winfried, während der Mönch sich entfernte. *Wie gerne wäre ich ihm gefolgt. Welch ein Unglück, wieder alleine mit dem Knappen unterwegs zu sein. Jedoch führt mein Weg in die andere Richtung, zudem bin ich kein Marienpilger. Der Bußgang dieses Mönches wird bald ein Ende finden, meine Mission jedoch geht weiter. Ins Ungewisse.*

In den folgenden Stunden glich ihr Ritt einem Schweigemarsch. Nachdem sie sich an den redseligen Mönch gewöhnt hatten, der über jeden Steinhaufen am Wegesrand ein Referat halten konnte und sie die vergangenen Tage mit Anekdoten aus seinem bewegten Leben unterhalten hatte, waren nun die Ruinen am Wegesrand nichts als wahllos aufgeschichtete Steine, Ansammlungen von Häusern nur namenlose Orte. Ein Schild wies nach links und Winfried las: ›*Burgruine Dürnstein. Hier wurde Richard Löwenherz nach seiner Rückkehr vom Kreuzzug gefangengehalten*‹. Traurig stellte er sich vor, wie Karli ihnen die spannendsten Geschichten über diesen englischen König und wagemutigen Kreuzfahrer erzählt hätte. Vor Winfrieds geistigem Auge lief ein Film ab: als tapferer Kämpfer schlüpfte er in die Rolle von König Richard Löwenherz, brach an der Spitze zahlloser geharnischter Krieger auf, drang weit in den Süden zum Ende Europas vor, trotzte dem widerspenstigen Herrscher Tankred von Sizilien und besetzte mit seiner Flotte die Insel Zypern, brach von dort auf, um Jerusalem aus den Klauen des mächtigen Sultans Saladin zu reißen, dem übermächtigen Gegner, der das Christentum zurückgedrängt hatte und über den gesamten Nahen Osten herrschte. Dem größten muslimischen Helden seit Mohammed, der dem mächtigen Kreuzfahrerheer trotzte und den Muselmanen den Aufstieg zur Macht ebnete. Am Ende seiner weiten und beschwerlichen Reise stand Richard Löwenherz nun vor den Stadttoren der Heiligen Stadt, bereit für die alles entscheidende Schlacht um Jerusalem, den ultimativen Kampf, Christentum gegen Islam, Abendland gegen Morgenland. Sieg oder Niederlage, es ging um Alles oder Nichts, die Zukunft hing vom Ausgang der Schlacht ab. Unheilverkündende Wolken sammelten sich in der Höhe, als wollte ihm der Himmel selbst drohen und den Tag in Nacht verwandeln. Trotzig ritt der Held gegen frisch aufkommende Böen an, führte sein Kreuzfahrerheer vorwärts, reckte die Nase in den Wind und ihm stieg Duft von frisch gebrühtem Kaffee in die Nase. Die Augen des Helden leuchteten und vor einem Gebäude, das im Jugendstil errichtet war, drosselte er sein Reittier.

»Sancho, ein altes Kaffeehaus! Diese gibt es in Österreich seit vielen Jahrhunderten«, brach er sein Schweigen das erste Mal, seit sie sich von dem Mönch verabschiedet hatten. »Gehen wir hinein?«

»In Ordnung. Ich hoffe nur, in der Zwischenzeit kommt kein Sturm auf.«

»Den Kaffee hatten die Muselmanen eingeführt.« In dem mit edlem Samt ausgestatteten Saal wählte Winfried einen Tisch am Fenster.

»Moslems heißt es politisch korrekt«, korrigierte Sancho, »oder Muslime.«

»Damals wurden sie eben Muselmanen genannt«, rechtfertigte sich der Ritter. Eine junge Dame im Dirndl erschien am Tisch.

»Grüß Gott, gnädige Herren! Bitt'schön, Was hätten's denn gern?«

»Einen kleinen Kaffee mit Milch - wie nennt man das hier? Einen Kurzen? Oder einen Café Corto?«

»Einen Braunen! Und der andere Herr, was wünschen's bitte?«

»Eine Orangina, bitteschön.« Sancho ergänzte: »gnädige Frau!«

»Das haben wir leider nicht«, entschuldigte sie sich, »aber ich kann Ihnen einen Neger anbieten. Oder einen Obi gespritzt.«

»Einen … was?« Sancho blieb die Frage im Hals stecken, hoffnungsvoll blickte er zu Winfried in der Hoffnung, dass dieser dem Gesprächsverlauf mit der jungen Dame etwas abgewinnen konnte.

»Ihr seid wohl aus dem Ausland. Wartet kurz, ich bin gleich wieder da, schauen sie sich's einfach an.« Kurz darauf erschien sie mit einer Orangenlimonade sowie einem kleinen Kaffee und stellte beides lächelnd auf den Tisch. »Ein Neger und ein Brauner! Darf es noch etwas sein, etwas Süßes vielleicht? Gerade haben wir frisch gemachte Powidl-Knödel.«

Winfried, der gerade an seinem Kaffee genippt hatte, verzog angewidert das Gesicht, als er sich an das gestrige Malheur des Esels erinnerte.

»Mögt's vielleicht Salzburger Nockerln? Eine österreichische Spezialität. Süßspeise aus Ei-Schaum, die wir mit Vanillezucker verfeinern.«

»Ei-Schaum? Mit Hühnereiern aus dieser Hölle von Legefabriken? Nein! Danke!«, entgegnete Sancho barsch.

»Hättet Ihr etwas Einfaches? Wie Pizza? Oder Suppe?«, fragte Winfried.

»Da muss ich Sie leider enttäuschen. Wir sind ein Kaffeehaus und bieten nur Süßspeisen an. Vielleicht kann ich Ihnen aber etwas anderes bringen, das euch zusagen könnte. Wartet einen Moment, ich bin gleich wieder da.«

»Kürzlich hatte ich gelesen, Vanillearoma wird aus Kuhdung gewonnen«, flüsterte Sancho zu Winfried, der angewidert zusammenzuckte.

»Wie wär's mit einem Stamperl?« Die Bedienung war zurückgekehrt und stand lächelnd mit einer Flasche Schnaps und zwei Gläsern am Tisch. »Das ist unser Hausbrand, hergestellt aus unseren Wachauer Marillen.«

Beide nickten eifrig, worauf die Dame beide Gläser abstellte und füllte. Als sie sich wieder entfernen wollte, wurde sie von Sancho aufgehalten.

»Die können Sie gleich hier lassen.« Er griff nach der Flasche und grinste. »Damit sie nicht so oft hin- und herlaufen müssen!«

»Wir sollten diese Österreicher beobachten und nachdenken, wie wir uns ihnen anpassen könnten. Damit wir nicht immer auffallen«, sprach Winfried nachdenklich, als sie wieder zu zweit waren. Sie betrachteten die anderen Gäste eine Weile und sahen, wie ein Mann in Smoking am Nebentisch eine Dame begrüßte. Beide waren in reiferem Alter. »Küss die Hand, gnädige Frau Hofrätin.« Der Herr deutete eine Verbeugung an und griff nach der dargebotenen Hand der Dame.

»So sagt man in Österreich wohl höflich *Hallo*«, flüsterte Sancho.

Eine Zeitlang blieben sie im Kaffeehaus, bis sich der geistreiche Inhalt der Flasche ihrem Ende zuneigte. Als sie hinaustraten, zogen sie ihre Köpfe ein. Sturm hatte eingesetzt und fegte ihnen eiskalten Wind ins Gesicht. Von Schneeflocken durchsetzter Regen fiel, in ihre Jacken gehüllt trabten sie durch die Altstadt von Krems. Winfried beobachtete die mächtigen Dampfwolken, die sein schnaubendes Reittier erzeugte und stellte sich vor, wie dies von Entfernung aussehen würde. *Wenn es an diesem Ort Indianer gäbe und sie sich bei diesem Wetter vor die Tür wagten, würden sie uns wie Eingeborene in der neuen Welt beobachten. Ein Dampfross, das ihre Prärie durchquert …*

»Wie bei den Karl-May-Festspielen!«

Hat der Knappe meine Gedanken gelesen? »Nein, ich glaube, nicht, dass es hier Indianer gibt!«

»Das habe ich nicht behauptet. Es sieht hier aus wie in einer Filmkulisse.«

Sie blickten auf herausgeputzte Fassaden, die im Regenschauer wie Blendwerk schimmerten. Nach einer Weile erreichten sie einen Stadtpark und trabten unter Bäumen hindurch, das fahle Licht der Dämmerung zeichnete düstere Schatten in die Parklandschaft. Sancho wischte Nässe aus seiner Stirn und wies auf ein überdachtes sechseckiges Bauwerk in der Mitte des Parks.

»Dort befindet sich ein geeigneter Platz für ein Nachtlager. Nepomuk und Pumuckl können hier grasen, während uns dieser Pavillon Schutz vor dem Regen bietet.«

Sie stiegen ab, Pferd und Esel machten sich über kostbare Pflanzungen her, während ihre Reiter sich unter dem Dach des Bauwerks häuslich einrichteten. In Decken gehüllt bibberten sie die ganze Nacht. Während ein Schneeregen niederging, erwarteten sie sehnsuchtsvoll den nächsten Morgen.

✕

Die Nacht war gewichen, die düsteren Regenwolken hatten sich verzogen, Blattwerk und Rasen des Parks waren einem Diamantcollier gleich mit Kristallen besetzt. Die zwei Helden hatten nach ihrem Erwachen jedoch keinen Sinn für solche Kostbarkeiten der Natur, erhoben sich und erklommen steif vor Kälte ihre Reittiere, kehrten zum Fluss zurück, überquerten eine Brücke und trabten am Rande eines düsteren Waldes am südlichen Donauufer vorwärts. Langsam wich die Kälte aus ihren Gliedern. Wild zwitschernd versammelten sich Vögel in den Bäumen der Auenlandschaft.

»Der Winter kündigt sich an.« Winfried blickte der Dampfwolke hinterher, die sein Atem hervorbrachte, strich nachdenklich durch seinen mittlerweile üppig sprießenden Bart, als ob er diesen zum ersten Mal bemerkt hätte und sah einem Vogelschwarm nach, der über ihre Köpfe hinwegzog.

Sancho blickte auf und nickte.

»Mich versetzt es ein wenig in Furcht, was uns bevorstehen wird, mein Knappe. Dem Land der Hunnen folgt ein unwirtliches Hochgebirge, die Karpaten. Eine wilde und menschenfeindliche Region, die wir vielleicht bei klirrender Kälte und in knietiefem Schnee durchqueren müssen. Möglicherweise lauern dort hungrige Wölfe auf einsame Reisende wie uns.«

»Vielleicht Schlimmeres. Vampire, denen es nach unserem Blut dürstet. Graf Dracula, der in seinem düsteren Schloss haust und auf uns wartet!«

»Versetzt mich nicht in Angst! Dies ist vermutlich nur eine Legende und es hat diesen Fürst Vlad Tschepesch, der damals die Türken alleine abgewehrt haben soll, niemals wirklich gegeben.«

»Warum, denkt Ihr, essen die Türken Döner mit so viel Knoblauch?«

»Vielleicht, sollte es ihn geben, ist der Fürst uns sogar freundlich gesinnt. Vlad der Pfähler soll für unsere Seite gegen die Osmanen gekämpft haben.«

»Wenn ich mich korrekt erinnere, wurde er verraten. Seinen letzten Kampf musste er alleine durchstehen.«

Bisher hatte Winfried sich kaum darum Sorgen gemacht, welche Gefahren außer den Unwägbarkeiten der Natur sie erwarten könnten. Er zitterte und versank in düstere Gedanken. *Das ferne Transsylvanien liegt in Rumänien. Das Land ist mittlerweile zivilisiert und wurde sogar in die Europäische Union aufgenommen. Aber seit die Grenzen geöffnet wurden, verlassen immer mehr Menschen dort ihre Heimat und kommen zu uns. Vor wem flüchten sie? Wovor haben sie Angst? Ist der Fürst der Dunkelheit erwacht und zurückgekommen, um sich grausam zu rächen?* Vor seinem geistigen Auge lief ein bizarrer Film ab. Fledermäuse verwandelten sich in Werwölfe, Werwölfe in menschenähnliche Wesen, blutrünstige Zombies irrten ziellos umher. Ein düsteres, von schwerem Dunst verhangenes Land. Schwarze Felsen ragten aus dem Nebel, finstere Burgen thronten darauf. Winfrieds Nackenhaare stellten sich auf, als wären sie statisch aufgeladen. Er versuchte, diese Visionen zu vertreiben, betrachtete die von Nässe durchtränkte Auenlandschaft und hoffte, etwas zu finden, das ihn von seinen düsteren Gedanken abbringen würde. Der finstere Wald zu ihrer Rechten verbarg, was dort lauern könnte und machte diese Hoffnung zunichte. In seinem Geist versammelten sich immer mehr Fledermäuse, Werwölfe, und Vampire, die Bäume wurden im Nieselregen immer bedrohlicher.

Anfangs nahmen die Reiter von der Ferne nur eine rot-weiße Turmspitze über den düsteren Baumwipfeln wahr, bis das grüne Dickicht plötzlich in eine weitläufig gerodete Fläche mündete. Vor ihnen erhob sich, einer Fabrik gleich, ein gigantisches Bauwerk aus der Ebene.

»Kernkraftwerk Zwentendorf, das sicherste Atomkraftwerk der Welt!«, las Winfried laut von einem Hinweisschild ab. »Hier werden Atome gespalten. Ist es nicht erstaunlich, was wir Menschen zustande gebracht haben? Es ist eine Kunst, wie Blei in Gold zu verwandeln.«

»Oder tausend Leben im Handstreich zu Staub zerfallen zu lassen. Toll!«

»Es wundert mich, dass wir dieses Gelände so leicht betreten und durchqueren können. Wären wir Terroristen, die böses im Schilde führten … ich will Euch keinesfalls zu einer Missetat anstiften, mein Knappe, jedoch hege ich erhebliche Zweifel, was die Sicherheit dieses Kraftwerks angeht.«

»Ihr habt Recht. Das völlig anders, als ich es von vergleichbaren Anlagen kenne.« Sancho blickte sich verdutzt um. »Bisher musste ich bei nuklearen Einrichtungen über hohe Zäune klettern, Alarmanlagen kurzschließen und mich am Wachpersonal vorbeischleichen. Hier jedoch könnte ich einfach in das Gebäude hineinspazieren und einen Kurzschluss auslösen.«

»Keine Menschenseele weit und breit. Seltsam. Wie ausgestorben.«

Sancho stemmte plötzlich seinem Esel energisch seine Füße in die Flanken, worauf das Tier rasant beschleunigte. »Von wegen sicher! Das behaupten die immer, bevor ein Unglück passiert! Lasst uns die Hufe in die Hand nehmen und machen, dass wir hier wegkommen!«, rief er Winfried zu. »Das Sicherheitspersonal wurde abgezogen. Hier ist alles verstrahlt!«

Im Galopp flogen die Reiter über das verregnete Donauufer, legten im Nebel viele Meilen hinter sich, bis sie dichtes Buschwerk erreichten.

»Ich glaube, mittlerweile haben wir genügend Abstand gewonnen, dass uns die Strahlung nicht mehr allzu viel anhaben kann.« Schwer atmend drosselte der Ritter sein Ross, das zum Dank kurz wieherte und langsam dahintrottete.

»Sicher sind wir nirgends. In dieser Entfernung dauert es vermutlich nur länger, bis wir zu Asche verbrannt sind. Mich wundert jedoch die Existenz eines solchen Kraftwerks in diesem Land. In meiner Erinnerung hatten sich die Österreicher vor vielen Jahren entschieden, auf jegliche Nutzung von Atomkraft zu verzichten.«

»Vielleicht haben sie ihre Meinung geändert. Gäbe es denn Alternativen? Fossile Brennstoffe wollen die Menschen nicht. Windenergie gefällt ihnen auch nicht, denn die Zugvögel werden von den riesigen Rotorblättern geköpft. Photovoltaik mögen sie auch nicht, viel Energie wird bei der Herstellung verbraucht und es werden giftige Schwermetalle verwendet. Wasserkraft ist wohl ausgeschöpft, auch dort sorgen sich die Menschen um das Wohl der Fische. An Fusion wird man wohl noch forschen, bis der letzte Mensch seine Reise ins Jenseits antritt.«

»Wie wäre es, sie würden einfach weniger Strom verbrauchen?«

»Wollen sie auch nicht.«

»Wenn die Menschen mal wüssten, was sie wollen«, knurrte Sancho. »Es sind komplette Hohlbirnen, wenn Ihr mir erlaubt, meine Meinung frei zu äußern.«

»Es sei Euch erlaubt.« Winfried nickte und grinste verwegen. Nach einem Verkehrskreisel überquerten sie eine Brücke, passierten die Stadtgrenze von Tulln, trabten durch ein Industrieviertel und hörten nun ohrenbetäubendes Tröten und Brüllen, das offenbar von einer größeren Menschenmenge kam. »Dies hört sich nach Tumult eines aufgebrachten Mobs an, mein Knappe«

»Dort findet ein Spiel statt.« Sancho zeigte zu einem Sportplatz, auf dem Männer in Trikots herumrannten. Hinter den Banden drängten sich zahllose Leute, die für die dröhnende Klangkulisse verantwortlich waren.

»Ihr habt recht!« Winfried wand seinen Kopf nach links und tippte auf seine metallene Kopfbedeckung. »Mit dem Helm fällt es mir schwer, festzustellen, aus welcher Richtung die Laute kommen, nun sehe ich es jedoch. Kommt, mischen wir uns unter das Volk und schauen, was sie dort treiben. Ich bin zwar kein Anhänger von Sportveranstaltungen, etwas Unterhaltung würde uns zur Abwechslung aber nicht schaden.«

Sie banden die Reittiere an einem Baum und drängten sich durch die Zuschauerreihen, bis sie sich zu einem Platz mit freier Sicht auf das Spielfeld durchgekämpft hatten. Ein übergewichtiger Mann in verschwitztem Unterhemd und einer Bierflasche in der Hand richtete seinen Blick kurz auf die neuen Gäste, jedoch gleich wieder zurück auf das Spielfeld. Er nahm einen tiefen Zug aus der Flasche, hob drohend seine Rechte, sodass sein fetter Unterarm schwabbelte und er grölte laut zum Rasen: »Beweg deinen faulen Hintern, du lahme Schnecke! Mach endlich hin, du Taugenichts! Wär' ich an deiner Stelle, würde ich jetzt losrennen und ein Tor schießen!« Winfried musterte den brüllenden und wild gestikulierenden Mann und stellte sich vor, wie dieses fünf-Zentner-Paket auf die Spielfläche trat, seinen Körper schnaufend in Richtung des Balls schleppte und nach wenigen Schritten erschöpft auf dem Rasen niedersank. Das Gebrüll der Menge um sie herum wurde lauter und Winfried wendete sich wieder dem Geschehen auf dem Platz zu. Ein Läufer trippelte tänzerisch auf das gegnerische Tor zu, zwei Abwehrspieler brachten sich sogleich in Stellung. Er wich ihnen jedoch geschickt aus, flitzte zwischen den Beiden hindurch und stolperte. In seinem Sturz riss er Grasbüschel aus dem Boden, schlittert einige Meter und zog eine tiefe Schneise in den Rasen. Einer der Abwehrspieler zog seinen Fuß zurück und setzte eine Unschuldsmiene auf, worauf in den Zuschauerrängen ein ohrenbetäubendes Konzert einsetzte: »Buuh!«, Tröten und hysterischen Schreien. Winfried erinnerte dies an die Lärmkulisse eines Pavian-Geheges. Puterrot lief der Fettwanst neben ihnen an, warf seine Bierflasche in hohem Bogen auf die Spielfläche und brüllte: »Drecksschwein! Schlagt die Sau tot!« Teamkollegen eilten zum gefoulten Spieler und sprachen ihn mit besorgtem Gesichtsausdruck an. Dieser schüttelte den Kopf, richtete sich auf und ging wenige Schritte vorwärts. Langsam. Bedächtig. Plötzlich rannte er los, auf den gegnerischen Abwehrspieler zu, holte im letzten Moment mit dem rechten Fuß aus und trat seinem Gegner mitten ins Gesicht. Ein unangenehmes Knacken war zu hören und der angegriffene Spieler fiel sofort zu Boden, begleitet wurde diese Aktion von entsetzten Schreien aus den Zuschauerreihen. Einen Moment herrschte gespenstische Ruhe, wie gelähmt starrte das Publikum zum reglos auf dem Spielfeld liegenden Mann. Zwei Spieler geben sich ein Handzeichen, liefen auf den Stürmer zu, rissen an seinem Trikot und prügelten wild auf ihn ein. Weitere schlossen sich an, die restlichen Spieler eilten mit geballten Fäusten zur Mitte. Das Spiel wurde unübersichtlich.

Wie eine ansteckende Krankheit griff die Stimmung vom Spielfeld auf die Zuschauer über, Winfried und Sancho befanden sich bald mitten im Chaos. Um sie herum wurde reger Einsatz von Fäusten gemacht, Gesichter mit blutigen Nasen reckten sich kurz aus den zahlreichen Handgemengen und senkten sich wieder, wie ein Boot in stürmischer See. Winfried sah mit besorgter Miene zu Sancho. »Ich glaube, es wird Zeit, zu gehen.«

»Entweder haben sie andere Regeln beim Fußballspiel oder die Leute sind hier besonders aggressiv. Dann ist Fußball nicht das geeignete Hobby für sie. Die sollten lieber häkeln oder stricken.« Sancho lachte und kraulte seinen Esel liebevoll am Hals. »Zum Glück bist du ein friedliches Wesen, mein lieber Pumuckl. Wenn es einen Schöpfer geben sollte, hat er wahrscheinlich erst die Tiere in die Welt gesetzt, wurde danach bösartig und erschuf den Menschen.«

»Dies hört sich nach dem Glauben der Katharer an.«

»Was soll das sein? Solch eine Religion ist mir namentlich nicht bekannt. Verehren die einen Fußballgott oder so?«

»Nein. Es gibt diesen Glauben auch nicht mehr. Tausend Jahre vor unserer Zeit wurde er ausgelöscht. Die Katharer glaubten an die Wiedergeburt und waren Vegetarier, mein Knappe. Der buddhistische Glaube breitete sich vom Fernen Osten bis nach Europa aus, vermutet man, und entwickelte im Süden Frankreichs eine besondere Form. Die Seelen würden in sterblichen Hüllen gefangengehalten, glaubten sie, und der Schöpfer wäre ein böses Wesen.«

»Interessant. Darüber lässt sich diskutieren. Das würde Einiges erklären.«

Sie hielten am einem Brunnen, auf dem sich eine Szene mit lebensgroßen Bronzeskulpturen erhob. »Der Brunnen stellt den Zug der Nibelungen dar«, murrte Winfried mit einem Blick auf die Figuren, »die scheinen tatsächlich zu glauben, die wären bis nach Österreich gekommen. Ziehen wir weiter, ich habe Hunger. In dieser Stadt wird sicher ein Gasthaus zu finden sein.«

»Vielleicht dieses?« Sancho blickte durch das Fenster einer gut besuchten Wirtsstube. »Wir könnten unsere hinzugewonnenen Erkenntnisse über die Gepflogenheiten der Österreicher erproben.«

»Ja, dieses sieht ansprechend aus. Nach dem anstrengenden Ritt würde ich gerne ein wenig Zeit in der Wärme zu verbringen.« Sie banden ihre Tiere an einen Laternenmast, traten ein und nahmen Platz. Einen Moment darauf stand eine junge Dame mit einer Schürze an ihrem Tisch.

»Küss die Hand, gnädige Frau Kellnerin!« Sancho griff nach ihrer Hand und deutete eine Verbeugung an.

»Wollen's mich auf den Arm nehmen?« Verschreckt wich sie zurück und sah die beiden Gäste halb verwundert, halb amüsiert an.

»Er … er wollte nur höflich sein«, stammelte Winfried.

»Ah, seid's fremd hier.« Die Kellnerin wurde freundlicher. »Was darf's denn sein?«

»Zwei Maß Bier.« Der Knappe senkte seine Stimme. »Entschuldigt. Hättet ihr auch Speisen, für die kein Mord an Tieren begangen wird?«

Sie schreckte kurz zusammen aufgrund der drastischen Formulierung, fasste sich sogleich wieder und kratzte sich verlegen am Kopf. »Ihr seid wohl Vegetarier. Da haben wir wenig Auswahl, nur eine Vorspeise. Ich kann Euch eine Grießnockerlsuppe bringen.«

»Könntet Ihr uns doppelte Portionen bringen?« Wie ein zahmer Welpe blickte Winfried die Bedienung an.

Sie nickte und notierte die Bestellung. Kurz nachdem sie davongeeilt war, machte sich der Nachbartisch in Form von zwei jungen Kerlen bemerkbar.

»He, ihr Beiden!«, rief einer herüber, dessen Haupt strohblonde Haare geschmückten. »Wollt ihr ein paar Tipps?«

»Wenn's nichts kostet …«, entgegnete Winfried skeptisch.

»Selbstverständlich, fremde Herren! Wir freuen uns immer, wenn Gäste aus dem fernen Germanien in unserem schönen Österreich zu Besuch sind. Wir haben etwas andere Gepflogenheiten und unsere Sprache unterscheidet sich in manchen Dingen. Um einer Frau Komplimente zu machen, sagt man bei uns: ›Du bist a Trutschen‹. Bei euch würde man ›Trudchen‹ sagen, aber ihr kennt dies vermutlich nur als Spitznamen.«

»Aha. Trudchen – Trutschen. Klar.« Winfried nickte.

Noch breiter als der Blonde lächelte der andere junge Kerl: »Nennt eine Dame ›Bissguan‹, wenn ihr euch besonders freundlich bedanken wollt.«

»Das kommt mir bekannt vor. Bei uns in Hessen sagt man, um jemand zu loben: du bist'n Guuder. Oder ›einen guuden‹, wenn man jemandem guten Appetit wünscht.« Sancho lachte. »Je länger das ›u‹, umso weiter befindet man sich in der hessischen Provinz. Wie ein Kompass, an dem man erkennt, wie tief man sich in die hessische Pampa verirrt hat.«

»Aha, von dort kommt's her!«

»Nein, nicht aus der Provinz. Wir sind aus der Hauptstadt ... der Fast-Hauptstadt Hessens. Wir kommen aus Frankfurt.«

Die Bedienung stellte zwei Maßkrüge sowie vier dampfende Tassen Suppe auf den Tisch. Sancho gönnte sich sogleich einen großen Schluck Bier, Winfried griff hungrig nach dem Löffel, während am Nachbartisch einer der jungen Kerle einen Reim zum Besten gab.

»Alle Hessen sind Verbrecher, denn sie klauen Aschenbecher. Klaun' sie keine Aschenbecher, sind sie schlimme Messerstecher!«, zitierte er laut. »Wir hatten vor ein paar Tagen eine Gruppe Piefkes, die hatten tolle Sprüche drauf. Die haben erzählt, sie kämen aus Hessisch-Uganda. Als sie fort waren, wurden hier tatsächlich einige Aschenbecher vermisst.«

»Wenn ich genau ziele, treffe ich das Großmaul am Kopf«, hörte Winfried den Knappen neben sich flüstern.

»Aus Hanau kamen die vermutlich. Das Autokennzeichen ›HU‹ wird oft fehlinterpretiert. Es sind unsere Nachbarn«, korrigierte er den jungen Mann, senkte seinen Kopf und ihm wurde die Situation zunehmend peinlich. Als er seinen Blick zu Sancho wand, sah er, dass dieser seinen Maßkrug erhoben und einen der jungen Kerle ins Visier genommen hatte. Reflexartig griff er nach dessen Arm und zischelte: »dieser Jüngling wollte uns sicherlich nicht provozieren. Senkt das Glas wieder und richtet hier kein Unheil an. Wir sind Gäste, keine Besatzer. Dies sind junge Männer, die unsere Frankfurter Kultur nicht verstehen.«

»Aha, Kultur.« Wutschnaubend knallte Sancho das Glas auf den Tisch. Winfried konzentrierte sich wieder auf seine Suppe, löffelte schmatzend die letzten Reste der Grießnockerl aus der Terrine und griff nach der zweiten Portion. Unterdessen standen die jungen Männer auf und verabschiedeten sich breit lächelnd. Nachdem sich die Tür hinter ihnen geschlossen hatte, brummte Sancho: »Sehr vertrauenswürdig erschienen mir diese Leute nicht. Ich hege Zweifel, dass ihre Ratschläge zu österreichischen Gepflogenheiten viel wert sind.«

»Sie waren doch sehr zuvorkommend und höflich. Ich bin schon gespannt darauf, ihre Ratschläge bei der nächsten Gelegenheit auszuprobieren.«

Nachdem sie das Lokal verlassen hatten, begannen sie sogleich, sich nach einem Schlafplatz umzusehen. Ein Wegweiser wies zu einem Freizeitgebiet ›Aubad‹, ein anderer zu einem Campingplatz. Nach kurzer Überlegung entschlossen sie sich, dem Zweiten zu folgen.

»Besitzt ihr einen Wohnwagen oder ein Zelt?« Skeptisch musterte der Mann die Neuankömmlinge mit ihrem ungewöhnlichen Outfit und den Reittieren, als kämen sie von einem anderen Planeten. »Wir verfügen auf diesem Platz leider über keine Hütte, in der ihr übernachten könntet. Außerdem gibt es bei uns keine Möglichkeit, die Huftiere unterzubringen.«

»Harte Männer benötigen so etwas nicht! Außerdem sind Nepomuk und Pumuckl pflegeleicht!« Energisch forderte der Knappe, weiterzuziehen und knurrte: »Weltfremdes Volk!«

»Wahrscheinlich sind sie es nicht gewohnt, Menschen zu begegnen, die wie wir auf einer Mission sind und haben möglicherweise viele Jahre auch keinen Kreuzritter gesehen.« Bedeutungsvoll tippte Winfried auf seinen Helm. Wenige Meter weiter fanden sie eine Parklandschaft, in deren Mitte ein See blubberte.

»Dieses Ufer ist ein netter Platz zum Übernachten. Ich sehe zwar weit und breit nichts, was uns als Dach dienen und Schutz vor Regen bieten könnte. Für die Tiere ist es ein idealer Platz.« Gutgelaunt blickte Sancho zum Pferd, das am Gras schnupperte und seinem Esel, der durstig aus dem See trank.

»Hoffen wir, dass der Regen in dieser Nacht ausbleibt.« Murrend ließ sich der Ritter nieder und wickelte sich laut gähnend in seine Decke. Er blickte zum Himmel hinauf und suchte vergeblich nach dem Erdtrabanten, der sich vollständig in Dunkelheit gehüllt hatte. Regenschwere Wolken bedeckten den Himmel. Es war Neumond.

✕

Die Hoffnung, die Nacht im Trockenen zu verbringen, zerplatzte gegen Mitternacht wie eine Immobilienblase. Regenschauer setze ein und nässte die Helden im freien Gelände bis unter die Haut durch. Beim düsteren Tagesanbruch schob der Ritter seine Decke beiseite, zog seinen Körper mit schmatzendem Geräusch aus dem schlammigen Untergrund und wrang Wasser aus seiner Kleidung.

»Würde eine gute Fee erscheinen und mir einen Wunsch gewähren … ich würde die nächste Nacht gerne im Trockenen verbringen!«

»Ich werde achtgeben, Herr Ritter. Falls ich unterwegs eine Fee entdecken sollte, werde ich Euch dies sofort melden.«

Wien war schon ausgeschildert. Sie folgten der Bundesstraße, entfernten sich vom Donautal und stiegen aufwärts in bewaldetes Gebiet. Der Regen ließ nach, Licht brach durch das Laubdach und schimmerte unwirklich hindurch wie durch ein Prisma gebrochen. Der Wald lichtete sich, die letzten Tropfen der Himmelsschleuse versiegten und ein Regenbogen durchbrach die Düsternis. ›Wienerwald‹ signalisierte ein Schild am Wegesrand den Wanderern und die Stimmung des Ritters hellte sich auf.

»Habt ihr schon mal von diesem Türkenlouis gehört?«

»Wer soll das sein? Ein Franzose, ein Muselmane?«

»Keines von beiden. Er war ein großer Feldherr, der in mehr als fünfzig Schlachten niemals besiegt wurde.«

»Wieso trug er solch einen merkwürdigen Namen?«

»Eigentlich hieß er Ludwig Wilhelm von Baden-Baden. Nach seinem Sieg gegen die Muselmanen nannte man ihn Türkenlouis. Als die Türken im Wienerwald standen, fiel er ihnen in den Rücken und verjagte sie.«

»Was wollten die Türken im Wienerwald?« Sancho lachte. »Haben sie dort randaliert, weil man statt Döner nur Brathähnchen servieren wollte? Und dann kam Türkenlouis, hat sie am Kittel gepackt und vor die Tür gesetzt?«

»Ich merke abermals, Ihr habt keinen Sinn für die großen Helden der Geschichte.« Winfried stöhnte und schüttelte den Kopf.

Kurz darauf lachte Sancho laut auf. »Seht Ihr dieses Schild? Lourdesgrotte! Ich glaube, wir haben uns verlaufen!«

»Seltsam. Dies erscheint mir ebenso merkwürdig, so weit entfernt von der französischen Stadt Lourdes entfernt. Sehen wir, was sich dahinter verbirgt.« Sie wandten sich einem Seitenweg zu und trabten vorwärts. Im Abstand von wenigen Metern standen Kreuze am Wegesrand, immer wieder reckte sich eine religiöse Statue dazwischen in die Höhe. »Dies sieht aus wie ein Prozessionsweg. Bei dieser Grotte scheint es sich um ein Heiligtum zu handeln, mein Knappe.«

Als der Weg endete, stiegen sie ab und sahen eine Höhle, vor der ein Altar aufgestellt war. Rechts davon befanden sich Nischen, in denen Kerzen ruhig flackerten, darüber war eine weibliche Statue in Menschengröße aufgestellt, deren Kopf ein Leuchtkranz zierte und die fromm zu ihnen herablächelte.

»Eine Fee ist dies wohl nicht. Zu ihrem Heiligenschein führen Kabel, alles ist künstlich. Die haben eine Grotte nachgebaut«, brummte Sancho und betrachtete die Höhlenwand. »Vollkommen unecht, das sieht man sofort!«

»In der Renaissance war so etwas üblich. In vielen Schlossgärten findet man Burgruinen, die künstlich errichtet wurden.«

Neben ihnen räusperte sich ein älterer Herr. »Bringt diesem heiligen Ort etwas mehr Respekt entgegen, gnädige Herren!«

»Heilig? Dies ist eine schlechte Kopie mit Gipsfiguren, ohne künstlerischen Anspruch! Mangelt es euch an geschichtlichen Sehenswürdigkeiten, dass ihr Ideen klaut und alles kopieren müsst? Wie die Chinesen oder Amerikaner, die den Eiffelturm, das Hofbräuhaus oder Schloss Schwanstein nachgebaut haben? Dies ist Schund, besuchen Sie lieber etwas Echtes wie beispielsweise die Höhle Covadonga in Spanien …«

»Nun ist es Zeit, zu gehen!« Der Ritter packte den aufmüpfigen Knappen hart an der Schulter, zerrte ihn an verärgert blickenden Besuchern vorbei aus der Grotte und zurück zu den Reittieren.

»Wolltet ihr soeben einen Religionskrieg anzetteln?« Grollend wandte er sich dem Knappen zu.

»Ich wollte den Leuten etwas Gutes tun, damit sie etwas Besseres sehen als diesen Firlefanz. Covadonga ist eine echte Grotte, dort gibt es einen echten Wasserfall. Dort, in der nördlichsten Provinz Spaniens, soll sich der letzte Widerstand verschanzt haben, als die Mauren die ganze Iberische Halbinsel besetzt hatten.«

»Wie die Gallier in diesen Comics?«

»So ähnlich. Vom nördlichsten Zipfel aus soll die Rückeroberung Spaniens begonnen haben. Natürlich nur, wenn man der Legende glauben will.«

Der Pfad führte sanft abwärts, viele Kilometer durch Wohnsiedlungen und mündete in eine dicht besiedelte Ebene, spitze Kirchtürme ragten aus ihr empor. Die beiden Reiter erreichten Klosterneuburg und trabten gemächlich durch die Altstadt. Als aus einer Gastwirtschaft gutgelauntes Palaver drang, drosselte Winfried sein Pferd.

»Dieses Lokal macht einen guten Eindruck. Eine gute Gelegenheit für uns, eine Pause einzulegen.« Er stieg ab, rückte seine Wirbelsäule zurecht und band sein Ross an einem Verkehrsschild fest, sein Knappe tat es ihm gleich. Sie traten in das gut besuchte Gasthaus und nahmen am letzten freien Tisch Platz. »Verzichtet diesmal auf den Handkuss«, flüsterte Winfried zu Sancho, der verlegen nickte. Eine erschöpft wirkende Dame näherte sich sogleich.

»Was wünschen die gnädigen Herren zu speisen? Heuer haben wir vier Hauptgerichte: Schweinebraten mit Kraut, Geschnetzeltes mit Eiernockerln, Krautwickel mit Reis und Lungenbraten mit Serviettenknödel. Bei uns wird alles frisch zubereitet.«

»Gibt es auch etwas Vegetarisches zur Auswahl?«

»Nein, in unserer Gastwirtschaft bieten wir speziell die traditionellen deftigen Schmankerl an.«

Sancho stieß den Ritter unter dem Tisch mit dem Fuß an, dessen Magen mit lautem Knurren protestierte und verkündete laut: »Wir speisen nicht! Bringen Sie uns zwei Maß Bier!«

»Die gnädigen Herren wünschen nicht zu speisen? Sie schaun' doch recht hungrig aus. Ich bring' Ihnen geschwind das Bier, sie können's sich immer noch überlegen.«

Sie ließ zwei Speisekarten zurück, Winfried griff sofort nach einem Exemplar, überflog das Angebot zweimal und warf die Karte murrend zurück auf den Tisch. Missmutig kreuzte er die Arme und starrte auf die mit Hirschgeweihen geschmückte Wand, um nicht den Anblick der gierig schlemmenden Gäste im Raum ertragen zu müssen.

»Wir haben eben diesmal Pech«, versuchte Sancho, ihn aufzumuntern. Der Ritter stöhnte jedoch entnervt. Um sich abzulenken, schabte er mit seinen Fingernägeln über den Holztisch.

»Ich überlege, ob uns die Jünglinge gestern hereinlegen wollten, oder ob wir einmal prüfen sollen, was deren Ratschläge wert waren, mein Knappe.«

»Lasst das Los entscheiden und eine Münze werfen. Wenn der Kopf oben liegt, riskieren wir es.« Sancho ließ einen Euro über den Tisch rollen, bis dieser auf einer Seite liegenblieb und er freudig rief: »Kopf! Moment, was ist dies für merkwürdiges Klimpergeld? Das ist doch … George Washington!«

»Wie auf der amerikanischen Ein-Dollar-Note! Aber es ist doch eine Euro-Münze. Merkwürdig.« Während Winfried sie genauer betrachtete, näherten sich Schritte und er blickte auf. Die Vorfreude auf Bier ließ seine Stimmung immens steigen. »Danke, Bissguan!«, gab er die kürzlich gelernte Lektion zum Besten, als die Kellnerin die Maßkrüge abstellte. Sofort fielen ihre Mundwinkel nach unten, sie starrte ihn fassungslos an.

»Du bist a Trutschen!«, fügte Sancho hinzu. Die Gespräche aller anderen Gäste verstummten. Neugierige Blicke wandten sich zu ihnen, in der Wirtsstube kehrte Stille ein.

Die Dame lief rot an und beugte sich weit vor. »So was hab' ich, solange ich den Job hier tu', noch nicht erlebt!« Drohend hob sie ihre Hand. »Wollt ihr a Fotzn?« Als keine Reaktion folgte, band sie ihre Schürze ab, knallte sie auf den Tisch, eilte mit beleidigtem Gesichtsausdruck zum Ausgang und ließ die Tür laut hinter sich zufallen.

»Donnerwetter!«, rief Sancho nach einer Schreckensminute, in der er vor Überraschung seinen Atem angehalten hatte, »war die Frau ordinär!«

Ein Kellner eilte zu ihrem Tisch, sah sie streng an und fragte: »Habt ihr noch einen Wunsch?«

»Danke, wir haben alles. An Speisen habt ihr ja nichts, was für uns in Frage käme«, erwiderte Sancho mit vorwurfsvoller Miene.

»Braucht ihr noch lange, um euer Bier auszutrinken?«, der Kellner blieb an ihrem Tisch stehen und wippte ungeduldig mit dem Fuß.

»Wir haben die Getränke doch eben erst bekommen. Aber wir können die Gläser auch mitnehmen und unterwegs trinken, wenn wir an diesem Ort nicht willkommen sind.«

»Ich bestehe darauf!«

Mürrisch erhoben sie ihr Bier und verließen das Gasthaus.

»Ich habe langsam den Eindruck, man mag hier keine Ausländer – obwohl wir nur aus anderen EU-Staaten stammen«, knurrte Winfried. Sie wanderten mit ihren Maßkrügen nachdenklich durch Klosterneuburg, kehrten bald zu ihren Huftieren zurück und setzten den Ritt nach Wien fort.

Der Pfad führte in einer geraden Linie und ohne Schnörkel am Ufer bis zur Donaumetropole.

»Wiener sind weltoffene Leute, ganz anders als dieses biedere Volk aus der Provinz.« Winfried blickte erwartungsvoll in die Ferne, wo Türme aus dem Dunst heraussstachen. »Ihr werdet es bald sehen. Vor uns auf der rechten Seite des Flusses befindet sich die Weltstadt Wien, links davon werdet Ihr die Donauinsel sehen, auf der nur ein einziges Bauwerk errichtet wurde: das UNO-Gebäude. Diese Insel ist ein Naturschutz- und Naherholungsgebiet, bei gutem Wetter sind viele Surfer unterwegs, kleine Segelboote schippern umher. Was für Euch von besonderem Interesse sein wird: am Ufer nehmen die hübschesten aller Wienerinnen tagein, tagaus ihr Sonnenbad.«

Die Vorfreude des Knappen erklomm ungeahnte Höhen, Winfried blickte sehnsüchtig zum gegenüberliegenden Ufer. Erst wechselte sein Gesichtsausdruck in Erstaunen und wich bald zunehmender Skepsis. Je mehr Kilometer sie zurücklegten, umso betretener starrte er zur gegenüberliegenden Seite.

»Nach Naturschutzgebiet sieht das nicht aus. Haben wir uns verlaufen?«

»Dies hoffe ich, denn dort sieht es aus wie in Frankfurt. Das kann doch nicht wahr sein!« Winfrieds Blick wanderte über eine endlose Ansammlung von Wolkenkratzern, die sich auf der gegenüberliegenden Seite gen Himmel reckten. »Moment! Dies kenne ich, es ist das … UNO-Gebäude! Entsetzlich! Man hat diesen einzigartigen Flecken Eden vollkommen verschandelt! Einst war dies eine grüne, von Schilf bewachsene Auenlandschaft, seltene Tiere nannten dies ihre Heimat. Jetzt ist alles zubetoniert!«

»Ihr hattet schon mein Interesse an Wien geweckt«, murrte Sancho. »Wie lange ist es her, das Ihr zum letzten Mal hier wart?«

»Damals war ich noch ein kleiner Junge.«

Als sie sich dem Stadtzentrum näherten, folgten sie einem künstlichen Kanal, der sie in die Altstadt führte und trabten ziellos zwischen mächtigen Gebäuden im Barockstil hindurch. Winfried betrachtete ein Pferd aus Stoff, auf dem ein weiß gekleideter Mensch reglos saß und mit Schärpe sowie zahllosen Orden behangen war.

»Die Figur kommt mir bekannt vor. Dieser Pantomime stellt vermutlich den berühmten Feldherren Radetzky dar, der unzählige Lebensjahre auf dem Schlachtfeld verbrachte. Unter dem österreichischen Kaiser Franz Josef war er ein altgedienter, erfahrener Militär, der den mächtigen Napoleon in die Schranken wies.« Als sie weitergingen, ergänzte Winfried: »Damals bei der Schlacht gegen Napoleon war er schon steinalt. Wie Tilly.«

»Alles klar!« Sancho lachte laut.

Sie durchquerten einen Park und der Knappe blieb plötzlich stehen.

»Schaut, ein Hütchenspieler.«

»Lasst die Finger davon«, riet ihm der Ritter mit ernster Miene, »das sieht einfach aus, aber ich habe noch niemals gewonnen. Keine Ahnung, wie die das machen. Es ist wohl ein Trick dabei.«

Sein Knappe hörte diese Warnung nicht mehr, da er schon vor dem Spieler saß und beobachtete, wie dieser die Hüte hin- und herschob. Breit lächelnd hob dieser einen hoch, unter dem eine Kugel erschien.

»Willst du ein Spiel wagen?«, fragte der Spielmeister, »es ist ganz einfach. Behalte den Zylinder im Auge, unter dem ich diese Kugel verstecke«. Flink tauschte er die Hüte einige Male und hob zum Schluss einen in die Höhe. Wieder wurde der Ball sichtbar. »Spielen wir um zehn Euro? Wenn du rätst, unter welchem Hut sich die Kugel befindet, gewinnst du das dreifache.«

»Warum spielen wir nicht gleich um hundert Euro?«, fragte Sancho grinsend. »Wenn ich mir schon die Mühe mache und meine kostbare Zeit dafür verschwende, will ich auch um einen angemessenen Einsatz wetten.«

Verdutzt blickte der Spieler seinen neuen Gast an.

»Schön.« Sein Gesichtsausdruck wurde freundlich. »Ich dachte, für den Einstieg … egal, kommen wir gleich zur Sache!«

Die Show begann. Der Spielmacher versteckte die Kugel unter einem der Hüte und schob die Zylinder flink hin und her.

»Nun, unter welchem Hütchen befindet sich die Kugel?«

»Darf ich es selbst anheben?« Sancho setzte eine unschuldige Miene auf.

»Natürlich!«, antwortete der Spieler, »und rätst du richtig, erhältst du den dreifachen Einsatz.«

Sanchos Blick sprang zwischen den Hüten hin und her. Er tippte auf einen. »Ich rate nach dem Ausschlussprinzip.« Schnell schnappte er nach den zwei anderen Hüten und hob sie an. »Es ist keine Kugel zu sehen! Diese sind leer, also habe ich gewonnen. Dreihundert Euro, wenn ich bitten darf!«

Ein Mann neben ihm erhob sich und zog ein Messer. Gleichzeitig fegte der Hütchenspieler die Zylinder beiseite, stand auf und packte den Knappen am Kragen. »Ganz ruhig, Freundchen!«, flüsterte er, »was glaubst du, mit wem du dich hier anlegst? Schau dich mal um!«

Sancho sah insgesamt fünf Männer, die mit gezogenen Messern und feindseligem Blick um ihn herumstanden und nur auf ein Kommando zu warten schienen, mit ihren Waffen zuzustechen. Im Hintergrund reagierte Winfried und war mit erhobener Axt bereit, einzugreifen. Er taxierte die Chancen, mit einem kräftigen Schwung fünf Männer gleichzeitig zu enthaupten.

Eine Hand legte sich auf Sanchos Schulter und drehte ihn um. Ein älterer Mann lächelte ihn an.

»Dies ist dein Gewinn, dreihundert Euro«, sagte dieser höflich und reichte dem Knappen ein Bündel Banknoten. »Damit niemand zu Schaden kommt. Die meisten fallen darauf herein, aber du hast den Trick durchschaut. Heute haben wir gut verdient, meine Jungs haben viele tausend Euro zusammen. Sie arbeiten für mich. Es ist ihr täglicher Job, ständig sind sie in Angst, die Polizei könnte auftauchen. Bei euch bezeichnet man so etwas vielleicht als Betrug, aber für uns geht es schlicht ums Überleben. Es bringt unsere Leute in Lohn und Brot. Mit der Arbeit ernähren die Jungs ihre Familien.«

Er gab seinen Männern ein Handzeichen, die sogleich ihre Waffen wieder einsteckten. Von einem Moment auf den nächsten waren alle verschwunden.

»Was war das für ein Spuk?«, fragte Winfried verdutzt.

»Ein Glücksspiel. Ich habe eine Menge Geld gewonnen!«. Der Knappe grinste breit. Bis über den Horizont seines Gesichtes.

Der Grünanlage folgte ein noch größerer Park. Kurz blickten sie zu einem überdimensionalen Reiterstandbild auf und sahen unzählige Menschen, die durch den Park irrten. Gruppen saßen auf der Wiese und picknickten.

»Dies wäre keinesfalls ein geeigneter Ort für ein Nachtlager.« Winfried seufzte und setzte sich wieder in Bewegung. »Zu viel Volk.«

Sancho ging auf eine ältere Dame zu und sprach sie an. »Wissen sie, ob es hier ein Pfarrhaus oder etwas Ähnliches gibt? Etwas, wo man Pilger für eine Nacht aufnehmen würde?«

»Fragen Sie bei der Minoritenkirche«, entgegnete sie mit heiserer Stimme, »der nette Pfarrer hat immer ein Herz für Notleidende. Gehen Sie durch das Tor hindurch, an den prunkvollen Gebäuden vorbei, die Straße hinunter und fragen dort am besten nochmal.«

Sie folgten der Beschreibung und sahen sich um. Winfried stoppte einen Mann, der in ihre Richtung schlenderte und lächelte ihn an. »Guter Mann, könnt Ihr uns sagen, wie wir zur Minoritenkirche gelangen?«

Dieser blickte auf und breitete theatralisch seine Arme aus.

»Wenn ihr euch net auskennt, bleibt's dahoam!«, schimpfte er und ging seines Weges.

Winfried zuckte mit den Schultern. »Manche Wiener sind sonderbar.«

Kurz darauf zog eine Gruppe bunt gekleideter Menschen an ihnen vorbei, die regenbogenfarbene Flaggen schwenkten. »Gleichstellung der gleichgeschlechtlichen Liebe! Freiheit für Schwule und Lesben!« Ihnen folgte wenig später eine Gruppe grau gekleideter Menschen. An ihrer Spitze marschierte ein Mann mit Megaphon: »Schützt die Kinder! Behütet unsere Kleinen vor Abartigkeit und Sodomie!« Ihnen folgten laut lachend Punks in abgerissener Kleidung und brüllen: »Schützt die Kinder vor euch!«

»Ich hätte Lust, mitzudemonstrieren«, murmelte Sancho. »Aber ich kann mich nicht entscheiden, für welche Seite. Seht! Von dort sind sie gekommen. Es sieht aus wie ein Turm. Vielleicht ist es die Kirche, die wir suchen!«

Sie überquerten einen Platz und erreichten tatsächlich eine Kirche, gingen um das Bauwerk herum, traten durch ein geöffnetes Tor und stiegen einen Treppenaufgang hinauf. Im oberen Stock fanden sie eine Holztür mit der Aufschrift *Büro*. Sie klopften, es folgte keine Reaktion. Jedoch war die Tür unverschlossen, sie öffneten und traten ein. Es war ein schmuckloser Raum ein, über und über mit Büchern gefüllt. Hinter einem Pult saß ein schwarz gekleideter Priester, der in ein Buch vertieft war. Als er sie bemerkte, sah er auf und musterte die Besucher von oben bis unten.

»Entschuldigt, Pater«, flüsterte der Knappe mit gesenktem Haupt, »wir sind zwei verlorene Seelen, die im Diesseits unterwegs sind. Damit wir ohne Schaden zu nehmen noch länger darin verweilen können, bitten wir um großzügiges Asyl.«

»Was ist denn mit dir passiert?«, fragt der Mann mit verwundertem Blick auf Winfrieds Helm.

»Ich bin Kreuzritter. Winfried von Franken. Unterwegs auf einer Mission.«

»Es ist eine komplizierte Geschichte«, ergänzte Sancho, »jedenfalls kann er den Helm nicht absetzen. Wir kommen aus Frankfurt, sind seit einem Monat unterwegs und unzählige Meilen von unserer Heimat entfernt. Ich stehe ihm treu zur Seite, denn ich bin sein unterwürfiger Diener.«

»So wie Moses?« Der Priester zitierte: »Verlasse dein Land, denn ich werde dich führen in eine neue Heimat.«

»Das Ziel ist unbekannt. Die Mission auch.«

»Eure Geschichte ist äußerst verwirrend, aber vielleicht folgt ihr tatsächlich einer Mission.« Der Pfarrer kratzte sich nachdenklich am Kopf. »Umso mehr glaube ich, dass ihr hilfsbedürftig seid. Seid meine Gäste, ihr könnt vorläufig im Pfarramt übernachten. Es ist kein Luxus, aber wir haben ein Notlager, das wir für Obdachlose eingerichtet haben.« Er öffnete eine Schublade, zog einen Schlüssel hervor und reichte ihn Winfried. »Für die Tür im Erdgeschoss«, sprach er mit einem gutmütigen Lächeln, »dort befindet sich ein Raum mit Matratzen, gegenüber ist der Gemeinschaftsraum, darin findet ihr eine kleine Küche und einen Waschraum mit sanitären Einrichtungen.«

Der Ritter ging voraus, sein Knappe plauderte noch eine Weile mit dem Pfarrer und folgte später. Winfried lag schon auf einem Sofa langgestreckt, als Sancho den Raum betrat.

»Übrigens, der Pfarrer hat uns morgen früh zum Gottesdienst eingeladen. Ich denke, es ist ihm wichtig, als Gegenleistung dafür, dass wir in seinem Gemeindehaus übernachten dürfen.«

»Und es ist die erste akzeptable Unterkunft seit vielen Tagen.« Winfried gähnte entspannt. »Im anderen Zimmer ist eine Kochnische, dort habe ich mich in der Zwischenzeit umgeschaut und ein paar Zutaten gesehen für ein genügsames Abendmahl. Tee habe ich schon aufgesetzt.«

Der Knappe begab sich in den gegenüberliegenden Raum und kehrte wenig später mit einem Teller voller belegter Toasts und zwei dampfenden Tassen mit Tee zurück, stellte alles auf einen kleinen Tisch in ihrer Mitte und ließ sich auf der Bank gegenüber dem Ritter nieder. Eine Weile plauderten sie während ihrem Mahl über die Mission, das merkwürdige Verhalten der Österreicher, insbesondere das der Wiener, bis Tee und Brot zur Neige gingen und sie es kaum noch erwarten konnten, ihr Bett für die Nacht zu richten. Mit einem glückseligen Seufzer ließ sich Winfried auf seine Matratze sinken, als wäre sie ein Himmelbett.

✕

Als Winfried am nächsten Morgen aus seinem tiefen Schlummer erwachte, wurde er nachdenklich. Etwas in seiner Erinnerung kehrte zurück. *Seltsam, er scheint mir viel vertrauter zu sein, so, als kannte ich ihn schon vor der Zeit, bevor er sich mir als Knappe angedient hat.*

Er schreckte hoch, als Sancho zur Tür hereinplatzte und ihm zwei Dinge vor die Nase hielt.

»Schaut mal, was ich gefunden habe!«.

»Einen Teekannenwärmer und eine Toilettenbürste. Ekelhaft! Ihr tropft das Zimmer voll, was für eine Sauerei! Bringt die Bürste wieder zurück!«

»Toll, was die in dem Gemeindehaus alles haben!« Sancho setzte sich den Teekannenwärmer auf den Kopf, »Wonach sieht das aus?«

»Wie eine Bischofsmütze. Aber das ekelhafte Ding? Was wollt Ihr damit?«

»Eine Überraschung«, sprach Sancho mit einem Grinsen, das kommendes Unheil erahnen ließ.

Die letzten Besucher hatten Platz genommen. Das Flüstern in ihren Reihen verstummte, als der Mann in Robe würdevoll zum Altar schritt und sich bei der Begrüßungsmusik lächelnd umsah. Heute war die Kirche besonders gut besucht. Als die letzten Töne der Orgel verhallt waren, erklomm der Pfarrer die Stufen zur Kanzel.

»Die Wege des Herrn sind unergründlich. Bisweilen gibt es Anlässe, die mich besonders zum Nachdenken bewegen«, begann der Pfarrer geheimnisvoll, »und in dieser Nacht habe ich beschlossen, in meiner Ansprache etwas aus dem realen Leben zu erzählen. Ich widme die Predigt den Armen. Den Verlorenen. Den Obdachlosen. Wer, wenn nicht jene, die ziellos umherirren und von der Welt vergessen wurden, benötigen Hilfe? So spricht der Herr: ›All ihr, die ihr mühselig und beladen seid, kommt her zu mir‹. Nun, ich will nicht zu weit ausschweifen und berichten: gestern standen zwei Gestalten bei mir im Pfarrhaus und baten um Obdach. Ihnen blieb offensichtlich kein anderer Ausweg, als an meiner Pforte um Einlass zu bitten. Sie schienen ein wenig verwirrt zu sein … nun, vielleicht sind sie ja heute anwesend. Ich muss euch gestehen: es bereitet mir Freude, wenn ich armen Menschen Obdach bieten kann. Luxus ist, wenn man selbst ein Dach über dem Kopf hat und sich nicht täglich diese Gedanken machen muss: wo schlafe ich heute Nacht? Es sieht für Erwachsene leicht aus, sie können sich aufgrund ihrer Lebenserfahrung viele Tage durchbeißen. Aber wie ist es mit den verstoßenen Kindern? Schauen wir in die Bibel. Dort finden wir einen Satz im Matthäus-Kapitel: Jesus sprach, lasset die Kinder zu mir kommen! Häufig sind es Kinder, die auf der Straße leben, weil sie verstoßen wurden. Kinder, die in außerehelichen Verhältnissen gezeugt wurden. Daher ist die Ehe heilig, Kinder brauchen Mutter und Vater. Die katholische Kirche missbilligt außereheliche ...«

»Jesus war ein uneheliches Kind!«, rief von den hintersten Reihen jemand dazwischen.

»Das geht mir jetzt auf die Nerven!« Der Pfarrer unterbrach seine Predigt. »Du Störer da hinten, wenn du etwas zu sagen hast, sprich frei und offen! Komm nach vorne und stell dich auf die Kanzel, wo dich alle sehen!«

Stille folgte.

»In Ordnung. Kommen wir zum nächsten Ritus«. Er stöhnte und setzte das Programm fort.

Beim Gesang zu »... der du bist das Licht der Welt« grölte im Hintergrund jemand derart schräg und falsch, dass kaum jemand in der Lage war, im Takt mitzusingen. »Starr den nicht so an«, war Flüstern aus der letzten Reihe zu hören, »der Mann leidet wohl am Tourett-Syndrom, das ist eine Krankheit und er kann nichts dafür.«

»Der Herr segne dich und behüte dich«, leitete der Pfarrer die Verabschiedung der Gemeinde ein, als im Hintergrund eine Figur auftauchte, die mit einer Art Bischofsmütze als Kopfbedeckung sowie einer Klobürste in der Hand nach vorne schritt. »Der Herr lasse sein Mondgesicht leuchten über euch ... Moment, was tust du da?«, unterbrach er das Ritual und sah irritiert zu der Figur, die sich durch die Reihen vorwärtsbewegte und murmelte: »... Et spiritus sancti, Ehre sei dem heiligen Spiritus!«

Plötzlich entstand im Hintergrund ein Handgemenge. Winfried versuchte, dem Knappen die Bürste aus der Hand zu reißen und ihn zum Ausgang zu zerren, während der Pfarrer seine Hände in die Hüften stemmte. »Seid ihr nicht die Beiden, denen ich Asyl gewährte? Die ich letzte Nacht in meinem Gemeindehaus aufgenommen habe? Was soll das hier werden?«

»Eine Massentaufe! Nach der Tradition Johannes des Teufels«, antwortete Sancho grinsend beim Versuch, sich von dem Ritter loszureißen.

»Aufhören! Das ist eine Frechheit! Jetzt platzt mir endgültig der Kragen! Massentaufen gibt es nur bei der Sekte nebenan, schert euch zum Teufel!«

»Dort beten sie den Teufel an? Zu denen wollte ich eigentlich. Ich habe mich wohl in der Tür geirrt«. Sancho hielt die Bürste in die Höhe und ließ sich von dem Ritter durch das Eingangsportal hinauszerren.

»Heute würde die Kollekte am Ausgang den beiden Obdachlosen zugutekommen.« Der Pfarrer blickte den Beiden von der Kanzel enttäuscht nach. »Aber bitt'schön, werft's nichts hinein!«

Nachdem er das Portal zugeworfen hatte, starrte Winfried seinen Begleiter dunkelrot vor Zorn an. »Es reicht! Hier und jetzt trennen sich unsere Wege! Ich könnte mir die Haare raufen über euren Unfug!« Mit Gewalt versuchte er, seinen Helm vom Kopf zu reißen … plötzlich erschien ihm die Welt, als wäre sie hell erleuchtet. Was nun an seine Ohren drang, klang nicht mehr blechern und dumpf. Erstaunt senkte er die Hände und betrachtete seinen Helm, um sich zu vergewissern, dass sein Kopf nicht mehr darin steckte. *Ich habe extrem abgenommen* - bemerkte er beim Blick nach unten, als er das erste Mal seit Jahrzehnten seine Füße sehen konnte, ohne den Bauch einzuziehen.

Als der Knappe sein Gesicht sah, das durch das permanente Tragen des Helms über Wochen massiv angeschwollen war, fühlte er sich an eine Szene aus dem Film *Krieg der Sterne* erinnert und erwartete fast als nächsten Satz: »Ich bin dein Vater!«

»Waldemar!«, rief Winfried stattdessen und öffnete seine angeschwollenen Augenlider. »Immer wieder dachte ich, diese Visage kenne ich doch von irgendwo!«

Der Enttarnte reagierte sprachlos und zuckte mit den Schultern. Nervös wechselte er von einem Fuß auf den anderen. Nach einiger Zeit brach er sein Schweigen. »Ja, ich bin es, Jorge. Nicht Waldemar. Als ich dir das erste Mal begegnete und du mir von deiner Mission erzähltest, hast du einen äußerst verwirrten Eindruck gemacht. Wo willst du hin, Winfried? Ich hatte angenommen, der Weg ist das Ziel. Wie geht es weiter? Sollen wir heimgehen?«

»Ich werde dem Weg folgen, den die alten Pilger genommen haben und setze meine Mission fort, auf der mich wohl noch viele Gefahren erwarten. Was meine Aufgabe ist? Keine Ahnung. Vielleicht den Priester der Finsternis besiegen, einen grausamen Tyrannen vom Thron fegen oder gegen den Teufel selbst kämpfen. Anfangs hatte ich mir vorgestellt, dass sich mir das Böse irgendwann offenbaren, als Person entgegenstellen würde und ich ihn mit einem Schlag meiner Axt fällen würde. Danach wäre alles gut. Nun bin ich zu dem Schluss gekommen, ich muss zuvor mehr über mich selbst herausfinden. Ist dies recht, was ich tue oder nicht? Oft wurden Leute zu grausamen Schlächtern, weil sie dem Wahn verfallen sind, die Menschheit zu retten. Bevor ich selbst in so einen Rausch verfalle, will ich lieber leiden. Nur wer die Hölle gesehen hat, ist bereit, den Himmel zu sehen. Zu Beginn war mein Geist umwölkt, jetzt sehe ich klarer. Gib mir einen vernünftigen Grund, diese Mission abzubrechen und sofort ich werde einsehen, dass dies alles ein Irrtum war. Dass ich einer irreführenden Vision gefolgt bin, nur ein verwirrter Mensch, der ziellos durch die Welt irrt.«

Der Spanier schaute ihn nachdenklich an. Und blickte stumm zu Boden.

»Waldemar, eine letzte Frage, die mir soeben in den Sinn kommt, da du vor einigen Tagen zugegeben hattest, eine Rechenschwäche zu haben. Du hattest doch als Statistiker in unserer Firma gearbeitet?«

»Ja.« Jorge lachte. »Aber ich bin nicht farbenblind, das genügt für den Job. Rechnen musste ich nie, das war nicht nötig. Zudem würde ich das, was wir in diesem Laden getan haben, nicht als Arbeit bezeichnen. Als Statistiker konnte ich mich künstlerisch verwirklichen. Ich habe Zahlen eingegeben, bis die Graphiken schön aussahen und zu wahren Kunstwerken wurden. Den Kollegen hat's gefallen. Besonders die Figuren, die ich daraus gefaltet habe.«

»Die waren wirklich schön. Politiker schmeißen auch mit Zahlen um sich, von denen keine einzige stimmt. Alle hatten sich jedoch gewundert, warum du als aus dem Ausland angeworbene Fachkraft perfekt Deutsch sprichst.«

»Weil ich in Wahrheit schon als Junge mit meinen Eltern nach Deutschland gekommen bin. Nach meinem Schulabschluss hatte ich mich jahrelang mit Billigjobs durchgeschlagen, Zeitung ausgetragen und eine Ausbildung zum Krankenpfleger begonnen. Das war eine harte Zeit, meinen Lebensunterhalt auf ehrliche Weise zu verdienen. Als die Finanzkrise kam und ich gesehen hatte, dass den Leuten der Finanzbranche das Geld nachgeschmissen wird, habe ich mein Glück versucht: ich habe mir einen Lebenslauf ausgedacht, Zeugnisse gedruckt, schöne Stempel darunter gesetzt und bin am Ende bei eurer Firma gelandet.«

»Das erklärt Einiges. Dein Werdegang hatte die Personaler gewaltig beeindruckt: Erfahrung bei internationalen Banken, richtig Karriere gemacht, da konnte keiner von uns mithalten. Und niemand ist etwas aufgefallen?«

»Diese Wichtigtuer. Als sie mir bei der Bewerbung Fragen gestellt haben, die ich nicht beantworten konnte, habe ich mich mit gespielter Arroganz darüber hinweggesetzt. Überheblichkeit wirkt authentisch, und wenn man dabei noch selbstsicher auftritt, werden die winzig mit Hut und glauben dir alles. Nach meinem Lebenslauf waren diese Garderobenständer imponiert, wie jung ich so eine absolut steile Karriere hingelegt habe und schauten mich demütig wie kleine Welpen an, als wollten sie mir aus der Hand fressen. Wen interessiert noch, wer man ist, was man denkt, wer blickt hinter die Fassade? Man muss schauen, wo man bleibt.«

»Das habe ich hinter mir. Zum Glück. Es bewahrheitet sich immer mehr, dass ich mich aus gutem Grund auf den Weg begeben habe. Ich muss bald herausfinden, was eigentlich meine Aufgabe ist. Alleine!«

»Moment - meinst du, es wäre gut, wenn ein Held alleine durch die Welt irrt? Sollten ihn nicht Andere begleiten?« Liebevoll fuhr er mit seiner Hand durch die Mähne des Esels, der Winfried mit großen Augen anblickte. »Was wird aus unseren treuen Begleitern Nepomuk und Pumuckl?«

»Ich bin kein Held. Die gibt es nur in Comics, im Film, in Legenden. Das ist eine Fassade wie alles Andere auch. Wir stellen uns oft vor, etwas zu sein, das wir nicht sind und nie sein werden. Mein Pferd gib einem der Fiakerfahrer, der wird sich um das Tier schon kümmern. Es ist nun Zeit, Abschied zu nehmen. Mein Weg führt mich bald in den Nahen Osten. Nun im Ernst: wäre in den Ländern nicht jetzt schon Bürgerkrieg, würdest du diesen mit deinem Verhalten auslösen!«

»Wahrscheinlich. Aber wie willst du ohne mich klarkommen, Winfried? Du bist doch pleite!«

»Bevor ich auf die Reise ging …«, er ließ seinen Rucksack von der Schulter gleiten, zog einen Beutel heraus und präsentierte ein dutzend Geldbündel, »… habe ich mein Konto geplündert!«

Jorge alias Waldemar alias Sancho starrte überrascht auf die Scheine.

»Mit dem Geld können wir eine bewaffnete Terrortruppe ausrüsten. Wir könnten ein schlagkräftiges Selbstkordkommando zusammenstellen!«

»So etwas werde ich niemals tun! Zögen wir gemeinsam weiter, würdest du sicher eine Terrororganisation aufbauen und die Welt ins Chaos stürzen.«

»Warum nicht? Wir würden die Kreuzfahrerzeit wieder aufleben lassen.«

»Darüber habe ich nachgedacht. Ich bezweifle, dass es Ziel meiner Mission ist, die Menschheit in ein barbarisches Zeitalter zu führen. Vielleicht finde ich das Geheimnis des Lebens. Vielleicht gar nichts. Nun lebe wohl!«

Winfried drehte sich um und ging mit dem Helm unter dem Arm seines Weges.

Der Spanier folgte mit seinem Blick, bis Winfried zu einem kleinen Punkt am Horizont wurde. Als der Punkt verschwunden war, wischte er sich eine Träne aus dem Auge und setzte die rote Kopfbedeckung ab.

»Adios, Amigo. Viel Glück.«

Aufbruch

In Winfrieds Kopf begannen zwei Seelen miteinander zu streiten. Die eine war um sein körperliches Wohlbefinden besorgt, die andere verteidigte den Stolz des Kreuzritters. *Nun bin ich fast einen Monat unterwegs und nicht allzu weit gekommen. Auf dem Rücken des Reittieres habe ich mir wenigstens nicht die Füße wund laufen müssen. Aber nun? Vielleicht könnte ich meine Mission mit dem Flugzeug abkürzen … **Nein! Ein wahrhaftiger Kreuzritter bleibt am Boden! Er braucht die Zeit, als Pilger unterwegs zu sein. Zum Nachdenken, Kontakte zum einfachen Volk zu knüpfen …** Aber wenn nun der Winter hereinbricht? Auf keinen Fall werde ich lange durchhalten, wenn ich im Tiefschnee durch die Karpaten stapfen muss. Wenn dort tatsächlich Dracula auf mich warten sollte …* Die Seelen fanden einen Kompromiss und es blieb nur eine Möglichkeit. Die Bahn.

Am Schalter des Wiener Hauptbahnhofes saß ein Mann mit Resten von Haaransatz, dem er sein Ziel nannte: »Ich möchte nach Syrien.«

»Dorthin fährt derzeit keine Bahn!« Verwundert schüttelte der Mann den Kopf. »Höchstens in die Türkei können Sie fahren. Selbst in diesem Fall hätten Sie eine sehr weite Strecke vor sich. Wann soll's losgehen?«

»So bald wie möglich.«

Der Angestellte am Schalter tippte etwas in seinen PC. »Heute Nachmittag kurz nach halb drei wäre die nächste Möglichkeit.« Er fuhr mit der Hand durch den Haaransatz und seine Augen wuchsen aus ihren Höhlen hervor. »Sie wären zwei komplette Tage unterwegs und müssten unterwegs fünfmal umsteigen. Die Fahrt würde durch Ungarn und Bulgarien führen, danach in die Türkei. Sie wären ewig unterwegs. Wollen Sie nicht lieber fliegen?«

»Nein!«, entgegnete Winfried brüsk. *Der Weg deckt sich fast genau mit der Route der Franken auf ihrem Kreuzzug. Wie schön.* »Es ist wesentlich schneller als zu Fuß. Bitte geben Sie mir eine Fahrkarte!«

Der Angestellte starrte ihn derangiert an, jedoch wurden seine Gedanken vom entschlossenen Blick des Ritters zurück in rechte Bahnen gelenkt. Eine Weile kämpfte er mit seinem Arbeitsgerät, bis der Drucker endlich anfing zu rattern und die Reisedokumente ausspuckte.

Winfried hatte viele Stunden Zeit, in der er sich hemmungslos den Magen vollschlagen konnte. Mit noch nie zuvor gekanntem Heißhunger wanderte er durch die Gassen. *Fleisch!* Mit knurrendem Magen durchstreifte er die Gegend. *Wo gibt es Fleisch?* Vor einem Restaurant blieb er stehen und blickte auf die Speisekarte. *Dafür mussten Tiere qualvoll und sinnlos sterben, verendet in* schmutzigen Schlachtereien, falls sie nicht schon zuvor elend in den Tierzuchten verreckt sind und sich in engen Räumen gegenseitig zu Tode getrampelt haben, während vergammelte Überreste von Tierleichen in allen Ecken dahinsiechen, Wesen in Massen gezüchtet, nur um den niederträchtigen Gelüsten der Menschen zu dienen. Geboren, um zu sterben. Was kümmert mich das? Wiener sind im Angebot. Lecker! Genau das Richtige. Ein paar Wiener Würstchen. Einfach, bekömmlich und sehr schmackhaft!*

Winfried trat ein und wählte einen der freien Tische. Ein Pinguin trottete herbei, deutete eine Verbeugung an und reichte ihm die Menue-Karte.

»Wissen's schon, gnädiger Herr, was sie zu trinken wünschen? Zum Essen gibt es, wenn ich Ihnen etwas vorschlagen darf, eine Empfehlung des Hauses: Basilikum-Gnocchi an einem Schwammerl-Sößchen. Verfeinert mit Schlagobers …«

»Ich habe mich schon entschieden, was ich essen will. Eine Portion Wiener. Mit Senf.«

»Sind Sie sicher, dass Sie die Wiener mit Senf wollen?« Angewidert verzog der Kellner das Gesicht. »Ihr Deutschen habt immer wieder Sonderwünsche. Zigeunersauce, Jägersauce auf unseren guten Wienern und schlimmer noch: Ketchup. Wirklich mit Senf? So etwas hatte noch nie jemand gewünscht.«

»Ja!«, bestätigte Winfried. »Wiener mit extra viel Senf!«

Nach einer Weile erschien der Kellner wieder, stellte einen Teller mit zwei Wiener Schnitzeln vor ihn und machte sich wortlos davon. Entsetzt starrte Winfried auf seinen Teller. Paniertes Schnitzel mit Unmengen Senf. Senf, Senf und nochmals Senf. *Igitt, ist das ekelhaft!*

»Herr Ober?«, rief er durch das Restaurant. »Ich hatte Wiener bestellt. Wiener Würstchen!«

»Es gibt keine Wiener Würstchen. Nicht bei uns. Wenn sie Wurst wollen, müssen sie bei uns Frankfurter ordern«, klärte der Kellner ihn auf und zog sich wieder zurück.

Frankfurter? Winfried betrachtete die Unmengen Senf auf seinem Schnitzel. Angewidert stocherte er mit der Gabel in der Panade, die sich langsam in gelben Matsch verwandelte. Plötzlich packte ihn Entsetzen. *Hier essen sie Frankfurter? Bevor sie erfahren, dass ich von dort komme, sollte ich den Rückzug antreten.*

Fluchtartig verließ er das Lokal, versorgte sich mit frittierten Kartoffeln in Stäbchenform an einem Imbiss und saß Stunden später mit flauem Magen im Zug nach Osten. Zwei Bahnwechsel in Ungarn folgten, bei Dämmerung stieg er in den Nachtexpress. Als der Zug durch die weite Landschaft in Richtung Rumänien rollte, breitete die Dunkelheit langsam ihren Mantel über das Land. Der Tag zog von dannen, die Nacht trat ihren Posten an.

Der Kreuzritter hat die ihm bekannte Zivilisation verlassen. Welche Abenteuer erwarten ihn nun? Dieser Bericht ist in Arbeit …

Leseprobe

Zwei Männer betraten den Großraumwagen. Erst ein weißhaariger, dessen Gesicht eine Narbe zierte, die sich von der Stirn über die rechte Augenbraue bis zu seinem Ohr zog. Ihm folgte ein Tier von einem Mann. Beide Herren waren schwarzgekleidet, ihr feindseliger Blick wanderte über die Passagiere. Geraschel folgte, die Leute zückten ihre Geldbörsen.

Grenzkontrolle, dachte Winfried und hielt seinen Reisepass bereit.

»Das sind Swoboda und Sohn Vlad«, flüsterte sein Nachbar, »die sammeln Geld für Waisenkinder.«

Skeptisch beobachtete Winfried, wie die Männer durch die Reihen gingen und Geldscheine einsammelten. *Vlad Tschepesch … Vlad – auch der Bill Gates des Pfählens genannt. Oder Dracula*, kam ihm in den Sinn.

»Ist es sicher? Hat jemand überprüft, ob die wirklich seriös sind?«

»Leise!«, zischelte der Rumäne. »Ja, sammeln Geld und fertig. Nicht fragen, wofür. Vertraue ihnen!«

Die muskulöse Gestalt, halb Tier, halb Mensch, blieb neben ihm stehen und starrte ihn feindselig an. Der Ältere gesellte sich dazu, in dem Moment beugte sich Winfrieds Nachbar zu ihnen hinüber und wechselte ein paar Worte. Die finsteren Gestalten blickten den Ritter kritisch an. Sie nickten und gingen weiter.

»Was hast du ihnen erzählt?«, fragte Winfried leise seinen Nachbarn.

»Habe gesagt: du bist Russe. Swoboda kassiert nur bei Rumänen und Bulgaren. Hat einmal Fehler gemacht, wollte Geld vom Russen. Wurde danach lange nicht mehr gesehen. Jetzt ist er wieder da mit großer Narbe im Gesicht und Angst vor Russen. Sind später dran, bei Fahrt durch Ukraine. Dort kassiert Wladimir.« Nachdem die Spendensammler in den nächsten Waggon verschwunden waren, ergriff der Sitznachbar wieder das Wort. »Habe in Deutschland ein Jahr lang schwarz gearbeitet. Die Leute betrügen. Trotzdem habe ich gespart und bringe Geld meiner Familie. Bei uns gibt es keine Arbeit. Was arbeitest du?«

»Ich habe meine Arbeit verloren. War nicht gut.«

Sein Nachbar nickte verständnisvoll. Nach einer längeren Pause sprach er: »Wir sind jetzt in Rumänien. Viele Regionen. Kennst du unser Land?«

»Ich habe nur gehört von Transsilvanien.«

»Ist mittlere Region. Hier nach Grenze, erst Kreischgebiet.«

Im Hintergrund wurde es lauter. »Wumm, Wumm, Wumm!« Schneller Rhythmus, begleitet von wilden Klängen einer Ziehharmonika, wie sie nur ein Roma-Musiker kurz vor dem Herzinfarkt spielen kann, der in hektischen Zuckungen sein Instrument wie im Todeskrampf bedient. Begleitet wurde die dröhnende Musik durch schrilles Kreischen stark angeheiterter Frauen, während die Männer wie im Veitstanz zappelten und den ganzen Waggon zum Vibrieren brachten. Rumänen wissen zu feiern, auch wenn es nichts zu feiern gibt. Abrupt verstummte die Musik, eine wilde Diskussion entbrannte und mündete in eine Schlägerei. Nach einer Weile erstarb der Streit, Winfried wandte seinen Blick geistesabwesend durch das Fenster in die schwarze Nacht hinaus. Das Dunkel hatte mittlerweile das Land fest umklammert wie ein Raubtier seine Beute. Bis sich ein kalt leuchtender Mond erhob und die beklemmende Schwärze durchstach.

Winfried kam es vor, als würde die nächtliche Fahrt Geister erschaffen. Im Mondlicht huschten Felder, Seen, Ruinen und rostige Gleise vorüber, Bäume stürmten wie grotesk verzerrte Trolle heran und flüchteten von dannen. Erneut schwammen Häuser vorbei, der Zug verlangsamte die Fahrt und schlich sich durch eine erbärmliche Siedlung. Eine Straße zog vorüber, gelbe Straßenlaternen sprühten ihr unwirkliches Licht auf Figuren, die mit kurzen Röcken bekleidet waren und in roten Schuhen umherstelzten.

»Größter Straßenstrich der Welt. Siehst du die Tattoos der Dirnen? Werden gezwungen. Damit jeder sieht, zu welcher Organisation sie gehören.«

Traurig betrachtete Winfried die jungen Mädchen, die am Straßenrand umherstöckelten wie Flamingos, jedoch ohne den Stolz der eleganten Vögel. *Das könnten meine Töchter sein. Wenn ich welche gezeugt hätte. Oder meine Enkelinnen. Wenn ich besonders früh mit dem Zeugen begonnen hätte.*

Nach kurzem Halt nahm der Zug wieder Fahrt auf und eilte durch die Schwärze der Nacht voran. Winfried starrte hinaus und sah Wald, Schatten, Felsen. Seine Gedanken schweiften umher.

»Transsilvanien«, meldete der Mann neben Winfried sich nach Stunden wieder zu Wort. »Region nennt sich auch Siebenbürgen.«

»Wer wohnt in Siebenbürgen?«, dichtete Winfried laut, »Schneewittchen mit den sieben Zwürgen!«

Sein Sitznachbar sah ihn an und zuckte mit den Schultern. Winfried sah durch die Scheibe hinaus, vor der Berge wie graue Wellen vorüberzogen.

- Ende der Leseprobe -

Michael Sohmen

Schwarzhumorige Science Fiction:

Sie ist wieder da

(Sie war dann man weg)

Die Europäische Union ist gescheitert und der Kontinent Jahrhunderte in
seiner Entwicklung zurückgefallen.
Aus der ehemaligen Bundesrepublik sind drei neue Staaten entstanden.

Das Experiment Euro ist Geschichte.
Nach der endgültigen Staatspleite wurde Griechenland von der Türkei
annektiert.

Ein Vierteljahrhundert ist vergangen und die einstige Kanzlerin Merkel
erwacht aus einer lang anhaltenden Bewusstlosigkeit.
Und sie wird mit einer neuen Realität konfrontiert …

Willkommen im Jahr 2050!

Michael Sohmen

Der erste Bericht vom Jakobsweg:

Eine Pilgerreise
zum Ende der Welt

Abenteuer,
ungewöhnliche Erlebnisse
und Legenden vom Jakobsweg

Michael Sohmen

Eine fatale Winterreise:

Auf dem Jakobsweg
durch die weiße Hölle

Das Winterabenteuer auf dem
Camino Primitivo
Der älteste Pilgerweg nach
Santiago de Compostela